— Aucun Alpha ne voudra sortir avec moi si tu me tournes autour comme ça, Cillian. J'ai besoin d'espace pour pouvoir être courtisée comme il se doit.

— Mon existence ne devrait pas avoir d'impact sur tes fréquentations, Ivana. Si un Alpha est digne de toi, il se fichera que je sois à deux mètres ou deux cents mètres. Parce que je n'existerai même pas dans son orbite.

Je le regardai en cillant.

— Quoi ? Ça n'a aucun sens. L'énergie alpha se déverse pratiquement de toi. Bien sûr qu'il se souciera de ta présence.

Il s'écarta du lampadaire pour venir vers moi.

— Tu as tort, Ivana.

— Pas du tout, ripostai-je en désignant la place où Ransom se tenait quelques instants plus tôt. Il a disparu parce que tu l'as effrayé.

— Il a disparu parce qu'il n'est pas digne de toi et il le sait.

J'arquai les sourcils.

— Pardon ?

— Tu m'as bien entendu, Vana, dit-il, à juste un pas de moi maintenant. Il n'est pas digne de toi.

J'ignorai ce surnom hasardeux – que je ne l'avais jamais entendu prononcer jusqu'à présent – et me concentrai sur ses derniers mots.

— Et qui es-tu pour en décider ?

— S'il était assez bon, il ne se serait pas soucié que je sois là. Putain, il ne l'aurait même pas remarqué. Il aurait été trop accaparé par toi pour sentir ma présence.

Il posa une main sur ma joue, et sa paume chauffa ma

peau comme Ransom ne l'avait pas fait. Étoiles, le toucher de Cillian m'évoquait un fer rouge. Une empreinte. Une *revendication*.

Pourquoi Ransom ne m'avait-il pas fait ressentir la même chose ? Pourquoi ça n'arrivait qu'avec *lui* ?

— Tu mérites un Alpha qui ne verra jamais que toi, Ivana, reprit Cillian, son pouce effleurant ma lèvre inférieure. Un Alpha tellement obsédé par ta présence qu'il oublie tout ce qui l'entoure. Un Alpha qui t'embrassera sans se soucier de qui regarde ou ne regarde pas.

— Cillian...

LE SECTEUR DE L'ÉCLIPSE

LES LOUPS DU V-CLAN

AUTEURE À SUCCÈS USA TODAY

LEXI C. FOSS

Le Secteur de l'Éclipse

Titre original : *Eclipse Sector*

Traduit de l'anglais (US) par : Jean-Marc Ligny

Conception de la couverture : Jay R. Villalobos avec les couvertures de Juan

Photographie de couverture : CJC Photographie

Modèles de couverture : Éric Guilmette & Samantha Wisecarver

Publié par : Ninja Newt Publishing, LLC

Édition numérique

ISBN : 978-1-68530-260-3

Édition imprimée :

ISBN : 978-1-68530-370-9

LE SECTEUR DE L'ÉCLIPSE

UN ROMAN DU V-CLAN

Pour ceux qui aiment ce moment où le repousseur devient le repoussé...
Car qui n'apprécie pas un bon rampement ?

« Un de ces jours, tu vas m'inviter à danser, Cillian, et il sera trop tard. »
Ivana

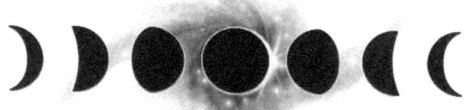

LE SECTEUR DE L'ÉCLIPSE

J'ai aimé un Alpha autrefois.
Un Élite inaccessible.
Un ancien prince du V-Clan.

Je croyais que nous avions une connexion.
Un lien unique fondé sur nos valeurs et nos aspirations
communes.
Puis il m'a brisé le cœur avec quelques mots bien choisis.

Il ne veut pas de moi ? Très bien. Je trouverai un Alpha qui
veut bien.
C'est ainsi que je me retrouve sur l'estrade, pour être
présentée
comme la treizième candidate du programme Compagne
Oméga éligible.

Sauf qu'il y a un petit problème : l'Alpha qui m'a brisé
le cœur
est chargé de superviser les activités d'accouplement.
Il est donc au courant de chaque entretien.
Chaque rencart. Chaque *baiser*.

Comment suis-je censée trouver un partenaire approprié
quand il m'observe avec ses iris de braise ?
Ronronnant des commentaires possessifs à mon oreille…
Grondant sur chaque mâle qui me lance un regard…

Rôdant autour de mon nid…

Le fait que quelqu'un s'en prenne aux Omégas dans le programme n'arrange rien.
Maintenant, mon Alpha est encore plus territorial, sa nature sauvage est encore plus puissante. Parce qu'il refuse de me quitter.
Et il a promis de tout faire pour me protéger.
Même si cela implique de me revendiquer pour lui-même.

Note de l'autrice : Il s'agit d'une sombre romance autonome concernant des métamorphes, avec des vibrations Omégavers et des dynamiques Alpha, Bêta et Oméga, comprenant des nouages, des nidifications et des morsures. Consultez les avertissements dans l'introduction pour plus de détails.

NOTE DE LEXI

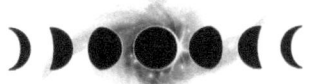

Secteur de l'Éclipse est un livre autonome dans l'univers du V-Clan. Il n'est pas nécessaire d'avoir lu d'autres livres avant celui-ci pour suivre l'intrigue.

Il s'agit d'une romance entre métamorphes avec des thèmes forts de l'Omégavers. Il comporte des dynamiques Alpha/Oméga, des nidifications, des ronronnements, des cycles œstraux et, bien sûr, des *nouages*. Si vous n'êtes pas habitué à ces termes, ne vous inquiétez pas, ils sont expliqués tout au long du livre. 😉

Ceux d'entre vous qui connaissent ma série X-Clan reconnaîtront ces similitudes.

Toutefois, les Alphas du V-Clan ont tendance à être un peu plus patients que ceux du X-Clan. Ils sont toujours possessifs et aiment mordre, mais ils respectent beaucoup le droit d'une Oméga à choisir.

Cillian a vraiment l'étoffe d'un héros. Il a un long chemin à parcourir pour reconquérir Ivana, et il y aura beaucoup de virages en cours de route. Mais c'est un voyage d'amour, de chagrin d'amour et d'alchimie indéniable. Bien qu'il puisse y avoir des chocs, ils ne seront pas trop traumatisants.

Quelques points qui peuvent vous intéresser concernant le contenu :

✔ Consentement

✔ Pas de drame avec une autre femme (pas de tromperie)

✔ Drames mineurs avec un autre homme (pas de tromperie)

✔ Grossesse

✔ Énergie primale

✔ Mâle Alpha excessivement possessif

✔ Ambiance « touche-la et tu meurs »

✔ Nœuds, nids, ronronnements, grognements (évidemment, ce livre ne serait pas complet sans tout cela, n'est-ce pas ?)

Amusez-vous bien ! <3

INTRODUCTION

Il y a près d'un siècle, un virus de type zombie s'est répandu à travers le monde, anéantissant plus de quatre-vingt-dix pour cent de la race humaine. De nombreuses espèces surnaturelles de par le monde étaient immunisées contre le fléau.
D'autres ne l'étaient pas.

Ceux qui ont survécu – qu'ils soient humains ou surnaturels – dirigent désormais leurs propres territoires, appelés Secteurs.

Vous allez entrer dans le monde du V-Clan, une race de loups métamorphes aux traits vampiriques. Ces êtres préfèrent la nuit. Ils s'épanouissent dans la magie. Et ce qui est peut-être le plus important, c'est que les Alphas de cette espèce chérissent leurs compagnes Omégas.

PREMIÈRE PARTIE

Chères étoiles,

Je suis amoureuse d'un prince Alpha. Sauf qu'il ne se considère pas comme un prince. Il préfère qu'on l'appelle un Élite. Car il se considère plutôt comme un protecteur que comme un membre de la royauté.

Cependant, je vois le vrai lui. Je connais son cœur. Et ma louve est déterminée à le prendre comme compagnon.

Alors souhaitez-nous bonne chance. On va en avoir besoin.

Car cet Élite est un alphoiré têtu. Mais il vaut la peine de se battre.

Je l'espère...

Avec amour,
Ivana

IVANA

— Danse avec moi.

C'était plus une exigence qu'une demande, qui fit soupirer Cillian quand je me matérialisai à ses côtés dans les ombres de la salle de bal.

L'un de mes passe-temps favoris consistait à provoquer cet Alpha trop sérieux. C'était presque aussi amusant que de flairer ses cachettes.

L'*Élite* – un terme fantaisiste pour désigner l'*exécuteur de la meute* – avait un penchant pour se fondre dans le décor, ses compétences en matière de furtivité étant admirables. Cependant, Cillian n'était pas le seul à aimer être un caméléon. C'était ainsi que je l'avais toujours considéré – car son esprit fonctionnait de la même manière que le mien.

— Non.

Sa réponse était ferme, sur un ton qui n'admettait aucune discussion. Typique de Cillian, toujours à se faire prier.

Un de ces jours, je gagnerais ce jeu entre nous. Le plus tôt possible, espérais-je, car j'attendais depuis longtemps que Cillian se décide à prendre une compagne.

Peut-être qu'à présent, il y réfléchirait puisque ses deux meilleurs amis avaient choisi leurs Omégas dernièrement. Il est vrai que Lorcan semblait s'accoupler avec Kyra pour des raisons de commodité. Mais ça comptait à mes yeux, d'autant plus que cela prouvait à Cillian qu'il pouvait être à la fois accouplé et un Élite.

Je respectais son choix de protéger le roi Kieran – l'autre meilleur ami de Cillian – et sa compagne, la reine Quinnlynn. Cependant, Cillian donnait l'impression qu'il devait choisir entre son propre bonheur et son sens du devoir.

Maintenant que Lorcan avait Kyra, peut-être que Cillian se rendrait compte du ridicule de son sacrifice et envisagerait de s'accoupler avec l'Oméga qui se tenait à ses côtés – *moi*. Hélas, cela ne semblait pas être à l'ordre du jour de cette soirée, ce qu'il me fit savoir en s'éclipsant ailleurs dans la salle.

Je le suivis, ne serait-ce que pour confirmer mon point de vue.

— Je connais toutes tes cachettes, Prince Cillian.

— Pas toutes, je t'assure, répondit-il avec un accent irlandais que son exaspération rendait plus prononcé. Et c'est *Cillian*, pas *Prince Cillian*. (Il me regarda enfin, et ses yeux sombres m'hypnotisèrent sur-le-champ.) Mais si tu éprouves le besoin d'être respectueuse, tu peux t'adresser à moi en tant qu'*Alpha Cillian* et accompagner ta phrase de « *Passe une bonne soirée* ».

— Hmm. (Je le dévisageai un moment.) Pour que cette

affirmation soit vraie, il faudrait que tu danses avec moi. Sinon, ce ne sera pas une très bonne soirée.

— Pour toi, peut-être.

Il reporta son regard sur le roi Kieran en haussant un sourcil.

— Pour toi aussi, murmurai-je à voix basse, consciente que le roi du Secteur Sanglant et lui s'étaient engagés dans une discussion silencieuse.

La capacité de Cillian à lire dans les pensées et à converser par télépathie était bien connue dans le secteur. C'était sans doute pour cela qu'il n'avait pas beaucoup d'amis.

À moins que ce soit sa dureté qui effrayait tout le monde.

Lorcan et lui étaient incroyablement intimidants. Le roi Kieran aussi. Pourtant je ne les craignais pas. Peut-être était-ce dû à la façon dont j'avais rencontré Cillian à l'origine. Oh, il était terrifiant à l'époque. *Comment il massacrait…*

Je me raclai la gorge, ne désirant pas évoquer ce souvenir violent. Puis je jetai un coup d'œil au héros de mon passé. *Cillian.*

Ses yeux presque noirs revinrent sur moi, son don télépathique ayant dû attirer son attention à la mention de son nom.

Je souris simplement. Un sourire auquel il ne répondit pas.

— Va chercher un autre Alpha avec qui danser, Ivana. Je ne suis pas intéressé.

Ces derniers mots me frappèrent, mais j'avais l'habitude avec lui. Cela faisait des années qu'il clamait ce mensonge.

Je l'aurais cru si je ne percevais pas fréquemment la

chaleur dans ses yeux quand il m'observait. Comme maintenant, alors qu'il s'efforçait de ne pas remarquer le profond décolleté en V de ma robe.

Il serra les dents, et avec une irritation palpable, il se tourna de nouveau vers le roi du Secteur Sanglant.

— Ma reine et moi nous retirons pour la nuit, annonça soudain le roi Kieran. Profitez du vin. Il est enrichi au sang.

Cillian ricana à mes côtés, tandis que d'autres sursautaient à l'annonce abrupte du roi du Secteur Sanglant — qu'il ponctua en escortant promptement sa reine hors de la salle de bal.

Lorcan nous rejoignit en un clin d'œil et inclina légèrement la tête vers Cillian, tout en scrutant intensément la salle. Ce dernier grogna, m'indiquant que tous deux conversaient mentalement, sans doute à propos du départ prématuré de Kieran.

L'issue d'un couronnement est de fêter le roi et la reine nouvellement couronnés, mais apparemment nos royaux avaient un autre projet en tête pour la soirée.

— On peut toujours danser, dis-je à Cillian. En fait, je pense qu'on devrait le faire. Sinon, comment vais-je tester la fonctionnalité de ma robe ? (Je virevoltai pour mettre en valeur la jupe aux fentes soigneusement étudiées pour permettre des mouvements fluides.) Cameron appelle ça une *mode polyvalente*. J'aimerais montrer sa création.

Cette excuse ridicule me fit presque grimacer. Cameron n'avait pas besoin de moi pour *montrer* quoi que ce soit. Il était le principal créateur de mode du Secteur Sanglant, celui avec qui tout le monde voulait travailler. Et Cillian le savait très bien.

L'Alpha crispa de nouveau sa mâchoire lorsqu'il remarqua ma jambe découverte.

— Je suis chargé de la sécurité pour la soirée, Ivana. Tu vas devoir trouver quelqu'un d'autre pour te faire valser.

Je poussai un soupir interminable.

— Toujours en train de travailler.

— Oui, acquiesça-t-il. (Ses yeux sombres brûlèrent les miens quand il croisa mon regard une fois de plus.) *Oui*, toujours. Va trouver un autre Alpha à harceler.

Je levai les yeux au ciel.

— Un de ces jours, tu vas m'inviter à danser, Cillian, et il sera trop tard.

C'était un mensonge. Je l'attendrais pour l'éternité. Ma louve avait choisi son loup, tout comme j'étais certaine que l'inverse était vrai aussi. Il fallait juste que cet homme entêté se rende compte de la vérité.

— On verra bien, n'est-ce pas ? murmura Cillian.

— Oui, je suppose, dis-je gaiement avant de m'éclipser de l'autre côté de la salle, renonçant à lui faire entendre raison.

— Toujours à se faire désirer ? me lança une voix grave à ma droite.

Je répondis par un bruyant soupir.

— Oui. (Je serrai les dents comme Cillian un instant plus tôt.) Il est exaspérant, Benz.

Mon meilleur ami gloussa et me tendit un verre dont j'avais grand besoin. C'était pour lui que j'avais choisi ce côté de la salle pour me téléporter : je savais que je trouverais sa silhouette massive près du bar et du buffet.

Malgré la quantité de nourriture qu'il pouvait ingurgiter, son corps ne le montrait pas. Ce mâle bêta était tout en muscles du haut de son mètre quatre-vingt-dix.

Sirotant le liquide pétillant, j'observai les métamorphes qui déambulaient dans la salle de bal en faisant la moue.

— Il m'a dit de trouver un autre Alpha avec qui danser.

Benz siffla tout bas et me parcourut de son regard turquoise, l'air intrigué.

— Dans cette robe ? Il doit être d'humeur massacrante.

— Ou alors il s'en fout, grommelai-je.

Putain d'Alpha têtu.

Cillian dut m'entendre, mais je m'en fichais. Il méritait cette insulte.

— Crois-moi, chérie, il ne s'en fout pas, répondit Benz avec un subtil accent germanique attendrissant. Il est juste préoccupé par l'ascension de Kieran. Dès qu'il te verra tourner autour d'un autre homme — et encore plus d'un *Alpha* —, il va perdre la tête et ses instincts possessifs prendront le dessus.

— Hmm, non. J'en viens à penser que ces instincts possessifs n'existent pas. (Je me parlais plutôt à moi-même qu'à Benz, mais j'ajoutai à son intention :) Et tu sais que je ne suis pas du genre à le provoquer de cette façon.

— Peut-être que tu devrais.

— Oh ? Du genre à faire quoi, au juste ? voulus-je savoir.

Je me méfiais de l'idée qui venait de germer dans son esprit malicieux. Car Benz avait le chic pour faire des farces, ce qui lui attirait souvent des ennuis.

— Danser avec un autre loup, répondit-il en remuant ses sourcils brun foncé. Un loup comme, oh, je ne sais pas, *moi* par exemple.

Je le fixai bouche bée.

— Tu veux danser ?

— Avec toi ? Dans cette robe ? (Il fit de nouveau courir son regard sur moi.) Oui, j'en ai très envie.

Je m'esclaffai.

— Si je ne te connaissais pas aussi bien, je dirais que tu essaies de flirter avec moi, Bêta Benz.

— Chère Oméga, j'ai beau être un Bêta, mon loup est trop possessif pour me laisser flirter avec toi alors que tu as envie du nœud d'un Alpha. (Il me tendit la main.) Mais je prendrai un grand plaisir à t'exhiber sur la piste si ça réveille le côté possessif de cet Alpha.

— Tu ne viens pas d'insinuer que Cillian pourrait tuer un autre Alpha pour avoir dansé avec moi ?

Il haussa les épaules.

— Je suis un Bêta, pas un Alpha.

Je secouai la tête.

— Tu veux juste prouver que tu as raison à propos de sa *possessivité*.

— Bien sûr, admit-il. Mais je veux aussi t'exhiber. (Il agita un doigt vers moi.) Fais-moi plaisir, mon rayon de soleil.

Ce surnom que Benz m'avait donné roula sur sa langue en une caresse sucrée qui me fit rougir. Non pas qu'il m'attirait forcément, mais je ne pouvais nier son attrait. Même si j'avais envie d'un certain Alpha, les traits séduisants de Benz ne m'échappaient pas. Même si certains de ces traits aboutissaient à des plans sournois.

Dont un que j'envisageais maintenant en baissant les yeux sur ma robe. Elle était pailletée, ce qui lui donnait un aspect bleu glacier assorti à mes yeux. Et ma peau en paraissait d'autant plus pâle.

— Eh bien, ce serait vraiment un crime de ne pas montrer la création de Cameron, décidai-je. Mais il va falloir nous éclipser de l'autre côté de la salle afin que Cillian nous voie bien. Sinon, il ne nous remarquera même pas.

— Oh, il te remarquerait n'importe où. Mais si c'est ce que tu préfères, je te suis. (Il me fit une petite révérence moqueuse.) Après vous, ma dame.

Ses cheveux bruns lui chatouillaient les oreilles, les

mèches indisciplinées parvenant toujours à être artistiquement sexy.

Je secouai la tête en soupirant, puis m'éclipsai de nouveau à l'autre bout de la salle. Cette fois-ci, je ne réapparus pas à côté de Cillian, mais juste assez près pour qu'il puisse me voir et m'entendre en compagnie de Benz.

Je haussai les sourcils avec intérêt quand Cillian prononça de sa voix grave :

— Peut-être que tu devrais simplement laisser ton loup la nouer, pour voir si ça t'aide à te guérir de ta distraction.

Cillian qui parle de nœuds ? souris-je. *Vas-y, je t'en prie.*

S'il captait ma pensée, il ne le montra pas. Sans doute parce que j'étais l'un des nombreux esprits qu'il avait bloqués. Je n'étais pas une menace potentielle, ce qu'il savait pertinemment, alors pourquoi surveillerait-il mes pensées ?

— Serais-tu en train de te projeter, Cillian ? Ton loup a-t-il envie d'une certaine *distraction ?* railla Lorcan.

J'en restai bouche bée. Car Lorcan ne parlait *jamais* à voix haute.

— Je n'ai pas envie d'Ivana ni de personne d'autre.

La réponse catégorique de Cillian me fit ciller. *Quoi ?*

— C'est juste difficile d'ignorer une Oméga aussi déterminée, même si elle ne joue pas dans la bonne catégorie, reprit-il, me coupant le souffle.

Quelqu'un émit un grognement. Lorcan, peut-être ? Je... je n'en étais pas sûre. J'étais encore en train de mouliner les mots de Cillian dans ma tête. *Ne joue pas dans la bonne catégorie...*

— Elle doit vraiment se mettre à chercher un compagnon plus approprié, quelqu'un qui ne se formalisera pas de son penchant malavisé à dire aux Alphas ce qu'ils doivent faire, ajouta-t-il.

Chaque mot me fendait le cœur avec une dureté dont

je n'aurais jamais cru Cillian capable. Sauf que… si, je le savais. Il me rejetait constamment. Mais… mais je pensais…

Je pensais qu'il était juste dans le déni.

— Je pense qu'elle aime t'irriter, répondit Lorcan, son commentaire couvrant à peine les dures paroles de Cillian.

— Oui, et c'est précisément le problème. Elle doit trouver quelqu'un de mieux adapté à ses jeux puérils. Quelqu'un qui appréciera réellement ses qualités douteuses, comme son audace et son assurance mal placée.

Des qualités douteuses ? relevai-je, serrant mes bras sur mon ventre. *Une assurance mal placée ? Comment… ? Comment ai-je pu si mal interpréter cette situation ? Je… Je ne…*

— Ce que je veux dire, c'est que ce n'est pas moi qui suis obsédé par une Oméga, mon pote. Il se trouve que j'en ai une qui est excessivement obstinée. Et tu en as une qui requiert toute ton attention. Ce sont des situations très différentes.

Je tressaillis lorsque Benz posa une main sur mon épaule, n'ayant pas remarqué sa présence à mes côtés. D'après son expression, je devinai que lui aussi avait tout entendu.

Et sa pitié…

Non. Je m'éclipsai hors de la salle, incapable de lui faire face en ce moment. Incapable de respirer, et encore moins de parler. J'avais l'impression que Cillian m'avait transpercé la poitrine, arraché le cœur et l'avait *écrasé* sous sa lourde botte noire.

Je me couvris la figure de mes mains, les entrailles en feu, mes poumons me forçant à respirer. Mais tout ce que j'entendis, ce fut ce… ce… *sifflement.*

Un peu comme un sanglot ? Mais… mais brisé ?

Pire. *Détruit.*

— Mon rayon de soleil, chuchota Benz, qui m'avait manifestement suivie.

Je secouai la tête. Je ne pouvais pas supporter ça maintenant.

— Ça va.

Sauf que je n'avais pas l'air d'aller bien du tout. Ma voix était rauque, comme si je venais de courir un marathon ou quelque chose comme ça.

Mais non. Je venais de me faire écraser par la cruauté de Cillian.

— C'est lui qui s'est convaincu que tu ne lui plaisais pas, insista Benz. Crois-moi…

— *Arrête*, lui intimai-je d'un ton plus dur. Ne lui cherche pas d'excuses.

— Rayon de soleil…

— Non, le coupai-je. Je… J'ai juste besoin…

Je ne savais pas trop ce dont j'avais besoin, mais je retournai dans la salle de bal, surtout pour échapper à Benz. Ce qui était stupide. Il voulait juste me réconforter.

Or je ne voulais pas de *réconfort*. Je… je voulais… Je serrai les dents et croisai de nouveau mes bras sur mon ventre. Que voulais-je au juste ? L'Alpha que je désirais… l'Alpha dont j'étais convaincue qu'il devait être le *mien*…

Ne joue pas dans la bonne catégorie.

Des qualités douteuses.

Une assurance mal placée.

Des jeux puérils…

Je grimaçai tandis que ces mots tournoyaient dans mes pensées, et mes épaules s'affaissèrent. *Quels jeux puérils ?* pensai-je, hébétée. *Je… je croyais que tu étais simplement têtu. Que tu ne voulais pas de compagne* — aucune *compagne* — *et que tu avais juste besoin de voir qu'il était possible d'être accouplé tout en servant en tant qu'Élite.*

Mais ce n'était pas ça du tout.

Cillian ne voulait tout simplement pas de *moi* comme compagne. J'avais été aveuglée par les désirs de ma louve, voyant des choses qui n'existaient pas en réalité.

Et pendant tout ce temps, il avait vraiment été irrité contre moi.

Excessivement obstinée.

La salle de bal se brouilla autour de moi.

Il faut que je m'en aille, réalisai-je. *J'ai besoin de courir. Pour chasser cette… cette* souffrance.

Déglutissant, je m'éclipsai de nouveau dans les ténèbres et me téléportai dans l'un de mes champs de neige préférés, au pied d'un volcan endormi. Le Secteur Sanglant – l'ancienne Islande – pullulait de paysages comme celui-ci, ce qui en faisait l'endroit idéal pour des retraites paisibles.

J'arrachai ma robe et mes chaussures, souhaitant ne plus jamais poser les yeux sur cette tenue – une tenue que j'avais portée en pensant à *lui.*

Puis je tombai à terre et laissai ma louve prendre le contrôle.

Elle n'avait peut-être pas compris les paroles de Cillian, mais elle avait perçu ma douleur. Tout comme elle avait senti que c'était lui qui l'avait causée.

Un hurlement jaillit de ma gueule quand ma transformation s'acheva, le tourment de mon animal répondant au mien.

Le compagnon que nous avons choisi ne veut pas de nous.

Notre héros… n'est pas un héros.

Notre Alpha n'existe plus pour nous.

Mes pattes martelaient la neige, le froid était un baiser bienvenu pour mes sens.

C'est ce qu'il nous faut, me dis-je. *La liberté. De l'air frais. Une nouvelle perspective.*

Chaque bond, chaque saut nous emmenait plus loin dans le passé et nous poussait dans le présent.

Un présent où nous repartions à zéro.

Un présent où nous nous rappelions notre valeur.

Un présent où nous décidions que l'Alpha n'était pas dans *notre* catégorie.

Car aucun compagnon potentiel n'aurait jamais dit cela à propos de son Oméga.

Les Omégas étaient rares. Puissantes. Destinées à être vénérées. Pas rabaissées par des paroles acerbes. Rejetées sans cesse. Ridiculisées parce qu'elles ont de l'*assurance*.

Cillian n'est pas notre compagnon.

Nous méritons mieux.

Nous en voulons plus.

Un Alpha qui nous aime. Nous chérit. Se bat *pour nous.*

Il était temps pour nous de passer à autre chose. D'arrêter de nous complaire dans le potentiel de Cillian. *Il ne veut vraiment pas de nous*, pensai-je encore, ma louve trébuchant quelque peu. *Eh bien, on ne veut pas de lui.*

Ma louve jappa comme si elle était d'accord avec moi. Puis elle fila à travers le champ glacé.

On en a marre de saliver sur Cillian. Il pensait que j'avais joué à un *jeu puéril* ? Eh bien, ce *jeu* venait de prendre fin. Et Cillian ? Il avait perdu.

Parce qu'un bon Alpha me considérerait comme un cadeau.

Un bon Alpha voudrait vraiment de moi.

Tu peux passer la nuit à faire ton deuil, me dis-je. *Mais demain, tu iras de l'avant et tu oublieras ce* mauvais *Alpha.*

Ça ne devrait pas être difficile.

Ce n'était pas comme si Cillian m'avait cherchée. Il ne le remarquerait probablement même pas, il serait juste content d'être débarrassé de ma présence *excessivement obstinée.*

Mon cœur cognait dans ma poitrine, et ma louve trébucha une fois de plus.

Ce soir, nous pleurons, me répétai-je. *Demain, nous nous tournerons vers l'avenir. Et nous nous mettrons en quête d'un compagnon plus digne de nous…*

CILLIAN

ET JE L'AI encore perdu, pensai-je en fixant Lorcan.

Il s'était aventuré quelque part dans son lien d'accouplement, ce qui rendait son esprit troublé et incompréhensible. Son lien avec Kyra avait renforcé ses défenses mentales d'une manière que je n'aurais jamais pu anticiper.

De même avec le lien entre Kieran et Quinnlynn.

Cela me fascinait, car je connaissais leur esprit presque aussi bien que le mien, mais je captais à peine Lorcan. Non pas qu'il soit du genre bavard ou bruyant, mais je pouvais généralement l'entendre contempler et analyser. Or, tout ce que je percevais pour l'instant, c'était une sorte de friture étrange tandis qu'il prenait des nouvelles de sa compagne.

À quoi ça peut ressembler ? me demandai-je, balayant l'assemblée du regard. *Terrifiant ? Libérateur ? Intime ?*

Je ne le saurais jamais, bien sûr.

Ma loyauté allait à Kieran. Toujours. Mais cela ne m'empêchait pas d'être curieux du concept ou de ce que l'on pouvait ressentir.

Ce qui m'amena naturellement à chercher la petite enquiquineuse aux cheveux blond cendré qui me faisait constamment douter de ma santé mentale.

Enquiquineuse était peut-être un peu fort. *Tentatrice* serait un terme plus approprié.

Une tentatrice trop bien pour moi, songeai-je en scrutant la foule à sa recherche. *Elle a besoin d'un Alpha qui...* Cette réflexion s'envola quand j'aperçus Ivana à l'autre bout de la pièce, les épaules bizarrement voûtées.

Je fis malgré moi un pas en avant, par pur réflexe.

Ivana Michaels n'était *jamais* voûtée. Elle évoquait une déesse féroce malgré sa petite taille. Cette femme pouvait mettre à terre n'importe quel Alpha en quelques mots bien choisis, ce que je trouvais à la fois exaspérant et séduisant.

Ivana. Ce nom dans l'esprit de Lorcan me fit presque me tourner vers lui, mais j'étais trop concentré sur l'Oméga et ses bras minces qui entouraient son torse. Elle semblait essayer de *respirer.*

Est-ce qu'un Alpha l'a effrayée ? interrogea Lorcan – une question similaire à celle qui rebondissait dans mes pensées. *Avec qui tu l'as envoyée danser ?*

Personne en particulier. Je lui ai juste dit de demander à quelqu'un d'autre, car je ne suis pas là pour faire la fête. Je travaille.

Tu crois que quelqu'un l'a rejetée ? s'étonna-t-il.

Je fronçai les sourcils, n'aimant pas du tout cette idée.

Si c'est le cas, je le tuerai.

Lorcan me biaisa un coup d'œil – que j'aperçus au bord de ma vision – avec un air moqueur.

Tu l'as pratiquement rejetée. Tu la rejettes tout le temps. Est-ce que tu vas te punir ?

Cette idée me fit rire.

C'est différent et tu le sais.

Mais le sait-elle ? demanda-t-il doucement, ce qui me fit serrer les dents.

Ivana savait que j'étais accouplé à mon poste, que ma loyauté allait d'abord et avant tout à Kieran. Je ne lui avais jamais menti, j'avais toujours dit la vérité en sa présence.

Enfin, presque toute la vérité.

Je ne pouvais pas prendre une compagne, et ne le voulais pas non plus. Et bien qu'elle ait certainement tenté mon loup à se livrer au rut chaque fois qu'elle entrait dans une pièce, je n'avais aucun projet ni intention de la nouer.

Je ne pouvais pas. Je ne *voulais* pas.

Mais Lorcan n'avait pas tort : je la rejetais souvent.

Pourtant, ce soir n'avait pas été différent des autres soirs. Et elle n'avait jamais réagi à mon rejet de cette façon. Non, quelqu'un d'autre avait dû la contrarier. Et qui que ce soit, il me rendrait des comptes. Les Omégas étaient sous la protection du Secteur Sanglant et faisaient donc partie de ma juridiction en tant qu'Élite.

Poussant un soupir, j'activai mon pouvoir d'éclipsage pour la rejoindre près de la piste de danse. *Je reviens,* envoyai-je à Lorcan après coup.

Mais Ivana était déjà partie lorsque je me matérialisai là où elle s'était trouvée, son parfum d'agrumes étant un fanal dans le vent. Fronçant les sourcils, je cherchai sa remarquable chevelure – toutes ces soyeuses mèches blond cendré.

Rien.

Sa robe pailletée – bien trop décolletée ce soir – n'était

nulle part en vue. Mon loup avait pratiquement grogné de faim dès qu'elle était apparue à mes côtés, exigeant d'une voix sensuelle que je *danse* avec elle.

Non. *Putain,* non. Je ne pouvais pas me faire confiance pour juste la toucher dans cette robe sexy. Alors je lui avais dit de trouver un autre Alpha à harceler. *À tenter. À séduire.*

Sauf que je ne voulais pas imaginer qu'elle réussisse dans cette entreprise.

Mes dents grinçaient, mon irritation montait.

Elle s'était peut-être enfuie avec l'un d'eux. Je pourrais le savoir en auscultant ses pensées, mais je n'allais pas envahir son intimité. De plus, ses ondes mentales étaient... uniques. Bien qu'elle puisse être vocalement bruyante, son esprit était exceptionnellement calme. Paisible, même.

Elle était bouleversée, conclus-je. *Je devrais aller la voir.*

Bien que ce ne soit pas vraiment mon problème, n'est-ce pas ?

Je pourrais essayer de justifier cela par la nécessité de la protéger, mais elle était partie de son plein gré. Et bien qu'elle ait voûté ses épaules en signe de défaite, elle n'avait pas vraiment pleuré ou n'avait pas été blessée physiquement.

Je réagis de façon excessive, décidai-je en secouant la tête. *C'est toute cette énergie d'accouplement qui m'entoure. Et l'invitation sensuelle d'Ivana.*

Mes maudites canines avaient envie de la mordre. Tout comme mon loup voulait l'*accoupler.* C'était une satanée tentation que je combattais depuis des années, et je n'allais pas perdre ce combat ce soir.

Kieran et Quinnlynn s'étaient retirés de bonne heure. C'était donc à moi de gérer le couronnement et tous les convives dans cette salle de bal. *Prendre les choses en main en tant qu'Alpha suppléant du secteur.* C'était ma responsabilité chaque fois que Kieran avait besoin d'une pause. Et cela ne me dérangeait pas.

Malgré tout, je me demandais ce que ce serait d'avoir le luxe de m'amuser avec une compagne au lieu de diriger un secteur. Il faudrait que je pose la question à Kieran. Que je l'aiguillonne un peu. Peut-être qu'il m'accorderait une bonne séance d'entraînement. Voilà qui me distrairait de ma petite déesse tentatrice.

Me raclant la gorge, je me focalisai de nouveau sur la salle, cherchant du regard ladite déesse une fois de plus. Mais elle était vraiment partie.

Si elle avait besoin de moi, elle m'appellerait. Elle savait comment faire. *Depuis ce jour, il y a bien des années...*

Déglutissant, je chassai ce souvenir de mon esprit et retournai là où Lorcan rôdait encore parmi les ombres.

Combien de temps devons-nous rester ici à surveiller ces animaux ? me demanda-t-il d'un ton badin, sans donner suite à la question d'Ivana. Soit il supposait que je m'en étais occupé, soit il m'avait regardé tourner en rond ces dernières minutes à chercher l'Oméga en vain.

Le temps qu'il faudra, lui répondis-je.

Hmm. Il s'éclipsa et revint une seconde plus tard avec deux verres de sang de mortel, dont un qu'il me tendit.

Les métamorphes du V-Clan avaient besoin d'essence humaine pour renforcer leurs capacités magiques, que je possédais en abondance. Quand j'étais jeune, je devais absorber du sang tous les jours, ce qui me donnait l'impression d'être un vampire. Heureusement, j'étais beaucoup moins bestial à présent, n'ayant besoin d'un verre que tous les quelques jours.

Et par bonheur, Kieran avait créé un foyer où les métamorphes du V-Clan et les humains coexistaient. Nous protégions ces derniers du virus mortel de type zombie qui avait anéanti plus de quatre-vingt-dix pour cent de leur espèce, et ils nous rendaient la pareille en donnant leur sang.

Santé, dit Lorcan en toquant son gobelet contre le mien.

Santé, répétai-je, bien que ce mot n'ait aucun sens pour moi. Car j'étais encore bloqué sur une certaine femme.

Peut-être que Lorcan avait raison. Peut-être que je m'étais un peu projeté tout à l'heure.

Grognant intérieurement, je chassai ce casse-tête de mon esprit et me concentrai sur les métamorphes qui déambulaient dans la salle de bal. C'était mon travail de veiller à la sécurité de tous et de garder les invités sous contrôle.

Et je ne décevrais pas les habitants du Secteur Sanglant.

Contrairement à ceux du Secteur de l'Éclipse, chuchota une partie sombre de moi.

Je bus une gorgée du vin au sang, un liquide épais et insipide.

Au lieu de ruminer mon passé morbide, je reportai mon attention sur le présent. Sur les métamorphes qui dansaient. Les humains qui rôdaient. Les princes en visite.

Je les tenais tous en laisse avec mon pouvoir. Surveillais leurs intentions. Assurais mon travail temporaire en tant qu'Alpha du secteur.

Demain, je serais à nouveau Cillian. Mais ce soir, j'étais le *Prince* Cillian, tout comme Ivana l'avait dit. Si seulement je pouvais envisager de faire d'elle ma reine…

Hélas, il me fallait être un assez bon roi pour être digne d'une reine. Et l'histoire avait prouvé que je ne le serais jamais.

J'étais simplement… Cillian. Un Élite. Un héros raté.

Le briseur de vœux familiaux.

DEUXIÈME PARTIE

Chères étoiles,

Je ne suis plus amoureuse d'un prince Alpha. D'un Élite. De qui qu'il soit.

J'en ai fini avec lui. Terminé. Il ne m'intéresse plus.

D'accord, d'accord. C'est un mensonge.

Mais je vais faire ce qu'il faut pour aller de l'avant.

Et cela comprend de m'inscrire au nouveau programme des Compagnes Omégas éligibles.

Peut-être que là, je pourrai trouver un Alpha dans ma catégorie. Un Alpha qui a vraiment envie de moi. Qui ne me trouve pas arrogante ou excessivement obstinée. Un homme qui considère mes traits de caractère comme des qualités, non comme des défauts irritants, et qui apprécie les audaces de ma louve.

Alors, hum, souhaitez à nouveau bonne chance à mon animal et à moi, s'il vous plaît. Nous allons certainement en avoir besoin.

Avec amour,
Ivana

IVANA

IVANA MICHAELS.

   Compagne Oméga éligible.

   Je fixai la carte dans ma main, la gorge soudain sèche.

   Je peux le faire, me dis-je. *Il suffit de monter sur scène, de sourire et peut-être de faire un signe de la main.*

   Non. Pas de signe de la main.

   Bon, peut-être que si ?

   Je secouai la tête, troublée par ces pensées contradictoires, tandis que la reine Quinnlynn – qui préférait qu'on l'appelle *Quinn* – annonçait la prochaine candidate. La petite Oméga blonde franchit les rideaux et disparut, m'empêchant de voir son entrée en scène. Je ne pouvais qu'entendre les murmures masculins excités dans la foule.

Des Alphas, pensai-je en déglutissant. *Des Alphas de divers secteurs du V-Clan.* Ainsi que de quelques autres régions, comme des Alphas du X-Clan. Et même un du Z-Clan.

Je frissonnai, cette dernière constatation me serrant l'estomac. Les Alphas du Z-Clan n'étaient pas réputés pour leur gentillesse, surtout concernant les Omégas.

En règle générale, les loups du V-Clan ne fréquentaient pas les autres métamorphes ni les êtres surnaturels. En fait, nous avions tendance à garder notre existence secrète, laissant le monde croire que nous avions tous péri pendant l'ère des Infectés. Toutefois, il existait une poignée de surnaturels avec lesquels le roi Kieran s'était lié d'amitié au fil des siècles, et plusieurs de ces alliés étaient présents ce soir.

Heureusement, cela ne signifiait pas forcément qu'ils participeraient au programme des Compagnes Omégas éligibles. Mais ils pouvaient en faire la demande. *Un programme d'accouplement*, songeai-je, ayant encore du mal à croire que c'était bien réel.

Lorsque Quinn m'avait parlé du protocole à venir, j'avais été stupéfaite. D'autant plus que sa révélation s'était accompagnée d'une explication inattendue :

— Depuis plus de mille ans, ma famille entretient un Sanctuaire d'Omégas au milieu de l'Arctique, m'avait-elle dit sans ambages.

— Un Sanctuaire d'Omégas ?

J'avais arqué les sourcils, surprise par cette nouvelle. Je n'avais jamais entendu parler d'une telle chose. Les Omégas étaient généralement protégées par les Alphas.

Du moins dans le monde du V-Clan.

Les secteurs du X-Clan et du Z-Clan étaient complètement différents, tout comme une myriade d'autres métamorphes et royaumes surnaturels de par le monde.

Quinn avait hoché la tête, confirmant que j'avais bien entendu.

— Un Sanctuaire pour tous les types d'Omégas. Mes parents ont été tués parce qu'un Alpha sadique en cherchait l'emplacement. Et moi qui pensais que c'était un prince Alpha…

Elle s'était interrompue, le reste de son explication demeurant en suspens entre nous.

— C'est pour ça que tu as fui Kieran ?

— Entre autres raisons, oui, avait-elle admis. Mais c'est une histoire pour un autre jour. Ce dont je veux te parler, ce sont les nouveaux dispositifs de sécurité que nous prenons pour le Sanctuaire, notamment en le rebaptisant Secteur de la Nuit. Tout le monde croira qu'il s'agit d'un nouveau territoire du V-Clan, dirigé par Kyra et Lorcan.

J'avais de nouveau arqué les sourcils.

— Oh ?

Ce qui m'avait intriguée, c'était que ses paroles avaient suggéré que Lorcan prenait son accouplement au sérieux maintenant. Cette prise de conscience avait inspiré un soupçon d'espoir dans mon cœur.

Que j'avais écrasé l'instant d'après. Parce que j'avais refusé d'entretenir le fil qui menait directement à *lui*. Mon ancien amour. L'Alpha qui avait déclaré qu'il *était hors de ma catégorie*.

Ignorant mon trouble intérieur, Quinn avait continué en me narrant les plans du roi Kieran pour annoncer le nouveau secteur à l'assistance ce soir.

— En raison des événements récents, nous pensons que c'est notre meilleure option pour sauvegarder le secret du Sanctuaire, avait-elle ajouté, sans s'étendre sur ces *événements récents*.

À la place, elle avait décrit les mesures de sécurité mises en place au Sanctuaire, y compris un bref résumé de l'enchantement qui protégeait l'île.

— Seuls les Omégas et les Alphas accouplés à des résidentes omégas peuvent y entrer, avait-elle expliqué. Donc Kieran et Lorcan peuvent franchir la barrière de protection, ainsi qu'une poignée d'Omégas récemment établies et leurs compagnons alphas. Mais ces Omégas et ces Alphas sont trop nouveaux pour que les autres leur fassent confiance, alors…

Elle avait continué en parlant d'une idée qu'ils avaient conçue pour contribuer à renforcer la protection sur l'île. Cette idée impliquait la création d'un programme d'accouplement pour les Omégas intéressées du Sanctuaire.

— Cela nous permettra de faire venir quelques Alphas supplémentaires, des Alphas qui devraient, en théorie, gagner la confiance du Sanctuaire un peu plus rapidement puisqu'ils s'accoupleraient avec des Omégas qui y vivent depuis un certain temps.

— La confiance par l'association, avais-je traduit.

Elle avait incliné son menton en guise de confirmation.

— Exactement.

— C'est une bonne idée, avais-je opiné.

— Je suis contente que tu le penses, avait-elle murmuré. Parce que je me demandais si tu aimerais participer au programme.

Je l'avais regardée en cillant, abasourdie par cette offre.

— Tu n'aurais pas nécessairement à déménager dans le Secteur de la Nuit par la suite, avait-elle ajouté. Je voulais juste te faire savoir que tu es invitée à rejoindre le pool de compagnes. Si tu es intéressée, je veux dire.

Je… n'avais pas su quoi dire tout d'abord. Mais après avoir réfléchi pendant près d'une semaine, je m'étais dit :

Pourquoi pas ? Quelle meilleure façon de trouver un Alpha « dans ma catégorie » ?

D'accord, c'était peut-être un peu vache. Mais ce n'était pas comme si j'avais beaucoup d'options devant moi. Et il me fallait un moyen de tourner la page sur l'*Alpha Cillian*.

Il ne voulait pas de moi. Il ne l'avait jamais voulu. Je m'en rendais compte à présent. J'avais complètement mal interprété la situation. Et je n'accepterais pas que cela se reproduise.

Je me tenais donc là, vêtue d'une robe bleue chatoyante fendue aux cuisses – un autre modèle offert par le Bêta Cameron – et j'attendais que mon numéro soit appelé.

Est-ce que je suis folle de faire ça ? me demandai-je pour la millième fois.

— Tu pourras t'en aller à tout moment, m'avait précisé Quinn. Toutes les Omégas et tous les Alphas le peuvent. C'est simplement une occasion de faciliter les rencontres entre les loups qui pourraient être prêts à prendre des compagnes. C'est tout.

Ç'avait l'air très simple, dit comme ça. Mais je savais que ce ne le serait pas.

Les Alphas sont des créatures possessives. Tout comme les Omégas étaient également possessives à l'égard des Alphas qu'elles avaient choisis.

Un seul froncement de nez suffisait à identifier un compagnon idéal. Malheureusement, en près de trois décennies d'existence, ma louve n'avait flairé qu'une seule union possible.

Pourtant, il ne veut pas de nous, me rappelai-je.

Il devait bien y avoir quelqu'un quelque part qui pensait différemment. Et ce programme d'accouplement pourrait bien m'aider à le rencontrer.

Je passai mes mains le long de ma robe à paillettes et

me forçai à prendre une respiration régulière. *Oublie Cillian. Il fait partie du passé. Il est temps de te concentrer sur l'avenir.*

Comme si le destin répondait à ma pensée, j'entendis Quinn annoncer :

— Notre treizième et dernière candidate Oméga est un ajout tardif.

Je jetai un nouveau coup d'œil à ma carte, notant le numéro sous mon statut de Compagne Oméga éligible : *treize.*

Je fis un pas en avant, me plaçant juste à l'abri des regards. Puis un Bêta ouvrit le rideau et m'encouragea d'un sourire à rejoindre le roi et la reine du Secteur Sanglant sur la galerie qui servait de plate-forme visible de toute la salle.

Nous y voilà. Je redressai les épaules. *Il n'y a plus de retour en arrière possible.*

La tête haute, j'avançai sous les sempiternels projecteurs.

Quinn m'adressa également un sourire encourageant, que je lui rendis avant de promener mon regard dans la salle. Il y avait trop de métamorphes dans l'assistance pour que je puisse me focaliser sur l'un d'eux en particulier, alors je laissai mon regard danser parmi la foule pendant quelques instants avant de le reporter sur Quinn.

— Ivana est une Oméga V-Clan du Secteur Sanglant, annonça-t-elle aux participants. Elle s'intéresse à l'analyse, à la technologie de pointe et à l'armement.

J'esquissai une moue à ce dernier point. Ce que Quinn avait voulu dire par là, c'était que j'aimais jouer avec des armes à feu. La plupart des loups préféraient leurs griffes et leurs crocs. Mais j'étais une Oméga. Petite. Plus faible que les Alphas et les Bêtas. Ce que j'avais appris très jeune.

Cependant, certaines armes me procuraient un avantage. C'est pourquoi j'avais passé des années à perfectionner ma visée. J'étais parmi les meilleurs tireurs de tout le Secteur Sanglant. Non pas qu'on m'ait laissée faire quoi que ce soit avec ce talent. Les Omégas sont censées être protégées, pas être mises en service.

Toutefois, Quinn m'avait prévenue que le Sanctuaire serait différent.

— Ton appétence pour le tir te rendra très populaire auprès de Jas et des autres, m'avait-elle dit.

On verra bien, songeai-je tandis que je commençai à descendre l'escalier menant à la salle de bal en contrebas.

Benz m'attendait au pied des marches, avec un sourire au coin de ses lèvres pulpeuses. Il ne parla pas, il m'offrit juste son bras pour m'escorter pour ce soir – ce que j'avais indiqué à l'avance – et m'emmena sur la piste de danse pendant que Quinn se mettait à énoncer les règles du programme des Compagnes Omégas éligibles.

Je l'entendais à peine par-dessus le bourdonnement dans mes oreilles, ma bouche sèche reconnaissante pour la flûte de champagne que Benz fit apparaître par magie.

Enfin, pas *par magie*. Il attrapa un serveur juste au bon moment. Mais ç'aurait pu très bien être de la magie.

Parfois, je soupçonnais que le charme de Benz provenait de son pouvoir caché et que toutes ses autres capacités n'étaient que des effets secondaires mineurs du fait qu'il était un loup du V-Clan.

En buvant une autre grande gorgée, j'écoutai Kieran expliquer comment les Alphas pouvaient rejoindre le pool de rencontres. Ils seraient examinés et approuvés avant d'être autorisés à en faire partie. Ensuite, les Omégas candidates – dont moi – recevraient des dossiers à étudier.

— La première série officielle de rencontres commencera dans une semaine, déclara le roi Kieran. Ce soir, il s'agit simplement de célébrer l'avenir. Comportez-vous bien. Amusez-vous bien. Et soyez attentifs à vos actes.

Sur ce clair avertissement, il leva la main pour congédier l'assemblée, puis posa l'autre main au bas du dos de sa compagne et l'escorta dans l'escalier.

Des murmures bruissèrent dans la pièce, l'odeur de l'intrigue planait dans l'air.

Mes bras me picotaient, l'impression d'être étudiée et admirée chatouillait mes sens.

Ce n'est que le début, songeai-je en finissant mon verre. *Respire à fond et profite du moment présent.*

— Tu es magnifique, me chuchota Benz à l'oreille.

— Toi aussi, tu présentes bien, lui dis-je, détaillant son smoking tout noir. Merci de m'accompagner ce soir.

Il plissa les yeux.

— Ce n'est pas une épreuve, je t'assure. (Il jeta un œil par-dessus mon épaule, puis vers la droite.) Même si quelques Alphas prennent ma mesure en ce moment. Et pas d'une façon que j'apprécie.

— Et de quelle façon préfères-tu ? le taquinai-je.

Mais il n'avait pas l'air de m'entendre, car il ne faisait que marmonner.

— Benz ? le relançai-je, après un moment embarrassant durant lequel il m'ignora, portant son attention sur notre entourage.

— Eh bien, ça devrait être amusant à regarder, dit-il soudain en lâchant mon bras. Je serai juste là si tu as besoin de moi, ma chérie.

— Hein ?

Mais il s'éloignait déjà, emportant mon verre qu'il m'avait pris des mains. Il était presque vide, mais je ne m'attendais pas à ce qu'il le prenne.

— Où est-ce que tu…

La chair de poule me hérissa le bras quand une présence familière s'approcha dans mon dos.

Oh. Les dents serrées, je cherchai Benz pour le fusiller

du regard. Mais il n'était plus là. Il avait tout bonnement disparu. *Traître*.

Je lui avais dit de ne pas…

— Bon sang, qu'est-ce que tu fais ?

… me laisser seule au cas où Cillian me trouverait.

Parce que je ne voulais pas lui parler, ni le voir, ni même penser à lui.

Et maintenant, il se tenait juste derrière moi.

IVANA

Prenant mon souffle, je me raidis et haussai les sourcils en faisant face à Cillian.

— Pardon ?

Parce que *bon sang*, c'était quoi son problème ?

Exiger que je lui dise ce que je fais… N'est-ce pas évident que je suis simplement dans une salle de bal, comme lui ?

— Tu t'es inscrite au programme des Compagnes Omégas éligibles. Pourquoi ? voulut-il savoir.

Pardon ? fus-je encline à répéter. Mais à la place, je croisai les bras sur ma poitrine et lui dardai le regard le plus hautain que je pus composer.

— Comment suis-je censée trouver quelqu'un d'autre qui soit *dans ma catégorie ?*

C'était les mots qu'il avait prononcés l'autre semaine, non ?

Ses sourcils s'arquèrent comme les miens quelques secondes plus tôt.

— Quoi ?

— Tu sais, un Alpha qui pourrait apprécier ma... comment tu as dit ? (Je levai les yeux au ciel, feignant d'avoir oublié tous ses mots qui m'avaient brisé le cœur.) Ah oui, mon *assurance mal placée* parmi mes autres *qualités douteuses*.

Répéter ces assertions ne contribuait guère à guérir mes blessures émotionnelles. Cependant, j'appréciais assez la confusion qui parcourut les traits de Cillian. L'Élite était rarement pris au dépourvu, mais c'était clair que je le surprenais maintenant.

Il cilla.

— Excuse-moi, mais de quoi tu parles ?

— Allez, c'est toi qui as dit que je devais chercher un compagnon plus approprié, qui ne s'opposera pas à mon.... (Je levai de nouveau les yeux, puis claquai des doigts.) Mon penchant pour dire aux Alphas ce qu'ils doivent faire. Peut-être que je trouverai cet Alpha grâce au programme nuptial. Peut-être qu'il aimera aussi mes *jeux puérils*.

Cela lui fit de nouveau hausser les sourcils, la prise de conscience semblant avoir enfin traversé les couches de son esprit têtu.

— Ivana...

— C'est bon, Cillian, le coupai-je, refusant d'en discuter davantage. J'ai déjà dit à Quinnlynn que je déménagerais volontiers dans le Secteur de la Nuit. Bientôt, tu n'auras plus du tout à t'inquiéter de ma douteuse compagnie.

Je lui donnai une tape consolatrice sur le bras, puis m'éclipsai à l'autre bout de la salle avant que mes yeux trahissent mes véritables sentiments... ou que je dise quelque chose que je ne devrais pas. Quelque chose de sincère. Douloureux. *Déprimant.*

Car le simple fait de le voir avait ravivé toutes les émotions qu'il avait suscitées ce soir-là. Un soir où j'avais réalisé que j'avais espéré et essayé en vain de gagner l'attention d'un Alpha qui ne me verrait jamais comme digne de lui. Qui ne me désirerait jamais comme je le désirais.

Arrête ça, me réprimandai-je. *Arrête de penser à lui.*

Bien sûr, c'était la raison même de demander à Benz de…

— Bien joué, intervint le Bêta, apparaissant à mes côtés comme s'il avait été invoqué par mes pensées. Je crois que je n'ai jamais vu Cillian aussi perturbé.

Serrant les dents, je pivotai vers mon *meilleur ami* et le fusillai du regard.

— Tu n'avais qu'une seule mission à remplir en tant qu'accompagnateur ce soir, Benz : ne pas me laisser parler à Cillian.

— Tu m'as dit de ne pas te laisser le chercher, l'approcher ou parler de lui, rétorqua-t-il. Tu n'as rien dit sur le fait de l'empêcher de te rejoindre.

J'ouvris la bouche, prête à lui répliquer. Sauf que… sauf que rien ne sortit.

Parce que Benz avait raison.

Je lui avais dit de ne pas me laisser approcher Cillian. Mais il ne m'était même pas venu à l'esprit de lui dire d'empêcher Cillian de me parler.

Car Cillian ne m'avait *jamais* cherchée. Pas une seule fois au cours des six années où nous nous étions fréquentés. À moins que je compte la nuit de notre rencontre, mais il n'avait pas vraiment été là pour moi. Je n'avais été qu'un élément inattendu de la situation. Cela ne comptait donc pas vraiment.

Cillian est venu à moi, m'étonnai-je. *Comme c'est… étrange.*

Et comme c'était incroyablement frustrant aussi.

Parce que maintenant, il était très présent dans mon esprit. Un soir où j'avais juré d'aller de l'avant, de me tourner vers mon avenir, d'arrêter de m'inquiéter pour un Alpha qui ne voulait pas de moi.

Je serrai les poings et les dents, l'irritation grésillant jusqu'au bout de mes nerfs.

— Prince Cael, salua soudain Benz d'un ton respectueux, complété par une révérence.

— Bonjour, lança une voix distinguée, contenant une touche d'accent anglais. Je vous dérange ?

— Pas du tout, répondit Benz, la tête toujours baissée. Je suis simplement l'accompagnateur de l'Oméga Ivana pour la soirée.

— Un ami, alors ?

— Un ami, répéta Benz.

— Mon *meilleur* ami, le corrigeai-je.

Benz esquissa un sourire en coin.

— Oui, son meilleur ami.

— C'est une distinction très importante, murmura le prince Cael. Bêta… ?

— Benz, se présenta mon meilleur ami en relevant enfin la tête.

— Cael, se présenta l'Alpha en retour. (Tous deux se serrèrent la main.) On dirait que je dois t'impressionner presque autant que l'Oméga Ivana.

Je cillai et me tournai vers l'Alpha. Le prince Cael et moi ne nous étions jamais rencontrés, mais je le connaissais. Il avait assisté au couronnement quelques semaines auparavant, tout comme le prince Tadhg, le prince Lykos et une poignée d'autres loups du V-Clan de haut rang. Mais bien sûr, j'avais déjà entendu parler du prince Cael avant cette soirée-là. C'était un prince alpha. *Tout le monde* le connaissait.

Ses yeux bleu-vert captèrent et retinrent les miens tandis que je l'étudiais ouvertement. J'aurais dû certainement m'incliner ou faire une révérence, mais ma louve semblait trop intriguée par la proximité de ce mâle pour se tapir ou se soumettre.

Ce qui était précisément la mauvaise façon de réagir face à un prince Alpha.

Or il ne me sermonna pas pour cela. Il se contenta de sourire, ce qui rendit ses beaux traits encore plus séduisants.

— Pourquoi devrais-tu nous impressionner ? lui demandai-je.

C'était généralement l'inverse lorsqu'il s'agissait de princes Alphas.

— Parce que je vais rejoindre le pool d'accouplement, répondit-il d'une voix douce.

Je sourcillai.

— Mais tu ne peux pas t'installer dans le Secteur de la Nuit.

Il gloussa et secoua la tête.

— En effet, je ne peux pas. Cependant, Kieran m'a accordé une permission spéciale, car j'ai besoin d'une compagne pour le Secteur Lunaire.

— Oh. (Je réfléchis à ses propos.) Tu n'as donc pas d'Omégas éligibles ?

— Il y en a quelques-unes dans le Secteur Lunaire, mais aucune qui convienne. Soit je suis de leur famille, soit elles sont trop jeunes.

— Hmm, j'imagine que ça pose un léger problème, opinai-je en inclinant la tête. Heureusement que le roi Kieran en a découvert d'autres, alors.

Près de moi, Benz se racla la gorge, ce qui me fit lui

jeter un regard. Ses yeux turquoise semblaient vouloir me transmettre une sorte d'avertissement, que je ne compris pas vraiment. Si le prince Cael ne s'était pas tenu à nos côtés, j'aurais été tentée de lui demander : *Mais c'est quoi ce regard ?*

Sauf que rien que d'y penser me fournit la réponse : je parlais au prince Cael comme à n'importe qui d'autre. Or il n'était pas *n'importe qui d'autre*. C'était un *prince Alpha*. Un royal d'un autre secteur en visite. Un être qui exigeait le respect, qui respirait l'autorité et qui s'attendait sans nul doute à ce que je me *soumette*. Surtout étant une Oméga.

— Pardonnez-moi, Prince Cael, dis-je précipitamment en effectuant une révérence. Vous m'avez prise par surprise.

— Au contraire, je crois que c'est toi qui m'as pris par surprise, répliqua-t-il en tendant la main. Les formalités sont inutiles, tout comme les excuses. Je trouve ta franchise rafraîchissante.

— Rafraîchissante ? répétai-je bêtement, regardant sa main tout en maintenant ma révérence.

— Oui, *rafraîchissante.*

Il agita ses doigts devant mes yeux. Je déglutis, ne sachant trop quoi dire. *Qu'est-ce qu'il entend par « rafraîchissante » ?* On aurait dit un compliment. Mais je l'avais sûrement mal interprété.

Et pourquoi bouge-t-il sa main comme ça ? Est-ce pour me dire de me lever ?

— Aimerais-tu qu'on recommence ? questionna-t-il, ce qui me fit sourciller. Peut-être que je peux me présenter correctement et que tu peux me rendre la pareille ? Tu pourras alors m'offrir à nouveau ton beau regard plutôt que de lorgner ma main.

Ses paroles étaient si inattendues que je ne pus m'empêcher de lever les yeux vers lui. Une paire de fossettes encadrait un sourire élégant qui lui plissait un peu les yeux.

— Bonjour, je m'appelle Cael.

Je me redressai.

— Sérieux ?

— Tout à fait sérieux. Et toi, tu es… ?

— Ivana, répondis-je d'un ton pince-sans-rire, arquant un sourcil.

Il sourit et tendit de nouveau la main.

— Ravi de te rencontrer, Ivana.

Je lui serrai la main, parce que cela me paraissait tout simplement naturel. Puis je sentis mes lèvres se retrousser lorsqu'il se pencha pour déposer un baiser sur le dos de ma main. C'était un geste très formel, quoiqu'un peu intime.

— Je croyais que tu avais dit que les formalités n'étaient pas nécessaires ?

— En effet. (Ses iris bleu-vert tourbillonnaient de secrets pendant qu'il soutenait mon regard.) Mais je ne raterai jamais une occasion d'embrasser une Oméga.

— Sauf si l'Oméga est une parente, ou si elle est trop jeune, répliquai-je, répétant ce qu'il avait dit concernant celles de son secteur. C'est exact ?

Il gloussa, lâcha ma main et se redressa.

— Tu me plais, Ivana.

— Ce n'est pas vraiment une réponse, remarquai-je.

— Quand j'embrasse une Oméga avec qui j'ai un lien de parenté, c'est sur la joue, d'une manière fraternelle. (Il marqua une pause et leva les yeux au ciel.) Bon, je suppose qu'on pourrait dire la même chose des deux petites Omégas chiennes de l'enfer du Secteur Lunaire, âgées de cinq ans. Mais c'est surtout parce qu'elles me réclament des bisous.

Je souris de nouveau, amusée par sa description.

— On t'a donc déjà réclamé, alors ?

— Il semblerait, certains jours, répondit-il. Elles ne seront sans doute pas très enthousiasmées que je rejoigne le pool d'accouplement.

— Non, je suppose.

Il haussa une épaule.

— Peut-être qu'elles me pardonneront si je trouve une compagne d'un âge plus convenable pour m'aider à créer un chiot alpha pour lequel elles se disputeront.

— Tu fais déjà des projets pour tes futurs enfants ? m'étonnai-je. Et si ta compagne et toi engendrez une Oméga ?

— Alors ma compagne et moi devrons essayer d'avoir un Alpha la prochaine fois, rétorqua-t-il du tac au tac.

— Donc tu veux plusieurs petits ?

— Bien sûr. Quel Alpha ne le voudrait pas ?

— Hmm, marmonnai-je, réfléchissant à la question. Eh bien…

Je faillis répondre « Cillian » – car que, bien sûr, mes pensées allèrent vers lui en premier – mais Benz se racla de nouveau la gorge, interrompant ma réflexion.

— Je vais chercher du champagne au sang. Vous en voulez ? s'enquit-il.

C'était une phrase prononcée d'un ton égal, que n'importe qui d'autre estimerait innocente. Cependant, je n'étais pas dupe. Benz savait très bien ce que j'allais dire, et il m'avait empêchée en douceur de mentionner le nom d'un certain Alpha.

— Ah, tu me voles ma réplique, dit le prince Cael avec un amusement palpable. Ne devrais-je pas plutôt proposer à la ravissante femelle de lui offrir un verre ?

Benz afficha un grand sourire.

— Je pense que la *ravissante femelle* apprécie trop votre conversation pour se séparer de votre compagnie. Je vais donc m'occuper des boissons, comme un accompagnateur digne de ce nom.

Il me lança un clin d'œil avant de s'éloigner, me laissant seule au bord de la piste de danse avec l'Alpha.

— Eh bien, j'ose dire que ton meilleur ami est plutôt charmant, remarqua le prince Cael.

— Je pense que Benz dirait la même chose de toi.

Car cet Alpha était manifestement taillé dans la même étoffe que Benz.

— Oh ? (Il feignit la surprise.) Tu me trouves charmant ?

— Je crois que tu sais que tu es charmant, mon Prince.

— Juste Cael, s'il te plaît. (Il me gratifia d'un autre de ces sourires séduisants.) Nous avons convenu de renoncer aux formalités, n'est-ce pas ?

— Alors tu devrais m'appeler *Ivana* plutôt que *ravissante femelle*, relevai-je.

Son rire était si contagieux que je ne pus m'empêcher de sourire en réaction. *Oui, un charmeur assurément,* pensai-je, surprise de me sentir si à l'aise en sa présence. Seul Benz avait réussi à accomplir un tel exploit aussi vite. Et même lui avait mis un peu de temps à m'apprécier.

— Kieran m'avait dit que tu me plairais, déclara Cael, son regard dansant sur moi avec une joie évidente. Il n'avait pas tort.

— Le roi Kieran t'a parlé de moi ?

— Oui, acquiesça-t-il. Il m'a suggéré de venir te parler ce soir, et je dois dire que je suis content de l'avoir écouté.

— Pourquoi t'a-t-il dit de me parler ? m'étonnai-je.

Il haussa les épaules.

— Je pense qu'il voulait s'assurer que je rejoigne le pool d'accouplement.

— En nous présentant ?

— Oui. (Il pencha un peu la tête sur le côté, faisant

malicieusement tomber ses mèches sombres sur son front.) Si son but était de m'appâter, il a réussi.

— Je croyais que tu t'inscrivais parce que tu avais besoin d'une compagne ?

— J'ai effectivement besoin d'une compagne, et j'ai bien l'intention de rejoindre le pool. Mais je ne l'ai pas dit à Kieran. C'est un allié, pas un ami. Bien que je commence à me poser des questions sur ce dernier point. Il s'avère être assez intuitif concernant mes désirs et mes besoins.

Mes joues s'échauffèrent quand Cael me détailla de la tête aux pieds. Son insinuation était évidente.

— J'espère que je ne suis pas trop direct, dit-il après un bref silence. C'est juste que je ne vois pas l'intérêt de cacher mes intentions ou de tourner autour du pot. Et quelque chose me dit que tu ressens la même chose.

— C'est vrai, avouai-je en déglutissant.

Benz choisit ce moment précis pour revenir, ce qui provoqua chez l'Alpha un large sourire une fois de plus.

— Ah, parfait timing, mon ami.

Il accepta une des flûtes de Benz et me la donna avant d'en prendre une seconde pour lui.

— Merci, leur dis-je à tous les deux.

Benz m'adressa un sourire. Cael le remercia à son tour, puis revint à moi.

— Un toast, alors ? proposa-t-il. Aux jeux d'accouplement ?

Jeux d'accouplement, relevai-je. *Une tournure de phrase intéressante.*

— Oui, acquiesçai-je en faisant tinter mon verre en cristal contre le sien. Aux jeux d'accouplement.

Son sourire était positivement éblouissant.

— Santé, alors !

— Santé, répétai-je en toquant ma flûte à celle de Benz.

Je bus une gorgée ; l'alcool enrichi au sang glissa facilement dans ma gorge, ce que Cael observa avec intérêt avant de faire de même.

Tout cela paraissait si naturel. Si *facile*.

Et pourtant… je *sentais* les yeux de Cillian sur moi.

Peut-être que c'était juste dans mon esprit. Une partie de moi pleine d'espoir ne voulait pas le laisser partir. Ma louve *refusait* de reconnaître sa défaite. Je ne saurais dire, mais j'aurais juré l'entendre grogner dans mon esprit.

Un fantasme, décidai-je. *C'est tout ce qu'il a toujours été.*

Toutefois, Cael – le *prince* Cael – pourrait bien être le véritable fantasme.

Seul le temps nous le dirait.

Jeux d'accouplement, songeai-je de nouveau. *Des jeux d'accouplement, en effet…*

CILLIAN

Merde.

Je serrai les poings sur mes flancs, mes pieds me démangeaient de faire les cent pas.

Non. Pas les cent pas. De *courir.*

Parce que le prince Cael parlait à Ivana.

La mienne, grogna ma bête intérieure.

Non, pas la nôtre, lui rétorquai-je. *Pas du tout la nôtre.* Ce que j'avais soigneusement expliqué à maintes reprises. Pourtant, voir la peine dans ses yeux quelques instants plus tôt m'avait troublé.

Comme si elle ne m'avait pas vraiment cru… jusqu'à présent. *Jusqu'à ce qu'elle surprenne ma conversation avec Lorcan,* pensai-je en grimaçant. *Putain. C'est pourquoi elle a fait ça ? Pourquoi elle s'est inscrite à cette expérience sociale entre Omégas et Alphas ? Parce que je l'y ai poussée par mes paroles irréfléchies ?*

« Allez, c'est toi qui as dit que je devais chercher un compagnon plus approprié », m'avait-elle asséné. Et elle avait conclu par : « J'ai déjà dit à Quinnlynn que je déménagerais volontiers dans le Secteur de la Nuit. Bientôt, tu n'auras plus du tout à te soucier de ma douteuse compagnie. »

Tout cela suggérait que c'était de ma faute si elle s'était inscrite au programme des Compagnes Omégas éligibles.

Merde. J'ai besoin d'un verre.

Je m'éclipsai vers le bar, pris un verre sur le comptoir et me versai une bonne dose de liquide ambré enrichi au sang. La merde pétillante qui circulait dans la salle ne serait carrément pas assez forte pour apaiser ma mauvaise humeur croissante.

— Tu rends les Élites du Secteur Lunaire nerveux. (Ces paroles évoquaient un chuchotis dans le vent tandis que Lorcan se matérialisait à mes côtés.) Y a-t-il une menace qui devrait m'inquiéter ?

Au lieu de répondre, j'avalai une gorgée de ma boisson, ma gorge étant bien trop sèche. Lorcan arqua un sourcil d'un air impérieux.

— Cillian ?

— Ça va, sifflai-je entre mes dents.

Mon ton mordant n'était pas intentionnel, quoique bien réel.

— Ce n'est pas ce que je te demande.

— Je sais. (J'engloutis une autre gorgée, puis attrapai la bouteille pour remplir à nouveau mon verre.) Tout va bien.

Voilà, ça c'était une meilleure réponse. Mais aussi une totale connerie. Parce que tout n'allait *pas* bien.

Non seulement il semblait qu'Ivana s'était inscrite comme Compagne Oméga éligible à cause de moi, mais Kieran m'avait invité à rejoindre le pool d'Alphas admissibles.

Putain de salaud, pensai-je, de nouveau irrité.

Il était passé quelques instants plus tôt, sa bonne humeur se lisant clairement dans le pli effronté de sa bouche. Une bouche que j'avais eu envie de cogner, parce qu'il avait laissé Ivana participer à cette mascarade.

Tu as l'air prêt à tuer le prince Cael, avait murmuré Kieran après être apparu à mes côtés. *A-t-il fait quelque chose qui devrait m'inquiéter ?*

J'avais serré les dents en fusillant mon plus vieil ami du regard.

Il flirte avec Ivana.

Et ?

Et rien, avais-je rétorqué sèchement. *C'est une Oméga éligible, pas vrai ?*

Tout à fait, avait-il opiné. *À moins qu'elle ne le soit pas...*

Je n'avais rien dit. Parce qu'il n'y avait rien à dire. Elle n'était pas à moi. Elle était libre d'être courtisée. D'ailleurs, je l'avais *encouragée* à chercher d'autres Alphas.

Je ne m'attendais simplement pas à ce que ce soit ici et maintenant.

Eh bien, les prochaines semaines devraient être amusantes à observer, avait songé Kieran, son accent irlandais pesant dans mon esprit. *Fais-moi savoir si tu veux être ajouté à la liste des prétendants. Tu as jusqu'à demain pour te décider...*

Je serrai mes doigts autour de mon verre en me remémorant son offre, avec une forte envie de le balancer contre le mur le plus proche.

C'est quoi cette foutue option ? voulus-je savoir, connectant presque mon esprit à celui du roi du Secteur Sanglant.

Kieran savait que je ne voulais pas de compagne. Et encore moins d'Ivana. Elle méritait tellement mieux qu'un Alpha distrait qui ne pourrait jamais la placer au-dessus de tout.

Putain. Je sifflai mon verre et allai pour le remplir encore, mais soudain la main de Lorcan s'interposa.

— As-tu entendu un seul mot de ce que j'ai dit ?

Je grinçai des dents. Cette phrase était exactement la même que celle que j'avais dite à Lorcan lors du couronnement, quelques semaines plus tôt. Il avait été trop occupé à penser à Kyra pour m'écouter. Je l'avais taquiné là-dessus à l'époque. Puis il m'avait raillé à propos d'Ivana.

Une conversation qu'elle avait captée apparemment.

Je posai mon verre vide en soupirant et me tournai vers Lorcan.

— Je suis un peu distrait.

— En effet, répondit-il d'un ton pince-sans-rire. Par Ivana et le prince Cael.

L'entendre associer leurs noms me fit jeter un coup d'œil au couple en question.

Couple, me répétai-je. *Non, pas un putain de couple.*

Bien qu'ils soient en train de danser maintenant.

Depuis quand, bordel ?

Je ne pus m'empêcher de faire un pas vers eux, mais Lorcan se mit en travers, l'air sombre.

— Ne fais pas ça. Ses Élites sont déjà sur les nerfs vu la façon dont tu n'arrêtes pas de reluquer leur prince. Pense à ce qu'on ferait si l'un d'eux matait Kieran comme ça.

On le tuerait à vue, me dis-je tout net, une pensée que j'envoyai à Lorcan.

Exactement, répliqua-t-il, basculant en mode échanges mentaux. *Ils sont au fond de la salle, sur ta gauche. Jette-leur un œil. Vois ce que je vois. Et putain, ressaisis-toi.*

Comment tu te sentirais si le prince Cael valsait avec ton Oméga ? lui balançai-je sans réfléchir à mes paroles.

Mon Oméga n'est pas une compagne éligible, rétorqua-t-il. *Et aux dernières nouvelles, tu ne considérais pas Ivana comme ton Oméga.*

C'était une façon de parler, grimaçai-je.

D'accord, ricana-t-il.

Je veux juste dire qu'un étranger flirte avec l'une de nos Omégas. Nous devrions la protéger, non ?

C'était un argument guère convaincant, que Lorcan n'allait sûrement pas accepter. Heureusement, il eut pitié de moi :

— Il va falloir s'y habituer, me dit-il à voix haute, portant son regard sur l'endroit qu'il m'avait indiqué.

De toute évidence, ses paroles s'adressaient plus aux Élites du Secteur Lunaire qu'à moi. Une façon de les apaiser et de leur faire savoir que je n'allais pas tuer leur prince Alpha.

La mâchoire crispée, je suivis le regard de Lorcan vers les Élites en question. *Granger et Dixon.* Des Alphas. Vieux. Mais pas assez vieux pour me tenir tête. Malgré tout, un rapide balayage de leur esprit me révéla qu'ils réfléchissaient à la façon de m'abattre si je devenais un problème pour eux.

C'était du moins ce qu'indiquait l'esprit de Granger. Celui de Dixon, en revanche, était plus difficile à capter, ses pensées étant au mieux obscures.

Intéressant, me dis-je. *Il semblerait que Dixon soit capable de bloquer mon don.*

Oh ? La curiosité de Lorcan fut piquée au vif. *Comme Orion ? Ou est-ce qu'il te combat comme Myon ?*

Les deux Alphas dont parlait Lorcan étaient ceux que j'avais interrogés quelques semaines auparavant au sujet d'un meurtre potentiel. Tous deux s'étaient avérés difficiles à lire. Une anomalie pour quelqu'un dans ma position.

Comme Orion, répondis-je, évoquant la capacité naturelle de l'Alpha à me bloquer son esprit.

Myon avait pu déjouer mes tentatives parce qu'il était vieux et puissant. Toutefois, comme je n'étais pas en train d'interroger Dixon, il n'avait aucune raison de me repousser. Par conséquent, son talent devait être de nature plus intrinsèque. Tout comme celui d'Orion.

Mais pas comme Ivana. Cette pensée me vint à l'improviste, et je portai mon regard sur la superbe blonde qui virevoltait dans les bras d'un autre Alpha. *Son esprit est simplement... tranquille. Ce n'est pas un bloc, il est juste apaisant. Calme. Un endroit magnifique où simplement exister.*

Sauf que ses pensées tournaient maintenant autour du mâle qui la faisait valser sur la piste de danse.

Elle lui sourit, l'air un peu timide. Ce n'était pas le même sourire que celui qu'elle m'accordait souvent, débordant d'assurance et de connaissance. Celui qui me faisait me renfrogner à chaque fois. Parce que je détestais ne pas pouvoir l'avoir. Qu'elle m'ait poussé à vouloir enfreindre toutes mes règles. Qu'elle m'ait donné envie d'être égoïste pour une fois dans ma vie.

Serrant les dents, je détournai mon regard d'elle. *Il faut que j'aille courir.* Ces mots étaient pour Lorcan. *Entre la proposition de Kieran de m'inscrire au programme d'accouplement et celle d'Ivana...* Je m'interrompis, ne désirant pas parler de ce qu'Ivana avait entendu. Parce que cela n'avait pas d'importance.

Ce qui est fait est fait, me dis-je, veillant à ne pas envoyer cette affirmation dans l'esprit de Lorcan.

Kieran et moi pouvons surveiller, murmura Lorcan, promenant déjà son regard sur l'assemblée. *Tout le monde a l'air de bien se comporter. Même Tadhg fait des efforts pour paraître charmant, et on sait tous les deux à quel point il peut être brutal.*

Je suivis le regard de Lorcan vers Tadhg qui s'inclinait pour baiser le poignet d'une Oméga. *Sylvia*, la reconnus-je grâce à la présentation des candidates un peu plus tôt. Je ne savais pas grand-chose d'elle, juste qu'elle faisait partie des Omégas du Sanctuaire.

En cas de changement, on hurlera pour que tu reviennes, ajouta Lorcan – des paroles qui m'encourageaient à m'en aller.

Je serrai les poings sur mes flancs, la gorge serrée tout à coup.

Et sur un sec hochement de tête, je me téléportai à l'autre bout de l'Islande.

Cela ne me ressemblait pas du tout que je parte en plein milieu d'une mission et laisse Lorcan et Kieran gérer seuls un événement d'une telle ampleur. Mais j'admettais que mon état mental soit compromis. Je ne pouvais pas me concentrer sur mon rôle d'Alpha en ce moment, ni être fiable pour protéger mon peuple, alors que toute mon attention était accaparée par une seule Oméga.

Merde. J'arrachai mes vêtements et me transformai en un clin d'œil. Les pattes massives de mon loup atterrirent sur la glace tandis qu'il émettait un grondement de gorge.

Mon loup était *furieux.*

Il voulait retourner à la fête et arracher la tête du prince Cael, planter ses dents dans l'épaule délicate d'Ivana et la déclarer *sienne.* Puis hurler sa revendication pour que tous les secteurs du V-Clan l'entendent.

Ça n'arrivera pas, lui dis-je, ce qui me valut un autre grondement. *Sors-toi ça de la tête. Martèle ta frustration par terre. Mais on ne retournera pas chercher Ivana.*

Il gronda de nouveau, ne comprenant pas tout à fait mes mots mais interprétant clairement le sens qu'ils recelaient.

Heureusement, il savait qu'il ne fallait pas essayer de contester mon autorité.

Cela ne l'empêcha pas de se ruer à travers le paysage glacé sur une trajectoire inconnue. Sa fureur et sa frustration résonnaient dans notre sillage, l'agressivité de mon animal en faisant une bête indomptable.

C'était pourquoi j'avais besoin de courir. Pour

m'échapper du cadre étouffant de cette fête. *Pour tourner le dos à mes responsabilités.*

Putain, je ne suis pas ce genre d'Alpha, me dis-je. *Je suis plus fort que ça.*

Pourtant, à cet instant, je ne m'étais jamais senti aussi faible.

C'est précisément la raison pour laquelle je ne peux pas prendre de compagne. Pourquoi j'avais dû laisser Ivana trouver quelqu'un d'autre. Parce que je ne pouvais pas me permettre d'ignorer mes responsabilités pour une louve. Même une louve aussi belle et forte qu'Ivana.

Je dois la laisser partir. Complètement.

Mais ce soir, je me permettrais de faire le deuil de cette perte. Ce soir, je serais égoïste. Je libèrerais mon loup. Fuirais cette énergie sauvage.

Et dirais au revoir, une bonne fois pour toutes.

Elle me détestait déjà à cause de ce que j'avais dit. Même si la plupart de mes propos avaient été hors contexte, je n'essaierais pas de m'expliquer. Je ne m'excuserais pas. Je la laisserais juste… vivre.

Ma punition pour ces paroles serait de la voir tomber amoureuse d'un autre Alpha. Un qui lui conviendrait mieux. Qui l'emmènerait hors du Secteur Sanglant. La ferait sienne à tous points de vue. Et me laisserait à mon destin solitaire. Comme il se devait. *Comme il le serait.*

J'accepterais de participer au programme des Compagnes Omégas éligibles. Pour protéger les Omégas concernées pendant qu'elles étudieraient les Alphas. Mais je ne ferais pas partie des candidats admissibles – ce que je confirmai à Kieran par une brève pensée.

Sa seule réponse fut un bourdonnement qui ne me dit pas grand-chose. Mais je n'avais pas besoin de son commentaire. Parce que je ne changerais pas d'avis.

Je m'étais résigné à un destin solitaire depuis longtemps.

Ivana mérite mieux, me rappelai-je tandis que mon loup continuait à foncer sur le sol glacé. *Ivana mérite le* meilleur.

Ce dont je m'assurerais qu'elle trouve, puisque Kieran m'avait confié la responsabilité de la sécurité des Omégas. Ivana Michaels ne se contenterait de rien de moins que la perfection. Je m'en assurerais.

Il n'y avait pas d'autre choix.

Elle était un joyau précieux. Une beauté à nulle autre pareille. Une Oméga avec l'esprit d'un Alpha. Et tout compagnon potentiel qui ne voyait pas cela – qui ne *respectait* pas et n'*adorait* pas cela – ne serait pas autorisé à s'approcher d'elle.

Parce c'était toujours à moi de la protéger pour l'instant. Et je la protégerais jusqu'à ce que quelqu'un d'assez digne croise son chemin…

IVANA

Prince Cael.

    Domicile : Secteur Lunaire.

    Âge : trop vieux pour répondre à cette question. Mais si on me le demande gentiment, il se peut que je donne un chiffre.

    Langues : Anglais, norvégien, suédois, russe, allemand et français.

    Hobbies : Pêche sur glace, voitures de luxe, technologie.

    Aime : Tout ce qui me fait sourire.

    Déteste : Tout ce qui me fait sourciller.

Un ricanement m'échappa devant ces deux derniers éléments affichés sur l'écran, ce qui incita Quinn à me lancer un regard.

— Intéressée ou pas ?

— C'est un prince alpha. (Je haussai les épaules.) Ça

54

veut dire que toutes les Omégas sont intéressées par défaut, je suppose.

— Je ne pose pas la question à propos de toutes les Omégas, je la pose à toi.

— Je ne vais pas juger un Alpha d'après son profil ou un petit quiz qu'on lui a donné en s'inscrivant au pool de rencontres, objectai-je. La cour est trop personnelle pour ça.

— C'est vrai, acquiesça-t-elle. Je devrais donc arrêter de te montrer toutes ces interviews ?

J'étudiai la photo du prince Cael sur l'écran, remarquant le scintillement diabolique dans ses yeux bleu-vert.

Les autres Omégas examinaient les mêmes portraits aujourd'hui, sauf qu'elles les regardaient dans le Secteur de la Nuit avec Kyra. Quinn s'était portée volontaire pour me montrer les candidats Alpha ici, dans le Secteur Sanglant, sûrement parce qu'elle voulait voir si je réagissais favorablement à l'un des compagnons potentiels.

Ou peut-être parce qu'elle était juste une bonne amie.

Le début de notre relation avait été plutôt houleux, puisque j'avais méprisé l'ancienne princesse au premier regard. Elle avait abandonné son peuple, ce pour quoi je n'avais guère de respect. Mais Quinn m'avait ensuite montré ses griffes cachées sous son vernis de douceur, ce qui m'avait fait changer d'avis sur elle presque aussitôt. Et à présent que je connaissais la vérité sur son prétendu abandon, je l'aimais encore plus.

— Ivana ? me relança-t-elle, arquant ses sourcils brun foncé tandis qu'elle maintenait son curseur sur une icône indiquant *Quitter*.

— Non, je veux voir les fiches. (Je me raclai la gorge.) Ça m'aidera à me souvenir de tous les noms pour le dîner d'inauguration demain.

Treize Omégas. Plus de trente Alphas.

Les chances étaient… intenses. Mais elles n'étaient pas si surprenantes que cela. Les Alphas étant plus nombreux que les Omégas en général, on s'attendait à ce qu'il y ait plus de candidats alphas que de candidates omégas.

Et si aucun d'eux ne me trouve assez digne ? m'inquiétai-je. *Est-ce qu'ils me verraient tous comme Cillian ?*

Je grimaçai. Ce nom-là, je m'étais dit qu'il fallait cesser d'y penser. Pourtant, je ne pouvais pas m'en empêcher. Être ici, dans les quartiers privés de Quinn, me rappelait le roi Kieran. Et quand je pensais au roi Kieran, je pensais à ses Élites.

Serrant les dents, je balayai du regard l'écran devant moi. Mais je n'en lisais pas un mot, ce qui allait totalement à l'encontre de l'objectif de cet exercice.

— Peux-tu reculer d'une fiche ? demandai-je, irritée par mon incapacité à me concentrer.

Quinn revint à l'Alpha Hawk, dont les yeux en amande étaient mis en valeur par des cils épais assortis à ses cheveux noirs.

— C'est le second du prince Tadhg, m'informa Quinn d'une voix douce. Je l'ai rencontré quelques fois. Il est discret mais paraît gentil.

— Je suppose que le prince Tadhg ne participera pas au programme ? devinai-je.

— Non, grogna Quinn. Ça ne l'intéresse pas de prendre une compagne.

— Ah bon ? m'étonnai-je, surprise par cette affirmation.

— Il a dit à Kieran, je cite : « Je n'ai aucun désir de nouer mon nœud de sitôt. »

— Charmant, ricanai-je.

— En effet, marmonna-t-elle. Il est poli, mais il y a quelque chose chez lui qui m'a toujours dérangée. (Elle haussa les épaules.) Quoi qu'il en soit, l'Alpha Hawk a l'air adorable. Il sera un bon complément au programme. »

Je ne savais pas trop quoi répondre à cela, donc je me contentai d'acquiescer, puis je parcourus les faits le concernant et les mémorisai. Ou j'essayai, du moins. Savoir qu'il était un second me fit naturellement penser à un autre second.

Un soupir faillit m'échapper, mais je le réfrénai. Et me forçai à lire la fiche suivante.

Quinn en afficha plusieurs autres, et s'arrêta sur celle de l'Alpha Grey. Son regard glacial captura le mien avec une intensité qui me coupa le souffle.

— Wow, murmurai-je, plutôt abasourdie par son apparence.

Ses attributs physiques redéfinissaient le sens de la perfection. Pommettes sculptées. Lèvres pleines. Longs cils couleur de sable. Cheveux d'un blond pâle qui tombaient en bataille sur ses larges épaules.

— Je… je ne me souviens pas de l'avoir vu la semaine dernière.

J'étais quasi sûre que je l'aurais remarqué. Il était trop frappant pour que je l'oublie.

— Parce qu'il n'était pas là, répondit Quinn. Il est resté au Secteur Lunaire en tant qu'Alpha du secteur par intérim.

— C'est le second du prince Cael ? m'étonnai-je, surprise mais aussi irritée.

Parce que bien sûr, cela me faisait penser à Cillian. *Encore une fois.*

— En quelque sorte. (Elle étudia l'écran.) Je pense qu'il est plutôt un homme de main. Il est en partie Alpha du Z-Clan, ce qui le rend inéligible en tant que prince du V-Clan.

— Z-Clan ? relevai-je, manquant de m'étouffer sur ce mot. Il est en partie Alpha du Z-Clan ?

Étoiles…

Les Alphas du Z-Clan étaient des créatures mortelles. Carrément violentes. *Infâmes.* Pourtant, ses traits étaient presque angéliques. Trop beaux pour être réels.

Est-ce que tous les Alphas du Z-Clan sont comme ça ? Une lumière trompeuse masquant les ténèbres qui règnent en eux ?

— Il est aussi en partie Alpha du V-Clan, précisa Quinn. Sa mère était une Oméga du V-Clan, une parente du prince Cael qui a été sauvée quand elle était enceinte de Grey.

Je déglutis.

— Je vois.

— Il n'a donc pas le droit de diriger, mais il est très puissant. C'est pourquoi Kyra l'a accepté comme Alpha pour le programme d'accouplement. Lorcan et elle pensent qu'il pourrait être un atout pour la sécurité du Secteur de la Nuit.

C'était sensé. Son héritage mixte ferait certainement de lui un bon atout.

— Nous verrons ce que les Omégas du Sanctuaire, euh, je veux dire, du *Secteur de la Nuit* penseront de lui, ajouta-t-elle.

Le Sanctuaire des Omégas était jadis un secret de la famille MacNamara. Hélas, les événements de ces derniers temps avaient forcé Quinn à diffuser l'héritage de sa famille dans le monde, d'où l'annonce par son compagnon de la création du *Secteur de la Nuit.* Je me doutais qu'il y avait bien plus dans cette histoire que ce que Quinn ou le roi Kieran laissaient entendre, mais je n'insistai pas auprès de mon amie pour en connaître les détails.

— Quoi qu'il en soit, je suis d'accord avec Kyra et

Lorcan sur son potentiel, conclut Quinn. Donc nous verrons bien comment il est accueilli.

Comme je n'avais pas encore rencontré l'Alpha Grey, je n'avais pas d'opinion. Cependant, je me demandais comment Ashlyn – une candidate oméga du Z-Clan – réagirait face à lui. Je ne connaissais pas ses antécédents, mais je supposais qu'elle s'était réfugiée dans le Secteur de la Nuit pour une bonne raison. Et cette raison était probablement liée au fait qu'elle s'était échappée d'un secteur du Z-Clan.

— Enfin bon, murmura Quinn. (Elle passa à la fiche suivante, présentant un homme musclé à la peau sombre et aux beaux yeux noirs.) Alpha Ransom, Secteur des Glaciers.

Je frissonnai, non pas à cause de l'homme séduisant à l'écran, mais à l'idée de son pays. D'après ce que j'avais entendu, il portait bien son nom.

Il se trouvait aussi que c'était le premier secteur que les compagnes omégas éligibles visiteraient au cours de notre prochaine tournée du V-Clan.

— Les princes alphas sont tous favorables à notre programme de Compagnes Omégas éligibles, mais ils ont exprimé le désir d'accueillir les Omégas dans leurs secteurs d'origine, m'avait expliqué Quinn plus tôt dans la journée.

Apparemment, c'était un moyen de s'assurer que les Omégas – moi y compris – seraient à l'aise dans le pays natal de leur compagnon potentiel avant de s'accoupler. Juste au cas où nous serions rappelées pour une visite ou si nous décidions de déménager plus tard dans la vie.

C'était logique, mais certains secteurs du V-Clan m'intimidaient. En particulier le Secteur des Glaciers.

— Il a vraiment l'air d'un Viking, songeai-je à voix haute à propos de l'Alpha Ransom.

Quinn y réfléchit un instant.

— Les Alphas vikings que j'ai vus étaient tous plus grands. Plus intimidants. Une fourrure blanche, pas noire.

— Tu as rencontré des Alphas vikings ? m'étonnai-je. De la vieille Europe ?

Ses traits s'assombrirent, ses yeux se plissèrent légèrement.

— Pas directement. Mais j'ai été témoin de leur force brute. L'Alpha Ransom est bien plus civilisé.

— Tous les Alphas vikings ne sont pas barbares, dit le roi Kieran en se matérialisant dans la pièce, ses oreilles de loup lui ayant manifestement permis d'entendre notre conversation avant d'entrer.

Les poils de ma nuque se hérissèrent lorsque Cillian apparut à ses côtés, les mains jointes dans le dos avec l'élégance qui était la sienne.

L'ignorant soigneusement, je me concentrai sur ce que disait le roi Kieran à propos des Alphas vikings.

— Ne te laisse pas abuser par le nom du Secteur Sauvage, ma chérie. Là-bas, les Alphas chérissent leurs compagnes Omégas. Peut-être pas autant que nous ici, mais je suppose que les deux auxquels tu penses sont des anomalies parmi leur espèce.

— Comme l'Alpha du V-Clan que j'ai flairé, marmonna-t-elle, ce qui me fit sourciller.

— Oui, lui aussi. (Le roi Kieran posa une main sur sa joue et un baiser sur son front.) J'ai toujours l'intention de le chasser pour toi.

— Je ne l'ai pas senti.

— Je sais.

— Tu as écouté ?

— Je suis toujours à l'écoute, petite farceuse, répondit-il, une étincelle dans ses yeux sombres. (Sa main dériva vers le renflement perceptible de son abdomen.) Tu le sais bien.

— Ce n'est pas comme si je pouvais m'éclipser, souffla Quinn.

— On sait tous les deux que tu es bien plus inventive que ça.

— Je pense avoir prouvé que j'ai l'intention de rester.

— En effet. (Il se pencha pour presser ses lèvres contre son oreille.) Mais je t'ai entendue penser à chasser cet Alpha, ma chérie. Pour protéger tes Omégas, ainsi que notre enfant à naître. Ne pense pas une seule seconde que je te laisserai y aller seule.

— Tu ne me laisses pas faire quoi que ce soit.

Elle avait l'air irascible, comme s'ils avaient deux conversations complètement différentes.

— Je t'ai dit que nous pourrions leur rendre visite, Quinn. Dis-moi juste quand, et je préparerai le jet.

Elle se mordit la joue, les yeux toujours plissés.

— Je dois finir de préparer les Omégas.

— Je sais.

— Puis on ira.

Elle parut contente. Je n'avais pas la moindre idée de ce dont ils parlaient à présent. On aurait dit qu'ils avaient sauté entre trois ou quatre discussions sans rapport entre elles.

— Très bien. (Il effleura sa tempe des lèvres, l'air indulgent.) Je suis à tes ordres, ma reine. Toujours.

Elle hocha la tête, enroula ses bras autour de lui et enfouit son visage dans son cou. Je détournai le regard, me sentant soudain très déplacée dans ce moment intime.

Depuis que je connaissais Quinn, elle avait toujours été bien posée et de nature royale. C'était une Oméga qui ne cherchait pas la merde et qui défendait ceux qui en avaient besoin. Mais en ce moment, elle avait besoin du ronronnement de son Alpha – qu'il lui donna avec un fort ronflement de poitrine. Les démonstrations d'affection étaient habituelles entre eux, mais là… c'était encore plus affectueux que d'habitude.

Elle est enceinte, intervint Cillian dans mon esprit. *Les Omégas enceintes sont souvent émotives.*

Je lui dardai un regard noir.

Pourquoi tu es dans ma tête ?

Parce que tes pensées sont particulièrement bruyantes aujourd'hui, grogna-t-il. *Je me suis senti obligé de répondre.*

Je faillis ricaner.

Tu peux choisir ce que tu veux écouter.

Oui, c'est vrai. Mais il se trouve que tu penses à deux personnes que j'écoute toujours : Quinn et Kieran.

De toute évidence, je ne suis pas une menace, lui retournai-je. *Alors ne m'écoute pas.*

J'aimerais le pouvoir.

L'irritation flamboyait dans ses yeux presque noirs, une expression que je ne connaissais que trop bien. Car Cillian m'avait toujours regardée de cette façon, comme si j'étais une menace pour sa santé mentale.

Comment ai-je pu prendre ce regard noir pour autre chose que du dédain ? me demandai-je, étudiant son expression. *Comment ai-je pu penser qu'il pouvait y avoir plus entre nous ?*

Un soupçon d'autre chose traversa ses traits. Une émotion qui ressemblait fort à de la *pitié*.

Ivana…

Non, tranchai-je. *Sors de ma tête.*

C'était le dernier endroit où j'avais envie qu'il soit. Il n'avait pas à capter mon chagrin d'amour ou mes pensées ridicules sur ce que j'avais espéré que nous serions un jour. Ce n'était pas ses affaires.

J'étais maintenant une Compagne Oméga éligible, déterminée à trouver un nouvel Alpha. Bien décidée à quitter ce secteur. À *le* quitter.

— Peux-tu m'envoyer le reste des dossiers, Quinn ?

demandai-je, reportant mon attention se sur elle. (Elle n'étreignait plus le roi Kieran, et son regard allait de Cillian à moi et retour.) Ou bien je vais juste revoir ceux que j'ai manqués avec les autres avant le dîner d'inauguration demain ?

J'avais formulé ma suggestion comme une question car je reculais déjà vers la porte.

— J'apprécie que tu me laisses voir les profils, mais je… (Je me raclai la gorge.) Je sais que tu as mieux à faire de ton temps.

Elle fronça les sourcils.

— Ça ne me dérange vraiment pas, Ivana.

— Je sais bien. Mais…

Je m'interrompis, mon regard voleta du roi Kieran à un Cillian renfrogné.

Je grimaçai. Ce n'était pas mon genre de fuir une altercation. Bon sang, j'en avais eu mon content avec Cillian. Mais maintenant… maintenant je voulais juste… passer à autre chose.

— Je te les enverrai par mail, proposa Quinn doucement. Fais-moi savoir si l'un d'eux te fait envie.

Je ne ferais pas ça. Mais j'acquiesçai quand même, surtout parce que je voulais disparaître.

— Merci.

Je me retournai – et me heurtai à la poitrine de Cillian.

Car ce salaud s'était éclipsé à travers la pièce pour me bloquer la sortie.

— Je te raccompagne.

Son ton grave transpirait l'autorité, ses mots n'étaient ni une offre ni une demande, mais une exigence. Un mois plus tôt, cet ordre m'aurait rendue extatique. Il aurait suscité l'espoir que Cillian me considère enfin comme une compagne potentielle.

Mais maintenant, je n'étais pas dupe.

Cillian ne voulait pas de moi. Il me trouvait irritante, une Oméga pleine de *qualités douteuses* et complètement hors de sa catégorie.

Et putain, je n'allais pas le déranger davantage en acceptant sa version d'une « caresse de pitié ».

— Je vais me raccompagner moi-même, merci.

Je lui adressai une brève révérence – une marque de respect formelle – et j'essayai de le contourner. Mais il saisit ma hanche dans sa poigne inflexible.

— Ivana.

— Bonne nuit, Alpha Cillian, murmurai-je.

Je ne voulais pas écouter ce qu'il avait à dire. Ce ne serait sans doute qu'une autre déclaration apaisante. Ou pire, une demande de me raccompagner chez moi.

Bientôt, je serai dans un autre secteur, songeai-je, consciente qu'il pouvait sûrement m'entendre. *Et tu n'auras plus jamais à me supporter.*

Sur ce, je disparus en un clin d'œil et m'éclipsai vers mon appartement.

J'avais mieux à faire que de me soucier de la pitié de Cillian.

Comme trouver comment arrêter de comparer chaque candidat à l'Élite en question.

Étoiles, murmurai-je en moi-même. Il y avait plus de trente Alphas intéressés à prendre une compagne. Et l'un d'eux était même un prince de secteur.

Le prince Cael. Bel homme. Rusé. Séducteur. Divertissant. Une prise parfaite.

Si seulement ma louve intérieure l'acceptait…

Je m'effondrai sur mon lit en soupirant et fermai les yeux.

Oublie le Secteur Sanglant, enjoignis-je à mon animal. *Oublie Cillian. C'est notre passé. Il est temps de se pencher sur l'avenir.*

CILLIAN

Bientôt, je serai dans un autre secteur. Et tu n'auras plus jamais à me supporter.

Les pensées d'Ivana d'hier persistaient dans mon esprit, d'autant plus que je ne m'étais pas attendu à ce qu'elles soient aussi frappantes.

Il m'avait fallu une certaine retenue physique pour ne pas m'éclipser dans son sillage afin de m'expliquer avec elle. Lui faire comprendre que je ne la trouvais pas irritante. Elle était plutôt bien trop séduisante, ce qui m'irritait – un concept totalement différent de ce que je lui avais fait croire.

Je ne détestais pas non plus sa présence et ne pensais pas qu'elle était inférieure à moi. Au contraire, je la considérais comme étant *au-dessus* de moi et j'abhorrais l'envie folle que j'avais d'elle. Cette femelle me rendait fou. *Constamment.* Même encore maintenant.

Comment une femme pouvait être aussi séduisante rien qu'en mangeant de la soupe, cela me dépassait. Mais j'avais du mal à la quitter des yeux. Ce qui était un problème car j'avais une salle pleine d'Alphas à superviser.

J'avais déjà la plupart d'entre eux sous mon contrôle, mon pouvoir s'enroulant autour d'eux comme une laisse invisible. Ma liste habituelle de mots que je surveillais mentalement avait augmenté de façon exponentielle, et mon esprit scannait la salle en quête du moindre soupçon de menace.

Jusqu'à présent, les seules pensées alarmantes concernaient l'*accouplement.* Surtout parce que certaines d'entre elles tournaient autour du nom d'Ivana.

L'Alpha Ransom s'intéressait particulièrement à elle, ayant choisi de s'asseoir à ses côtés pendant le repas, tandis que le prince Cael s'était installé en face d'elle. Les deux hommes essayaient d'engager la conversation avec elle. Cael semblait l'emporter, son charme étant souligné par le retroussement de ses lèvres tandis qu'il contemplait affectueusement mon Oméga.

Pas mon Oméga, me corrigeai-je, serrant la mâchoire et me forçant à scruter la salle.

Treize Omégas. Trente-et-un Alphas.

Théoriquement, il aurait dû y avoir trente-deux Alphas présents. Mais Grey était resté dans le Secteur Lunaire. Le prince Cael n'avait pas expliqué pourquoi, il avait simplement déclaré que Grey était toujours intéressé et qu'il avait l'intention de participer aux prochains événements.

D'où les trente et un Alphas admissibles installés dans la vaste salle à manger des MacNamara – un lieu de divertissement que Kieran avait rénové pour honorer la famille de sa compagne. C'était un endroit idéal pour ce dîner d'inauguration, non seulement par sa taille, mais aussi grâce aux niveaux de sécurité qu'il recelait.

Il y avait des caméras partout. Toutes étaient visionnées par Lorcan en ce moment même. Il avait choisi de rester en retrait avec Kyra, me laissant comme garde principal en service. C'était une démonstration de pouvoir, visant à souligner mon autorité et la confiance qu'avaient Lorcan et Kieran en ma capacité à contrôler trente-et-un Alphas.

Bien sûr, j'avais deux lieutenants dans mon équipe, que je n'avais pas personnellement recrutés. L'un était Fritz, un Protecteur du Sanctuaire Oméga. Récemment, il avait royalement merdé en laissant un vampire alpha manipuler son esprit. *Laissant* n'était peut-être pas le bon terme. C'était plutôt qu'on avait profité de lui et qu'on l'avait manipulé contre sa volonté. Quoi qu'il en soit, ce soupçon de faiblesse m'avait rendu méfiant envers lui. Sa mission ici était censée lui permettre de regagner les faveurs de ses confrères omégas. Ou peut-être pensait-il que c'était sa pénitence. Quoi qu'il en soit, il s'était porté volontaire pour nous aider, et Lorcan avait accepté sa demande.

L'autre lieutenant sous mes ordres était Benz. Le Bêta avait proposé ses services à Kieran – pas à moi – et mon meilleur ami lui avait accordé cette faveur sans mon consentement. Non pas qu'il en ait besoin. Il fallait des couilles pour s'offrir ainsi au roi du Secteur Sanglant. Mais cela aurait été un signe de respect que de m'en parler également.

Or la dernière heure passée en sa présence m'avait appris pourquoi il n'avait pas pris la peine de m'adresser la parole. Question respect, il n'en avait aucun envers moi.

Car j'avais blessé sa meilleure amie. *Ivana.*

Mon regard revint aussitôt sur elle, juste à temps pour la voir s'esclaffer à propos de ce que Ransom venait de dire. Ou plutôt de *marmonner*, car l'Alpha avait l'air de parler sur un ton plus sec que doux. Cela le mettait à l'opposé du prince Cael, ce qui me rendait morbidement curieux de savoir qui Ivana préférait. Voire si elle aimait l'un ou l'autre. Mais je ne voulais pas fouailler son esprit. Je ne me faisais pas confiance pour ne pas réagir violemment.

Me raclant la gorge, je balayai de nouveau la salle à manger du regard, mon esprit enregistrant toutes les pensées et les cataloguant comme il se devait.

Pas de menaces. Pas de sombres intentions. Juste un bourdonnement d'accouplements potentiels. Un brouhaha qui me procurait une étrange nostalgie en mon for intérieur. Car je n'en ferais jamais l'expérience. Je ne pourrais pas me le permettre.

Je forçai mon expression à rester neutre tandis que je me tenais à l'écart, observant, écoutant, *désirant secrètement*.

Le temps s'écoulait trop lentement, mon loup tournait en rond en moi, ayant besoin d'une longue et rude course.

C'était la vie que j'avais juré de mener. La punition que je méritais. Même si les péchés pour lesquels je cherchais à faire pénitence n'étaient pas forcément les miens.

Quelque chose d'important à signaler ? s'immisça Kieran dans mon esprit, me tirant du néant qu'était mon passé.

Si c'était le cas, je l'aurais signalé, rétorquai-je.

On est de mauvaise humeur ? ricana-t-il.

Ça fait trois ou quatre heures que j'écoute Benz dénigrer mon caractère, grognai-je, dégainant la première excuse que je pus trouver. *Comment suis-je censé compter sur lui pour une assistance en matière de sécurité alors qu'il méprise son supérieur ?*

Je suis certain qu'il n'est pas le premier Bêta mécontent à croiser ton chemin, répliqua mon plus vieil ami. *Gagne son respect comme tu as gagné celui des autres.*

Je ne suis pas sûr que ce soit possible. Il croit à tort que j'ai mené sa meilleure amie en bateau et me déteste pour l'avoir rejetée.

Benz est le meilleur ami d'Ivana ? proféra Kieran d'un ton neutre. *C'est fascinant. Je n'en avais aucune idée.*

Menteur, faillis-je grogner à haute voix.

Est-ce que je mentirais à propos de quelque chose d'aussi anodin ? Oui.

Car Kieran aimait se mêler de tout. Du moins concernant ma vie. La politique, il la méprisait. Se foutre de ma gueule, il adorait.

Hmm, fredonna-t-il dans mon esprit d'un ton évasif. *Comment Ivana s'en sort-elle ? Penses-tu qu'elle trouvera un compagnon convenable ?*

Ta provocation ne marche pas avec moi.

Je ne te provoque pas. Je me renseigne sur une femme sous ma protection.

Toutes les Omégas sont sous ta protection, rétorquai-je. *Tu es le foutu roi.*

En effet.

Il avait l'air bien trop amusé. Probablement parce qu'il captait mon irritation. Ce qui signifiait que sa provocation marchait, bien que je prétende le contraire.

Il faut que je me concentre, lui grommelai-je. *Va gentiment te faire foutre,* Sire.

Son gloussement traversa mon esprit, ce qui me fit serrer les poings.

Il était l'un des rares esprits avec lesquels je restais constamment connecté, et je regrettais sérieusement cet instinct en ce moment. Si sa sécurité n'était pas ma première priorité dans la vie, je l'aurais bloqué. Hélas, je devais rester ouvert à lui au cas où il aurait besoin de moi.

La soirée s'achève bientôt, Cillian, murmura-t-il, ignorant mon conseil d'aller se faire foutre. *Va courir après ça. Tu en as clairement besoin.*

Je ne pris pas la peine de répondre. Il n'y avait rien d'important à dire, et je n'étais pas non plus d'humeur à plaisanter.

M'appuyant sur le mur derrière moi, je scannai de nouveau toutes les têtes. La plupart des Omégas et des Alphas étaient debout maintenant, en train de bavarder dans la salle autour de boissons, dont beaucoup étaient enrichies au sang.

Ivana était au milieu d'un groupe, conversant de nouveau avec Cael. Ses deux Élites étaient juste derrière lui, leurs regards aussi vigilants que le mien. Naturellement, ils n'arrêtaient pas de les porter vers moi – j'étais la plus grande menace connue ici. Quelqu'un qui pourrait facilement défier leur prince pour son secteur. Bien que je n'aie aucune envie de jouer sur le terrain des princes alphas. Mais peu importait le nombre de fois où je l'avais proclamé haut et fort, personne ne me croyait. Même pas Kieran.

Peut-être que si je l'exprimais directement dans l'esprit de Dixon et de Granger, ils me croiraient, pensai-je sombrement. Mais Dixon continuait de bloquer le sien.

J'étudiai l'homme musclé et remarquai qu'il avait des traits similaires à ceux de Cael. C'était clair qu'ils étaient de la même famille, mais les yeux de Dixon étaient d'un vert uni, et non bleu-vert comme ceux de son frère.

Et les deux hommes semblent posséder des barrières naturelles dans leur esprit, réalisai-je en balayant la surface des pensées de Cael. J'en captai des bribes, assez pour savoir qu'il ne nourrissait aucune méchanceté.

Mon talent s'enflamma, tenté par le défi de creuser plus avant.

Mais soudain la voix de Cael perça mes pensées.

Je te sens, Cillian. Je crois que mes intentions dans ton secteur sont claires. Cependant, si tu désires enquêter davantage sur ces intentions, je serai ravi de me retirer pour en discuter en profondeur.

Je plissai les yeux.

Tu me bloques.

C'est exact.

Pourquoi ?

Parce que mes pensées ne regardent que moi. Il leva ses yeux bleu-vert et croisa les miens, ses iris luisant d'une légère irritation. *Bien que certains princes alphas puissent être une menace, ce n'est pas mon cas.*

Voilà un point de vue intéressant, relevai-je. *Quels princes alphas sont des menaces, selon toi ?*

C'est une discussion pour un autre jour, j'imagine, rétorqua-t-il. *Tout ce que tu dois savoir à présent, c'est que je ne suis pas une menace.*

Si, lui retournai-je aussitôt. *La plus grande dans cette salle.*

Il arqua un sourcil.

Tu veux qu'on compare nos nœuds, Cillian ?

Je ne te défie pas, Cael. Je ne fais que constater un fait.

Alors permets-moi de te rendre la pareille, dit-il. *Tu es également une menace, mais je ne vais pas laisser ça gâcher ma soirée. Je te suggère de faire de même.*

Il me rejeta en reportant son attention sur Ivana qui fronçait les sourcils, esquissant un sourire d'excuse.

— Je suis désolé, chérie. Où en étions-nous ?

Il tendit la main pour ramener une de ses mèches blond pâle derrière l'oreille.

Je ne savais pas ce qui me dérangeait le plus − son mot doux ou qu'il la touche.

— Tu me parlais de tes routes souterraines, dit-elle lentement, son regard allant de lui à moi et inversement. Est-ce que Cillian te dérange ?

Cael gloussa.

— Non. Il est juste protecteur.

Elle sourcilla. *À quel propos ?* se demanda-t-elle.

Toi, faillis-je lui répondre.

À la place, je les laissai à leur conversation et m'éclipsai dans un coin plus sombre de la salle. Je ne voulais pas qu'on me voie, ni qu'on m'entende ou me *ressente.* Je voulais disparaître et observer en silence.

Ce que je fis durant les deux longues heures qui suivirent, jusqu'à ce que la soirée d'inauguration prenne fin.

Je laissai Fritz et Benz se charger d'escorter les Alphas jusqu'aux quartiers des invités, plusieurs d'entre eux demeurant dans le Secteur Sanglant pour la semaine. Certains vivaient déjà ici. Et quelques-uns retournaient dans leur secteur d'origine.

Heureusement, Cael faisait partie de ces derniers.

Il me lança un clin d'œil avant de s'éclipser avec ses deux Élites. Je ne répondis pas ouvertement. Mais en moi, mon animal gronda. Il y avait quelque chose là-dedans qui ressemblait à un défi. Un défi que je ne voulais pas relever.

Il pouvait garder le Secteur Lunaire pour lui. J'étais parfaitement satisfait ici, dans le Secteur Sanglant. Enfin, la plupart du temps.

Ivana était partie sans escorte, préférant sans doute s'éclipser jusqu'à son nid.

Repoussant l'envie de la poursuivre, je reconduisis nos Omégas dans leurs suites au sein du palais de Kieran et Quinnlynn – qui ressemblait plus à un immeuble d'appartements qu'à une résidence royale traditionnelle.

Une fois les Omégas en sûreté, j'informai mentalement Kieran que la soirée s'était déroulée sans incident, puis m'éclipsai dans ma tanière.

Sauf que rien n'avait l'air d'aller bien ici.

Il y avait trop d'Alphas étrangers dans notre secteur. *Sur nos terres.*

Et Ivana avait choisi de dormir à l'écart des autres Omégas.

— Putain, marmonnai-je en passant mes doigts dans mes cheveux.

J'aurais dû insister davantage pour qu'elle soit logée avec les autres. C'était le plus pertinent du point de vue sécurité, surtout avec les trente-et-un Alphas en visite.

Je resserrai ma laisse autour des Alphas, mon esprit les scannant en quête de mauvaises intentions, par habitude.

Rien. Pas une seule pensée tordue.

Pourtant, je n'arrivais pas à me débarrasser de l'impression que quelque chose n'allait pas.

Faisant les cent pas, j'essayai d'atteindre l'esprit d'Ivana. Mais il était tranquille, comme toujours. Paisible. Il ne me donnait aucun indice sur lequel me focaliser.

Elle était en sécurité.

À moins que quelqu'un n'interfère, pensai-je en me figeant. *Non, c'est impossible.*

Et pourtant, les capacités de Cael et de Dixon à contrecarrer mes talents naturels me faisaient remettre en question toute mon existence.

Tu as perdu la tête, me dis-je, serrant ma mâchoire. *Arrête avec ces bêtises.*

Pourtant, cette irritation dans ma poitrine ne se calmait pas. Elle continuait à me gratter. À picoter mes instincts. À me faire serrer et desserrer les poings.

Je grognai et fermai les yeux, luttant contre l'envie croissante de m'éclipser.

Quand je consultai ma montre, mes dents ne firent que grincer plus fort. Cela faisait près de quatre-vingt-dix minutes que je n'avais pas vu Ivana.

Peut-être que si je... jetais juste un œil sur elle... je me sentirais mieux. Je pourrais me débarrasser de cette impression.

— Très bien, grognai-je en m'éclipsant dans la rue au bas de son immeuble.

Le soleil pointait déjà à l'horizon, le dîner d'inauguration s'étant prolongé jusqu'à l'aube. Nous étions par nature des créatures nocturnes, préférant dormir le jour. Toutefois, le soleil ne nous dérangeait pas comme d'autres créatures de notre monde. Il ne faisait guère qu'irriter nos yeux.

Je m'appuyai contre le bâtiment en soupirant et j'essayai de capter de nouveau l'esprit d'Ivana.

Toujours silencieuse, constatai-je, soucieux.

Sans réfléchir, je m'éclipsai à son étage et j'écoutai de nouveau. Comme c'était encore trop calme, j'allai jusqu'à sa porte et levai la main pour frapper.

J'entendis un doux gémissement à l'intérieur, qui mit aussitôt mes sens augmentés en alerte. Le monde disparut et réapparut autour de moi en un clin d'œil, le couloir faisant place au sanctuaire d'Ivana.

Je savais où elle habitait, mais ne lui avais jamais rendu visite. Cependant, mon nez me conduisit directement à son nid.

La petite Oméga était blottie dans ses draps.

Je restai bouche bée à ce spectacle magnifique, ses cheveux ébouriffés en un halo doré qui brillait pratiquement malgré l'obscurité de sa chambre.

Putain. Je bandai instantanément à cette vue, mon nœud palpitant d'un besoin de la rejoindre. *Éclipse-toi,* m'intimai-je. *Pars. Tout de suite.*

Sauf qu'un autre son délicieux s'échappa de ses lèvres pleines, telle une invite qui mit le feu à mes veines. Ma poitrine me picota de l'envie de ronronner.

Et ma queue…

Non. Putain non. Je fis un grand pas en arrière. *Ça n'arrivera pas.*

Ce programme d'accouplement me prenait la tête. J'avais besoin d'aller courir. De satisfaire le désir de mon animal de se transformer et…

— Cillian, chuchota Ivana, ce qui me fit écarquiller les yeux.

Merde. Je déglutis, la bouche sèche. Parce que je n'avais aucune explication à ma présence ici. Pourquoi je me tenais à côté de son nid avec une putain de trique.

— Ivana, je…

— *Ohhh, Cillian…*

Elle se lova en une boule plus serrée et l'odeur de son miel me frappa avec la force d'une avalanche, me coupant le souffle.

Un grondement me serra la poitrine, prenant le pas sur l'envie de ronronner, mon instinct de *rut* l'emportant presque sur ma raison.

Ivana gémit de nouveau, un souffle s'échappa de ses lèvres et elle rejeta la tête en arrière, les narines dilatées. Pourtant, ses yeux restaient fermés tandis qu'elle murmurait mon nom une fois de plus.

Un rêve, réalisai-je à travers la brume de l'excitation qui brouillait mes pensées. *Elle rêve de moi…*

Putain, il fallait vraiment que je m'éclipse d'ici avant de m'immiscer dans son esprit et mater ses fantasmes intérieurs.

Ou pire, de rester ici et réaliser son rêve.

Avec un autre grognement, je me forçai à partir. Mais je ne pus aller plus loin que son salon.

J'hésitais à la porte, incapable de me téléporter à travers, humant son doux parfum. M'en délectant. Faisant semblant une seconde qu'elle m'était vraiment destinée.

Que son doux miel pouvait être à moi. Que ses fantasmes pouvaient devenir réalité.

Mais tandis que son pouls accélérait, je m'arrachai au désir enivrant qui m'enchaînait à sa présence.

M'éclipsai dans un champ de glace. Arrachai mes vêtements. Me transformai.

Et *courus*.

TROISIÈME PARTIE

Chères étoiles,

Je n'arrête pas de rêver de Cillian. Ce qui est encore plus étrange, c'est que son odeur semble imprégner mon nid.

Je ne sais pas trop pourquoi. Il n'est jamais venu dans ma chambre jusqu'à présent.

Ce n'est pas faute de l'avoir invité. À chaque cycle de chaleurs, il était le seul Alpha sur ma liste. Mais il n'est jamais venu. Il ne m'a pas rendu visite une seule fois.

Parce qu'il n'a jamais voulu de moi comme je voulais de lui.

Peut-être que je serai accouplée lors de mon prochain cycle de chaleurs.

Peut-être que je vais enfin goûter à un vrai nœud.

Peut-être que je vais enfin connaître... l'amour.

Bien à vous,
Ivana

IVANA

JE RELUS ma dernière inscription dans mon journal, tapotant la page avec mon stylo. Espérer l'amour me semblait un peu extrême. Peut-être que *désir* était un terme plus approprié.

Mais c'était entièrement mon problème.

J'avais déjà rencontré plusieurs Alphas, tous beaux, charmants et désireux de prendre une compagne, mais Cillian continuait à être la vedette de mes rêves.

Et son odeur, pensai-je en frissonnant. *Son odeur est partout.* Partout dans mon nid. Dans ma chambre. Comme s'il avait visité mon espace personnel.

Ce qui était insensé. Oh, je l'avais invité maintes et

maintes fois, mais il n'avait jamais accepté mon offre. Il m'avait laissée souffrir seule de mes chaleurs.

C'était en partie de ma faute. Les Omégas du Secteur Sanglant avaient le droit de dresser une liste d'Alphas pour nous aider à satisfaire nos cycles œstraux, mais je n'avais choisi que Cillian.

Et il ne s'est jamais montré, me dis-je en grimaçant. *Il m'a laissée souffrir, année après année.*

J'essayais de ne pas lui en vouloir. Pas totalement, en tout cas.

J'aurais pu demander un autre Alpha, mais je n'avais voulu personne. Et tout ce programme d'accouplement me faisait me questionner si je pourrais désirer un autre homme un jour.

Chères étoiles, écrivis-je sur une page blanche. *Peut-être suis-je destinée à être seule. Le prince Cael est tout à fait charmant. Mais je ne ressens pas cette étincelle. Pas comme avec…*

Je rayai mes mots avec colère et retournai mon journal sur la table, irritée par mes réflexions intérieures.

C'est ridicule, me dis-je.

Je n'avais pas vu Cillian depuis cinq jours, depuis le dîner d'inauguration, où il avait fusillé du regard le prince Cael. « Il est juste protecteur », avait remarqué ce dernier.

Protecteur de qui ? avais-je eu envie de savoir. Mais à la place, je n'étais parvenue qu'à émettre un « Oh » guère éloquent. Puis notre conversation s'était reportée sur le réseau routier souterrain du Secteur Lunaire, que j'avais très envie de visiter.

Malheureusement, le Secteur Lunaire était la troisième étape de notre tournée. Le Secteur des Glaciers venait en premier.

Je regardai par le hublot, intriguée par les nuages cotonneux qui brillaient au clair de lune autour de l'appareil, produisant un éclat presque sinistre. Ce n'était que la deuxième fois que je voyageais de cette façon, ma capacité à m'éclipser rendant le vol en avion inutile. Cependant, les Omégas du programme ne pouvaient pas toutes se téléporter. C'est pourquoi nous avions pris l'avion pour le Secteur des Glaciers au lieu de nous y éclipser.

Tous les compagnons alphas admissibles avaient été invités à nous rencontrer sur place, mais les Alphas du Secteur des Glaciers avaient eu la primeur du choix de leurs « rencarts » pour la semaine.

L'Alpha Ransom m'avait sélectionnée.

Faisant la moue, je revins une fois de plus à mon journal.

Chères étoiles, recommençai-je. *Les Omégas à bord du jet se sentent nerveuses. Ou peut-être que c'est juste moi. Je n'ai jamais vraiment eu de « rencart » avec un Alpha jusqu'à présent. Mais l'Alpha Ransom a l'air sympa. Calme aussi. Toutefois, ses yeux…*

— Ça te dérange si je m'assois ici ? s'enquit une voix douce, détournant mon attention de mon stylo vers une paire de grands yeux bleus.

Ashlyn.

Je la regardai en cillant, un peu surprise qu'elle ait choisi mon coin tranquille, façon box, à l'arrière du jet. Toutes les autres Omégas bavardaient sur les canapés vers l'avant, leur excitation produisant comme un bourdonnement électrique dans l'air. J'étais trop absorbée par mes pensées pour me joindre à elles.

— Euh, non, vas-y, répondis-je désignant le siège libre en face de moi.

Elle m'adressa un petit sourire et se glissa dans l'énorme fauteuil, sa silhouette menue pratiquement engloutie dans le cuir beige.

— Merci. (Elle sortit un carnet et un stylo.) J'ai une vision qui me rend folle. J'ai besoin de l'écrire, et ici m'a semblé être le meilleur endroit pour ça.

— Une vision ? relevai-je.

— Mm-hmm, fredonna-t-elle, griffonnant déjà sur une page vierge.

Les Omégas du Z-Clan étaient connues pour être naturellement intuitives, capables de lire les auras de leur entourage. C'était un talent unique, dont leurs Alphas avaient tendance à abuser. Alors qu'elles étaient dotées de capacités psychiques rares, les Alphas du Z-Clan avaient pour eux la force et la domination. Ce qui les rendait plus sauvages de nature, surtout lorsqu'il s'agissait de maîtriser leurs compagnes omégas.

Je n'avais jamais eu le déplaisir de rencontrer un Alpha du plan Z, et j'espérais ne jamais vivre une telle expérience. Cependant, Ashlyn… je me doutais qu'elle en avait connu plusieurs dans son existence.

— Je ressens ton inquiétude, mais je vais bien, murmura-t-elle de sa voix douce. Le passé est le passé. C'est plutôt l'avenir qui me préoccupe. (Elle s'interrompit et leva les yeux sur moi.) Je peux te confier un secret ?

Son regard avait un aspect onirique, et je me demandai si elle me regardait vraiment ou voyait autre chose.

— Euh, bien sûr, proposai-je, quelque peu troublée par cette interaction inattendue.

— J'adore tenir un journal. (Elle avait l'air plutôt satisfaite de son *secret*.) J'ai plein de carnets remplis de réflexions dans mon nid. Mais pour trouver mes journaux intimes, il faut savoir où chercher.

— Je vois.

Elle sourit.

— Non, mais tu verras. (Elle se pencha en avant.) Je cache mes journaux sous mon nid, sous le plancher. C'est mon secret.

— Et tu me dis ça parce que… ?

Elle haussa les épaules.

— Au cas où tu aurais un jour besoin de savoir quelque chose.

Je la fixai.

— Il y a quelque chose que je devrais savoir ?

— Beaucoup de choses, j'en suis sûre, soupira-t-elle. Mais c'est le problème avec les visions. Je ne peux que voir, jamais partager. Néanmoins, juste au cas où…

Elle s'interrompit et retourna à son journal comme si elle n'avait pas été en plein milieu d'une déclaration.

J'étais à moitié tentée de me pencher en avant pour lire son écriture cursive. Hélas, ç'aurait été impoli.

Quelle étrange Oméga, songeai-je en l'observant tandis qu'elle griffonnait dans son carnet. Il faudrait que j'en parle à Quinn. À moins qu'il s'agisse d'un comportement normal pour une Oméga du Z-Clan ? Je n'en savais rien du tout.

Comme elle ne donnait pas signe de reprendre la parole, je retournai à mes propres rêveries sur les beaux traits de Ransom.

Cheveux foncés. Peau brune. Regard bienveillant. Lèvres pleines. Épaules larges.

Je mordillai l'intérieur de ma joue, tapotant mon stylo contre ma mâchoire tout en essayant de définir sa personnalité tranquille dans ma tête. Mais ce fut tout ce que je pus en tirer : *il est tranquille*. Peut-être que notre rencart de cette semaine éveillerait quelque chose de plus profond dans mon esprit.

Cillian serait obligé de garder ses distances. Quoiqu'il n'avait pas de problème avec ça. Il avait fait du bon travail toute la semaine et ne m'avait même pas remarquée en montant à bord du jet. Maintenant, il était aux commandes, occupant la place du pilote avec Benz à ses côtés. Je ne pouvais pas les voir d'où j'étais.

Bon débarras, décidai-je en forçant mes pensées à revenir à Ransom.

Or je sentis qu'Ashlyn me fixait de nouveau, ce qui me poussa à lever les yeux sur elle.

— Je peux te dire autre chose ? Un avertissement, plutôt qu'un secret ?

Je sourcillai, cette dernière déclaration – qu'elle avait formulée comme une question – me paraissant plutôt inquiétante.

— Euh, oui ?

Elle jeta un coup d'œil autour d'elle, puis tourna lentement son carnet vers moi pour que je puisse lire les mots sur la page.

Fais attention au prince Cael, disait son élégant gribouillis. *Il est entouré de ténèbres.*

Je haussai les sourcils.

— Hein ?

Elle posa son doigt sur ses lèvres, puis regarda par-dessus son épaule en montrant son oreille. Je plissai le front.

— Je ne comprends pas.

Elle soupira et reprit son stylo pour écrire : *Oreilles de loup, Ivana. Tout le monde peut nous entendre. Et ce n'est pas une chose à entendre.*

Je faillis répondre à voix haute, mais je décidai de jouer son jeu et notai quelques mots de mon cru : *Si le prince Cael est dangereux, tu dois le dire à Quinn.*

Elle secoua la tête. *Il n'est pas dangereux,* répondit-elle par écrit. *Les ténèbres qui l'entourent... je ne sais pas comment l'expliquer. Juste... fais attention, d'accord ?*

Je la dévisageai, puis montrai de nouveau ma réponse. Ses yeux bleus s'étrécirent.

— Tu es vraiment une louve obstinée.

Je restai bouche bée.

— Pardon ?

— Ce n'est pas une insulte, Ivana, sourit-elle. C'est un compliment. Si on avait plus de temps, je pense qu'on deviendrait bonnes amies. (Elle jeta un coup d'œil par le hublot.) Hélas, nous allons atterrir.

Sur ce, elle referma son journal et retourna d'un pas théâtral à l'avant du jet, ses longs cheveux blond pâle flottant dans son sillage. Je la regardai en clignant des yeux.

Qu'est-ce qui vient de se passer ?

Elle avait essayé de me mettre en garde contre le prince Cael, puis avait carrément ignoré ma… Je baissai les yeux sur mon carnet et vis que la page sur laquelle j'avais écrit avait été arrachée.

Elle avait pris ma réponse. *Comment… ?* Je n'avais même pas entendu le papier se déchirer.

Le gloussement d'Ashlyn me parvint quand l'une des autres Omégas lui chuchota quelques mots à l'oreille. Je croisai les yeux bruns de la jeune femme, dont le nom commençait par un *S*.

Quoi qu'elle dise, c'était clairement à propos de moi. Et Ashlyn trouvait ça drôle.

Je plissai les yeux. Je ne connaissais que trop bien la mentalité des garces, ayant vécu dans un immeuble occupé par plusieurs d'entre elles ces dernières années.

Miranda, une Oméga non accouplée qui désirait de tout son cœur choper un prince alpha, avait tenté de faire de ma vie un enfer quand j'étais arrivée dans le Secteur Sanglant. Elle m'avait clairement fait comprendre que Kieran lui appartenait, à elle et personne d'autre.

Sauf qu'il ne lui appartenait pas du tout.

Il avait été choisi par Quinn plus d'un siècle auparavant. Mais la princesse s'était enfuie avant la fin de leur accouplement, laissant Kieran se charger du Secteur Sanglant en son absence. Ce qui avait rendu Kieran éligible aux yeux de Miranda. Malheureusement pour elle, il n'était pas intéressé. Mais cela ne l'avait pas empêchée d'être la reine des garces omégas dans le Secteur Sanglant.

Et maintenant, il semblait que j'en avais rencontré quelques autres.

Fais attention au prince Cael, avait écrit Ashlyn.

Je faillis ricaner. Ça m'avait inquiétée une seconde, mais il était clair que la petite Oméga du Z-Clan jouait un jeu avec moi. Elle voulait probablement Cael pour elle-même. Et quel meilleur moyen de le revendiquer que de chasser toute concurrence ?

Cael me paraissait tout à fait correct. Charmant. Beau. *Intéressé par l'accouplement.*

Oui, je n'allais pas l'éviter. S'il continuait à me chercher, il me trouverait.

Peut-être qu'un baiser aidera à éveiller quelques papillons dans mon ventre, songeai-je.

Bien sûr, Cillian n'avait jamais eu besoin de m'embrasser pour créer cette sensation. Il lui suffisait d'exister.

Grinçant des dents, j'ignorai les Omégas gloussantes et reportai mon attention à l'avant du jet. Je ne pouvais toujours pas le voir, ni lui ni Benz, ce qui était sûrement une bonne chose. Mais je les reverrais bientôt, car Ashlyn n'avait pas menti à propos de notre atterrissage. La pression dans la cabine changeait de seconde en seconde, tandis que nous descendions dans le ciel vers notre destination givrée.

Je détournai mon regard de la porte close à l'avant vers le hublot. Je ne vis qu'une mer sans fin. Même d'ici, je pouvais dire qu'il faisait froid.

Nous avions volé vers le nord-est, en direction de ce que l'on appelait autrefois l'archipel russe. Je n'étais pas née à cette époque, mais je l'avais appris après mon arrivée au Secteur Sanglant.

Il va faire terriblement froid, pensai-je quand la calotte glaciaire apparut au loin. *Très, très froid.*

Je déglutis, les nerfs à vif, tandis que le jet s'abaissait vers la terre gelée devant nous.

Je n'avais pas quitté le Secteur Sanglant depuis mon arrivée, bien des années plus tôt. Je n'avais pas vraiment eu l'occasion de voyager. Mais même si cela avait été le cas, je ne serais pas partie. Surtout après avoir lutté dur pour trouver la sécurité.

Loin de ma famille. *De mon père malfaisant.*

Je fermai les yeux, mon passé menaçant d'assaillir mon esprit. *Du sang. Des larmes. Tout un étalage de violence. Le visage de Cillian lorsqu'il m'a trouvée presque gelée dans ce trou glacial.* Il avait été comme un chevalier noir, agenouillé au-dessus de moi, ses yeux couleur de nuit scintillant d'inquiétude. Ses bras avaient été si chauds. Si protecteurs. Si *justes.*

J'avais su dès lors que je lui appartenais.

Mais il n'a jamais vraiment été à moi.

Cette pensée me hantait quand le jet se posa, faisant hoqueter plusieurs Omégas à propos de la « technologie de pointe ». Je ne savais pas trop ce qu'ils voulaient dire par là. Mon seul et unique vol s'était déroulé de la même façon.

— On dirait plutôt une fusée qu'un avion, entendis-je chuchoter l'une d'elles.

— Je t'avais dit que ce serait amusant, dit une autre.

— Ta définition d'*amusant* diffère de la mienne, rouspéta une troisième.

Il faudrait vraiment que je sache leurs noms, mais j'avais toujours été plutôt solitaire. La seule raison pour laquelle je connaissais l'identité d'Ashlyn était son origine : elle était la seule Oméga Z-Clan du groupe.

Kimmi était une Oméga Vampire, et Jane une Oméga du W-Clan.

Tous les autres étaient des Omégas du V-Clan, comme moi. C'était leurs noms que je peinais à mémoriser. Les identités des Alphas m'avaient paru plus importantes, mais ces Omégas étaient mes futures voisines. Je devrais donc vraiment leur prêter plus d'attention.

Sauf la brune qui parle à Ashlyn, décidai-je. La clique des garces pouvait aller se faire foutre, ça m'était bien égal.

La porte de la cabine de pilotage s'ouvrit, et mes bras se hérissèrent de chair de poule lorsque Cillian apparut. Il balaya aussitôt la cabine du regard, mais ne m'atteignit pas tout à fait avant de se tourner vers la sortie.

Tous les Omégas se turent et portèrent leur attention sur Cillian. Quelques-unes le fixaient avec un intérêt non dissimulé, sa domination palpable séduisant tout ce qui se trouvait dans son orbite.

Il les ignora, son esprit scannant sans doute ceux qui étaient dehors. Je pouvais pratiquement l'entendre soumettre tout le Secteur des Glaciers à son pouvoir, prendre le contrôle de chaque être par un balayage complet de son esprit. Son pouvoir bourdonnait sur ma peau, ses capacités étaient limite terrifiantes. Il était un prince alpha sans le titre, son ancienne lignée étant évidente dans ses prouesses silencieuses.

Après un long moment de tension, il gagna la porte extérieure et appuya sur un bouton. Une série de verrous se débloqua tandis que la cabine se dépressurisait complètement. Puis une rafale d'air glacé s'engouffra, sans même que la porte soit ouverte.

— Manteaux, intima Cillian d'une voix calme mais empreinte d'autorité.

Tout le monde obéit, attrapa et enfila les vestes qu'on nous avait fournies avant le décollage. Mais lui ne prit pas la peine d'en passer une. Il ouvrit simplement la porte, vêtu de son jean et de son long pull en Thermolactyl. C'était une démonstration de force. Une façon de dire sans paroles qu'il n'était pas du tout affecté par l'énergie glaciale de ce secteur.

Une part de moi s'était demandé si le but de ces visites de secteurs n'était pas en fait de former des alliances politiques avec les autres princes du V-Clan. Kieran aurait bien pu orchestrer quelque chose de ce genre sous le couvert d'un programme d'accouplement. Et Cillian serait certainement celui qu'il enverrait pour délivrer son message discret d'autorité. Car Cillian était le plus avisé du trio sur le plan politique. Il était aussi un symbole unique de pouvoir. Il aurait pu être un prince, mais il avait choisi de servir Kieran. Ce qui signifiait essentiellement que le Secteur Sanglant avait deux Alphas très compétents à sa tête, assurant ainsi sa position au sommet de la hiérarchie du V-Clan.

— Prince Lykos, salua Cillian.

— Alpha Cillian, répondit une voix froide au-dehors.

Un silence plana, créant dans l'air un froid encore plus crispant.

Car les Alphas s'évaluaient l'un l'autre. Ou étaient peut-être même engagés dans une conversation silencieuse.

Mon estomac se tordit tandis que j'étudiais les traits de Cillian, notant le léger tic de sa mâchoire. Sinon, son expression ne laissait rien transparaître. Toujours aussi calme. *La quintessence du politicien.*

Mais il ne détournait pas son regard de l'autre homme. Aucun signe de tête. Aucune trace de soumission. Le prince Lykos était peut-être le chef ici, mais Cillian ne s'inclinerait pas devant lui. Parce qu'il n'avait pas à le faire. C'était un être au pouvoir égal, ce qu'il souligna d'un balayage guère subtil de sa présence mentale.

Je pouvais presque toujours percevoir son don. Il ressemblait à une caresse chaude dont j'avais constamment envie, mais que je ne ressentais que très rarement. Toutefois je m'en délectais maintenant, adorant la façon dont elle calmait la louve qui sommeillait en moi.

Protégée, semblait-elle dire. *En sécurité.*

Parce que c'était ce que Cillian nous avait toujours fait ressentir depuis notre toute première rencontre.

Je faillis fermer les yeux, perdue dans cette chaleur. Mais elle quitta mon esprit l'instant d'après, quand le prince Lykos déclara :

— Bienvenue dans le Secteur des Glaciers. Si nous commencions par une visite ?

CILLIAN

LE PARFUM naturel d'Ivana s'enroula autour de mon cou comme un foutu nœud coulant. Chaque inhalation me rappelait l'autre matin dans sa chambre.

Et chaque matin depuis, pensai-je sombrement.

Parce que oui, je n'arrêtais pas d'y retourner. Tel un fou, je m'étais éclipsé vers son immeuble tous les matins sous prétexte de prendre de ses nouvelles. Puis j'avais attendu et écouté ses magnifiques gémissements. Des gémissements qui prononçaient *mon nom*. Des gémissements que je rapportais chez moi et qui hantaient mon esprit pendant que j'empoignais mon nœud et créais mes propres fantasmes à son propos.

C'était… un problème. Une dépendance. *Foutrement mauvais.*

Ivana avait toujours été mon unique tentation, et ce

programme d'accouplement avait aggravé mon désir d'elle.

Serrant la mâchoire, je chassai de mon esprit la tentation qui marchait derrière moi, et scannai une fois de plus notre entourage en quête de menaces.

L'Alpha Lykos n'avait pas apprécié que je tienne ses Alphas en laisse à notre arrivée, mais je me foutais de son bien-être. J'avais treize Omégas à protéger dans un pays étranger, que je n'avais visité que quelques fois. Le paysage était un peu trop froid à mon goût. Et la magie qui régnait ici irritait mes sens.

Mon loup se hérissa en moi comme pour opiner, son envie de courir refroidie par l'air glacial qui griffait ma peau nue. Aucune fourrure ne pouvait lutter contre ce climat polaire. Seuls les enchantements faisaient l'affaire.

J'en avais tissé un autour de moi, un bouclier fin mais fonctionnel. Si je n'avais pas eu une île entière d'Alphas à surveiller, j'aurais peut-être dépensé plus d'énergie pour épaissir la barrière. Hélas, je devais garder un peu de pouvoir résiduel en moi au cas où je devrais me battre.

Bien sûr, le prince Lykos serait un imbécile s'il tentait de faire du mal aux Omégas sous ma protection. J'étais ici en tant que bras armé du roi du Secteur Sanglant. Une attaque contre moi équivaudrait à une attaque contre Kieran lui-même. Et aucun loup sain d'esprit ne voudrait défier Kieran O'Callaghan.

Bon, quelques-uns l'avaient envisagé jadis. Le prince Tadhg, par exemple. Il avait exprimé ses doutes quant à la capacité de Kieran à gouverner. Il n'avait pas non plus apprécié que Quinnlynn l'ait choisi comme roi. Mais jusqu'à présent, il était resté dans le Secteur Alpha – sa terre d'accueil – et n'avait pas constitué une véritable menace.

Si c'était le cas, il mourrait. Car même s'il était

puissant en soi, il n'était pas Kieran. Personne n'était comparable à Kieran.

— Cet endroit me rappelle chez moi, murmura une Oméga derrière moi.

Sylvia, la reconnus-je. Son esprit bruyant était plein d'émerveillement tandis qu'elle observait les bâtiments semblables à de la glace qui s'élevaient devant nous.

— Ouais, répondit une autre.

Le prince Lykos jeta un coup d'œil curieux derrière lui mais n'émit aucun commentaire. Il l'avait manifestement entendue et avait dû saisir le compliment sous-jacent. Ces Omégas étaient habituées à la glace et à la neige. Elles aimaient cela. Enfin, presque toutes, du moins.

Ivana demeurait silencieuse, son esprit ne laissant rien transparaître.

Je faillis la regarder, mon désir de connaître ses pensées les plus intimes titillant mes instincts. *Ses yeux de glace les trahiraient-elles ? Me dirait-elle ce qu'elle pense si je lui demandais ?*

Serrant les dents, je chassai cette idée inepte de mon esprit et me concentrai sur la tâche à accomplir : protéger les Omégas.

J'écoutais à peine le prince Lykos expliquer l'infrastructure du secteur, détaillant les enchantements qui empêchaient la glace de fondre tout en permettant aux habitants de s'épanouir.

Des Alphas, des Bêtas et une poignée d'Omégas nous attendaient sur la place centrale – une grande patinoire au milieu de la ville couverte de givre – et une réception de bienvenue s'ensuivit. Rien de trop extravagant : juste des boissons contenant la spécialité du Secteur des Glaciers – la vodka enrichie au sang – et quelques amuse-gueules mystiques. Ces derniers étaient en fait des petits fours gardés chauds grâce à des sorts.

Je me laissai tenter par quelques bouchées mais

déclinai l'alcool. Non pas parce qu'il m'aurait perturbé, mais parce que je n'aimais pas trop la vodka.

Benz et Fritz firent de même, les yeux rivés sur l'assemblée tandis que nos Omégas se mêlaient aux habitants du Secteur des Glaciers. La plupart des Alphas du programme d'accouplement étaient présents, mais une poignée d'entre eux manquaient à l'appel. Le prince Cael faisait partie des absents.

Toutefois, Ivana n'avait pas l'air de s'en soucier. Elle était trop occupée à bavarder avec Ransom pour le remarquer. Bien que *bavarder* soit un terme impropre. Elle ne parlait pas vraiment, elle se tenait simplement à ses côtés et observait la foule alentour.

Les talents d'orateur de Ransom lors du dîner de l'autre soir n'étaient certes pas éclipsés par le prince Cael ; l'Alpha ne parlait tout simplement pas.

Ce n'est pas un bon parti pour Ivana, songeai-je en grognant intérieurement. Il lui fallait quelqu'un qui appréciait sa voix, pas quelqu'un qui lui dirait de se taire.

J'attrapai un verre d'eau sur un plateau à proximité et le bus, puis me forçai à détourner mon regard d'elle pour me concentrer de nouveau sur l'assistance.

Le temps passait à une vitesse d'escargot. Lorsque le prince Lykos mit finalement un terme à la fête, il s'était écoulé seulement deux heures depuis notre arrivée.

Ça va être une putain de longue semaine, marmonnai-je en moi-même pendant que le prince Lykos nous conduisait à nos logements.

— Ne vous laissez pas abuser par la glace, dit-il avant de s'engager dans une rue bordée d'igloos. À l'intérieur, vous trouverez des quartiers chauds et confortables.

Plusieurs Omégas exprimèrent leur excitation en réponse.

— Chaque logement héberge deux invités, poursuivit-il. J'ai déjà attribué vos igloos pour la durée de votre séjour, d'après les informations fournies par la reine Quinnlynn. Nous avons donc d'abord Ashlyn et Sylvia.

Il adressa un sourire affectueux à l'Oméga du Z-Clan avant de chercher Sylvia. Lorsque la petite blonde s'avança, il lui sourit également et leur indiqua leur igloo.

— Il me faudra une copie de cette liste d'hébergements, lui dis-je tandis que nous poursuivions notre chemin.

Il haussa les sourcils.

— Ton roi et ta reine ne t'ont pas fourni de copie ?

Je faillis tiquer à cette question. Elle insinuait quelque chose que je n'appréciais pas : la *méfiance*.

— Non. (Je lui décochai un sourire crispé, dont je savais qu'il ne serait pas dupe. Mais au cas où, j'ajoutai :) Kieran s'est davantage penché sur la sécurité. C'est pourquoi il m'a fourni la schématique intérieure de ton secteur, mais pas les modalités de logement des Omégas.

Ce fut au tour du prince Lykos de masquer la crispation de sa mâchoire. Sauf qu'il ne la cacha pas aussi bien que moi.

— Je vois.

Il ne dit rien pendant un long moment, mes paroles ayant manifestement fait mouche. J'avais fait exprès de parler de Kieran sans mentionner son titre parce que je le pouvais, mais pas Lykos, ce que nous savions tous les deux.

Car il n'était pas le meilleur ami du roi du Secteur Sanglant.

Cela dit, rien de ce que j'avais déclaré à Lykos n'était un mensonge. Kieran et moi avions étudié l'agencement du Secteur des Glaciers, soulignant toutes les menaces potentielles. La question de l'hébergement avait été fort éloignée de nos préoccupations. Je savais où nous logerions, mais pas qui serait associé à qui.

— Tu pourras avoir cette feuille quand j'aurai fini, marmonna finalement le prince Lykos, avant d'attribuer l'igloo suivant à Benz et Fritz.

Je lançai un regard à mes deux hommes.

— Continuez à marcher avec nous. Vous reviendrez une fois qu'on saura où tout le monde crèche.

Tous deux acquiescèrent et nous suivirent, tandis que les Omégas étaient réparties par paires dans leurs logements. Cependant, alors que nous approchions des derniers igloos, une appréhension me prit aux tripes. Car j'avais l'impression de savoir précisément comment cela allait se terminer.

Peut-être que Kieran était plus au courant des affectations que je le pensais, réalisai-je, grinçant des dents pour une tout autre raison maintenant. Une raison qui se concrétisa lorsque le prince Lykos déclara :

— Et le dernier igloo là-bas est pour toi et l'Oméga Ivana.

Putain, Kieran, je vais te tuer, grondai-je.

Non pas que ce salaud puisse m'entendre. Il était trop loin pour que ma capacité télépathique puisse l'atteindre. Mais je lui enverrais un texto sous peu.

— Oh, je… (Ivana s'interrompit, son regard de glace voleta vers moi puis revint au prince Lykos.) D'accord.

L'Alpha du Secteur des Glaciers pencha la tête.

— Tu es sûre, ma petite ? lui demanda-t-il doucement, d'un ton qui m'exaspéra. J'avais remis en question ce couplage, mais ton roi et ta reine m'ont dit que Cillian et toi étiez à l'aise l'un avec l'autre. Si ce n'est pas le cas, alors…

— Alors quoi ? m'interposai-je. Tu lui donneras une suite d'invités dans tes quartiers personnels ?

L'irritation enflamma le regard du prince Lykos dardé sur moi.

— J'allais te suggérer d'aller dormir dans ton jet.

— Hors de question, grognai-je. Je reste auprès de mes protégées.

— Es-tu en train de dire que tu ne peux pas les protéger de loin, Cillian ? Parce que je sais tout comme toi que c'est un mensonge.

Il tira sur la laisse mentale que j'avais attachée autour de son secteur dès notre arrivée, son pouvoir rivalisant presque avec le mien. *Presque* étant le mot-clé. Car j'étais plus fort. Plus rapide. Et plus que capable de mettre le Secteur des Glaciers à genoux.

— C'est bon, intervint Ivana avant que je puisse répondre. J'ai juste été surprise. Mais ça ne me dérange pas. Vraiment. (Elle s'éclaircit la gorge et s'avança, son joli regard captant le mien.) Allons-y, Alpha Cillian.

C'était la deuxième fois qu'elle m'appelait *Alpha Cillian* cette semaine. La première fois, ç'avait été pour me souhaiter bonne nuit – ce que je savais être intentionnel. Car c'était ce que je lui avais dit quelques semaines plus tôt, quand je lui avais suggéré de m'appeler ainsi et de me laisser tranquille.

Maintenant… maintenant je n'aimais pas ça. Pas du tout.

Cependant, au lieu d'émettre une remarque, je hochai la tête et lui fis signe de prendre les devants.

— Merci pour l'hébergement, prince Lykos. Je ne manquerai pas de transmettre mes compliments à Kieran également.

Sur ce, je quittai l'Alpha du Secteur des Glaciers et posai la main dans le dos d'Ivana. C'était un pas de plus que je n'avais pas vraiment besoin de faire, mais mon loup exigeait que je fasse valoir mes droits. *C'est à moi de la protéger,* disait mon geste. *Va gentiment te faire foutre.*

Me suggérer de dormir dans le jet. Quelle sorte de

proposition était-ce là ? Et laisser entendre qu'Ivana pourrait ne pas être à l'aise avec moi...

Je ravalai mon grondement. Si ce connard connaissait notre histoire, il n'aurait jamais mis en doute mes intentions à l'égard d'Ivana.

Elle entra la première dans l'igloo, ses cheveux blond cendré accrochant la faible lumière intérieure qui leur conféra un éclat doré. Je l'admirai pendant deux secondes entières avant qu'elle s'éclipse dans la pièce et se tourne vers moi pour me lancer un regard noir.

Un grand lit occupait le milieu de l'espace exigu, trônant entre nous tel un bouclier protecteur. *Et c'est le seul lit dans cette pièce*, réalisai-je en la balayant du regard. *Pourquoi diable...*

— Tu as soudain envie de devenir un Alpha de secteur ? me lança Ivana, sa question m'arrachant à mes pensées.

— Quoi ? (Fronçant les sourcils, je fermai la porte derrière moi.) Pourquoi tu me demandes d'être un Alpha de secteur ?

Elle savait mieux que quiconque que je n'avais aucune envie de diriger.

Elle pointa du doigt l'extérieur.

— Voilà pourquoi.

Je la regardai en cillant.

— Je ne te suis pas, Ivana.

— En gros, tu étais en train de défier le prince Lykos, me dit-elle entre ses dents. Je te demande donc si tu as soudain eu envie de devenir un Alpha de secteur, car aux dernières nouvelles, tu ne désirais rien d'autre qu'idolâtrer le roi Kieran.

Mes sourcils remontèrent jusqu'à mes cheveux, son ton me prenant complètement au dépourvu, de même que son accusation.

— Je n'ai défié personne.

Elle me jeta un regard qui disait *bien sûr*. Ou peut-être que c'était la pensée qui lui traversait l'esprit. Je ne pus me concentrer suffisamment pour déterminer ce qu'elle pensait, trop déconcerté par son regard réprobateur. Les Omégas ne me lançaient *jamais* de regards furieux. Surtout pas Ivana.

— C'est quoi ton problème ? rétorquai-je. Ce n'est pas moi qui ai eu l'idée de ces arrangements, alors ne t'en prends pas à moi.

Elle aboya un rire qui manquait d'humour.

— *Wow.*

Sur cette déclaration profonde, elle se dirigea vers nos sacs posés sur un canapé – ils avaient dû être apportés ici pendant que nous étions en visite et à la fête – et ouvrit le sien.

J'attendis qu'elle en dise plus, mais elle s'en abstint. Elle sortit simplement un plus petit sac et quelques vêtements, puis gagna à grands pas la salle de bain attenante.

La porte claqua derrière elle avec une brusquerie qui me laissa pantois devant le panneau de bois sombre qui nous séparait.

Tu crois qu'une porte va m'empêcher de te parler ? lançai-je dans son esprit, un brin amusé, mais surtout sacrément agacé.

Pas de réponse. Même pas une pensée.

Car bien sûr, je n'entendais rien. Ivana vivait dans un état de paix perpétuel, que je m'efforçais de ne pas perturber.

Ivana.

Rien.

Je grognai. *Tu as trois secondes avant que j'entre et t'oblige à me parler, Ivana.*

Je ne fais que me plier à tes désirs, Alpha Cillian, me répondit-elle.

Mes désirs ? répétai-je, complètement rongé par la folie de cette femme.

Oui. Je m'abstiens de t'irriter avec mes penchants malavisés de dire aux Alphas ce qu'ils doivent faire. Je ne voudrais pas t'ennuyer avec mon excès d'assurance, après tout.

Ma tête retomba sur un soupir que je suis sûr qu'elle perçut à travers la porte.

Ivana…

Laisse-moi tranquille, Alpha Cillian. J'aimerais prendre une douche et me coucher.

Arrête de m'appeler Alpha Cillian, lui grognai-je.

Silence. Aucune réponse. Pas la moindre réflexion ni même une acceptation marmonnée. Je serrai les poings, mon irritation augmentant chaque seconde.

Mais au lieu de m'éclipser dans la salle de bain comme le voulait une partie obscure de moi, je me forçai à sortir. Mon objectif était d'inspirer profondément afin de calmer mes nerfs, mais je trouvai Benz et Fritz qui m'attendaient. Ce dernier tenait une feuille de papier que je soupçonnais être la liste d'hébergements du prince Lykos.

Merde. J'avais laissé mes deux lieutenants sans le moindre ordre. J'avais oublié qu'ils étaient là.

Partager un maudit igloo avec Ivana allait me coûter ma santé mentale. *Et ma fierté.*

— Je prendrai le premier quart, leur dis-je. Allez vous reposer.

— À quelle heure veux-tu qu'on te relève ? demanda le Bêta.

C'était une question simple. Cependant, cela me donna envie de lui grogner dessus.

Peut-être parce que je pouvais aussi entendre les pensées qui traversaient son esprit. Toutes tournaient autour de mon hébergement avec Ivana et de sa désapprobation flagrante. Eh bien, il n'était pas le seul à désapprouver l'attribution des chambres. Mais ce n'était pas son putain de problème. C'était le mien.

Pourtant, mon instinct qui me poussait à m'en prendre à lui posait problème. Car qui diable se souciait de ce qu'il pensait ? Sûrement pas moi, bon sang.

Or mon loup tournait pratiquement en rond sous ma peau, déterminé à se libérer et à soumettre ce Bêta.

Merde. Je ne me souvenais pas de la dernière fois où je m'étais senti aussi proche de perdre le contrôle de mon animal.

C'est Ivana. Son parfum. Son culot. Sachant qu'elle doit être nue sous la douche en ce moment même…

Je déglutis. Péniblement. Et me concentrai sur Benz.

— Je te réveillerai si j'ai besoin de toi. En attendant, dors.

Au lieu d'attendre son accord, je m'éclipsai jusqu'au jet et affichai un écran à partir de ma montre. Le prince Lykos avait raison : je pouvais surveiller les Omégas d'ici.

Mais ce n'était pas pour autant que j'allais dormir dans ce foutu jet.

Toutefois, je voulais avoir une discussion privée avec mon plus vieil ami. Plus précisément au sujet de la liste d'hébergements que j'avais laissée à Fritz. Ou du moins le supposais-je. Je ne voyais pas quel autre papier il aurait pu avoir en main.

Peu importe. J'obtiendrai une copie du connard qui a créé cette liste.

Kieran décrocha quelques secondes après avoir sélectionné son nom sur l'écran translucide, son expression soucieuse s'afficha en un instant.

— Qu'est-ce qui ne va pas ?

— Tu ne crois pas que Benz aurait été un meilleur

colocataire pour Ivana ? lui lançai-je, sans prendre la peine de le saluer ni de répondre à sa question.

Tout allait bien. En général.

À part le fait que l'igloo n'a qu'un seul foutu lit, pensai-je en me remémorant l'agencement de la pièce. Je l'avais à peine remarqué en entrant, à cause de l'irritation ouverte d'Ivana. Elle m'avait détourné de l'arrangement du coucher, ce dont je voulais vraiment discuter avec Kieran maintenant.

— Tu aurais pu aussi la loger avec Fritz, qui se trouve être un Oméga comme elle, ajoutai-je.

— Dois-je comprendre que tu viens d'interrompre mon temps de nid avec Quinnlynn pour râler à propos d'arrangements de coucher ? rétorqua Kieran.

Un soupçon de colère colorait son ton, qui ne correspondait pas tout à fait à l'amusement qui dansait dans son regard sombre.

— Je sais ce que tu fais, l'informai-je, ignorant à la fois son ton et sa question. Arrête de te mêler de ma vie privée, Kieran.

— Est-ce que j'aurais fait ça ?

— Oui. (Aucun doute là-dessus.) Réfléchis peut-être un instant à ce qu'Ivana pense de cet arrangement. Oublie-moi. Pense à elle et à son malaise.

— Je doute fort qu'Ivana soit mal à l'aise, répondit Kieran du tac au tac. Si elle l'est, c'est de ton fait, pas du mien.

Je plissai les yeux.

— Je n'ai rien fait.

— Alors je suis sûr qu'elle va bien. (Il haussa ses épaules nues.) Quant à tes suggestions, Fritz s'est récemment fait retourner la tête par un Alpha. Je doute qu'il apprécie de partager sa chambre avec un télépathe de renom. Et tu as exprimé des inquiétudes sur le fait que Benz souhaite te faire du mal physiquement, alors j'ai supposé que tu ne voudrais pas de lui comme colocataire.

Il marqua une pause, mais je devinai que ce n'était pas parce qu'il attendait une réponse de ma part. Il semblait distrait par quelque chose – ou plutôt *quelqu'un*.

Pourtant, je jugeai nécessaire d'ajouter :

— J'ai formulé mes objections à l'affectation de Benz parce que ses pensées violentes à mon égard font qu'il ne me respectera sans doute pas en tant que commandant. À aucun moment je n'ai exprimé de crainte ou d'inquiétude pour ma sécurité personnelle. Ce prétexte est tiré par les cheveux et tu le sais.

— Hmm, eh bien, si j'ai eu tort, fais l'échange, répondit-il distraitement. Maintenant, si tu veux bien m'excuser, mon Oméga est enceinte et a besoin de mon nœud.

L'objectif de la caméra s'éloigna de lui, le mur de sa chambre apparut tandis que Quinnlynn disait quelque chose en réponse à l'annonce grossière de Kieran.

— Je veux une copie numérique des répartitions des chambres, intimai-je avant qu'il raccroche.

Cela m'éviterait d'avoir à demander à Fritz ce que c'était que ce papier. De toute façon, je n'étais même pas sûr qu'il contienne les informations que je souhaitais. Pour ce que j'en savais, ce pouvait être un rapport quelconque. Ou une lettre.

Le visage de Kieran réapparut.

— Ça me paraît une perte de temps, mais très bien. Je l'enverrai ce soir.

Il trouvait peut-être que c'était une perte de temps, mais pas moi, pour sûr. Je devais trouver un moyen de régler ce problème afin de me concentrer sur ma mission.

La scène changea une fois de plus à l'écran, montrant

de nouveau le mur avant que le visage de Kieran revienne en vue.

— Oh, et Cillian, reprit-il. Si tu me déranges encore pour rien alors que je suis dans le nid de ma reine, je te jette au milieu d'une fosse d'Infectés.

—Je m'en éclipserais, remarquai-je.

Il haussa les épaules.

—Je le ferais quand même.

— *Kieran*, réprimanda Quinnlynn en arrière-plan, d'un ton qui me rappela celui d'Ivana quelques instants plus tôt.

—J'arrive, ma chérie, sourit-il.

L'écran s'éteignit. Je secouai la tête et sortis un clavier pour taper *Jouer les entremetteurs ne te convient pas.* J'appuyai sur *Envoyer* et je fermai l'écran.

Mon poignet vibra une seconde plus tard. Je faillis l'ignorer, mais ma fierté me poussa à lire la réponse de Kieran.

Et je regrettai cette décision, parce que ses mots me touchèrent en plein cœur.

Jouer les martyrs ne te convient pas non plus, mon vieil ami.

IVANA

ÇA DOIT ÊTRE UNE BLAGUE, me dis-je dit en dardant un regard furieux sur le lit.

D'accord, il avait une belle taille. Format king-size. Peut-être même un peu plus grand. Mais il n'y en avait qu'un. Un seul.

Un grognement m'échappa tandis que je tournais en rond devant lui, mon pantalon de pyjama soyeux bruissant à chaque pas. *Je ne peux pas partager ce lit avec Cillian. Je ne peux pas. Pas avec tous les rêves que je fais sur lui.*

Dieux, comme ce serait gênant de fantasmer sur un télépathe en dormant à côté de lui ! Il entendrait chaque mot. Il serait témoin de chaque détail.

Et il aurait encore plus de pitié pour moi. Il me ferait sûrement la leçon à propos de jouer dans la mauvaise catégorie ou quelque chose comme ça.

107

— Argh, gémis-je, couvrant mes yeux de mes mains. C'est horrible.

Non seulement je l'avais réprimandé, mais je devais maintenant vivre avec lui. *Pendant une semaine.*

— C'est un cauchemar. Un *cauchemar* total et absolu.

J'avais été tentée de supplier Benz de changer de colocataire avec moi, mais je n'avais pas voulu paraître faible. Et peut-être qu'une petite, minuscule et insignifiante partie de moi avait désiré partager un igloo avec Cillian.

Mais je n'avais pas réalisé qu'il n'y aurait qu'un seul lit, je m'attendais à ce qu'il y en ait au moins deux. De préférence dans des chambres séparées.

Puis Cillian s'était mis à jouer les poseurs avec le prince Lykos — ce qu'il faisait depuis notre arrivée — et j'avais réagi. Leur montée de testostérone alpha avait fait des ravages sur mes sens, rendant mes jambes molles. J'avais senti perler mon miel, mes entrailles gronder du besoin d'être *revendiquée* par l'Alpha que j'avais stupidement considéré comme mien pendant bien trop longtemps.

Ce qui m'avait amenée à répondre de la seule façon que je connaissais : en acceptant les attributions d'hébergement. C'était ça ou subir une gêne en public en suppliant Cillian pour son nœud.

Étoiles, pourquoi est-il ici ? Le roi Kieran n'aurait-il pas pu confier à un autre Alpha cette mission de protection ?

Bien sûr que non : il n'y avait personne d'autre. Lorcan devait protéger le Secteur de la Nuit. Et Cillian était le seul autre Alpha à qui confier cette tâche.

Un autre grognement roula dans ma poitrine tandis que je laissais pendre mes mains et fusillais le matelas du regard.

— Je ne dormirai pas à côté de lui. Un point c'est tout.

Le canapé était bien trop petit pour qu'il puisse s'y coucher, donc c'était moi qui devais y dormir. La seule autre option était de partager le lit, ce qui ne risquait pas d'arriver.

Je m'avançai pour tâter les coussins du canapé. Ils étaient fermes, mais pas trop.

— Hmm, marmonnai-je en posant nos sacs par terre — celui de Cillian était particulièrement léger — et en évaluant les coussins.

Il y avait aussi une couverture jetée sur le dossier. Malheureusement, elle ne suffirait pas à me tenir chaud dans ce secteur. La magie avait beau réchauffer l'intérieur de l'igloo à une température acceptable, il faisait froid quand même.

Toutes les Omégas n'arrêtaient pas de dire que cela leur rappelait leur maison — une maison dans laquelle j'avais l'intention de m'installer avec mon futur compagnon.

Je frissonnai à cette idée. Dès que ma peau avait éprouvé la température en dessous de zéro, je m'étais sentie… mal à l'aise. Comme si je n'étais pas à ma place ici. Je m'en étais accommodée jusqu'à ce que j'entende les Omégas déclarer avec enthousiasme comment elles se sentaient « chez elles » dans ce secteur.

Cela signifie-t-il que je ne me sentirai pas chez moi dans le Secteur de la Nuit ? m'étais-je demandé. *Est-ce que je vais détester cet endroit ?*

Réaliser que je n'étais peut-être pas à ma place… m'avait laissée toute chose. Et ça, en plus d'être associée à Cillian, m'avait provoqué un chaos émotionnel. Qui m'avait fait m'en prendre à lui.

Lâchant un soupir, je retournai au lit pour enlever la couette et attraper un oreiller.

— Ça devrait faire l'affaire.

Heureusement, Cillian n'était pas là. Cet abruti allait

sans doute se disputer avec moi. Ou pire, exiger que je lui *parle* à nouveau – ce dont je n'avais aucune envie.

« *Arrête de m'appeler Alpha Cillian* » avaient été ses dernières paroles.

Dieux, toutes les choses que j'aurais voulu lui dire à ce moment-là.

Combien de fois as-tu exigé que je t'appelle ainsi ?

Crois-moi quand je dis qu'« Alpha Cillian » sont les termes les plus gentils dont je préfère te qualifier en ce moment.

Tu me reproches d'être formelle maintenant ? Quelle ironie !

Préfères-tu « Prince Cillian » ?

Ne me dis pas ce que je dois faire. Tu as perdu ce droit quand tu m'as brisé le cœur.

Va te faire foutre, Alpha Cillian.

Arrête de m'emmerder.

Arrête de me grogner dessus.

Arrête d'exister.

Arrête de hanter mes rêves la nuit.

La liste était interminable. Chaque phrase avait percolé dans mon esprit pendant ma douche et continuait à présent que j'étais allongée sur le canapé.

Si seulement mon cerveau avait un interrupteur.

Toute la soirée se déroula dans mon esprit quand je fermai les yeux. Le vol vers le Secteur des Glaciers. Le comportement bizarre d'Ashlyn. Moi essayant d'écrire dans mon journal. La réception de bienvenue. La douce domination de Ransom, qui s'était tenu à mes côtés sans dire grand-chose. La domination pas si douce de Cillian qui avait pratiquement défié le Prince Lykos. Les mots que j'avais échangés avec Cillian dans cet igloo. Ceux que j'aurais aimé prononcer en retour. Ceux que j'étais contente de ne pas avoir prononcés en retour.

Je donnai un coup de poing à l'oreiller à côté de ma tête en m'efforçant de me mettre plus à l'aise.

Arrête, dis-je à mon cerveau. *Arrête-toi. J'ai besoin de dormir.*

Ransom m'avait demandé d'aller faire du patin à glace avec lui demain, ce que je n'avais encore jamais fait. *Peut-être que ce sera amusant*, songeai-je. *Ou peut-être que je me briserai le cou.*

C'est une bonne chose que je sois quasiment immortelle.

Oh Dieux, arrête de penser.

Là. Là. Là.

J'imaginai Ransom et son doux sourire. *Faire du patin à glace sera amusant. Je veux dire, il va faire un froid de canard. Mais… mais je vais aimer ça.*

Je dois aimer ça. Je dois aimer cet environnement. C'est mon avenir. Pas Cillian. Pas le Secteur Sanglant. Le Secteur de la Nuit.

Je peux le faire.

Je peux le faire.

Je peux le faire.

La litanie résonnait dans ma tête, noyant mes incertitudes. C'était du moins ce que j'espérais.

Mais quand je me mis enfin à rêver, ce fut d'une époque lointaine. Une époque où j'avais eu froid. Où j'avais été seule. Effrayée. *Et presque morte…*

Une époque où Cillian avait été mon héros.

« Je te tiens, avait-il murmuré à mon oreille. Tu es en sécurité maintenant. »

Une chaleur comme je n'en avais jamais connu avait touché mon cœur à ce moment-là. Une chaleur que je n'avais réservée qu'à lui. Mon compagnon promis. L'obsession de ma louve. *Mon Alpha.*

Son parfum – menthe poivrée teintée de quelque chose de masculin qui était tout Cillian – m'enveloppait d'une couverture de protection.

J'inspirai profondément. Amoureusement. *Longuement.*

À moi, ronronnait ma louve.

Sauf que les paroles de Cillian lors de la soirée du couronnement du Secteur Sanglant suivirent bientôt dans mon esprit, me tirant de cet étrange état ensommeillé. Et je me réveillai dans une mer de ténèbres inconnues. Je ramenai mes genoux sur ma poitrine tandis qu'un violent tremblement me parcourait l'échine.

Où suis-je ? Il était impossible que je sois de retour dans ce trou. La douceur sous mon corps n'avait rien à voir avec le sol froid et dur de cette fosse sauvage.

Malgré tout, j'éprouvai le besoin de humer l'air, pour m'assurer que la puanteur du cuivre et de la terre n'envahissait pas mes sens. Mais je ne sentis que le parfum de Cillian. *Un baiser mentholé rafraîchissant.*

Comme chaque matin ces derniers temps.

Sauf que je n'avais pas rêvé de lui comme je venais de le faire ; ce rêve… ce rêve avait été trop réaliste. Il rappelait trop notre passé.

Je clignai des yeux, confuse, et roulai sur le dos sur le matelas moelleux. Puis, esquissant une moue, je balayai du regard ce lit inconnu.

Comment… ? Où… ?

Les souvenirs de la nuit dernière – ou peut-être tôt ce matin – m'assaillirent d'un coup, me rappelant que je me trouvais dans le secteur des Glaciers. Dans un igloo. *Et que je m'étais couchée sur le canapé.*

Seulement… je n'étais plus sur le canapé. J'étais enroulée dans les couvertures du lit.

Et Cillian… Cillian n'était nulle part.

Tout ce que je sentais, c'est son odeur résiduelle et la chaleur qu'il avait laissée. *Dans mon dos,* réalisai-je en touchant ma colonne vertébrale. C'était chaud, comme si j'avais été pressée contre un autre corps pendant des heures.

Le lit… Je l'explorai de la main. *Le lit est encore chaud à côté de moi.*

Cillian était venu ici. Il m'avait installée sur ce matelas.

Et puis… *Est-ce qu'il m'a prise dans ses bras ? Pendant combien de temps ? Est-ce vraiment réel ? Un rêve ? Qu'est-ce que ça veut dire ?*

Mon esprit s'emballait avec tant de questions, mon imagination menaçait de me submerger avec trop d'images pleines d'espoir. Je secouai la tête, me forçant à l'éclaircir. Je deviendrais folle si je commençais à envisager les éventualités de la situation.

Cillian m'avait mise dans le lit. J'avais dormi.

Fin de la considération.

Je consultai l'heure sur ma montre et notai qu'il était encore un peu tôt pour me lever, mais je quittai quand même le lit. Dormir n'était plus une option. J'allais juste… me préparer.

Pour mon rencart.

Avec l'Alpha Ransom.

CILLIAN

Je ne savais pas trop ce qui m'énervait le plus : Ivana essayant de faire du patin à glace ou Ivana dormant sur le canapé.

Ces deux activités menaçaient sa santé et sa sécurité. J'avais pu résoudre ce dernier problème en la couchant dans le lit. Quant au premier, j'étais contraint actuellement d'observer la situation depuis le bord de la patinoire. De voir un autre Alpha poser ses putains de pattes sur elle pour l'empêcher de tomber. Et chaque fois que ce connard échouait, je me retenais de m'éclipser sur la patinoire pour m'occuper d'Ivana moi-même.

Hélas, mon travail ce soir consistait à superviser et surveiller de loin. Pas d'apprendre à Ivana à évoluer sur des lames mortelles.

Elle gloussa quand Ransom l'attrapa par la taille,

agitant les bras en tous sens tandis qu'elle luttait pour garder l'équilibre.

Mon loup grogna en moi, irrité par le spectacle qui s'offrait à nous. *Un autre Alpha a posé la main sur notre femelle*, semblait dire ma bête intérieure. *Tue-le.*

Elle n'est pas à nous, émis-je à ma moitié animale.

Tenir Ivana toute la journée pendant qu'elle dormait avait été une mauvaise idée. Mais quand je l'avais trouvée roulée en boule sur ce canapé, une partie de moi s'était effondrée. Une partie qui n'avait pas aimé la touche de bleu teintant ses lèvres ni la chair de poule hérissant ses bras. Elle avait eu froid, avait tremblé et était *seule*.

Cela m'avait rappelé la nuit de notre première rencontre. Une nuit où j'avais ronronné pour elle par instinct et bercé son corps contre le mien pendant des heures.

Elle avait eu l'air si jeune. Si fragile. Si *brisée*.

Et hier soir, elle avait présenté une apparence similaire.

À moins que tout cela ne soit qu'une vue de mon esprit.

Pourtant, je n'avais pas pu m'empêcher de la porter jusqu'au lit et de ronronner pour elle pendant qu'elle dormait. Cela m'avait semblé tellement juste, même si c'était terriblement faux. Car je ne la méritais pas, ni aucune autre Oméga. *Pas après ce que j'ai laissé mon père faire à…*

Roulant la nuque, j'avais secoué ce vieux souvenir avant qu'il s'empare de mon esprit. La dernière chose dont j'avais besoin était une autre distraction. Ivana me suffisait amplement.

Si cet Alpha la touche encore une fois… Je grinçai des dents en voyant Ransom rattraper Ivana avant qu'elle s'affale tête la première sur la glace. Le rire qu'elle émit en retour me prit aux tripes, un rire que je n'avais jamais entendu chez elle.

Parce qu'elle n'avait jamais ri en ma présence.

Oh, elle m'avait souri et avait flirté avec moi. Mais elle n'avait jamais ri. Elle avait juste fait semblant de glousser avec d'autres Omégas du Secteur Sanglant – ce qu'elle accompagnait généralement d'un roulement des yeux. Ivana avait toujours réagi de la sorte en présence de Miranda et de sa bande de garces.

C'était ce que j'admirais chez elle, sa capacité à se ficher de tout.

Putain, j'admirais beaucoup de choses chez Ivana. Comme le galbe de ses hanches dans son jean moulant en ce moment.

Tellement prête à s'accoupler, songeai-je, mon nœud palpitant en réaction.

Je détournai mon regard d'elle pour observer d'autres Omégas qui évoluaient sur la patinoire avec leur Alpha. Mon loup se calma aussitôt, pas du tout intéressé par ces couples.

Serrant et desserrant mes poings sur mes flancs, je scannai mentalement tout le secteur en quête de la moindre menace, mais n'en trouvai aucune – à part moi-même.

Jamais, dans toute mon existence, je n'avais été aussi proche de perdre le contrôle.

En fait, non. Ce n'était pas tout à fait vrai. J'avais perdu le contrôle une fois, il y avait plus de mille ans.

Le soir où j'avais trahi toute ma famille.

Je serrai les dents, ce souvenir menaçant de me submerger une fois de plus. Un souvenir que j'évoquais rarement, or cela faisait deux fois en peu de temps qu'il avait failli…

Cillian. L'appel mental de Fritz capta immédiatement mon attention, car j'avais été plus ou moins en phase avec Benz et lui toute la soirée.

Oui ?

Ashlyn est tombée dans l'étang gelé. Elle va bien, mais…

Je m'éclipsai à ses côtés avant qu'il termine sa phrase, et baissai aussitôt les yeux sur la blonde grelottante roulée en boule sur la rive de l'étang gelé. Grey rôdait à proximité, son regard de glace braqué sur Henrik, un Alpha du Secteur des Glaciers.

Imbécile, entendis-je penser Grey. *Les Omégas du Z-Clan ne sont pas bâties comme celles du V-Clan. Leurs pouvoirs sont mentaux, pas physiques.*

Qu'est-ce qui s'est passé ? demandai-je à Fritz. *Et depuis quand Grey est ici ?*

Je ne savais même pas qu'il avait l'intention de se joindre à nous aujourd'hui. Jusqu'à présent, il avait manqué tous les événements liés à l'accouplement. Je trouvais un peu étrange qu'il nous rende visite maintenant pour des rencarts de groupes, d'autant plus que ce n'était même pas son secteur d'origine.

Ashlyn est tombée dans un trou de pêche, répondit Fritz.

Oui, mais je te demande comment *elle est tombée dedans,* reformulai-je.

Je ne sais pas trop. J'étais en train de prendre quelques cannes quand…

Tu ne surveillais pas ? le coupai-je en lui faisant face.

— Henrik m'a demandé d'*aller chercher* − ce sont ses mots − des cannes à pêche supplémentaires dans la remise, répondit Fritz à voix haute, les bras croisés. Je me suis donc éclipsé pour les rapporter. Quand j'ai entendu Ashlyn crier, je me suis aussitôt téléporté en retour, mais Grey avait déjà sauté pour l'attraper.

— Je n-n'ai pas c-crié, marmonna Ashlyn entre ses dents qui s'entrechoquaient.

— Il a surgi de nulle part, putain, grogna Henrik.

— Qui ça ? demandai-je, car je ne le suivais pas.

— Le métis. (Il fit un geste vif en direction de Grey, qui arqua un sourcil en s'entendant traiter de *métis*.) On était en train de pêcher, et en un instant, il apparaît sans être invité et Ashlyn tombe dans l'étang.

— Je suis un candidat, lui rappela froidement Grey. Par définition, ça veut dire que je suis invité.

— Je vais bien, intervint Ashlyn. Il n'y a pas de mal. Juste une petite baignade. Mais j'aimerais aller me changer maintenant.

Elle commença à s'éloigner, mais je lui barrai la route.

— Je vais t'accompagner, lui proposai-je d'un ton aussi doux que possible, compte tenu de la situation.

Henrik et Grey dégageaient beaucoup de testostérone à laquelle mon loup avait très envie de répondre, mais ce n'était pas le moment d'affirmer ma domination. Je devais d'abord m'assurer qu'Ashlyn allait bien. *Puis* je m'occuperais de ces deux bouillants Alphas.

Trouve comment elle est tombée là-dedans, intimai-je à Fritz, désirant qu'il recueille les déclarations de Grey et d'Henrik. Pendant ce temps, j'écouterais le point de vue d'Ashlyn.

— Après toi, lui dis-je en avançant la main.

Elle me dévisagea un moment, ses yeux bleus semblant voir à travers moi. Puis elle hocha la tête et reprit sa marche. Je la suivis, l'esprit toujours focalisé sur les Alphas derrière moi. Ils étaient trop occupés à se jauger l'un l'autre pour se soucier du fait que je leur prenne l'Oméga.

Mais Fritz devait gérer leur agressivité. Il était grand pour un Oméga, et apparemment assez habile avec une arme à feu. Cependant, je n'étais pas sûr que cela suffise à mettre Grey à terre. Henrik, peut-être. Mais Grey… Grey pourrait en fait s'avérer difficile à abattre même pour moi. Sa moitié Z-Clan faisait de lui un inconnu. Et son esprit ne semblait pas si vulnérable que ça. Je pouvais capter ses pensées de surface, mais rien de plus profond. Peut-être parce qu'il était actuellement accaparé par Henrik qui lui lançait des insultes.

Tu ne devrais même pas être ici.

Tu n'es pas l'un d'entre nous.

Ce n'est pas parce qu'elle est une Oméga du Z-Clan qu'elle est à toi. Alors ne te mets pas en tête de l'entraîner dans une grotte et de la revendiquer contre son gré.

Ces paroles tournaient en boucle dans l'esprit de Grey, qui gardait bouche close pendant la volée de déclarations agressives provenant d'Henrik.

Et alors ? Tu vas rester planté là ? Tout silencieux en train de broyer du noir ? Tu l'as poussée *dans ce putain d'étang !*

Pas du tout, pensa Grey, mais d'après ce que je pus capter, il n'exprima pas cette dénégation à voix haute. Ce qui énerva encore plus Henrik.

Tu vois ? Il ne le nie même pas. Fais-le partir.

Je ricanai, ne sachant pas trop si ce ton pleurnichard était juste l'interprétation mentale de Grey de la voix d'Henrik ou une représentation exacte. Quoi qu'il en soit, c'était amusant.

— Il ne m'a pas poussée, me dit Ashlyn à voix basse, tournant la tête pour croiser mon regard. C'est juste que je ne l'ai pas vu arriver, alors son apparition… m'a surprise. Ce qui est plutôt rare, c'est le moins qu'on puisse dire.

— Tu savais pourtant qu'il faisait partie du pool d'accouplement, n'est-ce pas ?

Elle esquissa un léger sourire.

— Oui. Quinn m'a demandé si j'étais d'accord pour

qu'il le rejoigne. Je ne suis pas du genre à lutter contre le destin, alors j'ai accepté. (Elle haussa les épaules.) Je pensais bien que nos chemins se croiseraient tôt ou tard. Mais pas aujourd'hui.

Elle se retourna et accéléra un peu le pas, me laissant l'étudier de dos.

Ses paroles énigmatiques tournoyaient dans mes pensées tandis que j'essayais de leur donner sens.

Les Omégas du Z-Clan étaient extrêmement rares, principalement parce que leurs Alphas ne les chérissaient pas comme ils le devraient. C'était normal que Quinnlynn ait demandé à Ashlyn la permission d'ajouter Grey à la liste des prétendants : si quelqu'un pouvait s'opposer à ce qu'un Alpha du Z-Clan rejoigne le pool d'accouplement, c'était bien une Oméga du Z-Clan. Si Ashlyn l'autorisait à participer, c'était parce qu'elle estimait que son côté V-Clan équilibrerait son héritage Z-Clan, ou qu'elle avait vu quelque chose qui l'avait mise à l'aise avec lui.

Ce qu'elle venait de dire me fit soupçonner cette dernière hypothèse.

— N'y pense pas trop fort, Alpha Cillian, murmura-t-elle. Les intentions de l'Alpha Grey sont nobles. Il ne fait que chasser.

— Chasser quoi ? m'enquis-je, fronçant les sourcils.

— Qu'est-ce que chassent la plupart des bons Alphas ? répliqua-t-elle, une note curieuse dans la voix. Des compagnes, non ? Quoique je suppose qu'ils chassent aussi les méchants qui ont un penchant pour le vol de reliques précieuses. Hmm.

Je haussai un sourcil.

— Tu fais exprès d'être énigmatique ?

Elle haussa les épaules.

— Je te fais remarquer qu'il n'est pas nécessaire d'y réfléchir. Pas à ce sujet. De plus, tu as ton propre avenir à envisager. Un avenir que tu n'apprécieras pas si tu continues sur le chemin que tu suis en ce moment.

Je sourcillai dans son dos.

— Ça m'a l'air inquiétant.

— Ça devrait.

Elle tourna dans la rue qui menait à nos igloos d'invités, toujours sans me regarder.

J'attendis qu'elle développe, mais elle ne n'en fit rien.

Les Omégas du Z-Clan étaient connues pour leur sensibilité unique aux auras et aux émotions. Or il semblerait que celle-ci ait également un penchant pour la divination.

Ou peut-être était-ce uniquement basé sur l'instinct ?

Quelque chose me disait que je ne trouverais pas la réponse dans son esprit, mais je fus soudain tenté d'essayer. J'avais concentré mes capacités sur les Alphas du Secteur des Glaciers, pas sur les Bêtas ou les Omégas, parce que j'étais préoccupé par les menaces. Ma laisse autour des Omégas ne servait qu'à les protéger, ma connexion mentale à leur esprit traquant avant tout les expressions de peur.

Toutefois, je n'avais rien capté du tout chez Ashlyn. Aucune peur. Pas même un soupçon d'étonnement lorsqu'elle était tombée dans l'étang gelé.

Je me demandais à présent si je n'aurais pas eu aucun contact avec son esprit.

— Ne le fais pas, m'avertit-elle alors que nous atteignions son igloo. Si tu pousses plus avant, tu n'aimeras pas ce que tu trouveras. Et comme j'ai dit, tu devrais te préoccuper davantage de ton propre avenir. Pas du mien.

Elle me fit face alors, son expression semblait marquée par l'âge et l'expérience, comme si elle avait vu des millions de lignes temporelles qui n'étaient pas la sienne.

— Je vais bien. Je suis tombée parce que j'ai été

surprise. Grey et Henrik ne me veulent aucun mal. (Elle tendit la main pour saisir la mienne, ses doigts étaient glacés sur ma peau.) Ce n'est pas à toi de t'inquiéter, Cillian. Même si j'apprécie ton instinct protecteur, il n'est pas nécessaire.

— Pourquoi j'ai l'impression de me faire gronder parce que je t'ai simplement raccompagnée à ton igloo ? lui demandai-je, arquant un sourcil devant la petite Oméga face à moi.

— Peut-être parce que tu as besoin d'être grondé. (Elle serra ma main puis la lâcha.) Tu te rends compte que tu n'es pas le seul à être puni par tes actes, n'est-ce pas ?.

Je haussai mes deux sourcils à présent.

— Pardon ?

— Hmm, je vois que tu ne le réalises pas du tout. (Elle me lança un regard pensif.) Choisir de souffrir à cause d'un besoin malavisé de se repentir n'a pas seulement un impact sur toi, Cillian. Ce choix — de faire passer tous les autres en premier — l'affecte elle aussi. Si tu peux te rappeler mes paroles, n'oublie pas cela, s'il te plaît.

Sur cette déclaration profonde, elle entra dans son igloo et ferma la porte avant même que je puisse réfléchir à une réponse. Je venais bel et bien de me faire réprimander par une autre Oméga, et je n'étais même pas sûr de comprendre ce qu'elle avait à me reprocher. J'avais l'impression que c'était quelque chose que je n'avais pas encore fait. Quelque chose que je *pourrais* faire.

À moins qu'elle ait parlé de quitter la patinoire pour aller la voir au trou de pêche ? songeai-je, fixant la porte givrée avant de jeter un coup d'œil à la rue déserte derrière moi.

Avec un sentiment d'urgence renouvelé, je m'éclipsai à la patinoire et la trouvai presque vide, Omégas et Alphas s'étant retirés pour le dîner.

Un rapide balayage mental m'apprit qu'Ivana était

assise avec un Ransom silencieux, en train de manger un saumon fraîchement fumé.

Alors qu'est-ce qu'Ashlyn a bien pu raconter ?

Je saisis ma nuque et renversai la tête en arrière pour contempler la lune, répétant mentalement les paroles d'Ashlyn. Il y avait eu quelque chose de prophétique dans ses déclarations. Quelque chose de… *menaçant.*

Je fis apparaître l'écran de ma montre et envoyai un message à Kieran pour lui demander des informations sur les antécédents d'Ashlyn et sur son penchant pour la voyance. Quinnlynn pourrait peut-être lui narrer l'histoire de l'Oméga du Z-Clan, et il me donnerait ainsi une idée du sérieux avec lequel je devais prendre ses avertissements.

Chassant de mon esprit mes pensées au sujet de cette petite femme, je m'éclipsai dans le réfectoire et m'adossai au mur.

Je suppose qu'on s'est occupé d'Henrik et de Grey ? demandai-je à Fritz.

Grey est parti sans prononcer un seul mot, répondit Fritz. *Henrik…*

A pleurniché comme un bébé ? devinai-je.

L'espace d'un instant, l'amusement effleura l'esprit de Fritz.

Quelque chose comme ça. Puis, plus sérieusement : *Ashlyn va bien ?*

Elle a été un peu énigmatique, mais elle a l'air d'aller bien.

Fritz gloussa dans mon esprit, de nouveau amusé.

Elle est passée en mode oracle ?

C'est une activité courante chez elle ?

Seulement quand elle voit quelque chose qui vaut la peine qu'on y prenne garde.

C'est toi qui es énigmatique maintenant, lui répondis-je en marmonnant.

Crois-moi, nul n'est plus énigmatique qu'Ashlyn. Mais ses

avertissements sont importants en général, alors si elle t'a dit quelque chose, écoute-la. Elle est beaucoup plus puissante que les gens le pensent.

Une Oméga du Z-Clan dotée d'un pouvoir de prédiction, constatai-je. *Pas étonnant qu'elle se soit réfugiée au Sanctuaire. Ça me surprend qu'elle essaie de prendre un compagnon.*

Je ne crois pas du tout qu'elle ait l'intention de prendre un compagnon, répliqua Fritz, reprenant son sérieux. *Elle participe pour des raisons que je n'ai pas encore élucidées.*

Je me redressai.

Est-ce que Quinnlynn le sait ?

Oui.

Il ne fournit pas de détails, mais je captai le murmure d'un souvenir dans son esprit – une conversation entre lui et la reine du Secteur Sanglant au sujet des intentions d'Ashlyn.

Hmm, fis-je en consultant ma montre.

Si Quinnlynn savait – ce qui paraissait évident –, alors Kieran savait aussi.

Une fois ces rendez-vous terminés, je l'appellerais pour en discuter.

D'ici là… Je portai mon regard sur Ivana, qui mangeait son plat en silence. Elle avait l'air assez contente, bien qu'un peu timide. Elle ne ressemblait pas du tout à l'Oméga que je connaissais et qui adorait me critiquer.

Qu'est-ce que tu peux bien trouver à cet Alpha ? faillis-je lui demander. *Il t'ennuie visiblement, ma chérie.*

Elle leva les yeux vers moi, comme si elle avait perçu mes pensées. Ou peut-être avait-elle senti que je me focalisais sur elle.

Je détournai le regard aussitôt. Mais sans la perdre de vue mentalement.

Je… m'attardais. Écoutais. Guettais le moindre signe de trouble.

C'était en tout cas ce que je me disais. Ce que je me forçais à croire.

Car il ne pouvait y avoir d'autre raison de me lier à son esprit.

Pas d'autre raison du tout…

IVANA

Ransom marchait tranquillement à mes côtés sans faire le moindre bruit. Si sa main n'avait pas frôlé la mienne tous les quelques pas, je n'aurais même pas remarqué qu'il était là.

Il me rappelait plus ou moins Lorcan, sauf que Ransom semblait être perpétuellement pensif, alors que le silence de Lorcan était toujours inquiétant. Peut-être parce que Lorcan était d'une nature plus intimidante, son pouvoir étant palpable dès qu'on était en sa présence.

Je ne trouvais pas Ransom aussi intimidant. Bien sûr, il était grand comme la plupart des Alphas, mais son contact recelait une douceur qui évoquait davantage un ours en peluche qu'une bête.

Cillian n'est carrément pas un ours en peluche, pensai-je sombrement. Son énergie m'enveloppait alors qu'il marchait à plus de cent mètres derrière nous. L'Élite avait étranglé tout le secteur avec ses dons dès notre arrivée, et n'avait encore libéré personne de son emprise. Je détestais cela. Cette fichue aura rendait d'autant plus difficile de me concentrer sur Ransom.

— Ça te dirait de regarder un film demain ? me demanda ce dernier d'une voix douce quand nous arrivâmes devant la porte de mon igloo. Peut-être un de ces vieux films ? D'avant l'ère des Infectés ?

Ces trois questions recelaient plus de mots qu'il n'en avait prononcés au cours de la dernière heure. Mais la façon dont ses yeux noirs s'illuminaient d'intérêt me disait que ces *vieux films* étaient importants pour lui.

— J'aimerais beaucoup, acquiesçai-je.

C'était un peu exagéré ; le cinéma ne m'avait jamais vraiment attirée. Je préférais les activités de plein air, comme l'escrime, le tir et la course à pied sous ma forme de louve. J'aimais aussi jouer à des jeux vidéos, surtout ceux qui comportaient des énigmes et m'obligeaient à réfléchir.

Cependant, je comprenais que l'accouplement signifiait que je devais aussi satisfaire les désirs de mon partenaire.

— D'accord.

Il m'adressa un petit sourire et leva sa main pour caresser ma joue. Il l'effleura tendrement du bout des doigts, ce qui attira son regard sur ma bouche. J'écartai les lèvres, me demandant s'il avait déjà l'intention de m'embrasser.

Est-ce que j'en ai envie ? Peut-être. Oui. Je… je pense que oui.

Un baiser m'aiderait à déterminer l'intensité de l'alchimie entre nous, si ma louve le désirait, si *moi* je l'aimais bien. Il avait l'air assez gentil. Mais est-ce que je pourrais m'accoupler avec lui ?

Je me léchai les lèvres, soudain impatiente de le découvrir.

Ses narines se dilatèrent, il pencha la tête vers moi. Je fermai les yeux et j'attendis.

Puis j'attendis encore un peu.

Qu'est-ce que... ? Je lui jetai un coup d'œil perplexe. Je sentais son souffle sur ma bouche, son visage tout près du mien. Mais son regard n'était plus fixé sur moi.

Il regardait derrière moi. *Cillian.*

Je ne pouvais pas le voir, mais je savais qu'il était là. Il l'avait été pendant tout le trajet jusqu'à l'igloo.

Notre igloo, réalisai-je. *Merde.*

Ransom se racla la gorge, sa main quitta mon visage et il fit un pas en arrière.

Putain de merde, grondai-je mentalement.

— À demain, Ivana, dit-il à voix basse.

Puis il s'éclipsa avant que je puisse répondre. Je plissai les yeux sur l'espace qu'il venait d'occuper, puis me retournai lentement pour trouver Cillian au bout de l'allée qui menait à l'igloo.

— Tu n'aurais pas pu attendre cinq minutes plus loin dans la rue pour nous laisser un peu d'intimité ? lui reprochai-je, irritée au plus haut point qu'il interrompe la fin de mon rencart.

Il arqua un sourcil et s'appuya contre le lampadaire à l'éclairage tamisé, dont le sommet se balançait au-dessus de la rue déserte et produisait une lueur inquiétante derrière lui.

— J'ignorais que je devais *attendre* quoi que ce soit.

Je ne pus ravaler mon grognement en réponse, mon irritation s'enflammant devant la condescendance qui sous-tendait son ton.

— Aucun Alpha ne voudra sortir avec moi si tu me

tournes autour comme ça, Cillian. J'ai besoin d'espace pour pouvoir être courtisée comme il se doit.

— Mon existence ne devrait pas avoir d'impact sur tes fréquentations, Ivana. Si un Alpha est digne de toi, il se fichera que je sois à deux mètres ou deux cents mètres. Parce que je n'existerai même pas dans son orbite.

Je le regardai en cillant.

— Quoi ? Ça n'a aucun sens. L'énergie alpha se déverse pratiquement de toi. Bien sûr qu'il se souciera de ta présence.

Il s'écarta du lampadaire pour venir vers moi.

— Tu as tort, Ivana.

— Pas du tout, ripostai-je en désignant la place où Ransom se tenait quelques instants plus tôt. Il a disparu parce que tu l'as effrayé.

— Il a disparu parce qu'il n'est pas digne de toi et il le sait.

J'arquai les sourcils.

— Pardon ?

— Tu m'as bien entendu, Vana, dit-il, à juste un pas de moi maintenant. Il n'est pas digne de toi.

J'ignorai ce surnom hasardeux — que je ne l'avais jamais entendu prononcer jusqu'à présent — et me concentrai sur ses derniers mots.

— Et qui es-tu pour en décider ?

— S'il était assez bon, il ne se serait pas soucié que je sois là. Putain, il ne l'aurait même pas remarqué. Il aurait été trop accaparé par toi pour sentir ma présence.

Il posa une main sur ma joue, et sa paume chauffa ma peau comme Ransom ne l'avait pas fait. Étoiles, le toucher de Cillian m'évoquait un fer rouge. Une empreinte. Une *revendication*.

Pourquoi Ransom ne m'avait-il pas fait ressentir la même chose ? Pourquoi ça n'arrivait qu'avec *lui* ?

— Tu mérites un Alpha qui ne verra jamais que toi, Ivana, reprit Cillian, son pouce effleurant ma lèvre inférieure. Un Alpha tellement obsédé par ta présence qu'il oublie tout ce qui l'entoure. Un Alpha qui t'embrassera sans se soucier de qui regarde ou ne regarde pas.

— Cillian…

Je frissonnai, prononçant son nom dans un souffle.

Car il était si proche maintenant. Si… si chaud. Si fort. Si *Cillian.*

Ses yeux sombres se consumaient de secrets cachés, son regard intense me retenait captive tandis qu'il penchait la tête pour effleurer mes lèvres des siennes.

Une touche de douceur. Une surprise inattendue, qui envoya de l'électricité bourdonner dans tout mon corps. Les poils de mes bras se hérissèrent, mon cou me picota, et mon cœur… mon cœur me donna l'impression qu'il venait de battre pour la première fois.

Sa bouche se posa de nouveau sur la mienne, cette fois pour plus longtemps qu'un battement de cœur. Il s'attarda, inspirant et expirant contre mes lèvres.

— Vana, murmura-t-il, le surnom sonnant de façon respectueuse sur sa langue.

Je ne pouvais plus bouger. Je ne pouvais même pas penser. J'étais trop absorbée par l'aura de Cillian, sa domination, sa *revendication.*

J'avais attendu cela si longtemps, j'en avais rêvé, j'en avais eu envie depuis la nuit de notre première rencontre. Pourtant, rien n'était comparable à l'expérience de sentir enfin sa bouche contre la mienne.

Sa main quitta ma joue pour empoigner ma nuque, sa langue écarta mes lèvres tandis qu'il approfondissait notre étreinte. Je frissonnai, perdue dans ses bras. Son parfum. Sa présence imposante. Son goût sensuel.

Je n'avais jamais été embrassée comme ça.

Je n'avais jamais été touchée comme ça.

Je n'avais jamais été *consommée* comme ça.

C'était… c'était…

Arrête de penser, Vana, murmura Cillian, sa langue suivant la mienne. *Embrasse-moi, c'est tout.*

Mon pouls s'accéléra, mon esprit parut s'éteindre tandis que mon corps cédait à la volonté de Cillian. Il me possédait à présent. Ma bouche. Ma langue. Tout mon être.

Notre baiser n'était plus tendre ou doux, mais global et passionné. Il imposa son rythme et je le suivis, mes lèvres apprenant et mémorisant ses mouvements, perfectionnant mes propres compétences pour être à la hauteur des siennes.

C'était divin. Prédestiné. *Écrit dans les étoiles.*

Cet homme était à moi, et j'étais à lui.

Et à ce moment-là, tout allait bien. Tout était parfait. Tout était… *magique.*

Étoiles, je dois être en train de rêver. Mais je m'en moquais. J'en voulais plus. Je voulais que cela ne prenne jamais fin. Cillian avait un goût de menthe. Rafraîchissant. Comme l'aube d'une froide journée d'hiver. Si frais, si parfait.

Je gémis contre lui, ma langue se battant avec la sienne d'une manière que je n'avais jamais imaginée. Il me rendait la pareille, sa main sur ma nuque me rappelant sa présence dominante tandis que son autre bras m'entourait le bas du dos, me tenant comme si j'étais l'être le plus précieux au monde.

La contradiction me coupa le souffle, mon corps tremblant d'un besoin qui me rappelait mon œstrus. Ce n'était pas le moment pour moi d'entrer en chaleur. Ni de réclamer un nœud.

Mais je voulais le sien. J'avais envie de *lui.*

— Cillian, exhalai-je.

Mes bras autour de son cou, je me pressai plus fort contre lui, prête pour plus. Prête pour lui. Prête pour *nous*.

Mais sa bouche s'écarta de la mienne, ses lèvres tracèrent un chemin brûlant jusqu'à mon oreille.

— C'est comme ça qu'un Alpha devrait t'embrasser, mon amour, murmura-t-il, son accent irlandais plus prononcé que jamais. Comme si tu étais la femme la plus importante au monde. Comme s'il était à toi et rien qu'à toi. Comme s'il n'avait rien à foutre de quiconque pourrait l'observer.

Il posa un baiser sur mon pouls emballé, puis s'arracha de mes bras et fit un pas en arrière.

— Maintenant, va dormir un peu. (Il se retourna pour partir, puis s'arrêta et me fit de nouveau face, reposant sa main sur ma nuque.) *Pas* sur ce foutu canapé, Ivana. Dors dans le lit. Compris ?

Je clignai des yeux, trop déconcertée par ces dernières minutes pour saisir ses paroles, sans parler d'y répondre.

Est-ce qu'il m'a juste... embrassée... pour prouver quelque chose ? Pas parce qu'il avait envie de moi, mais pour... pour me montrer *comment* il fallait m'embrasser.

Devant notre igloo. En pleine rue. Là où n'importe qui aurait pu nous voir.

— Cillian...

— Va te coucher, Ivana, me coupa-t-il. Tu as un programme chargé demain : une séance de cinéma avec Ransom et avant, un brunch avec le prince Cael.

Quoi ? J'avais du mal à comprendre. *Un... quoi ?*

— Le prince Cael a envoyé un message il y a un petit moment pour dire qu'il a l'intention de t'inviter à un brunch à neuf heures, expliqua Cillian, qui avait sans doute perçu ma confusion.

Sauf qu'il n'avait pas du tout compris ma question. Moi-même, je n'étais pas sûre de comprendre. Parce que ça… ça n'avait aucun sens. Nous en train de parler de Ransom et de Cael, juste après… juste après… *que Cillian m'avait embrassée…*

— Il faut que tu dormes, dit-il, m'arrachant à mes pensées. Et je dois faire mes rondes de sécurité. Bonne nuit, Ivana.

Au lieu de s'éclipser, il s'éloigna simplement. Sans un regard en arrière.

Je faillis l'appeler, mais je n'arrivais pas à reprendre mon souffle. Mon cœur… ne battait plus.

Une séance de cinéma avec Ransom.

Un brunch à neuf heures avec le prince Cael.

Les paroles de Cillian donnaient l'impression qu'il attendait de moi que je permette aux autres Alphas de me faire la cour.

Pourquoi voudrait-il cela après m'avoir embrassée ?

À moins que… à moins que ce baiser ne signifie pas ce que je pense. Ce qui laisse supposer…

Je déglutis, mon esprit reconstituant lentement tout ce qui venait de se passer.

« *C'est comme ça qu'un Alpha doit t'embrasser.* »

« *Comme si tu étais la femme la plus importante au monde.* »

« *Comme s'il était à toi et rien qu'à toi.* »

« *Comme s'il n'avait rien à foutre de quiconque pourrait l'observer.* »

Quel salaud…

Cillian m'avait *montré* ce que je devais attendre des Alphas qui me faisaient la cour. Il ne m'avait pas embrassée parce qu'il en avait envie, mais parce qu'il voulait préciser mes attentes.

C'est quoi ce bordel ? Je jetai un regard noir vers où il était parti. Il était trop tard pour que je pose cette question à voix haute. Je ne le voyais même plus, mon esprit ayant mis trop de temps à assimiler son baiser.

Et au diable si j'allais essayer de lui parler par télépathie. La dernière chose que je voulais, c'était qu'il soit dans mon esprit. Qu'il perçoive le chaos qui y régnait. La *douleur*.

Il venait de me donner un baiser de *pitié*.

Après m'avoir dit que Ransom n'était pas assez bien pour moi parce qu'il n'avait pas pu m'embrasser devant Cillian.

— Tu t'es bien foutu de moi, grondai-je.

Comment diable étais-je censée trouver un compagnon Alpha avec Cillian qui me donnait des baisers de pitié ? Non seulement je sentais comme lui – vu qu'on partageait ce satané igloo –, mais en plus, il avait marqué ma bouche au fer rouge.

Et tout ça pour quoi ? Pour me donner une leçon de sensualité.

Par pitié.

Je poussai la porte de notre igloo et y entrai à grands pas, furieuse contre moi-même pour avoir cédé à son contact. Ouais, j'en avais rêvé pendant des années. Et ouais, ce baiser avait été bien meilleur que tous les fantasmes que j'avais pu concocter.

Mais la cruelle réalité de ce pour quoi il m'avait embrassée avait entièrement ruiné ce moment.

Je me dépouillai de tous mes vêtements et allai prendre une douche.

« Dors dans le lit », avait-il dit.

Va te faire foutre, me dis-je en réponse. *Va te faire foutre, toi et ta bouche, tes mains et tes exigences. Va-te-faire-foutre.*

Il m'avait dit de ne pas dormir sur le canapé. Eh bien, j'allais lui retourner la plaisanterie.

Je dormirai dans cette foutue baignoire à la place.

C'était la seule façon de me débarrasser de son *odeur*.

Et de toute façon, je n'allais pas beaucoup me reposer.

IVANA

Je ne dormis pas dans la baignoire, finalement.

C'était trop inconfortable, et l'eau n'était pas assez chaude pour vivre dans un igloo. Je ne voulais pas non plus épuiser l'enchantement employé pour chauffer l'intérieur.

À la place, j'avais choisi d'occuper tout le lit, dormant en travers du matelas.

J'avais été puérilement fière de moi jusqu'à ce que je me réveille dans un petit coin du lit, le parfum de Cillian asphyxiant mes sens. Plissant les yeux, je regardai par-dessus mon épaule, mais l'Alpha en question n'était pas là. Comme la veille.

J'attrapai le réveil sur la table de nuit et consultai l'heure. Il n'était que cinq heures de l'après-midi, j'avais donc dormi à peine six heures. Mais je ne pouvais pas me reposer plus longtemps. De toute façon, le soleil allait se coucher sous peu.

C'est l'heure de courir, dis-je à ma louve.

J'ôtai mon pyjama, me mis à quatre pattes et laissai mon animal prendre le contrôle. La transformation survint dans une bouffée d'adrénaline, mes poils devinrent fourrure tandis que mon corps changeait de forme. Un soupir s'échappa de ma truffe quand la transition s'acheva, ce qui me fit glousser intérieurement. Ma louve aimait sa liberté et n'était pas ravie que je l'aie gardée enfermée ces derniers jours.

Allons faire du tourisme, lui murmurai-je quand nous nous éclipsâmes hors de l'igloo.

J'avais assez vu la ville pour reconnaître plus ou moins mon chemin, mais je n'avais pas encore exploré la campagne. Toutefois, je doutais qu'il y ait beaucoup de choses à voir, à part de la neige et de la glace.

Je frissonnai en moi-même, guère enthousiasmée par l'absence d'aménagement paysager. *Je ferais mieux de m'y habituer*, marmonnai-je. Parce que toutes les Omégas n'arrêtaient pas de dire que le Secteur des Glaciers leur rappelait *chez elles* – et ce serait bientôt aussi mon chez moi. *Avec un compagnon Alpha.*

Cette dernière pensée me fit déglutir de malaise. Le baiser de Cillian avait été tout ce dont j'avais rêvé. Du moins jusqu'à ce qu'il s'achève et aux paroles qui avaient suivi.

Or il avait créé une attente que je n'étais pas sûre que les autres Alphas éligibles puissent satisfaire. Aucun d'eux ne m'avait donné des papillons comme l'avait fait Cillian.

Pourquoi ne puis-je pas oublier ce stupide béguin pour lui ? me demandais-je tandis que ma louve flairait les alentours, en quête d'un champ où courir. *C'est ridicule. Il ne veut pas de moi. Il me l'a bien fait comprendre. Je dois cesser de penser à lui. De le désirer. De le* vouloir.

Je grognai, ce qui fit se redresser ma louve qui scruta avec intérêt la congère devant nous.

Désolée, lui murmurai-je. *Je grogne contre Cillian, pas contre une quelconque menace.*

Elle ne comprenait pas mes mots, mais mon ton l'apaisa. *Pas de danger,* avait-elle traduit en substance. *On peut continuer sans risque.*

Nos pattes arpentaient le sol froid en silence, laissant de petites empreintes derrière nous tandis que nous trottions sur une étendue de terre plate. Ma louve ne cessait de jeter des coups d'œil derrière et autour de nous, alerte et vigilante comme toujours.

Le soleil couchant peignait l'horizon d'un bel éclat qui scintillait sur la terre glacée.

C'est une jolie vue, je suppose, pensai-je en admirant les couleurs. *Bien que le Secteur Sanglant offre des vues similaires en hiver.*

Un soupir monta dans ma poitrine, mon cœur battant à un rythme lent et morose.

Lorsque j'avais accepté le programme d'accouplement, j'avais pensé que déménager dans le Secteur de la Nuit ne me dérangerait pas du tout. Mais je commençais à me rendre compte que je n'avais pas bien réfléchi à ce que cela signifiait de quitter la terre que ma louve et moi considérions comme nôtre.

On peut prendre un nouveau départ. Se faire de nouveaux amis. Ce n'est pas comme si on en avait beaucoup dans le Secteur Sanglant de toute façon.

Sauf que ce n'était pas seulement une question d'*amis*, mais aussi d'environnement. Les arbres. Le sable volcanique luxuriant. *La sensation de l'herbe sous mes pattes.*

Ma louve grogna à cette dernière partie et donna un

coup de patte dans la neige, saisissant clairement ma façon de penser. Elle n'était pas non plus très fan de ce paysage.

Mais peut-être qu'on pourrait apprendre à l'aimer, lui dis-je. *Essayons... essayons simplement...*

Elle émit un autre grognement – qui exprimait le doute – et reprit son trot.

La couverture blanche au sol s'étendait sur des kilomètres. Ce n'était pas tout à fait plat, mais les collines étaient également couvertes de neige.

Peut-être que les étés sont...

Ma louve s'arrêta, les poils de sa nuque hérissés.

Nous avions été seuls lors de notre promenade. Mais à présent... *quelqu'un arrivait.*

Mon animal fit pivoter ses oreilles pointues, tous ses sens en alerte, puis tourna lentement sa tête vers la gauche.

Oh, c'est toi. J'aurais dû me douter qu'*il* interromprait mon aventure de début de soirée. *Qu'est-ce que tu veux, Cillian ?*

Malheureusement, la réaction de ma louve à la vue de la bête de Cillian ne correspondait pas vraiment à l'irritation que contenait mon ton. Elle salivait pratiquement à la vue de sa forme massive, presque deux fois plus grande que la nôtre.

Sa bête s'avança avec une assurance qui fit pendre la langue de ma louve et agiter sa queue avec un plaisir évident.

Arrête, exigeai-je. En vain.

Non pas que je sois surprise. Ma louve suivait ses instincts d'accouplement, focalisés sur l'Alpha qui s'approchait – et qu'elle avait considéré comme sien pendant bien trop longtemps.

Cillian et moi n'avions jamais passé de temps ensemble sous forme animale. Oh, j'avais déjà vu sa bête, mais toujours de loin. Et je doute qu'il m'ait jamais observée en tant que louve.

Pourquoi le ferait-il ? pensai-je sombrement. *Je ne joue pas dans sa catégorie.*

Crois-tu qu'il soit sage d'errer seule dans un pays étranger, Ivana ? me lança Cillian d'un ton réprobateur.

Sage ? répétai-je, tandis que ma louve inclinait la tête sur le côté : elle aussi avait capté son ton, et ne l'appréciait guère. *Je me dégourdis les jambes, Cillian. Je vais courir. Tu comprends sûrement ça en tant que métamorphe ?*

Tu es une invitée ici, Ivana. Une Oméga non accouplée, articula-t-il lentement, ses mots me tapant sur les nerfs. Parce que, putain, qu'est-ce que ça avait à voir ?

Je suis parfaitement consciente de mon statut d'accouplement, lui grognai-je. *Mais merci de me le rappeler.*

Tu n'as pas compris l'essentiel.

Mon animal feula à son ton tandis que je grommelai : *Clairement.* Car en quoi était-ce important ? *Nous sommes dans un secteur du V-Clan. Je suis en sécurité ici.*

Ah oui ? répliqua-t-il, son animal tournant autour du mien. *Ici ? À l'air libre, où n'importe qui peut surgir et t'enlever ?*

Ma louve et moi renâclâmes. *Qui pourrait bien vouloir m'enlever, Cillian ?*

Sa bête s'arrêta pile devant moi.

Étais-tu aussi sûre de toi quand tu as échoué dans ce trou ?

Si j'avais été sous forme humaine, je serais restée bouche bée au froid rappel de notre rencontre. *Tu vas remettre ça sur le tapis ? Maintenant ? Ici ?*

Je fais juste une remarque.

Quelle remarque ? rétorquai-je. *Que tu es un enfoiré ?*

Sa bête émit un grondement sourd qui aurait normalement fait reculer d'un pas mon propre animal. Mais ma louve et moi n'avions jamais craint Cillian.

Je te fais remarquer qu'être sur un territoire du V-Clan ne signifie pas que tu es en sécurité, trancha-t-il. *Pourquoi crois-tu que j'ai dû vous accompagner toutes ici ? Pour vous* protéger. *Cet endroit est inconnu. Putain, toute cette expérience est inconnue.*

Ma louve serra les dents, sa queue ne s'agitait plus. Non seulement elle n'appréciait pas son ton, mais n'aimait pas non plus sa posture d'Alpha.

Tu es une Oméga, Ivana. Vulnérable. Petite. Facile à attraper. Et ce monde est dangereux, poursuivit-il. *J'aurais pensé que toi, entre toutes les Omégas, tu le saurais.*

Je peux prendre soin de moi, lui rétorquai-je, irritée par ses déclarations dévalorisantes.

Vulnérable. Petite. Facile à attraper. Putain.

Son loup émit un autre grondement, qui parut réverbérer dans le lien télépathique qu'il avait établi entre nous, quand il prononça deux mots : *Prouve-le.*

Quoi ?

Tu m'as entendu, Vana. Tu te crois en sécurité ici ? Tu penses pouvoir prendre soin de toi ? Alors prouve-le. Montre-moi ce que tu peux faire. Montre-moi comment tu te défendrais contre un Alpha. Combats-moi.

Si j'avais été sous forme humaine, j'aurais peut-être ri. Mais je sentais à quel point il était sérieux, je le voyais se refléter dans sa posture de loup.

Non, lui dis-je. *Je ne vais pas me battre contre toi.*

Parce que tu sais que tu vas perdre.

*Parce que ce n'est pas ce que je ferais si un Alpha essayait de m'attaquer ou de m'*enlever, *comme tu dis.*

Ma louve souffla son accord. Ou peut-être réagissait-elle à sa proximité et à la vague d'énergie intimidante qui tourbillonnait autour de lui.

Elle n'était pas impressionnée. Moi non plus.

Je sais qu'il ne faut pas se battre contre un Alpha sous sa forme de loup, Cillian. Je me cacherais quelque part et je trouverais une arme à utiliser – à distance.

Sa bête se remit à rôder autour de moi, son énergie s'intensifiant et faisant gémir la mienne en réaction. Elle n'aimait pas la sensation oppressante de son aura contre la nôtre. Sa présence n'était plus une chaleur bienvenue mais une caresse glaciale.

Que se passera-t-il quand tu ne pourras plus t'éclipser, Oméga ? argua-t-il sombrement. *Est-ce tu finiras à nouveau dans un trou ? Abusée et maltraitée en attendant que quelqu'un comme moi vienne te sauver ?*

Je tressaillis intérieurement, ses mots fouettant mon cœur et libérant une myriade de souvenirs. D'une époque où j'aurais dû être en sécurité. D'une époque où j'avais naïvement fait confiance à ceux qui étaient censés me protéger. D'une époque où j'avais fini enterrée, incapable de bouger. Incapable de m'éclipser. Incapable de *crier*.

Ma louve frémit elle aussi, sentant sans doute le cauchemar obsédant de notre passé s'insinuer dans ma conscience. À moins qu'elle réagisse à l'énergie répressive qui pesait sur son être, exigeant qu'elle *s'agenouille*.

Cillian…

Si tu voulais aller courir, tu aurais peut-être dû en parler à Ransom. Lui demander un rencart en plein air au lieu d'une séance de cinéma. Il se remit à faire les cent pas, son pouvoir m'oppressant encore plus à mesure qu'il bougeait. *Ou peut-être que tu aurais pu attendre de demander à Cael de t'escorter.*

Ma louve serra sa mâchoire, ses pattes faillirent céder sous l'assaut de ses prouesses d'Alpha. Il marquait un point, poussant mon animal à terre avec de simples pensées plutôt que par la force brute. Il voulait que je *ressente* son pouvoir. Pour m'effrayer. Pour… pour me montrer ce qu'un Alpha pouvait me faire.

Mais je le savais mieux que quiconque. J'étais tout à fait consciente de la force brute que possédait son espèce. Or je ne m'attendais pas à ce que Cillian l'utilise contre moi. Surtout après ce que j'avais vécu, comment il m'avait trouvée, ce qu'il avait *vu*.

Courir sans un gardien correct est stupide et dangereux, reprit-il, apparemment inconscient de la tourmente qu'il provoquait dans mon esprit, de la douleur qui me rongeait le cœur.

C'était l'Alpha que ma louve avait choisi pour elle. L'Alpha en qui elle avait confiance. Mais maintenant… maintenant il utilisait son pouvoir contre nous. Il aiguisait son énergie comme une arme et nous faisait *souffrir*.

Tout en étouffant ma capacité à m'éclipser, réalisai-je, enregistrant finalement la question qu'il avait posée plus tôt.

Que se passera-t-il quand tu ne pourras plus t'éclipser, Oméga ? avait-il demandé. *Est-ce tu finiras à nouveau dans un trou ? Abusée et maltraitée en attendant que quelqu'un comme moi vienne te sauver ?*

Je frissonnai intérieurement, la réalité d'être clouée au sol forçant mon esprit à se replier sur un endroit que je craignais. Un endroit que je n'avais pas visité depuis six très longues années. Un endroit que j'avais créé lorsque mon père m'avait entourée d'un nœud coulant invisible et m'avait forcé à vivre dans ce *trou*. Seule. Frigorifiée. Attendant mon *fiancé*. Un monstre auquel mon père m'avait vendu. *Un Alpha du Secteur Doré.*

Ma louve grogna, ses instincts s'éveillèrent lorsqu'elle me sentit reculer à l'intérieur de notre esprit. Elle ne voulait pas que je me cache. Elle voulait que je me *batte*.

Cillian avait parlé, dit quelque chose via le lien télépathique qu'il avait établi, mais je n'en avais pas capté un seul mot. Je l'avais… bloqué. J'avais erré dans cet espace vide au fond de ma tête, un endroit où j'avais résidé pendant ce qui m'avait semblé des mois tandis que j'étais piégée dans le sol, incapable de bouger. Attachée par les contraintes mentales d'un Alpha.

Comme maintenant. Avec un Alpha à qui je croyais pouvoir faire confiance.

Et tout ça pour quoi ? Pour avoir fait un jogging nocturne sous ma forme de louve ?

Cillian voulait prouver que je n'étais pas en sécurité ici.

Félicitations. Je te crois, pensai-je, sans me soucier qu'il puisse m'entendre ou non. *La seule personne en qui je peux avoir confiance pour me protéger, c'est moi-même.*

Pourtant, je ne pouvais pas m'éclipser. Il m'avait prise au lasso avec sa force, s'assurant que j'étais piégée devant lui. Oh, mes pattes pouvaient bouger. Mais que ferait-il si je courais ? M'aplatirait-il sur le sol comme l'avaient fait mon frère et mon père ? Me forcerait-il à obéir ? M'obligerait-il vraiment à m'agenouiller ?

Est-ce que tu m'écoutes au moins ? me lança Cillian, ses mots transperçant le brouillard de mes pensées.

Non, fis-je, en réponse à la fois à sa question et à son air dominant. *Non.* Je ne me laisserais plus *jamais* attacher. J'étais une Oméga libre à présent, j'avais le droit de prendre mes propres décisions.

Mais pas libre de m'éclipser, apparemment, grognai-je en moi-même. *Sans doute pas libre de courir non plus. Parce que je ne suis pas en sécurité ici. Et Cillian, l'Alpha dont je pensais qu'il me protégerait toujours, vient de prouver qu'on ne peut pas lui faire confiance.*

Il étouffe ma capacité à m'éclipser. Il me réprimande. Il m'embrasse par pitié. Il partage un igloo avec un seul foutu lit. Il me dit que je ne suis pas dans sa catégorie. Il me *rejette.*

C'était… c'était vraiment trop. J'avais passé des années à me languir de cet Alpha, à vouloir être sa compagne, à croire qu'il se faisait désirer.

Mais maintenant… *Maintenant, je comprends qui tu es,*

murmurai-je, mon regard de louve croisant ses orbes sombres. *Et je ne m'inclinerai pas, putain.*

Vana... Le surnom s'estompa dans mon esprit, sa voix n'était plus qu'un simple murmure que je chassai de ma tête avant qu'il puisse achever la déclaration ou la menace qu'il avait l'intention de proférer.

Parce que j'en avais marre. Marre d'être rejetée. Marre de sa pitié. Marre d'être clouée au sol par son pouvoir. *Marre de lui.*

Mon animal rugit quand je hurlai dans mon esprit mon besoin d'être *libre*. Libérée du fardeau de sa présence. Libérée de cette obsession. Libérée de ce béguin puéril. Libérée de son énergie oppressante. *Libérée de lui.*

— Ivana, dit-il après avoir repris sa forme humaine.

Je me fichais qu'il se tienne devant moi. Je me fichais qu'il se soit transformé en un clin d'œil. Je me fichais qu'il soit nu, putain. Je m'en fichais complètement.

Parce que je ne voulais plus rien avoir à faire avec lui. Plus jamais. *Fini.*

Je m'éclipsai jusqu'à l'igloo et filai directement sous la douche, ma louve me rendant aussitôt mon corps. Je ne savais pas trop si Cillian m'avait libérée de son énergie oppressante ou si je l'avais repoussé d'une manière ou d'une autre.

Peu importait. J'étais seule.

Et tout ce dont j'avais envie... c'était pleurer.

J'ouvris l'eau et m'allongeai sur le carrelage chauffé. Il ne resterait pas chaud longtemps, mais je ne le remarquerais probablement même pas.

Car tout ce que je ressentais à l'intérieur, c'était de la glace.

Autant geler aussi à l'extérieur.

CILLIAN

QU'EST-CE qui s'est passé ?

Je ne sentais plus Ivana. Je ne captais plus son esprit. Je ne pouvais même pas déterminer où elle se trouvait. C'était comme si elle venait de *mourir*.

Je scannai le Secteur des Glaciers en quête de sa présence. *Rien.*

Mon incapacité à la sentir suggérait qu'elle n'était plus à la portée de mes pouvoirs. Ce qui ne pouvait qu'indiquer qu'elle avait quitté le Secteur des Glaciers.

Est-elle retournée dans son nid ? me demandai-je, déconcerté et diablement inquiet. *S'est-elle éclipsée ailleurs ?*

Putain… Je passai mes doigts dans mes cheveux en balayant du regard le paysage glacial. *Putain !*

Je fis apparaître un écran sur ma montre et j'hésitai, mon doigt au-dessus de l'icône de téléphone. Kieran pourrait me dire immédiatement si Ivana était retournée dans le Secteur Sanglant.

Ou bien je pourrais m'y éclipser moi-même. Mais cela impliquerait de quitter les autres Omégas.

Fritz et Benz n'étaient pas assez forts pour toutes les protéger contre une meute d'Alphas assoiffés de luxure. Non pas qu'une telle meute d'Alphas existe à l'heure actuelle, mais cette éventualité me maintenait coincé dans le Secteur des Glaciers.

Comment Ivana a-t-elle pu briser l'emprise que j'avais sur elle ? m'étonnai-je. Elle n'aurait pas dû être capable de s'éclipser, et encore moins de quitter ce secteur.

J'avais été dur. Cruel, même. *Mais se promener sans gardien...* Je faillis grogner devant ce concept insensé. *À quoi a-t-elle bien pu penser ?*

Pour une fois, je ne pouvais même pas tenter de répondre à la question. Parce que je ne la sentais plus, bordel.

Lâchant un autre juron, je sélectionnai le nom de Kieran.

Il décrocha au bout de deux sonneries, le visage plongé dans l'ombre, et m'avertit :

— Il vaudrait mieux que quelqu'un soit en train de mourir, Cillian...

— Est-ce qu'Ivana est dans le Secteur Sanglant ? m'enquis-je, ignorant son avertissement.

Il se redressa, tout à coup plus alerte.

— La dernière fois que j'ai vérifié, elle était avec toi.

— Tu peux la sentir dans le Secteur Sanglant ? insistai-je, n'étant pas d'humeur à badiner avec mon meilleur ami.

Kieran resta silencieux un moment.

— Non.

— Merde. (Je raccrochai et me passai la main sur le visage.) *Merde.*

Où diable est-elle allée ? Mon esprit me rappela aussitôt ce trou dans lequel je l'avais trouvée. *Affamée, nue, meurtrie et en chaleur…* Je n'oublierais jamais cette nuit, aussi longtemps que je vivrais. J'étais assailli par les images d'une Oméga brisée, au bord de son premier œstrus, quand mon poignet bourdonna d'une alerte entrante. Je n'eus même pas besoin de consulter l'écran pour savoir que c'était Kieran qui me rappelait.

En grognant, je m'éclipsai jusqu'à l'igloo avant de prendre son appel.

— Je… (Je m'interrompis, fronçant le nez quand l'odeur d'Ivana m'envahit.) Je l'ai retrouvée.

Je raccrochai avant que Kieran réponde et me concentrai sur l'Oméga dans l'igloo, que je pouvais *humer* mais pas *sentir*. Je m'étais éclipsé ici dans l'intention de récupérer mon pantalon, mais maintenant, je n'avais plus à l'esprit qu'Ivana et le mur mental qu'elle avait créé entre nous, d'une façon ou d'une autre.

C'est nouveau, pensai-je. Des Alphas avaient déjà réussi à bloquer mon aptitude à lire dans leur esprit, mais jamais leur *aura*. Je pouvais toujours sentir leur proximité, ainsi que leur pouvoir.

Quant à Ivana… je ne sentais rien d'autre que son odeur. *Son doux parfum d'Oméga. Comme une orangeraie chauffée par le soleil.* Sauf qu'il y avait un courant sous-jacent de quelque chose d'acide dans son parfum. Plutôt comme un pamplemousse que comme une orange.

Cela fit remonter le souvenir de notre première rencontre dans mon esprit, fronçant le nez à la réminiscence de son odeur viciée.

Tant de tristesse. La dévastation. La peur.

Les poils de ma nuque se hérissèrent tandis que je vérifiais notre périmètre en quête de la moindre menace. Quelqu'un ou quelque chose qui aurait pu la faire éprouver cela. Mais la seule présence que je perçus – autre que la sienne – était la mienne.

Et j'étais avec elle il y a quelques instants, pensai-je. *Quand elle a disparu de la...*

Mon poignet bourdonna de nouveau, le nom de Kieran s'affichant dans l'air comme un mauvais présage. Je pris une grande inspiration – pleine de cette odeur de pamplemousse – et répondis à son appel.

— Je suis désolé de t'avoir dérangé dans ton sommeil, lui dis-je avant qu'il parle. Mais je dois me concentrer sur Ivana pour l'instant.

Son visage planait devant moi dans une ombre translucide, le regard mobile.

— Je vais appeler Lorcan. Il viendra te remplacer pendant que tu répareras ce que tu as foiré.

Cette fois, Kieran coupa avant que je puisse répondre.

Qui a dit que j'ai foiré quelque chose ? lui aurais-je transmis s'il avait été assez proche pour m'entendre.

Sauf que j'étais presque sûr d'avoir fait une connerie. Et la preuve de cette connerie aigrissait le parfum d'Ivana.

Serrant les dents, je suivis son parfum dans la salle de bain et me figeai juste devant la porte vitrée de la douche.

Mon Oméga, sûre d'elle et grande gueule, était actuellement recroquevillée en une petite boule sur le sol tandis que l'eau pleuvait sur elle.

Une autre image de cette nuit fatidique m'envahit, où elle avait fait exactement la même chose dans la douche où je l'avais emmenée après l'avoir sauvée de ce trou.

— S'il te plaît, je... je ferai tout ce que tu veux, avait-elle murmuré. J-juste, ne m'enterre pas à nouveau.

— Je ne vais pas t'enterrer, *macushla*[1], lui avais-je promis.

---

1. Mot irlandais d'origine gaélique signifiant « chérie » *(NdT)*

J'ai rompu cette promesse aujourd'hui, réalisai-je avec un pincement au cœur. *Merde.*

Toutes ses pensées – ses pensées incohérentes qui m'avaient fait reprendre ma forme humaine – prirent soudain sens.

Je te crois. Pas libre de m'éclipser. Pas libre de courir.

Pas sûr. Je ne peux pas lui faire confiance.

Je grimaçai, réalisant qu'elle avait dû penser à moi dans ces derniers mots. Le simple fait de la *terrasser* avait détruit sa confiance en moi. À juste titre, compte tenu de notre passé.

— Vana, murmurai-je en m'agenouillant à côté de la douche. Je suis vraiment désolé, macushla.

Je n'avais pas prononcé ce mot doux depuis la nuit de notre première rencontre. Il lui était réservé depuis ce jour-là.

Tout comme mon ronronnement, pensai-je, cette sensation vibrante prenant vie en moi. Oh, j'avais déjà ronronné pour des Omégas avant elle. Mais seulement quand elles étaient blessées ou avaient besoin de réconfort.

Or ce n'était pas pour cette raison que je ronronnais maintenant pour Ivana. Ni que j'avais ronronné pour elle toute cette foutue semaine. *Pendant qu'elle dormait.*

C'était une tentation que j'aurais dû ignorer. Un désir que je n'avais pas le droit d'assouvir. Un besoin que j'avais réprimé pendant bien trop longtemps.

Cette femelle causerait ma perte. Je l'avais su dès le moment où ses yeux bleus glacés avaient capturé les miens. Mais je n'aurais jamais imaginé que ça se passerait comme ça, avec moi à genoux pendant qu'elle pleurait sans bruit sur le carrelage à peine tiède de la douche.

Ce n'était pas seulement de l'avoir terrassée qui l'avait bouleversée. C'était ce que j'avais tiré de ses pensées brisées.

Elle en avait enfin fini avec moi. Avec son béguin. Avec ce que nous aurions pu être.

Maintenant, elle était en deuil.

J'avais deux options : la laisser me détester et passer à autre chose, ou la supplier de me pardonner et…

Et quoi ? Et essayer d'avoir une relation avec elle ? Est-ce je pourrais être aussi égoïste ?

Elle ne pourrait jamais passer au-dessus de tout. J'avais consacré mon existence à aider Kieran. C'était l'honneur et le respect qui lui étaient dus. Mais Ivana ne comprenait pas cela. Elle ne me comprenait pas, ni mon passé. *Parce que je ne lui en ai jamais parlé.*

À la place, j'avais passé les six dernières années à tenter de la repousser. De la guider vers un avenir plus raisonnable. Un avenir où elle serait heureuse. Amoureuse. Adorée comme il se doit.

Pourtant, la femme qui se trouvait devant moi n'était rien de tout cela.

À cause de moi.

— Je n'ai jamais voulu te faire du mal, lui dis-je d'une voix douce. Putain, Vana, te faire du mal est la dernière chose que j'ai jamais voulue. C'est pourquoi j'ai refusé qu'il se passe quoi que ce soit entre nous. Je ne suis pas assez bien pour toi, mon amour. Je n'ai jamais été assez bien. Et je ne le serai jamais assez.

Énoncer la vérité à haute voix était pénible à un point que je n'avais pas anticipé. Parce que la vérité était qu'une partie profondément enfouie de moi désirait être assez bien pour elle.

— Tu es la première à m'inciter à m'écarter de mon destin, lui confiai-je. Mais je ne suis pas dans ta catégorie, ma chérie. C'est ce que je disais à Lorcan l'autre jour : tu es dans une catégorie bien supérieure à la mienne. Et il faudrait que tu t'en rendes compte. Pour trouver quelqu'un de mieux adapté. Quelqu'un qui peut tout te donner. Quelqu'un qui…

Je m'interrompis, la gorge nouée. Car je détestais toute cette déclaration.

— Putain, j'essaie. Mais c'est…

Je fermai les yeux, mon loup grondant furieusement en moi. Il avait bien compris l'essentiel de ce que j'essayais de dire, et il n'était pas d'accord.

À moi ! rugit-il quasiment.

— Ça va à l'encontre de tous les instincts d'un Alpha d'essayer de convaincre son Oméga de choisir quelqu'un d'autre, dis-je entre mes dents. Mais c'est la bonne chose à faire. Je ne serai jamais fait pour toi. Je suis quasi sûr de l'avoir prouvé ce matin.

Je l'avais terrassée d'une manière que je n'aurais pas dû. Tout ça parce que je n'arrivais pas à me contrôler en sa présence.

Dès que je l'avais sentie se balader sans chaperon, j'avais perdu la tête. Elle aurait pu être enlevée. Blessée. Ou une myriade d'autres choses. Y avait-il un risque qu'il lui arrive quelque chose ? Non, pas vraiment. Pas avec moi ici. Mais rien que d'y penser avait poussé mon loup à s'éclipser vers elle. Parce que c'était à lui de la garder. *Jusqu'à ce qu'elle trouve un autre Alpha pour la protéger.*

Je passai ma main sur mon visage et j'ouvris finalement les yeux, prêt à détailler davantage ce qu'Ivana devait trouver chez un compagnon. Mais je fus incapable de prononcer quoi que ce soit en voyant son cœur brisé gravé dans son expression.

Elle cessa enfin de se rouler en boule, et j'aurais vraiment préféré qu'elle ne le fasse pas. Parce que la tristesse qui se lisait sur ses traits fit éclater mon cœur en mille morceaux.

C'est moi qui lui ai fait ça. Je l'ai blessée. Je n'ai pas tenu ma promesse.

— Je suis désolé, murmurai-je de nouveau, mon ronronnement émanant toujours de ma poitrine. Je n'aurais jamais dû étouffer ta capacité à t'éclipser. J'aurais dû avoir plus de jugeote. Je… (Je secouai la tête, coupant court à ce que je m'apprêtais à dire.) Je ne vais pas t'insulter avec une excuse. Je n'aurais pas dû faire ça. Fin de la discussion.

Elle me fixa, l'esprit toujours étrangement silencieux. Si elle n'avait pas été devant moi, j'aurais pu craindre qu'elle soit morte. Car c'était ce que cela m'évoquait, cette séparation d'avec son aura.

C'est ce que je ressentirai quand elle aura trouvé un compagnon et sera partie dans le Secteur de la Nuit, songeai-je, ma gorge peinant à déglutir. Je savais que la perdre me ferait mal, mais je n'avais pas réalisé que ce serait aussi douloureux.

Quoique c'était encore pire. Elle avait choisi de me bloquer. Je n'avais aucune idée de la façon dont elle avait fait ça. Cette capacité était miraculeuse, et dans n'importe quelle autre circonstance, j'aurais été fasciné. Mais à présent, j'aurais donné n'importe quoi pour la capter de nouveau. Même si ses pensées superficielles étaient pleines de haine envers moi, je pourrais au moins la *sentir*.

— Je croyais que me détester t'aiderait à passer à autre chose, avouai-je à haute voix. J'étais prêt à accepter la douleur de ta haine si cela signifiait ton bonheur inévitable. (Je passai mes doigts dans mes cheveux en soupirant.) Je suis toujours prêt à accepter cette haine, Vana. Mais ça…

Je m'interrompis, voyant la tristesse gravée sur ses traits de porcelaine.

Elle n'était pas du tout heureuse. Elle était carrément malheureuse.

Donc nous étions deux à souffrir.

— J'ai dit et fait des choses dont je ne suis pas fier, Ivana.

C'était un sacré euphémisme. Mais je n'exprimai pas cet ajout inutile à haute voix. Je continuai plutôt :

— Je pensais que je rendais les choses plus faciles pour nous deux. Mais rien de tout ça n'est facile ou juste. Je ne vois pas quoi dire d'autre, à part que j'avais tort. Je suis là pour te protéger, pas pour te faire du mal.

Les mots *je suis désolé* s'attardaient sur ma langue, mais je les avais déjà prononcés deux fois. Elle allait soit me pardonner, soit me dire d'aller me faire foutre.

La seconde hypothèse était plus probable. Et sûrement plus justifiée.

Malgré tout, je ronronnais pour elle. Car c'était tout ce que je pouvais faire. Je me souvenais de l'enfer dans lequel je l'avais trouvée bien des années plus tôt. Je ne pouvais qu'imaginer les horreurs qui menaçaient son esprit maintenant.

Son père l'avait promise à un Alpha du Secteur Doré. Pas un loup, mais un putain de *dragon*. Et son frère n'avait rien fait pour l'aider. Bon sang, quand il m'avait parlé de l'arrangement, il avait *ri*.

— Qu'est-ce qu'il y a avec l'Oméga dans le trou dehors ? avais-je demandé en faisant semblant de boire la bière au goût de sang qu'il m'avait offerte dans la version de sa meute d'un bar, mais qui ressemblait plutôt à une cave.

J'avais prétendu être un loup solitaire de passage, en route pour Dieu sait où. Les Alphas n'en avaient rien pensé – une meute mixte composée de loups de toutes sortes.

Le frère et le père d'Ivana étaient les seuls métamorphes du V-Clan. Et sa mère était décédée depuis longtemps, sans doute parce que son père l'avait partagée avec les autres Alphas. Je n'avais jamais posé la question et Ivana n'en avait jamais parlé.

— Elle est un prix, avait répondu le frère d'Ivana – *Chip*. Pour l'Alpha Oros.

— L'Alpha Oros ? avais-je répété, pas certain d'avoir bien entendu.

— Un Alpha du Secteur Doré. (Son frère avait souri.) Il paye pour elle avec un peu de cette merde de roche mystique. Le genre qui crée des barrières. (Il avait haussé les épaules, ne sachant manifestement pas très bien ce que les Alphas dragons pouvaient réellement faire avec cette *merde de roche mystique*.) Elle n'a pas voulu respecter sa part du contrat. Alors… (Il avait bu une longue gorgée.) Papa l'a mise au trou.

— Elle va avoir ses premières chaleurs, avait ajouté un Alpha du W-Clan à la voix râpeuse. Chip ici présent ne peut pas jouer avec elle pour des raisons évidentes. Mais Jinx dit qu'on peut nouer la chienne oméga jusqu'à ce que le dragon arrive. Si tu veux avoir ton tour, tu devras faire la queue. On devrait pouvoir commencer demain, et j'ai entendu dire que ça durerait un mois.

L'excitation dans son ton avait été palpable. Et m'avait dégoûté au plus haut point.

Nous étions assez proches de l'endroit où Ivana avait été enchaînée mentalement pour qu'elle entende chaque mot grâce à ses sens de louve. Ce qui lui avait par conséquent permis de percevoir ma réaction face au sort qui lui était réservé.

J'avais été d'une violence exceptionnelle, abattant tout le monde avec une vague rapide de puissance qu'aucun d'eux n'avait anticipée. Ils avaient supposé que je n'étais qu'un nomade de passage, un loup unique du V-Clan provenant d'un secteur qui avait disparu depuis longtemps.

Car c'est ce que nous avions fait croire à la majorité des

surnaturels de ce monde : *le Secteur de l'Éclipse a brûlé et tous les loups sont morts.* Certains êtres puissants savaient que c'était un mensonge. La plupart d'entre eux étaient soit nos alliés, soit des créatures partageant les mêmes idées et qui demeuraient discrètes.

Quoi qu'il en soit, j'avais profité de l'ignorance de Jinx – le père d'Ivana et le chef autoproclamé de la petite meute – pour tuer tous les Alphas dans cette cave délabrée.

Puis j'avais libéré Ivana et l'avais ramenée dans mon antre, où je l'avais protégée pendant ses premières chaleurs. Elles avaient commencé sous la douche – où elle s'était roulée en boule comme il y avait quelques instants, et m'avait supplié muettement de ne pas l'enterrer à nouveau.

Quand je lui avais promis de ne jamais étouffer ses capacités, elle s'était mise à sangloter. Pendant des heures. Et des heures. Jusqu'à ce que finalement, elle devienne silencieuse. Sombre. *Curieuse.* Ce fut à ce moment-là qu'elle avait testé ma promesse pour la première fois.

Je m'étais assis dans le couloir près de la salle de bain et j'avais attendu patiemment tandis qu'elle s'éclipsait autour de mon antre. J'étais resté calme quand elle s'était transformée en louve et avait rôdé dans mes quartiers personnels. Puis je lui avais préparé un dîner lorsqu'elle avait repris sa forme humaine.

— Pourquoi je ne brûle plus ? s'était-elle étonnée d'une voix à peine audible. Comment as-tu arrêté mon œstrus ?

— Je n'ai rien arrêté, c'est le prince Kieran qui a utilisé son pouvoir de guérison pour te protéger de tes chaleurs, l'avais-je informée.

Puis je lui avais expliqué que Kieran pouvait la relâcher à tout moment. Il l'avait seulement aidée à surmonter la situation parce qu'il voulait qu'elle comprenne qu'elle était en sécurité avant que son œstrus se déclenche.

— Dans le Secteur Sanglant, nous protégeons nos Omégas pendant cette période de vulnérabilité. Nous ne les *utilisons* pas et nous ne les *échangeons* pas. Nous les chérissons. Kieran a jugé nécessaire que tu comprennes cela avant…

— Avant de perdre la tête et de devenir potentiellement folle, avait-elle terminé à ma place, d'un air futé et avec des mots précis. Est-ce que c'est lui qui me nouera ?

J'avais failli m'étouffer avec le morceau de steak que je venais de mettre dans ma bouche. *Non,* avais-je répondu dans son esprit. *Kieran est fiancé.*

Elle m'avait regardé en clignant des yeux, apparemment guère surprise par ma réponse mentale.

Tu es télépathe ?

Oui.

Et tu lis dans les pensées ?

Oui.

J'avais fini mon steak.

— Mais j'essaie de ne pas être indiscret.

Elle avait penché la tête.

— À quoi je pense en ce moment ?

J'avais plissé les yeux.

— Tu doutes de mes capacités ?

— Oui.

J'avais haussé les sourcils de surprise. Mais mon pouvoir avait balayé son esprit et découvert qu'elle me taquinait.

Ce n'était pas la seule découverte que j'avais faite ce jour-là. J'avais remarqué que les pensées d'Ivana étaient d'une tranquillité apaisante.

Du moins jusqu'à ce qu'elle ait songé à me demander si j'avais l'intention de la nouer pendant ses chaleurs. *Ça ne me dérangerait peut-être pas,* avait-elle décidé, ses yeux bleus dansant sur moi avec intérêt. *En fait, je pense que ça me plairait.*

— Non, lui avais-je dit. Si tu veux un Alpha pour t'aider à traverser ton premier œstrus, je peux t'en présenter quelques-uns. Mais moi je ne pourrai pas.

— Pourquoi pas ? m'avait-elle hardiment demandé.

La femelle recroquevillée sous la douche avait disparu. Une déesse pleine d'assurance avait pris sa place. Et était restée en elle jusqu'à aujourd'hui.

Jusqu'à ce que je brise sa confiance en moi.

J'allai m'adosser au mur, les jambes repliées et mes bras enserrant mes genoux. J'avais adopté la même position dans le couloir pendant sa douche dans mon antre. Mais cette fois, j'étais dans la salle de bain avec elle. Nous étions tous les deux nus et nous nous observions l'un l'autre.

Je n'avais pas répondu à sa question ce jour-là : *Pourquoi pas ?*

Parce qu'en vérité, j'avais été tenté de la séduire. De la nouer. De la faire mienne.

Ce qui aurait été une putain d'erreur.

Elle avait dix-neuf ans à l'époque, une jeune Oméga à l'aube de son avenir. Je n'avais pas voulu la détruire en la liant à moi pour l'éternité. Pourtant, d'une façon ou d'une autre, j'avais réussi à lui faire du mal.

Comme en témoignait son silence persistant.

Au moins, elle ne pleure plus, pensai-je en admirant ses yeux clairs.

Je continuai à ronronner tout en soutenant son regard. Le temps passa. À un moment donné, j'avais senti et ignoré l'arrivée de Lorcan.

J'ai entendu dire que tu avais merdé, m'avait-il envoyé. Comme je n'avais pas répondu, il s'était mis à prendre le relais de mon travail.

Tout cela pendant qu'Ivana et moi continuions cet étrange échange de regards.

Si l'eau était devenue froide, Ivana n'avait pas réagi. Je faillis m'avancer pour la tester moi-même, mais je ne voulais pas risquer de l'effrayer.

Elle avait besoin de temps. Donc j'allais lui en donner.

Et mon ronronnement.

Aussi longtemps que…

— Quelles sont mes autres qualités douteuses ? demanda-t-elle, sa question étant si inattendue que je ne pus réfréner mon air ébahi.

— Quoi ?

— Tu as dit à Lorcan que je devais trouver quelqu'un qui ne se souciera pas de mes jeux puérils, de mon audace, de mon assurance mal placée et autres qualités douteuses. Quelles sont ces qualités douteuses ?

Merde. Le fait qu'elle se souvienne de la formulation précise que j'avais employée, alors que même moi je ne me rappelais pas tout ce que j'avais déblatéré, en disait long sur ce que mes paroles avaient produit sur elle.

— Ivana, j'ai dit tout ça par frustration. Si je me persuade que tes traits de caractère m'irritent, peut-être qu'un jour j'y croirai et que je cesserai de vouloir…

Je m'interrompis avant d'achever ma déclaration. Mais j'en avais déjà trop révélé.

— Vouloir quoi ? insista-t-elle, haussant un sourcil hautain tandis que sa déesse intérieure me lançait un coup d'œil à travers ses beaux yeux.

— Peu importe ce que je veux, mon amour. Ce qui compte, c'est que j'ai proféré des choses injustes ce jour-là. Je voulais dire que tu as besoin d'un Alpha qui adorera ton assurance et ton audace et ne verra pas d'inconvénient à ce que tu le rabaisses quand c'est justifié. Tu mérites un Alpha qui peut te mettre au-dessus de tout. T'aimer. Te vénérer. Exister dans ta catégorie de déesse.

Malheureusement, cet Alpha ne serait jamais moi.

Mais je pourrais être bon avec elle maintenant. Lui dire l'absolue vérité. Et espérer qu'elle soit assez confiante pour la croire.

— Il n'y a rien de douteux chez toi, Ivana, repris-je, mon accent épaississant ma voix. Tu es parfaite, macushla.

IVANA

« *Tu es parfaite, macushla.* »

Les louanges de Cillian résonnaient dans mon esprit, en contradiction avec la douleur et la peine de cœur qu'il m'avait infligées au cours des dernières semaines.

Tout ce qu'il avait dit – ses explications, ses mots, sa *revendication*… « *Ça va à l'encontre de tous les instincts d'un Alpha d'essayer de convaincre son Oméga de choisir quelqu'un d'autre.* »

Mon estomac se retourna alors que sa déclaration me revenait à l'esprit.

Son Oméga. Il m'avait appelée *son* Oméga. En quelque sorte, du moins. C'était sous-entendu. Ou peut-être que je creusais trop cette simple phrase.

Je faillis soupirer, irritée par l'espoir qui se rallumait en moi. J'avais plus de discernement. Cet Alpha ne voulait pas de moi. Et pourtant…

Il dit que je suis parfaite.

Mais il m'avait aussi qualifiée d'arrogante et d'excessivement obstinée.

Parce qu'il veut le croire ? m'étonnai-je, me remémorant tout ce qu'il m'avait dit ce matin. *Parce qu'il pense que je suis dans une autre catégorie. Celle d'une déesse.*

Cela semblait trop beau pour être vrai.

Comme lorsqu'il m'a embrassée…

Je plissai les yeux.

— Tu as encore pitié de moi, c'est ça ? Tu dis ce que je veux entendre comme une sorte de leçon, comme ce matin, hein ?

Je levai les yeux au ciel, l'irritation picotait mes nerfs.

Rien de ce qu'il avait dit n'était vrai. Il voulait simplement que je passe à autre chose, trouve un autre Alpha et le laisse tranquille. Ce que je ne pouvais pas faire en me morfondant sous la douche.

— Arrête d'essayer de me réconforter, Alpha Cillian, lui intimai-je, coupant court à je ne sais quelle réponse qu'il venait de prononcer. Je n'ai ni besoin ni envie de tes remarques apitoyées, ni de tes baisers de pitié, ni de quoi que ce soit d'autre que tu estimes devoir m'accorder. J'accepte ton rejet. Laisse-moi tranquille.

Je me forçai à rester sous la douche. Parce qu'il était temps de me concentrer sur la journée d'aujourd'hui.

Et d'arrêter de bouder pour un homme qui ne veut pas de moi.

Fermant les yeux, je laissai l'eau asperger mon visage et noyer mes oreilles. Cillian parlait, mais je ne voulais pas l'entendre. Ni le voir. Ni me trouver près de lui.

Il avait clairement exprimé ses sentiments. Et j'en avais marre…

Sa main sur ma nuque m'arracha à mes pensées et me fit écarquiller les yeux.

— Cill…

Il me tira à lui avec une force qui me laissa essoufflée dans ses bras, ma réponse surprise mourant sur mes lèvres en un instant.

— Je n'ai *pas* pitié de toi, grogna-t-il. (Sa poitrine était un mur chaud de chair masculine contre mes seins.) Et je ne t'ai certainement jamais rejetée, Ivana.

Malgré mon essoufflement, je réussis à émettre un ricanement et à grommeler :

— Six ans de souffrance au cours de mes cycles de chaleurs me persuadent du contraire.

Il arqua ses deux sourcils.

— *Ivana.*

— Quoi ? Qu'est-ce que tu vas faire ? M'embrasser à nouveau ? Tu penses peut-être que la leçon précédente n'a pas marché. Ou, je sais, peut-être que tu vas me nouer par pitié cette fois-ci, hein ? Me montrer comment un autre Alpha devrait me baiser correctement, c'est ça ?

Ses yeux sombres évoquaient des nuages d'orage à minuit, son expression était carrément tonitruante.

— Si je te nouais, Oméga, il n'y aurait plus jamais d'autre Alpha. Je te le promets.

Je lâchai un rire et levai encore les yeux au ciel.

— Peu importe, *Alpha Cillian.*

J'essayai de m'écarter de lui, mais sa poigne se resserra sur mon cou tandis que son autre bras encerclait le bas de mon dos.

— Je t'ai fait du mal, et j'en suis désolé. Mais si tu continues à me houspiller, Oméga, je te mettrai sur mes genoux et je donnerai à ton joli petit cul une *leçon* que tu n'oublieras pas de sitôt.

Ce fut à mon tour d'arquer les sourcils.

— *Pardon ?*

— Tu es irrespectueuse et tu le sais.

— Je dis la vérité, lui rétorquai-je. Tu continues à faire tout ça par pitié et….

— Je n'ai pas pitié…

— *Non*, tranchai-je, posant mes mains sur sa poitrine afin de le repousser.

Mais il ne voulut pas bouger. Cet Alpha têtu se contenta de *grogner*.

— Arrête de me *mentir*, lui dis-je furieusement. Tes actes et tes paroles prouvent que tu as pitié de moi, Cillian. Je veux dire que tu m'as embrassée parce que Ransom ne l'avait pas fait, juste pour me montrer ce qu'un Alpha doit faire. L'autre jour, tu m'as proposé de me raccompagner chez moi depuis le palais de Quinn, ce que tu n'avais jamais fait. Ce soir, tu me poursuis dans l'idée erronée de me protéger. Puis tu… tu…

Je fermai les yeux, un grognement émanant de ma poitrine.

Car *comment a-t-il osé* me terrasser ? Mais là n'était pas la question.

— Je n'ai pas besoin de ta pitié et je n'en veux pas, Cillian, dis-je entre mes dents. Je suis une grande fille. Je peux supporter ton rejet. Alors… arrête de faire ce que tu fais et laisse-moi passer à autre chose.

Je tentai de me dégager de sa poigne une fois de plus et me retrouvai soudain prise en sandwich entre son corps chaud et la paroi froide de la douche.

— Est-ce que tu as l'impression que j'ai pitié de toi, Ivana ? demanda-t-il, son ton recelant un tranchant mortel qui hérissa mes bras de chair de poule.

Je déglutis, sa chaleur marquait ma peau au fer rouge, plus précisément sa partie dure pressée contre mon bas-ventre.

— Cillian…

Sa main glissa de ma nuque à ma gorge et son regard piégea le mien, me forçant à me soumettre.

— C'est à moi de parler maintenant, Oméga.

Je frissonnai, sa domination m'envahit comme une caresse bienvenue, qui fit gémir ma louve pour en avoir plus. Le compagnon qu'elle désirait était nu, excité, et nous avait plaquées contre un mur. Elle ne pouvait imaginer qu'une seule issue à cette situation.

Malheureusement, je connaissais bien d'autres façons dont cela pouvait se terminer. Ce fut ce qui m'empêcha de gémir quand Cillian traça un cercle avec son pouce autour du pouls palpitant de mon cou.

— Je t'ai embrassée parce que j'en avais envie, dit-il, la violence sous-jacente encore bien présente dans son ton. Ce n'était pas une leçon. Ce n'était pas parce que j'avais pitié de toi. C'était parce que je te *veux*. Parce que je t'ai considérée comme mienne pendant six très longues années. Et j'ai du mal à faire ce qu'il faut et à te laisser partir.

Ses mots résonnèrent dans mon esprit, provoquant un raz-de-marée de confusion.

— Si tu…

Sa poigne se resserra.

— Je n'ai pas fini, Oméga.

Ma louve frémit à la façon dont il dit cela, tout en domination et en grâce, un Alpha prenant les choses en main et forçant sa compagne à *l'écouter*. Mais la femme en moi était plus forte, me faisant plisser les yeux en signe de défi.

— *Ça*, gronda-t-il, la tempête brassant ses iris obscurs. C'est justement pour *ça* que je te trouve foutrement irrésistible, Vana. Tu n'as pas peur de moi, même quand tu devrais. Et tu ne me mets pas non plus sur un foutu piédestal. Tu me défies tous les jours, tu me surprends constamment et tu me procures le sentiment de paix le plus unique qui soit, tout ça en même temps.

Il pressa son front contre le mien, ferma les yeux et inspira à fond.

— Putain, Vana, tu n'as aucune idée de ce que tu me fais. À quel point c'est dur. À quel point j'aimerais pouvoir te faire mienne. Mais je ne suis pas assez bien pour toi. Il me faut toute ma force, tout mon *pouvoir*, pour te laisser passer à autre chose. Bon sang, pour *te forcer* à passer à autre chose. Mais c'est ce qu'il faut faire. *Pour toi.*

— Pourquoi ? chuchotai-je, saisissant ses bras nus. *Pourquoi* c'est ce qu'il faut faire ? Si tu me veux, alors pourquoi... pourquoi lutter ?

Je ne comprenais pas. Tout cela n'avait aucun sens.

— Parce que je ne pourrai jamais te mettre au-dessus de tout. (Il se recula, rouvrit les yeux et les baissa sur moi.) Tu mérites quelqu'un qui fera de toi son monde, Vana. Quelqu'un qui te choisira toujours avant tout et tout le monde. Je ne peux pas être ce quelqu'un.

— Qui a dit que je voulais ce quelqu'un ? lui lançai-je. Qui es-tu pour décider de ce que ou de qui je dois vouloir ?

Il soupira.

— Je fais ce qu'il faut pour assurer ton bonheur.

Je fronçai les sourcils.

— Pourquoi dois-tu décider de ce qui me rendra heureuse ou non ?

Il me dévisagea.

— Ivana...

— Non, Cillian. Tu as dit que tu n'avais pas pitié de moi. Puis tu m'as dit que tu me voulais. Et maintenant, tu dis que tu ne peux pas m'avoir parce que je mérite mieux. Mais c'est à moi de décider ce que je mérite. Pas à toi.

Il lâcha ma gorge et fit un pas en arrière. Je le suivis.

— Soit tu mens, soit tu te cherches des excuses. Je ne

sais pas trop. Mais ce sont des conneries, Cillian. Si tu me veux, prouve-le.

C'était les deux mots qu'il avait employés dehors quand j'avais dit que je pouvais prendre soin de moi. Autant lui rendre la pareille maintenant. Parce que s'il était sincère, il devait agir en conséquence.

— Ne me dis pas ce que je mérite ou quel genre d'Alpha je devrais vouloir. Respecte-moi suffisamment pour me laisser faire mes propres choix, et bats-toi pour moi.

Il passa ses doigts dans ses cheveux épais et humides, la pomme de douche ayant arrosé sa tête et ses larges épaules lorsqu'il était entré dans la cabine.

— Je ne peux pas me battre pour toi, Ivana. Je ne peux pas prendre une compagne.

— Pourquoi ? voulus-je savoir. Pourquoi tu ne peux pas prendre une compagne ?

Il me jeta un regard dur.

— Tu connais déjà la réponse à cette question.

— Redis-la-moi.

— J'ai prêté allégeance à Kieran. Il passera toujours en premier.

— D'accord. Et il ne veut pas que tu prennes une compagne ?

— Je n'ai pas dit ça.

— Tu as dit que tu ne pouvais pas prendre de compagne parce que Kieran passera toujours en premier. S'il ne t'a pas ordonné de rester célibataire, alors pourquoi tu ne peux pas prendre une compagne ?

— Parce qu'il passe en premier, dit-il entre ses dents. Je ne prendrai pas une compagne juste pour en faire la deuxième louve la plus importante de ma vie. Ce ne serait pas juste pour elle. Ce ne serait pas juste pour *toi*.

— Ce qui n'est pas juste, c'est que tu me dises ce qui

est assez bien et ce qui ne l'est pas. Est-ce que tu m'as demandé si ça me dérangerait de passer après Kieran sur ta liste de priorités ?

— Vana…

— Réponds à la question, Cillian. M'as-tu demandé ce que *je* ressentais ?

Il serra la mâchoire.

— Je ne te laisserai pas sacrifier ton bonheur, Ivana.

— Est-ce que j'ai l'air heureuse à tes yeux ? Est-ce que j'ai eu l'air heureuse toutes ces dernières semaines ?

Sa mâchoire se crispa de nouveau.

— Tu riais avec le prince Cael.

— Sérieux ? ricanai-je. C'est ta réponse ?

— C'est une réponse à ta question, Ivana.

— C'est une élision, rétorquai-je. Tu prends des décisions à ma place, et je n'apprécie pas ça.

— Je prends une décision pour nous deux. Je ne m'accouplerai ni avec toi ni avec personne d'autre. Et rien de ce que tu diras ne me fera changer d'avis.

Il se retourna pour partir, ce qui me fit rester ébahie dans son dos.

— Tu es un lâche, réalisai-je à voix haute.

Cillian se figea.

— Qu'est-ce que tu viens de dire ?

Sa voix était d'un calme mortel, la douche la rendant presque inaudible.

— Tu es un lâche, répétai-je. (Parce qu'il y avait quelque chose qu'il ne me disait pas. Une raison qu'il refusait de donner.) Je comprendrais de passer après Kieran. Tu le sais. Pourtant, tu ne nous donnes même pas une chance. Parce que ça pourrait vraiment marcher entre nous. Et ça te terrifie.

Je n'avais aucune idée de *pourquoi* ça l'effrayait, mais c'était le cas. J'en étais certaine.

— C'est soit ça, soit tu me mens en tous points dans une tentative ridicule de me réconforter. Mais je ne pense pas du tout que ce soit ça. Ma louve te désire depuis le moment où tu nous as ramenées dans ton antre. Et pendant six longues années, j'étais certaine que tu ressentais la même chose. Jusqu'à ce que je t'entende parler à Lorcan...

Je m'interrompis sur une grimace, ce souvenir étant encore trop brutal pour que je puisse passer outre.

Cependant, tout ce qu'il m'avait dit ce soir... me suggérait que mon instinct avait raison. Je *plaisais* à Cillian. C'était juste qu'il ne voulait pas m'aimer.

Parce qu'il pense qu'il n'est pas digne de moi.

Parce qu'il pense que je mérite mieux.

Parce qu'il a décidé que nous ne pouvions pas être ensemble.

— Lâche, soufflai-je une fois de plus, baissant les yeux pour regarder l'eau tourbillonner dans la bonde. Je... je n'avais jamais réalisé ça chez toi jusqu'à présent.

Ça... ça changeait les choses.

Si Cillian avait trop peur de se battre pour moi – de se battre pour *nous* –, alors peut-être... peut-être qu'il avait raison depuis le début. *Peut-être qu'on ne devrait pas être ensemble.*

— Dis-le encore une fois, Oméga, proféra Cillian, une note étrange dans son ton. Je te mets au défi.

— Tu es un lâche, répétai-je sans prendre la peine de le regarder.

À quoi bon ? me demandai-je, me sentant à nouveau vaincue. *S'il ne veut pas essayer, s'il ne veut même pas* envisager d'*être avec moi, alors...*

Mes omoplates furent plaquées sur les carreaux froids tandis qu'un rude corps masculin se pressait contre moi. Je sursautai quand ses doigts empoignèrent mes cheveux pour me tirer la tête en arrière, ses iris en fusion capturant les miens.

— C'est très dangereux de dire ça à un Alpha, Ivana.

Je le fixai, ne ressentant rien en moi, tout comme lorsque j'avais mis les pieds dans cette douche au début.

— Dangereux, peut-être. Mais ça n'en est pas moins vrai.

— Tu crois que ça m'amuse de te regarder avec d'autres Alphas, Ivana ? grogna-t-il. Parce que ce n'est pas le cas. Pas le moins du monde. Mais je suis prêt à souffrir si sa te rend inévitablement plus heureuse. Il n'y a rien de *lâche* dans mon sacrifice.

— Qui essaies-tu de convaincre, Cillian ? Moi ou toi ?

CILLIAN

La capacité d'Ivana à me défier me rendait fou de la meilleure et de la pire des façons.

« Tu es un lâche. »

Ces quatre mots me hantaient. J'avais remarqué la compréhension soudaine sur ses traits lorsqu'elle avait émis cette déclaration. Ivana n'avait pas voulu être cruelle ; elle avait simplement exprimé une prise de conscience.

Et cette prise de conscience ne me plaisait pas. Pas du tout.

Parce qu'une petite partie de moi murmurait : *A-t-elle raison ? Suis-je un lâche ?*

Ivana semblait le penser, et cette conviction était en train de tout changer. Je le voyais dans ses yeux, dans la façon dont elle me regardait maintenant. Tout avait changé en un clin d'œil, leur éclat naturellement intrigué avait disparu, laissant place à une lueur de déception.

Mon estomac se tordit.

Je n'appréciais pas ce changement. Cela me dérangeait presque autant que de la voir sortir avec d'autres Alphas.

Que se passera-t-il lorsque ces paillettes amoureuses apparaîtront devant l'un d'eux ? me demandai-je, un grognement montant dans ma poitrine.

Au fond de moi, je comprenais que tout cela avait été tolérable parce que malgré tout, en son for intérieur, Ivana m'avait toujours désiré. Cela m'avait séduit à un niveau que je n'avais pas pleinement analysé, ce qui faisait naturellement de moi un enfoiré. Je ne pouvais pas la repousser tout en me réjouissant secrètement qu'elle ne soit jamais partie.

Putain.

Ivana soupira et détourna son regard du mien. Je ressentis ce départ au fond de mon âme, ce moment recelait une profondeur qui fit tourner en rond mon loup intérieur.

Si je la quittais maintenant, ce serait la fin. Elle serait enfin libérée de son béguin, et je serais seul. *Pour de bon.*

— Je dois me préparer pour mon rencart avec le prince Cael, dit doucement Ivana, son attitude et son ton confirmant mes craintes.

Elle s'écarta pour tenter de se libérer de mon emprise. Je resserrai automatiquement mes mains autour d'elle, mon corps refusant de la laisser partir.

Ça... ça ne peut pas être la fin.

Elle est à moi.

Elle ne l'est pas.

Elle l'est.

Ces voix s'affrontaient dans ma tête, mes pensées

tourbillonnaient dans une folle cacophonie. Cette Oméga… cette femme… *Ivana…*

— *Putain*, exhalai-je. (Ma poigne dans ses cheveux força sa tête à se pencher de nouveau en arrière, et son regard affronta le mien.) Je n'ai pas peur, Ivana. Pas… pas de la façon dont tu le penses. Je… je me suis juré il y a plus de mille ans de ne jamais prendre de compagne. De ne jamais être comme mon père. De m'assurer que sa lignée s'achèverait… avec moi.

C'était plus que j'avais jamais révélé à qui que ce soit. Oh, Kieran le savait sans nul doute. Lorcan aussi. Mais je ne leur avais jamais fait part de mes intentions.

Cependant, Ivana… je voulais qu'elle comprenne. Qu'elle ne me considère pas comme un lâche. Qu'elle réalise que j'essayais de la protéger – *de moi.*

— C'était un tyran, lui expliquai-je. L'ancien prince Alpha du Secteur de l'Éclipse. Kieran l'a abattu quand je n'ai pas pu le faire. (Parce que j'avais été trop faible pour en finir.) C'est comme ça que Kieran est devenu un prince Alpha.

Elle en avait peut-être déjà entendu parler. Ou peut-être pas. La plupart des loups du Secteur Sanglant n'étaient pas assez âgés pour connaître l'histoire du Secteur de l'Éclipse.

Parce que mon père a tué la plupart des Alphas et violé leurs Omégas.

Et cela après avoir exterminé tous les Bêtas du Secteur de l'Éclipse.

Je grimaçai devant l'histoire choquante qui se déroulait dans mon esprit. Mon salaud de père avait aussi assassiné beaucoup de mes frères et sœurs. Ainsi que toutes leurs mères Omégas. *Y compris la mienne.*

— Mon père était cinglé, lui confiai-je à mi-voix. Et ça n'a rien d'une exagération. Je veux dire qu'il était poussé à la folie par la soif de sang. (Je déglutis.) Je ne sais pas ce qui l'a déclenchée, mais ça existe probablement en moi. Alors quand tu parles de peur, Ivana, c'est ma phobie – devenir comme mon père.

C'était pourquoi j'avais consacré ma vie à sauver les Omégas de situations pénibles.

Mon père avait créé un harem d'Omégas non consentantes, nouant les femmes sans tenir compte de leur volonté et les partageant avec des Alphas d'autres clans à travers le monde. Il n'avait pas fraternisé avec les loups du V-Clan ; il préférait la mentalité de ceux du Z-Clan et du X-Clan.

J'en répétai une partie à Ivana, passant sous silence les détails les plus sordides. Puis j'ajoutai :

— Il a tué tous les habitants du Secteur de l'Éclipse âgés de plus de quinze ans, ainsi que tous ses fils Alphas – sauf moi. La seule raison pour laquelle j'ai survécu, c'était parce qu'il se voyait en moi.

Ce qu'il adorait souligner chaque fois que nous nous regardions dans les yeux.

— C'est comme se voir dans un miroir, disait-il, content de lui. Il faut juste que je t'endurcisse, mon garçon.

Je relâchai ma poigne dans les cheveux d'Ivana, l'estomac brassé par les souvenirs de mon passé. Mes souvenirs de *lui*.

— J'avais treize ans quand il est enfin mort, marmonnai-je. Il m'avait fallu bien trop d'années pour l'abattre, et à la fin, je n'y suis même pas parvenu.

Kieran avait alors pris le relais et décapité mon père.

Puis Lorcan avait jeté sa dépouille dans l'incinérateur du cachot – la fierté et la joie de mon père. La puanteur de ce maudit endroit me hante encore aujourd'hui, bien qu'il ait été détruit depuis longtemps.

— J'ai été un lâche ce jour-là, avouai-je. Mais je ne suis

pas un lâche avec toi, Ivana. J'essaie d'être fort, de t'encourager à trouver un meilleur compagnon, de m'assurer que tu n'es pas liée à mes ténèbres en aucune façon.

Je lâchai ses cheveux pour poser la main sur sa joue.

— Je ne suis pas digne d'une compagne Oméga, mon amour. C'est un destin que j'ai accepté depuis longtemps. Bien que tu m'aies certainement incité à reconsidérer la question, je ne peux pas me permettre d'être aussi égoïste. Parce que je ne mérite pas d'avoir un si beau cadeau dans ma vie. (J'effleurai ses lèvres dans le plus doux des contacts.) Si je pouvais t'avoir, je n'hésiterais pas. Mais ce serait mal, Vana. Très, très mal.

Mon cœur se sentait un peu plus léger maintenant que je lui avais révélé la vérité.

J'aurais souhaité qu'elle soit à moi. Mais elle ne le pouvait pas.

— J'ai fait le serment il y a longtemps de consacrer ma vie à protéger les derniers habitants du Secteur de l'Éclipse et leurs proches. Ce vœu s'est élargi quand Kieran a pris le contrôle du Secteur Sanglant et a emmené tous nos loups avec lui. Je sers à ses côtés de bon gré, car il a gagné ma loyauté. Et je passerai mon existence à faire amende honorable au nom de ma lignée.

C'était mon dû. Trop de loups avaient perdu leurs parents avant même de les connaître, parce que je n'avais pas été capable d'abattre mon père tout seul. J'avais eu besoin de Kieran.

— Ça m'a l'air d'un destin bien solitaire, chuchota Ivana, attirant mon regard sur sa bouche.

Il y avait quelque chose dans son ton qui m'hypnotisait. Ou peut-être était-ce simplement elle-même. Tout ce qu'elle faisait me captivait. Me faisait remettre en question mon destin. Me faisait désirer quelque chose que je ne devrais pas. Me forçait à prononcer des mots que je n'aurais pas dû dire…

— Être seul ne m'a jamais dérangé, murmurai-je. C'est ma vie.

— Ça n'a pas à être ta vie, Cillian.

Ses mains effleurèrent mes flancs, la chaleur de son contact faisant se figer mon loup en moi. L'attente bourdonnait dans mes veines, ma bête intérieure était curieuse de voir ce qu'elle allait faire.

Ses doigts dansèrent sur ma poitrine, et je retins mon souffle.

Je ne voulais pas bouger. Je ne voulais pas effrayer l'Oméga exploratrice. Je ne voulais pas détruire ce moment unique entre nous.

Je lui avais avoué des choses que je n'avais dites à personne. Raconté une histoire qui me procurait un sentiment d'infériorité en tant qu'Alpha. Donné toutes les raisons pour lesquelles nous ne pouvions pas être ensemble.

Pourtant, elle… se rapprochait de moi.

— Tu n'as pas à être seul, me dit-elle, sa voix douce étant un baiser pour mes sens.

Sa chaleur monta jusqu'à mon visage quand elle prit ma joue en coupe. Je me penchai sur sa main, mourant d'envie d'en avoir plus. Complètement perdu face à sa démonstration d'affection.

Mes mains tombèrent sur ses hanches, que je saisis avec un besoin que je pouvais à peine réprimer.

Putain. J'ignorais ce qui se passait ici, mais c'était profond. Puissant. *Nous*.

Et je n'avais vraiment plus aucune envie de me battre. Je voulais juste me laisser aller à son toucher doux et féminin. La laisser me cajoler. Absorber ses mots. Les croire, ne serait-ce que pendant quelques précieuses secondes.

Ivana fourra ses doigts dans mes cheveux, son autre main toujours sur ma joue.

Je déglutis, me sentant bizarrement vulnérable. C'était… étrange. Cela ne me ressemblait pas du tout. Mais je voulais juste me fondre en elle, accepter chaque once de son affection.

C'était égoïste. Je ne méritais ni cela ni elle.

Mais je la laissai faire. La laissai presser ses lèvres contre les miennes. La laissai me respirer comme si j'étais l'oxygène dont elle avait besoin.

Ou peut-être était-ce moi qui la respirais.

Car je me sentis soudain ancré à elle. Comptant sur elle pour me maintenir en place. Pour me garder les pieds sur terre. Pour me *recentrer*.

— Vana, exhalai-je d'un ton respectueux, mes lèvres frôlant les siennes.

— Chut, me coupa-t-elle. Laisse-moi te montrer ce que ça pourrait être, Cillian. Laisse-moi être avec toi. Juste une minute.

Je frissonnai, un soupçon d'alarme retentit quelque part au fond de mon esprit. *Arrête ça*, exigea cette partie de moi. *Arrête avant que ça devienne…*

Sa langue parcourut ma lèvre inférieure, faisant taire mes pensées.

Pour la première fois de ma vie, je renonçai au contrôle et donnai à mon Oméga ce qu'elle voulait – un bout de moi.

Non, pas un bout. *Tout* de moi.

Ne serait-ce que pour une seconde, je lui donnerais accès à mon esprit, à mon corps, à mon cœur et à mon âme. Elle était la première Oméga à me tenter. La première Oméga à me faire envisager une autre voie.

Et j'avais réagi en la repoussant, alors que mon loup se languissait d'elle.

Notre Oméga. Notre compagne. Notre Vana.

Je gémis quand sa langue se glissa dans ma bouche, son baiser étant bien plus hésitant que celui que nous avions échangé après son rencart. À ce moment-là, ç'avait été une question de faim. Là, il s'agissait de quelque chose de bien plus profond. Un lien que j'avais combattu trop longtemps. Un désir ardent que partageaient nos âmes.

Mais lorsque sa langue toucha la mienne, elle éveilla quelque chose de beaucoup moins hésitant en moi. Quelque chose de viscéral. Quelque chose de *féroce*.

Plantant mes doigts dans ses hanches, je l'attirai plus fermement contre moi, et ma bouche se chargea aussitôt de la sienne.

J'avais besoin de plus. J'avais besoin d'elle. J'avais besoin de *ça*. Son goût. Sa langue. Sa volonté.

Il n'était plus question de lui enseigner ce qu'elle méritait ou de lui montrer comment un Alpha devait embrasser une Oméga. Il s'agissait de savoir comment *moi* je l'embrasserais. Comment *moi* je la toucherais. Comment *moi* je l'adorerais.

Elle gémit quand je la plaquai contre le mur une fois de plus, mes mains glissant sur son corps nu et humide jusqu'à ses seins fermes. Ils emplissaient parfaitement mes paumes, ses courbes étaient faites pour mes caresses. Pour *moi*.

Parce qu'elle est à moi.

Mon loup grogna en moi, d'accord avec cette revendication. Son grondement devint si fort que je ne pus le retenir, ma poitrine vibrant contre Ivana tandis que je l'embrassais plus fort. Plus profondément. Plus *intensément*.

Cillian. Cette voix mentale ne venait pas de mon Oméga, donc je l'ignorai. Seule Ivana comptait. Son toucher. Sa chaleur. Son *miel*.

Dieux, gémis-je, mon animal intérieur étant pratiquement enragé par le besoin de goûter notre Oméga entre ses cuisses. Son parfum d'agrumes avait fleuri en un arôme qui étouffait tous mes sens.

Mon nœud palpitait. Mon estomac se nouait. Mon cœur s'emballait.

Je voulais juste m'agenouiller et lécher chaque centimètre d'elle. Mais ses doigts étaient emmêlés dans mes cheveux, sa langue se battait avec la mienne.

Ce n'était plus doux, ni tendre, ni émotionnel, c'était l'intensité personnifiée.

Elle enroula une jambe autour de ma hanche, son gémissement était une invitation contre ma bouche. Je la soulevai sans réfléchir, ma bite palpitante trouvant aussitôt sa chatte trempée.

— Vana, grognai-je, glissant contre elle, me délectant de la chaleur qui baignait ma queue.

Elle se cambra en réaction, frottant son clito contre mon gland tandis qu'elle gémissait de désir.

Trop vite, me dis-je. *Trop vite, putain.*

Pourtant, cela faisait des années que nous tournions autour du pot.

— *Putain.*

Je perdais de nouveau le contrôle. Mais je n'aurais su dire si je laissais les rênes à Ivana ou à mon loup.

Je voulais tellement être en elle. La *baiser*. La *nouer*. La *revendiquer*.

Ses ongles griffaient mon dos tandis que sa douce chatte s'écrasait contre ma queue douloureuse.

— *Cillian...*

Je ne savais même pas si elle était prête à me prendre. *A-t-elle déjà été prise par un Alpha ?* me demandai-je, regrettant aussitôt cette question. Car l'idée que quelqu'un d'autre ait pu la baiser me donnait envie d'assassiner celui qui aurait osé toucher *mon* Oméga.

Cela me donnait aussi envie de pénétrer en elle et

revendiquer ce qui devait m'appartenir. Faire en sorte qu'elle oublie tous ceux qui auraient pu la toucher avant moi. Et m'assurer qu'aucun autre Alpha ne serait jamais assez bien pour elle à l'avenir.

C'est foutrement mal. Mais ça me paraît tellement juste.

Mes mains remontèrent le long de ses flancs pour envelopper de nouveau ses seins parfaits. Je taquinai ses tétons durs avec mes pouces tandis que mon bas-ventre la bloquait fermement contre le mur.

J'étais à deux doigts de la pénétrer, mais une force insistante dans mon esprit me retint, me rappelant d'être doux avec elle. De la chérir comme un Alpha devait le faire.

Mon loup gronda en moi, son désir d'elle au bord de la violence. Cela faisait six très longues années que je n'avais pas eu une femme dans mon lit. Je n'avais pas eu l'intention de vivre une période de célibat, mais après avoir rencontré Ivana, j'avais simplement perdu tout intérêt pour les autres. Elle avait consommé chaque once de mon attention, m'entraînant dans l'une des batailles les plus difficiles de ma vie.

Une bataille que j'étais en train de perdre, et à laquelle je ne souhaitais plus me livrer, surtout avec l'Oméga docile et volontaire pressée contre ma chair dure et excitée.

Ivana prit ma lèvre inférieure entre ses dents, ce qui me fit ouvrir les yeux et croiser son regard dangereux.

Si elle mordait, cela déclencherait un lien d'accouplement entre nous, qui m'obligerait à la mordre en retour.

Ne me tente pas, macushla, lui dis-je en pensée, réalisant tardivement que je pouvais de nouveau accéder à son esprit. Le blocage qu'elle avait créé était tombé en poussière depuis longtemps, ce qui me permettait d'entendre les intentions sensuelles qui dansaient dans ses pensées.

Dieux, gémis-je, captivé par son imagination. Pourtant, le soupçon d'innocence sous-jacent m'indiquait qu'elle n'était pas expérimentée.

Et cela… cela m'obligea à ralentir. À reprendre mon souffle. À écarter doucement ma lèvre de ses dents afin de déposer des baisers sur sa joue.

Elle avait besoin de tendresse. D'adoration. *De vénération.*

Je reposai mes mains sur ses hanches et amenai mes lèvres à son oreille.

— Est-ce que tu as déjà été nouée, Vana ?

Ses doigts glissèrent le long de mon torse, s'approchant de mon aine.

— Pas par un vrai Alpha, non.

Je fronçai les sourcils.

— Tu es évasive avec moi, chérie ?

Cela ne lui ressemblait certainement pas.

— J'ai un sextoy, murmura-t-elle. (Elle leva ses yeux bleus vers les miens pour les détourner un instant plus tard, tandis qu'elle ajoutait :) Pour mes cycles de chaleur. Parce que… tu n'as jamais… (Elle déglutit et secoua la tête.) Ce n'est sûrement pas la même chose qu'un vrai nœud, mais ça… aide.

Une note de tristesse hantait son esprit, repoussant certaines de ses idées lubriques.

Il n'est jamais venu, pensait-elle. *Il m'a laissée souffrir seule. Parce qu'il n'a jamais voulu de moi.*

— Putain, Vana, je…

Un coup violent contre la porte de la salle de bain me coupa la parole. Mon pouvoir se fixa aussitôt sur l'intrus, et je plissai les yeux en me tournant vers la porte.

J'aurais dû sentir son arrivée, j'aurais dû savoir qu'il

était là grâce à son *odeur*. Mais j'avais été tellement absorbé par Ivana et son doux parfum que je n'avais pas surveillé correctement notre entourage.

Bien sûr, le *Bêta* venait juste d'apparaître dans l'igloo – ce que je sus d'un rapide balayage de son esprit. Au moins, je n'avais pas été assez loin pour que même mon loup n'ait pas détecté son approche physique.

Hélas, j'aurais dû être assez conscient pour saisir ses intentions mentales. C'était un problème que j'allais régler *immédiatement*.

Tu as intérêt à avoir une sacrée bonne raison de nous interrompre, Bêta, dis-je télépathiquement à Benz.

C'est Lorcan qui m'envoie, se contenta-t-il de répondre. Mais j'entendis – et *ressentis* – son irritation sous-jacente. Il n'aimait pas que je sois ici avec Ivana, et n'approuvait pas du tout l'odeur séduisante de son miel dans l'air.

J'ignorai sa présence et me connectai à l'esprit de Lorcan.

Tu m'as envoyé Benz ?

Tu ne répondais pas à mes appels. Le stoïcisme qui soulignait habituellement la voix de mon vieil ami laissait place à de l'agacement. *Nous avons un problème.*

Quel genre de problème ?

Lorcan alla droit au but :

L'Oméga Sylvia a été retrouvée inconsciente dans son igloo, il y a trente minutes.

Je me figeai.

Quoi ?

Quelqu'un l'a droguée, Cillian. Je la soigne, mais c'est un stimulant de l'œstrus. Quand elle se réveillera, elle sera en chaleur.

Un grondement m'échappa. Un grondement né d'une *fureur* inaltérée.

Stimuler un œstrus était courant chez d'autres types de loups. Certains Alphas ne voulaient pas attendre pour s'accoupler avec les Omégas qu'ils avaient choisies. Or ce n'était pas ainsi que nous procédions dans les secteurs du V-Clan. Nous respections nos Omégas et leurs cycles.

L'un de ces Alphas ne respecte pas les règles, me dis-je, serrant les poings. *Et ce connard a enfreint ces règles pendant que j'étais occupé ailleurs.*

— Qu'est-ce qu'il y a ? demanda Ivana, me tirant de mes pensées et me forçant à regarder le cœur de ma distraction.

— Il faut que j'y aille, lui dis-je, un grondement montant dans ma poitrine.

Putain. Je n'aurais même pas dû être ici. C'était mon boulot de surveiller les Omégas. Mon *devoir* de les protéger. Et j'avais été trop pris par Ivana pour me concentrer sur ma tâche. Sur mon *serment.*

C'était… c'était précisément pourquoi je ne pouvais pas m'accoupler avec elle. Elle constituait une distraction dangereuse. Un destin tentant. *Un idéal inaccessible.*

— Cillian, dit-elle en m'attrapant le bras. Dis-moi ce qui se passe.

— Benz t'expliquera, répondis-je en sortant de la douche pour attraper une serviette. (Le Bêta ouvrit la porte, et je le fusillai du regard.) Tu lui expliqueras *quand* Ivana sera habillée.

— Ce n'est pas comme si je ne l'avais pas déjà vue nue, rétorqua-t-il en s'appuyant contre le montant de la porte, me bloquant la sortie. C'est ma meilleure amie, Alpha Cillian. Nous courons souvent ensemble en tant que loups. Elle est comme une sœur pour moi.

La façon dont il prononça ces mots ressemblait plus à un avertissement qu'à une explication. Comme s'il essayait de me dire de faire attention à elle ou qu'il me ferait payer pour lui avoir fait du mal.

Ça m'aurait fait rire si je n'étais pas aussi préoccupé par la situation actuelle.

— Bouge de là, Bêta.

Il soutint mon regard un poil trop longtemps, puis il soupira et se recula pour me laisser passer.

— Cillian, appela Ivana en attrapant une serviette pour me suivre.

Lorsqu'elle entra dans la pièce principale, j'avais déjà enfilé mon pantalon.

— Il faut que j'y aille, lui répétai-je en ramassant ma chemise.

Puis je m'éclipsai avant qu'elle tente de m'arrêter.

Je suis désolé, Vana, murmurai-je dans son esprit. *Mais je ne peux pas être à toi.*

Pas maintenant. Jamais.

Parce que j'étais d'abord marié à mon devoir. Tout le reste devait passer au second plan.

Sinon, il arrivait des ennuis.

Des ennuis… comme celui-ci.

IVANA

Les excuses de Cillian me firent grincer des dents de contrariété.

Tu peux être à moi, lui rétorquai-je. *Tu dois juste communiquer avec moi, putain.*

Soit il ignora ma réponse, soit il s'était déconnecté, car il ne dit rien.

Alphoiré têtu, grommelai-je à son intention.

— Qu'est-ce qui se passe ? demandai-je à Benz sans le regarder.

J'étais trop occupée à chercher des vêtements. En fait, je ne m'étais pas lavé les cheveux ni le corps, mais je m'étais douchée hier soir. Ça devait donc aller.

— Rayon de soleil, dit Benz lentement. Tu es sûre de vouloir faire ça ?

Je lui jetai un coup d'œil intrigué.

— Faire ça, genre… ?

Il grimaça.

— Tu sais bien de quoi je parle.

— Non, vraiment pas.

— Je suis un loup, Ivana. Je n'ai peut-être pas vu ce que tu faisais là-dedans, mais je l'ai senti, répondit-il, ce qui m'échauffa les joues.

— *Benz.*

— Quoi ? (Il haussa ses sourcils bruns.) Ce connard t'a brisé le cœur. Et tu as enfin une chance de peut-être trouver quelqu'un d'autre. Mais si tu le laisses jouer avec toi comme ça…

— Il ne joue pas avec moi, affirmai-je. Il… (Il s'était *confié* à moi. M'avait dit des choses qui, je le voyais bien, lui étaient très personnelles, qu'il avait dites à peu de monde, voire à personne.) Cillian est compliqué.

— Sans blague, ricana Benz.

Je sortis un jean.

— Je n'ai pas envie de discuter de Cillian pour le moment, Benz. Dis-moi juste ce qui se passe.

Car j'avais besoin de me distraire de mes pensées – qui étaient toutes en train de tourbillonner de frustration.

Cillian m'avait finalement embrassée. Puis il s'était excusé.

Pour t'être éclipsé après m'avoir embrassée comme un fou ? Pour m'avoir embrassée en général ? Pour tout autre chose ?

J'avais envie de grogner, de crier et d'applaudir, tout à la fois. C'était un mélange d'émotions que je me forçai à apaiser en sortant une chemise et en attendant la réponse de Benz.

Comme il ne disait rien, je croisai son regard incrédule et arquai un sourcil.

Il soupira et secoua la tête.

— S'il te fait du mal…

— Alors il me fait du mal, répliquai-je, ne voulant pas en discuter davantage. Maintenant, dis-moi ce qui a fait bondir Cillian en mode Alpha.

— Quand n'est-il pas en mode Alpha ? marmonna Benz en passant ses doigts dans ses épais cheveux bruns.

— *Benz.*

— Est-ce qu'on t'a déjà dit que tu es exigeante pour une Oméga ?

— Arrête de gagner du temps et crache le morceau.

Je savais reconnaître une élision quand j'en entendais une. Le scintillement dans ses iris turquoise me dit aussi que j'avais vu juste. Tout comme le juron qui s'échappa de ses lèvres lorsqu'il leva les yeux au plafond. Quand il me regarda de nouveau, il avait l'air sombre, ce qui me dit que quelque chose n'allait vraiment pas.

— Lorcan a trouvé Sylvia inconsciente dans son igloo.

Je fronçai les sourcils.

— Quelqu'un l'a assommée ?

Sa bouche se tordit.

— En quelque sorte.

— Comment ça, *en quelque sorte ?*

— Elle va avoir ses chaleurs, répondit-il. Des chaleurs forcées.

Je cillai sans comprendre.

— Parce que quelqu'un l'a assommée… ? (Ce n'était pas comme ça que l'on provoquait un cycle de chaleurs. De plus, Sylvia était une louve du V-Clan.) Nos cycles de chaleur ne vont pas commencer avant quelques mois.

Nous n'entrions en œstrus que pendant l'été. C'était l'une des raisons pour lesquelles notre espèce avait choisi de s'épanouir la nuit – les Omégas hibernaient dans leurs nids pendant les mois ensoleillés.

À cause de nos cycles.

Si Sylvia était en chaleur maintenant, alors… Je

déglutis. *Alors quelqu'un ou quelque chose a forcé son cycle à démarrer. C'est ce qui l'a assommée.*

— Oh, soufflai-je. *Oh.*

C'était mauvais. Très, *très* mauvais. Et ce qui était pire…

C'est arrivé sous la surveillance de Cillian. Pendant qu'il était avec moi.

Je suis désolé, Vana, m'avait-il dit mentalement. *Mais je ne peux pas être à toi.*

Parce qu'il me reprochait sans doute de le distraire de son travail.

Il m'avait tout exposé, m'expliquant pourquoi il estimait ne pas mériter une Oméga, pourquoi il n'était pas assez bien pour moi, pourquoi il avait consacré sa vie à protéger les autres alors qu'il vivait seul. Cillian portait le poids du monde V-Clan sur son dos, assumant la responsabilité des péchés de son père.

Et maintenant, il essayait de réparer ce qui était arrivé à Sylvia, tout en se reprochant probablement d'avoir passé du temps avec moi.

Je faillis grogner de frustration.

Putain d'Alpha têtu.

J'espérai qu'il entendait cela. Mais il avait sûrement déjà dû me bloquer dans son esprit.

Dommage, pensai-je à son intention. *Parce que je peux être tout aussi têtue.*

Il m'aimait bien. Il me voulait. Il pensait que j'étais trop bien pour lui. Il désirait plus, mais se disait qu'il ne pouvait pas l'avoir.

C'était donc à moi de lui prouver qu'il avait tort.

Nous pourrions être bien ensemble. Parfaits, même. Je n'avais pas besoin d'être sa première priorité. Ce serait super de temps en temps, bien sûr. Mais je comprenais son besoin de protéger les autres. Je le respectais, aussi.

Et c'était le moment idéal pour le lui montrer.

— Allons voir comment on peut aider, dis-je à Benz en chaussant une paire d'après-skis.

Je n'attendis pas que mon meilleur ami acquiesce – de toute façon, il savait qu'il valait mieux ne pas se disputer avec moi quand j'avais quelque chose en tête – et je m'éclipsai dehors. Mon nez m'indiqua où trouver Cillian, ainsi que Sylvia. Car Benz avait raison : elle allait certainement avoir ses chaleurs.

Mon estomac se noua à l'idée d'être forcée à entrer dans un cycle œstral contre ma volonté. Certains clans faisaient cela à leurs Omégas. Pas les loups du V-Clan.

Cela rendait la situation encore plus problématique.

Plusieurs Omégas étaient dehors, bras croisés, l'air inquiet. Ashlyn se tenait parmi elles, ses yeux bleus cristallins captèrent les miens à mon approche. Sylvia et elle étaient amies, mais elle ne paraissait pas si inquiète que ça.

— Ça a commencé, murmura-t-elle quand je fus à quelques pas. Souviens-toi de ce que je t'ai dit, s'il te plaît.

Je fronçai les sourcils.

— À quel propos ?

Une énergie Alpha dévorante nous entoura avant qu'elle puisse répondre, la force et la vitalité du Prince Cael le précédant avant qu'il se matérialise en face de moi.

— Ivana, me salua-t-il avec un doux sourire qui se figea aussitôt sur son beau visage.

Il se tourna lentement vers l'igloo de Sylvia tandis que ses deux Élites apparaissaient à ses côtés. Les mâles intimidants humèrent l'air en suivant le regard de Cael.

— Que diable… ? (Le prince Cael tourna ses iris bleu-vert vers son frère Dixon.) Tu es passé il y a quatre-vingt-dix minutes pour un contrôle de sécurité et tu as dit que tout allait bien.

Son frère serra sa mâchoire.

— C'était le cas. Manifestement, c'est tout récent. (Ses yeux verts acérés balayèrent la foule, et se posèrent sur moi une fraction de seconde avant de passer aux autres Omégas.) Nous devrions…

Cillian apparut entre le prince Cael et moi, coupant le commentaire de Dixon et me bouchant la vue des trois mâles.

— Kieran est en route. Il veut parler à tous les Alphas participants, y compris toi.

Une autre vague d'intensité masculine accompagna la réponse du prince Cael :

— Je vois.

Un silence. Je frissonnai, l'énergie magnétique de Cillian augmentant chaque seconde. Il paraissait mesurer ses pouvoirs face à Cael et ses deux Élites. À moins que Cael et lui soient engagés dans une conversation mentale.

Quoi qu'il en soit, cela faisait passer un courant inquiétant dans l'air, qui fit se tortiller certaines Omégas. Je me raclai la gorge et portai mon regard sur les autres femmes.

— Peut-être qu'on devrait tous aller prendre un petit déjeuner ? suggérai-je, afin de rappeler aux deux Alphas qu'ils avaient un public.

Cillian, ajoutai-je dans un murmure mental. *Cael et toi, vous rendez les Omégas encore plus nerveuses.*

Il ne répondit pas.

— Un petit déjeuner vespéral me paraît une bonne idée, opina Benz, prenant acte de ma suggestion. Allons au pavillon principal et voyons ce qu'il…

— Non, le coupa Cillian. Les Omégas retournent dans le Secteur de la Nuit avec Lorcan. Le jet est déjà en préparation.

— Mais il ne sera pas prêt avant une heure, ajouta

Fritz en sortant de l'igloo de Sylvia. Un petit déjeuner serait une bonne idée.

Il fallait oser remettre en question le jugement d'un Alpha. Mais l'attention de Cillian restait fixée sur Cael, les deux mâles refusant de détourner le regard l'un de l'autre.

Ça ne va rien arranger.

Lassée de leurs postures, je me glissai entre eux et tournai le dos à Cillian afin de lever les yeux vers le prince Cael.

— Tu peux nous escorter jusqu'au petit déjeuner ? lui demandai-je de mon ton le plus doux.

Cillian saisit fermement mes hanches, ce qui n'échappa pas à Cael. Mais je fis semblant de ne pas le remarquer et ajoutai :

—Je pense que les Omégas se sentiraient plus à l'aise si un prince Alpha les accompagnait.

Car ce qui se passait ici entre Cillian et lui produisait l'effet inverse, et ce dont les Omégas avaient le plus besoin en ce moment, c'était d'une distraction.

— S'il te plaît ? insistai-je, capturant le regard du prince.

Ses traits tranchants s'adoucirent lorsqu'il se recentra sur moi, une expression indulgente assouplit sa mâchoire crispée.

— Ce serait un honneur pour moi, répondit-il d'une voix tout aussi onctueuse.

— Merci. (Je le gratifiai d'un petit sourire avant de me tourner vers Benz.) Tu peux ouvrir la voie ?

Depuis quand tu commandes mes hommes ? me demanda une voix veloutée, accompagnée d'une pression subtile sur mes hanches.

Prenant exemple sur Cillian, je l'ignorai, me focalisant sur Benz et les Omégas.

— J'arrive dans un instant, dis-je à Benz. Je dois juste dire un mot à Cillian.

Ce n'est pas le moment, Vana, répondit-il par télépathie. *Je me rends compte que je suis parti brusquement, mais je...*

Chut, le coupai-je. *J'essaie de me concentrer.*

— Oh, Ashlyn, s'il y a du saumon fumé, tu peux m'en garder un morceau ? demandai-je, faisant de mon mieux pour avoir l'air tout à fait normale.

Comme si le fait qu'une Oméga soit en train d'entrer en chaleur dans l'igloo ne me dérangeait pas du tout.

L'Oméga du Z-Clan aux cheveux pâles esquissa un sourire, comme si elle avait compris ce que je faisais, et hocha la tête.

— Ouaip. Un toast au fromage frais, aussi ?

— Oui, s'il te plaît.

J'étais surprise qu'elle sache que j'aimais cet accompagnement avec mon saumon. Mais il semblait y avoir bien plus chez Ashlyn que quelques commentaires énigmatiques.

Comme celui concernant le prince Cael et ses ténèbres, me rappelai-je en lui jetant un coup d'œil. Il n'avait pas l'air si *ténébreux* que ça. Il avait l'air plutôt détendu, presque ennuyé.

Sauf que son regard ne cessait de se baisser vers les mains de Cillian qui serraient mes hanches. Un tic subtil se déclencha dans sa mâchoire quand il vit le pouce de Cillian bouger en un cercle possessif, l'Alpha derrière moi étant sans nul doute parfaitement conscient de ses gestes.

Ou peut-être était-ce inconscient.

Je devrais lui poser la question plus tard. Pour l'instant, je voulais juste que l'atmosphère chargée de testostérone se dissipe et que les Omégas se détendent.

— Je te réserve une place, Ivana, me dit Cael.

— Merci, Cael, souris-je.

Il m'adressa un clin d'œil — sans doute content que je m'adresse à lui de façon informelle — et se retourna pour aider Benz à escorter tout le monde au pavillon en ville pour le petit déjeuner.

Une fois qu'ils furent tous hors de portée de voix, je me tournai face à Cillian. Ses mains suivirent le mouvement, me laissant achever ma rotation avant de se poser de nouveau sur mes hanches.

— Écoute, je suis désolé pour ce qui s'est passé entre nous, mais…

— Stop, l'interrompis-je. On parlera de ça plus tard. Ce que je veux savoir, c'est quand le jet sera là, qui le pilotera, et s'il ira directement au Secteur de la Nuit, ou est-ce qu'il fera d'abord escale dans le Secteur Sanglant ? Car c'est à ces questions que les Omégas voudront des réponses.

Il me fixa d'un air un peu méfiant et répondit :

— Dans une heure, Lorcan, et directement au Secteur de la Nuit.

Je hochai la tête.

— Est-ce que nous devons toutes aller au Secteur de la Nuit, ou est-ce que le Secteur Sanglant peut être une option ?

— Tu ne veux pas aller au Secteur de la Nuit ?

— Je préférerais mon propre nid, admis-je. Mais si j'ai la permission d'aller au Secteur Sanglant, d'autres pourraient vouloir y aller aussi. Alors avant de prendre une décision, je veux savoir quelles sont les options possibles.

— J'imagine que toutes les autres préféreront le Secteur de la Nuit puisque c'est chez elles.

— Je suis bien d'accord. Mais au cas où quelqu'un déciderait soudain qu'il préfère aller au Secteur Sanglant, je veux savoir si c'est quand même une option.

Il me fixa.

— Tu peux retourner à ton nid dans le Secteur Sanglant, Ivana. Et si quelqu'un d'autre veut y aller, c'est très bien aussi.

— D'accord, parfait, acquiesçai-je. Maintenant, qu'est-ce que je peux leur dire sur Sylvia ? Parce qu'elles vont poser des questions à son sujet.

Il secoua la tête.

— Je ne sais rien pour l'instant. Elle est… inconsciente. Lorcan essaie de la soigner, mais ce qu'il y a dans son corps ne peut pas être annulé. (Sa frustration augmentait à chaque mot, et il finit par me lâcher pour se passer la main sur la figure.) C'est ma faute. J'ai été distrait et…

— C'est toi qui l'as droguée ? l'interrompis-je.

— Quoi ? (Il me regarda comme si je l'avais physiquement giflé.) Non. Bien sûr que non. Comment tu peux…

— Si tu ne l'as pas droguée, ce n'est pas de ta faute, tranchai-je, l'interrompant de nouveau. Alors arrête de t'en vouloir et concentre-toi à pallier la situation. Ce dont j'ai besoin, ce sont des détails à communiquer aux autres pour qu'elles gardent leur calme. Qu'est-ce que je peux leur dire ?

Il me regarda en clignant des yeux.

— Super, c'est très utile, Cillian. Merci.

— Tu choisis de me houspiller maintenant, Oméga ?

— Je vais toujours te houspiller, Alpha. Maintenant, arrête de chercher à gagner du temps et réponds à ma question, pour que je puisse m'occuper des Omégas pendant que tu t'occupes de rechercher celui qui blessé Sylvia.

Cillian me fixa bouche bée un instant, son choc étant palpable. Mais il se reprit rapidement et se racla la gorge.

— Dis-leur la vérité : les chaleurs de Sylvia ne sont pas naturelles. Kieran sera bientôt là pour l'examiner, puis nous interrogerons tous les Alphas ayant accès à ce secteur. Parce que l'un d'eux l'a droguée avec quelque chose. Et cet Alpha sera retiré.

Je n'eus pas besoin qu'il m'explique plus en détail ce que signifiait *retiré*.

— Merci. Je ferai de mon mieux pour relayer tout cela de la manière la plus douce possible, lui promis-je. Je demanderai aussi si quelqu'un a vu ou entendu quelque chose de suspect.

Et je commencerais par Ashlyn.

Une fois ce plan mis en place, je contournai Cillian pour me diriger vers le pavillon, mais je fus soudain immobilisée, ma nuque bloquée dans sa paume.

Il me ramena doucement face à lui et appuya son front contre le mien pendant un long moment silencieux.

Nous discuterons bientôt, promit-il mentalement.

Il n'y a rien à discuter, répliquai-je, posant ma main sur sa joue.

— C'est ce qu'on ressent quand on a un partenaire, Cillian, ajoutai-je à haute voix. Tu n'es pas obligé de faire ça tout seul.

Je me hissai sur la pointe des pieds pour effleurer sa bouche d'un baiser.

Puis je m'éclipsai vers le pavillon avant qu'il puisse répondre par une déclaration contradictoire ou quelque chose de désobligeant.

Ce n'était pas lui qui avait eu le dernier mot cette fois-ci. C'était moi.

Et je lui montrerais ce que ça signifiait d'avoir un partenaire, en m'occupant des Omégas du Secteur de la Nuit et en essayant de les mettre toutes à l'aise. Plus facile à dire qu'à faire.

Je devais essayer malgré tout, non seulement pour elles, mais aussi pour Cillian.

CILLIAN

Je restai sidéré dans la rue glacée pendant une trop longue seconde après la disparition d'Ivana.

Quand j'avais perçu l'arrivée de Cael, je m'étais éclipsé pour m'interposer entre lui et Ivana. Non pas que je le soupçonnais d'avoir drogué Sylvia, mais je ne voulais pas qu'il s'approche d'Ivana. C'était à moi de la protéger. À moi de… eh bien, à *moi* tout court.

Je n'arrivais pas à empêcher mon loup d'essayer de la revendiquer, bien que je sache que je ne le devrais pas.

— Putain, grommelai-je, passant la main sur ma figure.

Cette journée ne se déroulait pas du tout comme je m'y attendais.

— Accouple-la, me lança Lorcan en apparaissant à côté de moi.

Je lui jetai un coup d'œil surpris.

— Hein ?

— Tu m'as entendu. *Accouple-la.*

Je n'eus pas besoin de lui demander de qui il parlait.

— Tu me fais penser à Kieran.

Il haussa une épaule massive, l'air indéchiffrable. Lorcan parlait rarement, ce qui rendait son commentaire d'autant plus important. Surtout qu'il avait jugé nécessaire de l'exprimer à haute voix, ce qu'il ne faisait jamais à moins de le penser vraiment.

— À ce propos, commençai-je, changeant de sujet. Qu'est-ce que Kieran a décidé ?

Lorcan et lui étaient en train de discuter de comment s'occuper de Sylvia quand j'avais senti l'arrivée de Cael. Je m'étais éclipsé dehors par réflexe, laissant Kieran et Lorcan débattre sans moi de la marche à suivre. Ç'avait été une réaction inhabituelle de ma part, mais mon loup avait exigé que je rejoigne Ivana. Et j'avais été trop obnubilé par cette sensation pour la combattre.

Si cela avait dérangé Lorcan, il n'en avait rien dit.

Tout comme il ne releva pas mon changement de sujet maintenant.

— Il veut que j'envoie Sylvia au Secteur Sanglant. Je l'ai installée aussi confortablement que possible ; Kieran devra faire le reste.

— Au Secteur Sanglant, pas au Secteur de la Nuit ? m'étonnai-je.

Lorcan baissa le menton.

Il ne veut pas laisser Quinnlynn sans surveillance, m'informat-il mentalement.

Je vois, répondis-je avec une moue. *Il craint que ce soit le début de quelque chose d'abominable, c'est ça ?*

Lorcan haussa de nouveau les épaules.

Si c'est le cas, on va gérer ça.

Évidemment, opinai-je.

— Accouple-la, dit-il pour la troisième fois, ce qui me fit plisser les yeux.

Tu n'es pas le seul à aimer sauter du coq à l'âne, pensa-t-il, son expression et son ton mental dépourvus d'émotion.

— Elle mérite mieux que moi, lui rétorquai-je.

— Je sais, acquiesça-t-il d'une voix toujours aussi neutre. Alors fais mieux.

Sur ce, il disparut. Une seconde plus tard, l'odeur de l'Oméga en chaleur commença à se dissiper, m'indiquant qu'il avait emmené Sylvia au Secteur Sanglant.

— Il a raison, intervint une autre voix, précédant l'irruption de Cael à la place de Lorcan. Elle mérite mieux.

Je plissai de nouveau les yeux, pour une tout autre raison.

— Laisse-moi deviner : tu crois que tu es mieux pour elle ?

— Oh, je ne le crois pas, je le sais, rétorqua-t-il, me faisant serrer mes poings sur mes flancs. Mais je pense que tu pourrais être le meilleur pour elle, si tu arrivais à te sortir la tête du cul.

Je haussai les sourcils, ses paroles me laissant sans voix. J'étais à la fois flatté et insulté, et surtout choqué.

— Ivana est une compagne idéale, poursuivit-il. Elle est intelligente, confiante, spirituelle, carrément magnifique, et elle veut des petits. Elle serait parfaite pour moi s'il n'y avait pas un très grave défaut.

Je serrai les dents. *Elle n'a pas de défauts.* Ces mots coulèrent de mon esprit vers le sien sans que je puisse les retenir. *Elle est parfaite.*

— Elle est amoureuse de toi, précisa Cael d'un ton égal. Et bien que je puisse supporter de nombreux défauts, c'en est un que mon loup ne peut pas accepter.

Ma mâchoire se crispa encore plus. *C'est un béguin, pas de l'amour*, avais-je envie d'argumenter. *Et ce n'est pas un défaut, connard*. Mais en vérité, c'était bien le cas. Car je ne pourrais pas non plus m'accoupler avec une Oméga qui convoiterait un autre Alpha.

— Alors ressaisis-toi, Cillian, reprit-il sans me laisser la parole. Sinon, je vais être vraiment tenté de montrer à ta femelle comment un vrai Alpha traite sa compagne. Et je peux te garantir que son petit défaut ne sera plus qu'un lointain souvenir qu'elle finira par oublier, alors qu'il te hantera pour l'éternité.

J'aurais juré que ma mâchoire allait se casser à force de la serrer.

— Pourquoi ça m'a tout l'air d'un défi ? lui assénai-je.

Ma bête tournait en rond en moi, prête à donner à ce *prince alpha* une leçon de domination. Cael était puissant, et nous serions à égalité. Mais sur ce point, je gagnerais.

— Parce que je menace de prendre ce qui t'appartient, répondit-il, ses yeux bleu-vert brillants de promesses alors qu'il m'arrachait pratiquement les mots de l'esprit.

Je gagnerais ce combat parce qu'il implique Ivana.

— Soit tu la traites bien, ajouta-t-il, soit tu vas te faire foutre.

— Ce n'est pas à toi de la protéger, grondai-je. Si quelqu'un doit aller se faire foutre, c'est bien toi.

— Tu as raison, ricana-t-il. C'est ton boulot. Alors fais *mieux*, Cillian.

L'inflexion qu'il donna au mot *mieux* nous ramena au début de cette étrange conversation. Cependant, au lieu de s'éclipser comme Lorcan, Cael se détourna simplement de moi, ce qui déchaîna la fureur de mon loup intérieur.

Je venais d'être *rejeté*.

Et l'Alpha qui avait fait cela ne s'inquiétait pas du tout de me tourner le dos.

— Si je n'étais pas plus avisé, Cael, je dirais que tu cherches à te bagarrer avec moi. Peut-être pour me détourner des événements de cette soirée ? raillai-je, cette hypothèse me venant à l'esprit sans que j'y réfléchisse.

Cael se figea. Puis, lentement, il me fit face une fois de plus.

— Si tu crois que j'ai quelque chose à voir avec l'état de Sylvia, c'est que tu n'as pas été bien attentif, *Élite*.

Sa référence à ma position était intentionnelle. Un rappel. Un rappel qui me fit croiser son regard sans broncher.

— Alors pourquoi tu te préoccupes soudain de mes affaires personnelles, Cael ? demandai-je, omettant volontairement son titre princier.

— Je me fous éperdument de tes « affaires personnelles », Cillian, rétorqua-t-il. (Son loup dansait dans ses yeux et conférait aux iris bleu-vert une nuance de bleu plus foncé.) Ivana, en revanche, a piqué mon intérêt. Elle mérite mieux que ça. Alors si tu ne te sors pas les pouces du cul — et vite —, tu vas perdre ton Oméga au profit d'un vrai prince alpha.

L'air se refroidit autour de nous, nos loups se jaugeant du regard.

— Te voilà encore en train de me défier.

— Je ne défie que des adversaires de valeur. (Ses pupilles étincelèrent tandis qu'il me scrutait des pieds à la tête.) Et je n'en vois certainement pas un devant moi.

Je fis un pas en avant, mon animal enragé en moi.

— Tu vois ton meilleur adversaire se tenir devant toi.

— Non, répondit-il d'un ton mordant. Je vois un putain de lâche. Alors arrange tes affaires, Cillian. Bats-toi pour ton Oméga. Traite-la bien. Ou je te montrerai à quoi ressemble un vrai défi.

L'enfoiré s'éclipsa avant que je puisse répondre, me laissant gronder après l'espace vide devant moi. *Et c'est toi qui me traites de lâche*, grognai-je mentalement.

Sa seule réponse fut un ricanement, puis il tourna aussitôt ses pensées vers les Omégas qui l'entouraient. Ou plutôt une Oméga en particulier. *Mon* Oméga.

L'espace d'une seconde, il me laissa capter son appréciation quand il croisa le regard d'Ivana. Puis il me bloqua d'une poussée mentale qui faillit me faire tomber sur le cul.

Soit tout cela était destiné à détourner l'attention du problème en cours, soit…

Soit il pensait vraiment tout ce qu'il disait.

Je serrai de nouveau les poings. D'abord Kieran, puis Lorcan, et maintenant Cael. Que Kieran et Lorcan s'intéressent à ma vie privée était logique : ils étaient mes meilleurs amis. Mais Cael ? Cael et moi… nous n'étions pas vraiment amis. Mais nous n'avions jamais été ennemis non plus. En fait, il avait tendance à me servir d'allié quand j'en avais besoin.

Il avait aussi un faible pour les jeux. Surtout les jeux politiques, dans lesquels j'excellais également. D'où notre relation indéfinie. Une relation qui allait être mise à rude épreuve s'il essayait de m'enlever Ivana.

Sauf qu'elle n'était pas vraiment à moi.

Pas encore, songeai-je.

Non. Jamais. Je secouai la tête. Un grondement fit vibrer ma poitrine : mon loup intérieur n'était absolument pas d'accord avec la direction que prenaient mes pensées. Ou peut-être que mon animal réagissait au fait que ce foutu prince Cael se trouvait près de notre Oméga en ce moment même.

Car je pouvais entendre les pensées de ceux qui observaient Ivana et Cael tandis qu'ils commençaient à distribuer les repas à tout le monde dans le réfectoire.

Ils ont l'air bien ensemble, pensait Ashlyn, sa voix

anormalement forte me tapant sur les nerfs. *Je me demande à quoi ressembleront leurs petits.*

Serrant les dents, je la bloquai, pour être aspiré dans l'esprit de Ransom qui se plaignait en son for intérieur d'une concurrence déloyale et de ne pas faire le poids devant un prince Alpha.

Je ricanai. *Avec des pensées comme ça, non, tu ne feras jamais le poids,* faillis-je lui dire. Mais je ravalai mes paroles mentales et préférai m'éclipser jusqu'au réfectoire où Ivana avait escorté tous les Omégas.

Je m'adossai à un mur plongé dans l'ombre, une ombre qui semblait graviter autour de moi tandis que je balayai la salle du regard. Presque tout le monde était assis, la plupart des Omégas étaient silencieuses et serrées les unes contre les autres tandis que les Alphas occupaient d'autres tables, sur la réserve car ils surveillaient les sorties. Personne n'avait remarqué mon arrivée, car j'avais rendu ma présence indiscernable. Je préférais toujours traîner en écoutant sans être vu. C'était dans ce genre de situation que je perfectionnais mon don de furtivité.

Je me mis à l'écoute des voix mentales environnantes, les passant au crible en quête de tout indice de ce qui aurait pu arriver à Sylvia.

Pendant ce temps, mon regard restait fixé sur un point focal en particulier : *Ivana.*

Elle était à une table d'Omégas, penchant sa tête blonde, tandis qu'elle disait d'une voix calme :

— Sylvia va s'en sortir. Le roi Kieran est un guérisseur. Il ne laissera rien lui arriver.

— Mais elle est en chaleur, murmura une Oméga aux cheveux noirs nommée Glory. Et il y a des Alphas non accouplés dans le Secteur Sanglant.

— Oui, c'est vrai, acquiesça Ivana. Mais le Secteur

Sanglant a instauré un système qui garantit le consentement.

— Quel système ? s'enquit Glory, fronçant ses sourcils fournis.

— Les Omégas du Secteur Sanglant dressent une liste de candidats alphas pour leurs cycles œstraux, expliqua Ivana d'une voix douce.

Cela me serra le cœur, car je connaissais la liste d'Ivana, et le seul nom qu'elle y avait noté. *Le mien.*

— Seuls ces Alphas-là ont le droit de s'approcher de nos nids pendant nos périodes de besoin, ajouta-t-elle.

— Mais Sylvia n'a pas de liste, intervint l'Oméga Brie, son teint sombre pâlissant quelque peu sous le faible éclairage au plafond. Et elle ne peut pas en dresser une dans cet état. Elle ne saurait même pas qui choisir.

— Toutes les Omégas n'ont pas de liste, précisa Ivana. Il y a des endroits comportant, euh, des aménagements appropriés, pour celles qui n'ont pas d'Alpha pour les aider pendant leurs chaleurs.

Glory sourcilla encore plus.

— Quel genre d'aménagements ?

— Du genre qui procure un soulagement, répondit Ivana avec prudence.

— Des sextoys, précisa Brie.

Les joues d'Ivana rosirent légèrement lorsqu'elle acquiesça :

— C'est ça.

Et mon nœud se mit aussitôt à palpiter.

J'ai un sextoy, m'avait-elle avoué. *Pour mes cycles de chaleur. Parce que... tu n'as jamais...*

Je grimaçai, me rappelant où nous menait notre discussion juste avant que Benz nous interrompe. *Putain. Je dois des excuses à Ivana. Une explication. Quelque chose. N'importe quoi, honnêtement.*

La gorge soudain serrée, je tendis l'oreille et me focalisai de nouveau sur la conversation d'Ivana avec les Omégas.

— Et au Sanct… ? dit Glory avant de s'interrompre en toussant (ce qui ne masqua pas du tout le mot qu'elle avait failli prononcer). Je veux dire, dans, hum, le Secteur de la Nuit ?

— Je… je ne sais pas ce que vous utilisez là-bas, éluda Ivana, mais j'imagine qu'ils sont similaires.

Putain, ils parlent encore de sextoys. J'aurais vraiment dû reporter mon attention sur les autres convives. Mais mon nœud palpitant me tenait captif, mon regard était rivé sur Ivana et sa bouche séduisante. Sa langue glissa sur sa pulpeuse lèvre inférieure, presque comme si elle sentait mes yeux sur elle.

Connaissant Ivana, ce devait être le cas. La petite coquine semblait toujours me sentir. C'était un miracle qu'elle n'ait pas encore jeté un coup d'œil vers moi.

— C'est ce que tu as fait, alors ? Tu t'es servie d'un sextoy ? demanda Glory à Ivana. Tu n'as pas de liste ?

Je déglutis tandis qu'Ivana murmurait :

— Si, je… j'ai une liste. Mais il n'y a qu'un… (elle esquissa une moue.) Ce n'est pas parce qu'une Oméga a donné son consentement à un Alpha qu'il va profiter de cette permission.

Glory et Brie regardaient Ivana d'un air ahuri.

— Des Alphas qui refusent de nouer une Oméga dans le besoin ?

Brie avait l'air choquée.

— Certains obstinés le font, intervint Ashlyn de l'autre côté de la table. (L'Oméga du Z-Clan étant restée silencieuse tout au long de l'échange jusqu'à présent.) Ceux qui ne se rendent pas compte du cadeau qui se trouve juste devant eux peuvent parfois être très aveugles.

Cael s'arrêta derrière Ashlyn, un sourire au coin des lèvres.

— Comme tu as raison, ma chérie, murmura-t-il en posant un plateau de boissons au milieu de la table. Mais la plupart des Alphas de valeur reconnaissent pleinement ce cadeau et l'acceptent sans hésiter.

Son regard papillota sur Ivana pendant qu'il parlait, ce qui fit rougir mon Oméga en réponse à son appréciation évidente.

Je serrai la mâchoire et mon loup enragea de nouveau. *Tu dois avoir envie de mourir*, dis-je à Cael. Même s'il m'empêchait de lire dans ses pensées, il ne pourrait pas bloquer ma capacité télépathique. *Je ne vois pas d'autre raison pour laquelle tu continues à me provoquer.*

Peut-être que je trouve ça amusant, répondit-il fort et clair, presque comme si je lisais dans son esprit. Mais non, il avait juste laissé cette pensée de surface traverser la barrière magique qu'il possédait dans sa tête. *Ou alors, je veux que tu trouves le bonheur. Ça dépend du degré d'altruisme que tu me prêtes, hmm ?*

Son regard se tourna vers moi dans l'ombre pendant une seconde avant qu'il le reporte sur le long étalage de nourriture et de boissons pour s'emparer d'un verre. Kieran et moi allions avoir une longue discussion sur le *prince Cael* à son arrivée. Même si je ne le croyais pas responsable de l'état de Sylvia, il avait très clairement gagné en puissance au cours du siècle dernier. Et cela valait la peine d'en discuter.

Lorcan, Kieran et moi avions toujours gardé un œil sur Cael et les autres princes. Or nous avions catégorisé Cael comme un allié aux capacités raisonnables. À présent, je me demandais s'il n'était pas un allié doté de hautes capacités.

Ou un ennemi impressionnant se faisant passer pour un allié docile.

Il leva un verre dans ma direction comme pour *trinquer*, presque comme s'il pouvait capter mes pensées calculatrices, puis il versa l'eau dans sa bouche et l'avala d'un coup comme si c'était un shot d'alcool. Après quoi il reposa le verre, prit un autre plateau et l'apporta à une table voisine de celle où Ivana se tenait quelques instants plus tôt.

Car elle n'était plus là maintenant.

Je jetai un coup d'œil autour de moi, puis me figeai lorsqu'elle se matérialisa dans l'ombre à mes côtés, son corps semblant se confondre avec le mien malgré sa peau claire.

CILLIAN

Est-ce que tu as chopé quelque chose de notable ? demanda mentalement Ivana, en buvant une gorgée de la boisson qu'elle avait en main. Le liquide était d'une couleur jaune pâle, et son parfum à la fois doux et acide suggérait une limonade. *À propos de Sylvia, je veux dire,* précisa-t-elle.

J'admirai ses longs doigts délicats entourant le pied de son verre, ainsi que la façon dont sa gorge se soulevait légèrement à chaque gorgée. Une myriade d'images sensuelles dansaient dans mon esprit, chacune impliquant ses lèvres enroulées autour de quelque chose de bien plus gros — et plus dur — tandis que sa gorge effectuait un mouvement similaire.

C'était une erreur. Le moment n'était pas du tout approprié. Pourtant, je n'arrivais pas à endiguer le flot de mes pensées.

Une distraction si dangereuse, me dis-je. *C'est pourquoi je ne peux pas l'avoir. Je ne* devrais pas *l'avoir.*

Cillian ? m'appela-t-elle, promenant son regard dans la salle bien que ses pensées soient dirigées vers moi.

Oui ?

Elle esquissa un sourire. *Je te demandais si tu avais trouvé quelque chose.*

Oh. C'est vrai.

Je travaille encore dessus, mentis-je. Bon, techniquement, ce n'était pas un mensonge. J'essayais de travailler. J'avais juste… *Putain, Ivana, je suis désolé. Je…*

Sa main libre attrapa la mienne et la serra. *Ne le sois pas. Pas ici. Pas maintenant. Nous avons tous les deux un travail à faire. Tu trouves qui a drogué Sylvia pendant que je calme les Omégas.*

Et qui va te calmer, toi ? demandai-je, ne sachant plus quoi dire à cette merveilleuse créature.

Elle me fit face, arquant un sourcil blond. *Ai-je besoin d'être calmée ?* rétorqua-t-elle d'un ton empreint d'une grande patience, que je ne pus m'empêcher de respecter. *Parce que je me sens plutôt calme, Cillian.*

Comment ? Comment peux-tu être aussi calme ?

Elle haussa une épaule et but une nouvelle gorgée de son verre – l'image même de la nonchalance.

Je sais que tu résoudras tout ça et que tu nous protégeras, Cillian. Et je sais que Sylvia est en sécurité dans le Secteur Sanglant. Ma seule inquiétude pour l'instant concerne les Omégas du Sanctuaire. Elles n'ont pas la même expérience et la même foi que moi. Tout ça est encore très nouveau pour elles. Elles ont besoin d'être rassurées en ce moment, ce que je peux leur apporter. Et tu feras de même lorsque tu auras déterminé qui a fait du mal à Sylvia.

Sa main serra la mienne une nouvelle fois avant de la lâcher. Ou d'essayer, du moins. Car j'entrelaçai nos doigts et l'attirai à moi, sa chaleur créant une sensation bienvenue contre ma peau.

Pour je ne sais quelle raison, je n'étais pas vraiment prêt à la laisser partir.

C'était peut-être son aura de sérénité. Ou bien le fait que je ne voulais pas qu'elle s'approche de Cael. Ou peut-être que j'avais simplement besoin d'elle. Qui sait ? Je ne pouvais simplement pas la lâcher. Pas maintenant. Pas après qu'elle m'ait trouvé tapi dans l'ombre. Elle avait déjà fait ça maintes fois, mais il y avait une différence maintenant. Je ne savais pas si c'était le temps qu'on avait passé sous la douche ou le baiser interdit que je lui avais volé, ou une combinaison des deux. Tout ce que je savais, c'était que je ne pouvais pas la lâcher. Ni physiquement, ni mentalement.

Cillian ? demanda-t-elle d'une voix mentale hésitante.

Laisse-moi une minute, répondis-je, parcourant sa main du pouce. *Encore soixante secondes.*

D'accord, acquiesça-t-elle, sans désirer d'explication.

Elle resta tranquillement à côté de moi à finir son verre, l'esprit aussi paisible que jamais. Elle dégageait une sérénité à nulle autre pareille, sa simple présence me permettait de respirer un peu plus profondément.

J'avais passé tant d'années à lutter contre cette attraction entre nous, cette envie de me plonger dans son étreinte et de la laisser s'occuper de moi. Tant de moments de tension. Tant d'efforts physiques et mentaux. C'était comme si je m'étais noyé pendant des années et que j'avais refusé qu'elle me tire à la surface pour respirer. Mais je m'étais noyé pour elle. Pour la protéger de mes turbulences. Veiller à ce qu'elle puisse s'épanouir sous le bienheureux soleil sans que je l'ancre au fond de l'océan.

Certains diraient que j'étais altruiste. D'autres pourraient me traiter d'égoïste.

Je suppose que c'est une question de perspective, parce qu'en ce moment même, je me sentais plus égoïste que jamais, à lui tenir la main et à l'éloigner de tous les prétendants alphas présents dans la salle. Je revendiquais un droit que je ne devrais pas avoir le droit de revendiquer.

Pourtant, c'était trop bon. Trop bien. Trop *nécessaire*.

Je déglutis, balayant les environs du regard et notant les murmures silencieux qui s'échangeaient entre les Omégas, ainsi que les regards circonspects chez les Alphas. Ils s'interrogeaient tous sur les intentions les uns des autres, se demandaient si c'était l'un d'eux qui avait voulu nuire à Sylvia. Mais la fureur sous-jacente générale suggérait qu'ils étaient tous innocents. Aucun d'eux n'était content que Sylvia ait été droguée.

C'était une colère que je partageais avec eux tous. Une colère que l'Oméga près de moi apaisait miraculeusement.

Notre minute s'étira en deux minutes. Puis en cinq. Puis en dix. Pendant tout ce temps, Ivana resta à mes côtés sans prononcer un mot, me laissant concentrer mon esprit et continuer à scruter tous ceux qui nous entouraient, y compris les habitants du Secteur des Glaciers qui n'étaient pas dans ce réfectoire.

Une myriade de pensées chargées d'émotions tourbillonnait dans mon esprit, que je filtrais à la recherche d'informations utiles. Inquiétude. Rage. Peur. Un peu d'irritation. Mais pas de culpabilité. Et la peur venait des Omégas, pas d'un Alpha qui craindrait d'être pris.

Je serrai et desserrai les dents. Il n'y avait que trois Alphas que je n'arrivais pas à lire du tout : Cael et ses Élites.

Kieran ne va pas être content, dis-je à Ivana. *On va passer des jours à interroger tout le monde.* Ce qui l'éloignerait de sa compagne enceinte.

Tout le monde ? releva-t-elle.

Je n'ai pas réussi à trouver le moindre indice ou la moindre allusion dans les pensées de qui que ce soit, ce qui veut dire que quelque chose m'échappe. Un fait qui m'avait fait tout remettre en question. Sylvia avait été agressée sous ma surveillance pendant que j'étais distrait. Et maintenant, je n'avais aucun indice.

Ou bien personne ici n'est coupable, murmura-t-elle. *Peut-être que celui qui lui a fait du mal s'est éclipsé avant que quiconque puisse le sentir. Ou peut-être que ça a été fait avant notre arrivée.*

Je sursautai à cette idée. *Avant notre arrivée ?* répétai-je, songeur.

Les suppresseurs mettent des semaines à s'accumuler dans l'organisme d'une Oméga. Elle leva les yeux sur moi. *Un inducteur de chaleurs ne pourrait-il pas fonctionner de la même façon ?*

Qu'est-ce que tu sais des suppresseurs ? demandai-je, le concept hérissant les poils de mes bras. *Est-ce que tu…*

Je n'en ai jamais pris, me rassura-t-elle avant que je termine ma question. *Mais je sais tout ce qu'il y a à savoir à leur sujet. Tout comme je sais beaucoup de choses sur les médicaments employés dans le Secteur Bariloche. Quinn serait sans doute la bonne personne à interroger sur les inducteurs de chaleurs.*

Mon estomac se noua à la mention de l'enfer dont Kieran, Lorcan et moi avions tiré Quinnlynn quelques mois auparavant. Heureusement, elle n'avait pas été blessée – elle avait juste été vidée de son énergie à force de soigner toutes les Omégas autour d'elle. Mais certaines de ces Omégas avaient été dans un état bien pire, beaucoup ayant été droguées sans relâche par l'ancien Alpha du Secteur Bariloche et sa joyeuse bande de partisans sadiques.

Je vais parler à Quinnlynn, informai-je Ivana en lui faisant face, dos à la salle. Mon prochain mot devait être prononcé à haute voix, et non chuchoté dans son esprit. Elle devait comprendre l'importance de ce qu'elle venait de m'offrir. Pas seulement les idées contenues dans ses pensées, mais aussi le réconfort tranquille qu'elle m'avait apporté quand j'en avais eu besoin. Et la démonstration de leadership qu'elle avait faite en prenant le relais avec les Omégas.

— Merci, lui dis-je doucement, prenant sa joue en coupe et pressant mon front contre le sien. Merci, Ivana.

Ça valait la peine de le répéter.

Tu n'as pas à me remercier, Cillian.

Mais si, insistai-je mentalement. *Quand tout ça sera fini, nous en reparlerons.*

Le soupir qu'elle poussa en réponse effleura mes lèvres, son agitation scintillant brièvement dans son esprit. Mais je déposai un baiser sur sa bouche avant qu'elle réponde.

Parce que nous allions parler. À propos de ce qui s'était passé aujourd'hui. Avant aujourd'hui. Après aujourd'hui. À propos de… *tout.*

Hélas, pour l'instant, je n'en restais qu'à un bref baiser, essayant d'afficher mes intentions et mes émotions sans paroles.

Puis je reculai pour la laisser partir enfin.

Lorcan sera bientôt là pour piloter tout le monde vers le Secteur Sanglant. J'attends de toi que tu montes dans cet avion, Ivana.

Ses yeux bleus retinrent les miens pendant un long moment avant qu'elle acquiesce :

D'accord.

D'accord, répétai-je, ma paume enveloppant toujours sa joue. J'effleurai sa lèvre inférieure avec mon pouce, que je suivis du regard. *Sois prudente, macushla. Appelle-moi si tu as besoin de moi.*

Elle me fixa encore un moment, me fouaillant du regard. Puis elle inclina de nouveau le menton et disparut pour rejoindre les Omégas.

Ashlyn s'écarta aussitôt pour faire place à Ivana. Mon Oméga l'étudia pendant une seconde avant de poser son verre vide sur la table et de se glisser sur la chaise offerte.

Elle semblait presque méfiante ; cet échange était un peu étrange.

Toutefois, tout ce qui entourait l'Oméga du Z-Clan n'avait pas l'air normal. Même ses pensées – qui étaient une fois de plus superficielles et semblaient dirigées vers moi, car elles disaient : *C'est beaucoup mieux, Alpha. Beaucoup mieux, vraiment.*

Je ne répondis pas, préférant m'enfoncer encore plus loin dans l'ombre. Puis je fis apparaître un écran de ma montre et tapai un message pour Kieran, que je savais qu'il n'aimerait pas. Mais le point de vue d'Ivana était tout à fait valable.

Demande à Quinnlynn d'examiner Sylvia. Plus précisément, voir si son état lui rappelle quelque chose du Secteur Bariloche.

Elle avait dit un jour qu'un Alpha du V-Clan avait rendu visite aux Omégas en captivité. Et nous n'avions pas encore déterminé qui était cet Alpha. Ce n'était pas gagné, mais si l'état de Sylvia était similaire, alors il pourrait s'agir du même Alpha.

Et le commentaire d'Ivana sur le fait que le sérum aurait pu être donné à Sylvia avant qu'elle arrive au Secteur des Glaciers pourrait être pertinent.

Mon poignet vibra quand Kieran répondit : *Je vais en parler à Quinnlynn.*

Tiens-moi au courant de ce que tu auras appris. Je n'ai rien à signaler ici.

Enfin, à part les pouvoirs grandissants de Cael. Mais c'était une discussion que Kieran et moi devions avoir en personne.

Diminuant mon écran, je m'adossai au mur et repris mon affût.

Dis-moi si tu as besoin de manger, me transmit Ivana. *Je chiperai quelque chose pour toi.*

Je réfrénai un sourire. *Ça va pour le moment, mais je te remercie.*

D'accord, mais même les Alphas têtus ont besoin de manger, Cillian.

La seule chose que je veux manger maintenant, c'est toi, Vana, répondis-je sans pouvoir m'en empêcher.

Un tintement sonore attira mon regard sur elle, à la table où elle s'excusait d'avoir fait tomber sa fourchette. Je souris franchement cette fois.

Attention, mon amour. Tu es censée calmer les Omégas, pas les faire sursauter.

Cillian, grogna-t-elle pratiquement dans mon esprit, ce qui élargit mon sourire. *Tu ne peux pas… ne… argh.*

Je ne peux pas quoi ? Te manger ? Je penchai un peu la tête. *Je suis plutôt sûr que je pourrais te dévorer, macushla. Plusieurs fois.*

Arrête, siffla-t-elle. *Tu me distrais.*

Hmm, je connais bien ce problème, répliquai-je. *Je suis très heureux de te rendre la pareille.*

Elle grogna encore mais ne dit rien. À voix haute, elle interrogea Ashlyn sur le carnet posé sur la table. L'oméga du Z-Clan murmura quelque chose comme quoi il s'agissait de son journal de griffonnages.

— Les vrais sont… eh bien, je t'ai déjà parlé de tout ça. J'espère que tu t'en souviens, conclut Ashlyn.

Je faillis intervenir à nouveau, juste pour faire rougir Ivana une fois de plus, mais je décidai de la laisser tranquille. Car elle avait raison : ce n'était pas le moment pour ça.

Plus tard, peut-être.

Ou peut-être jamais, pensai-je, mon sourire s'effaçant tandis que je passais la main sur mon visage.

J'avais d'abord un travail à accomplir.

Puis je… je m'attaquerais… à toute cette merde.

QUATRIÈME PARTIE

Chères étoiles,

Hélas, je suis à nouveau dans l'avion, en route vers le Secteur Sanglant.

Honnêtement, je trouve tout cela très étrange. Je... je ne sais pas vraiment quoi dire d'autre. Surtout parce que mon réconfort et ma paix sont interrompus par une intruse : Ashlyn. Oui, je te vois regarder par-dessus mon épaule. Pourquoi tu t'immisces...

Ivana,

On t'a déjà dit qu'il était impoli d'écrire sur d'autres personnes ? On me l'a dit à moi. Pourtant, je suppose que c'est parfois nécessaire. Parfois ça aide. Et parfois ça fait mal. Bien sûr, tu ne sais pas encore ce que je veux dire. Hélas, tu le sauras. Bientôt.

S'il te plaît, n'oublie pas ce que je t'ai dit. Sous le plancher, Ivana.

Oh, et dis à Cillian qu'une nouvelle vie est plus importante qu'une ancienne. Et que j'irai bien.

Fais de beaux rêves (ou tout est-il réel ?),
Ashlyn

Étoiles... Ou devrais-je t'écrire ceci, Ashlyn ?

Je ne sais même pas quoi répondre à tout ça. Je ferme donc mon journal.

Ivana

IVANA

HOME SWEET HOME.

Sauf que ce n'était pas si *doux* que ça d'être ici.

Je retombai dans mon nid en soupirant, les yeux au plafond. Le vol de retour avait été long. J'aurais pu m'éclipser moi-même au Secteur Sanglant, mais je ne voulais pas abandonner les Omégas. Elles avaient besoin de quelqu'un – *du pays* – pour les rassurer.

J'avais fait de mon mieux. À présent, les Omégas du Sanctuaire étaient avec Quinn et Kyra. Elles seraient plus à même de les réconforter, surtout à cause de leur passé commun.

Au lieu de rester, j'avais préféré revenir ici. Seule. Surtout pour penser à Cillian.

Il était demeuré dans le Secteur des Glaciers où tous les candidats alphas se rassemblaient pour un meeting. Kieran allait les rejoindre d'une minute à l'autre. Il avait voulu attendre que toutes les Omégas soient installées dans son palais avant de partir. Sitôt après son départ, Lorcan deviendrait l'Alpha suppléant du Secteur Sanglant. Ou le roi, supposai-je.

Ou est-ce prince du Secteur Sanglant ? grommelai-je. *Qui diable connaît encore le bon titre ?*

Avec un bâillement, je me roulai en boule et reportai mon attention sur Cillian. Principalement sur son *nœud*. Car maintenant, je savais à quoi il ressemblait. Ce qu'il me faisait ressentir. Et ouais, mon sextoy – je jetai un coup d'œil au tiroir qui contenait l'instrument – n'était pas assez précis.

Je serrai mes cuisses en me rappelant la sensation de son nœud contre ma vulve, comme il était épais et chaud entre mes jambes.

Étoiles, ce n'était pas le moment de penser à ça. Pas après tout ce qui était arrivé ce soir.

D'abord Sylvia.

Puis tous les Omégas inquiètes de ce qui s'était passé et de ce qui pourrait se passer ensuite.

Et puis il y avait eu Ashlyn.

Elle était… intéressante. L'Oméga du Z-Clan était restée tranquille pendant tout le trajet du retour, sauf lorsqu'elle écrivait dans mon journal. J'aurais voulu l'engueuler pour ça, mais quelque chose dans son regard m'avait fait ravaler ma langue.

Elle est triste, songeai-je en la revoyant maintenant. *Elle avait l'air si triste.*

Sylvia était son amie. Bien sûr, Ashlyn était inquiète. Quoique ç'avait l'air plus profond que ça, presque comme si elle avait perdu espoir.

Au lieu de lui donner une leçon de savoir-vivre à propos du journal, j'avais essayé de la convaincre − ainsi que plusieurs autres − que le Secteur Sanglant était sûr, que Sylvia s'en sortirait, que les Alphas d'ici les protégeraient toutes et ne leur feraient aucun mal.

Est-ce que Quinn et Kyra sont en train de leur répéter tout ça en ce moment ? me demandai-je. *Probablement.*

Je soupirai et fermai les yeux.

Je n'avais jamais été douée pour me faire des amies, mais j'avais accompli des efforts aujourd'hui. Si les autres Omégas ne m'avaient pas crue, ils croiraient Quinn et Kyra. Et si ça ne marchait pas, alors tout ce programme partirait sans doute en fumée.

— Si ce n'est pas déjà fait, murmurai-je en me levant de mon nid. J'ai besoin d'une distraction. Peut-être à manger.

Et maintenant, je me parlais à moi-même.

— Bon travail, Ivana, grommelai-je.

Repoussant mon accès de bizarrerie, je me concentrai sur la préparation d'un repas réconfortant. *Nouilles. Fromage frais. Sauce tomate. Mozzarella. Et au four pendant trente minutes.*

Sitôt que la sonnerie retentit, je dévorai une bonne partie de ma cassolette de pâtes au four, tout en pensant à la nuit passée et à Cillian. *Est-ce qu'il a avancé dans son enquête ?* Je le lui demanderais bien, mais je ne voulais pas l'interrompre. Pas encore, en tout cas.

Maintenant que je savais ce qu'il ressentait vraiment pour moi, et qu'il se considérait comme indigne d'une Oméga, j'étais déterminée à me battre pour lui. À me battre pour *nous*. Donc s'il essayait de me repousser − ce dont je ne doutais pas −, je le pourchasserais. Je donnerais tout ce que j'ai. Et s'il me refusait toujours…

Je déglutis. Je… je ne voulais pas envisager cette issue. Pas encore. Pas maintenant.

Chassant cette pensée de mon esprit, je nettoyai la cuisine pendant que le soleil se levait dehors. Je n'allais pas dormir de sitôt. Je ne me sentais même pas fatiguée. Ce qui était étrange, car j'avais à peine dormi hier.

Ce dont j'avais besoin, c'était de me détendre.

Je jetai un coup d'œil à mon nid, puis à la table de nuit. *C'est une façon de se détendre*, songeai-je, frissonnant en imaginant le jouet dans le tiroir.

Mais après avoir senti le nœud de Cillian, comment il pulsait chaudement contre moi…

Je déglutis de nouveau.

Oui, non. Pas de jouet. Mais peut-être un bain.

Trente minutes plus tard, j'étais allongée dans la baignoire remplie de mes sels préférés, et je pensais encore à la bite de Cillian.

Je grognai. Le désir refoulé que j'éprouvais pour lui avait été attisé jusqu'à devenir un feu rugissant dans cette douche, avant d'être aussitôt arrosé d'eau glacée à l'arrivée de Benz.

Or les flammes qui léchaient mes veines se rallumaient maintenant que j'étais seule avec mes pensées. *Des pensées de Cillian. Sa silhouette longue et musclée. Nu. Mouillé. Excité.* Je fermai les yeux et j'imaginai toutes les lignes dures de son corps exquis, les petites fossettes à ses hanches, les plats bien marqués de son abdomen, ses pectoraux impressionnants.

Oh, de qui je me moquais ?

Je ne regardais pas vers le haut, mais *vers le bas*.

Son nœud. Palpitant. M'*invitant* à le toucher. Je voulais enrouler ma main autour de lui et le caresser. Lentement. Mémoriser le chemin. Le *posséder*.

Mon Alpha. Mon loup. Mon Cillian.

Tu peux toujours courir, je te poursuivrai, l'avertis-je, consciente qu'il ne pouvait pas m'entendre ici parce qu'il devait être encore dans le Secteur des Glaciers. *Tu es fait pour être à moi, Alpha. Pas de ces conneries d'« indigne ». À moi. À moi. À moi.*

Seulement, il n'était pas là pour que je lui grogne dessus. Pourtant son odeur était partout. C'était très étrange parce qu'il n'était jamais venu chez moi. Or j'aurais juré que je pouvais le sentir ici.

Il est incrusté dans ma peau. Dans mon cœur. Dans mon âme.

Oh, mais comme j'aurais aimé qu'il soit incrusté ailleurs en moi. Quelque part entre mes jambes. Je gémis à cette idée, mon corps s'enflammant de partout à cette perspective.

J'avais été sur les nerfs toute la journée, les autres Omégas me distrayant à peine du désir ardent qui m'habitait. Un désir que Cillian avait réveillé avec force après m'avoir plaquée contre le mur de la douche.

Étoiles, j'avais été si près d'exploser. Si près de goûter au toucher alpha de Cillian.

Ou peut-être sa bouche, songeai-je en me rappelant les mots qu'il avait prononcés dans mon esprit, ceux qui parlaient de me *dévorer*.

Il avait flirté avec moi dans ce réfectoire, me traitant comme une Oméga désirée plutôt que rejetée. Et j'avais adoré. Ça n'avait peut-être pas été le moment le plus opportun pour son commentaire mental, mais ça m'avait donné de l'espoir.

M'en souvenir maintenant ne m'inspirais pas tant l'espoir que la convoitise, car j'imaginais sans mal son visage entre mes cuisses et sa langue sur ma chatte moite.

Cillian, gémis-je mentalement. Ma paume glissa sur mon ventre vers l'endroit qui me faisait le plus souffrir. J'aurais dû apporter mon sextoy dans la salle de bains. J'aurais dû savoir que je finirais par me toucher.

Dieux, je veux ton nœud en moi, voulais-je dire à Cillian.

Mais il n'était pas là. Alors je me le dis à moi-même, tandis que mes doigts exploraient ma chair humide. *Ce n'est pas pareil…*

Mes caresses n'étaient pas assez chaudes ni assez fortes.

J'avais presque l'impression d'être en chaleur tellement j'avais envie de mon Alpha. C'était ce que je j'avais refoulé depuis nos escapades sous la douche. Le tout amplifié par six années de désir d'un homme que je ne pouvais pas avoir. Un homme qui m'avait toujours désirée, mais qui avait lutté contre son attirance en pensant à tort que je méritais mieux.

Tu es à moi, Cillian, grogné-je dans mon esprit. *Je ne te laisserai pas me rejeter à nouveau.*

— Je ne t'ai pas rejetée la première fois, Vana, répondit-il, ce qui me fit sursauter et ouvrir des yeux ronds.

Il se tenait à la porte de la salle de bain, une épaule appuyée contre le chambranle, croisant ses bras musclés, ses yeux sombres brasillant.

— Cillian, exhalai-je, mes poumons cessant de fonctionner.

— Ivana, répondit-il, ses iris pêcheurs parcourant ma nudité – qu'il distinguait manifestement sous l'eau.

Je me pris soudain à regretter de ne pas avoir préparé un bain moussant au lieu de me contenter de sels. Ma main quitta aussitôt ma vulve et mes joues s'échauffèrent.

— Ne t'arrête pas pour moi, murmura-t-il, ses yeux remontant lentement jusqu'à mon visage. J'ai beaucoup apprécié le spectacle.

Je serrai le poing.

— Qu'est-ce que tu fais ici ? bafouillai-je, ignorant son commentaire à propos du *spectacle.*

— Eh bien, j'étais dans le couloir et j'allais frapper, mais tu as menacé de me poursuivre si je courais, alors je me suis éclipsé à l'intérieur à la place. (Il esquissa un sourire.) Si tu veux me poursuivre maintenant, dans ton état actuel, je pense que tu m'attraperas très vite.

Je déglutis, mes joues me brûlant davantage.

— Tu as entendu tout ça ?

— Un peu difficile de ne pas le faire, macushla, répondit-il doucement. Tu criais après moi, puis tu gémissais. (Il baissa de nouveau les yeux.) Continue, s'il te plaît. J'aimerais voir comment ça finit.

J'étais tellement troublée que je ne savais même pas quoi répondre à cela.

Naturellement, je choisis la première idée qui me vint à l'esprit :

— Tu es censé être dans le Secteur des Glaciers.

— Hmm, marmonna-t-il. J'y étais, oui. Mais il n'y a plus rien à discuter. Les candidats alphas semblent tous innocents. Donc on a besoin que Sylvia nous dise ce qui s'est passé, et il faudra un certain temps avant qu'elle soit assez cohérente pour parler. Alors je pense que je vais passer le temps en te regardant jouir.

— *Cillian*, m'étranglai-je, ne sachant pas comment réagir à son brusque changement de sujet.

— Oui, de préférence en prononçant mon nom pendant que tu jouis. (Il s'écarta de la porte et s'approcha de moi d'un pas nonchalant.) Montre-moi comment tu te donnes du plaisir, Vana. Je te récompenserai peut-être par une démonstration similaire.

Mon cœur battait plus fort dans ma poitrine, créant un bruit sourd dans mes oreilles. Il y avait tant de promesses dans ses mots, tant d'*intentions* non voilées, que je ne pus que le regarder fixement.

— Tripote-toi, m'intima-t-il, une pointe de domination soulignant ces deux mots. Je veux voir comment tu aimes être caressée. (Il se tenait au-dessus de la baignoire, les bras ballants.) Apprends-moi, Vana. Montre-moi ce qui te plaît.

CILLIAN

Je n'étais pas venu ici pour ça. Je voulais simplement prendre de ses nouvelles avant de rentrer chez moi.

Bon sang, je m'attendais à ce qu'elle soit endormie, mais non. Elle pensait bruyamment à moi. Me captivais avec ses pensées. Et toute idée de faire quelque chose de chevaleresque – comme la laisser tranquille une fois pour toutes – tomba en poussière.

Elle était belle. Nue. Mouillée. Excitée. Et avait une folle envie de *mon* nœud.

Il me fallait de la force physique pour me tenir là au-dessus d'elle, tout habillé, sans la toucher. Mais je voulais qu'elle finisse ce qu'elle avait commencé. Je voulais la voir perdre le contrôle. Entendre sa respiration changer. Sentir son besoin. *Son miel.*

— Caresse-toi, répétai-je. Maintenant, Ivana.

Je voulais la voir s'effondrer. Être témoin de chaque seconde insoutenable. Pour savoir ce que j'avais manqué pendant toutes ces années. Pour déterminer à quel point mes fantasmes étaient éloignés de la réalité. Ce serait à la fois une punition et un cadeau. Une douce torture. Une passion sauvage.

J'avais été stupide de nous refuser cette connexion à tous les deux. Ou peut-être que j'étais idiot de m'y abandonner maintenant. Les nuances n'avaient plus d'importance. La réalité pouvait bien aller se faire foutre, tout comme mes vœux passés. Car tout ce qui m'importait à ce moment-là, c'était la main d'Ivana et son glissement timide vers la moiteur entre ses cuisses.

— Sois audacieuse, macushla, lui dis-je. Montre-moi ce que j'ai raté pendant six ans.

Ses narines s'évasèrent, un défi s'enflamma dans son regard.

Voilà ma coquine. Mon Oméga. Celle qui ne m'a jamais craint.

Je la laissai entendre mes pensées, ma voix mentale ouverte à son esprit. Ce n'était que justice, étant donné tout ce que j'avais entendu d'elle. Son désir furieux. Sa menace de me poursuivre. Sa supplication pour mon nœud. *Sa revendication.*

C'était de la folie. Intense. Un foutu sort.

Mais cette Oméga me voulait, même après tout ce que je lui avais dit. Elle était déterminée à me montrer ce que nous pourrions être ensemble. À embrasser le peu que j'avais à donner. Je ne la méritais pas.

Alors fais mieux, avaient dit Lorcan et Cael.

Dieux, il me faudrait accomplir plus qu'un simple *mieux*. Et je n'avais aucune idée de par où commencer. Si je voulais vraiment cet avenir. Si je pouvais même l'atteindre.

Cependant, cette incertitude – le peu qu'il en restait – s'envola quand le doigt d'Ivana effleura son clitoris. Elle sursauta et arqua le dos, faisant émerger les pointes de ses seins magnifiques au-dessus de l'eau.

Putain, j'avais envie de me pencher et de la lécher. La mordiller. La *mordre*. Marquer chaque centimètre carré de son corps. La sentir. Faire en sorte que tout le monde sache qu'elle était *à moi*.

Ce désir omniprésent allait me tuer. Briser mon contrôle. Démolir tout ce qu'il me restait de détermination à faire ce qui était juste. Bon sang, je ne pouvais même plus définir ce qui était bien ou mal.

Et cette main entre ses cuisses n'arrangeait rien.

Dieux, elle était splendide. Toute rougissante et haletante.

Son esprit en suppliait davantage. Me demandait mon nœud. Que je la baise comme le devait tout bon Alpha.

— Continue, lui dis-je d'une voix grondante.

Car j'adorais et je détestais à la fois cette démonstration. Je voulais l'aider. La toucher. L'embrasser. La *revendiquer*.

Mais j'avais besoin de cette punition. Je la *méritais*.

Pendant six foutues longues années, je nous avais reniés tous les deux. J'avais refusé *ça*. Ses lèvres écartées. Ses pupilles dilatées par le désir. Son sexe *dégoulinant*. Je la voyais très clairement sous l'eau, son doigt glissant en elle avec facilité. Chaque fois qu'elle effleurait son petit clito, elle se crispait, puis gémissait mentalement.

— Parle-moi, exigeai-je. Ne garde pas ça pour toi, macushla. Torture-moi avec tes mots.

— Cillian, souffla-t-elle en se cambrant de nouveau. C'est toi qui... (Elle s'interrompit sur une inspiration brusque, puis expira le reste de sa phrase :) Me tortures.

Je haussai un sourcil.

— En quoi suis-je en train de te torturer, Vana ?

— En ne me touchant pas, murmura-t-elle en battant des cils. En me niant pendant des années. En *me rejetant*.

Un grognement résonna dans ma poitrine tandis que je pliai les genoux.

— Je ne t'ai jamais *rejetée*, lui répétai-je en m'agenouillant à côté de la baignoire.

Je me penchai au-dessus d'elle, mes mains agrippant le rebord en porcelaine.

— Si, tu l'as fait.

Les yeux mi-clos, elle fut parcourue d'un grand frisson.

— Regarde-moi, Vana.

Je m'assurai que mon ton contenait la bonne dose de domination. Sensuel, pas menaçant. Car si ses paroles m'exaspéraient, ce n'était pas pour cela que je désirais son regard. Je voulais l'observer, voir le moment où elle s'approcherait du précipice du non-retour, assister à ses affres orgasmiques.

Ses cils blonds papillotèrent quand elle rouvrit les yeux, ses iris bleus séduisants s'assombrirent pour montrer la louve en elle.

— Tu es si belle, mon amour, murmurai-je, mon irritation s'évaporant en un clin d'œil. (Ses belles joues étaient roses, ses yeux emplis de désir et ses lèvres pulpeuses entrouvertes, en attente.) Putain, Vana. Je ne pourrais jamais te rejeter. Tu es la seule que j'ai désirée pendant six très longues années.

Elle commença à secouer la tête, un argument se formant déjà dans son esprit. Mais j'en avais marre des débats sémantiques. Je voulais voir jouir ma belle Oméga.

Je retroussai les manches longues de ma chemise jusqu'aux coudes.

— Mais tu…

J'empoignai de nouveau la baignoire d'une main et glissai l'autre dans l'eau, ce qui lui coupa la parole. Elle écarquilla les yeux quand je touchai son poignet, puis elle sursauta lorsque je la retins près de moi.

— Si tu ne veux pas aller jusqu'au bout, chérie, je vais t'aider, dis-je en glissant mes doigts le long des siens.

Elle gémit fort et longuement tandis je pressai sa paume sur son clito, nos mains se superposant pour me permettre d'enfoncer l'un de ses doigts – ainsi que l'un des miens – dans son canal mielleux.

— *Cillian*, exhala-t-elle, arquant son bas-ventre hors de la baignoire, contre la pression créée par notre doigté commun.

Je la repoussai doucement vers le bas, puis je mêlai nos deux doigts en elle.

— Tu es très serrée, macushla, dis-je doucement. Nous devrons travailler là-dessus si tu veux mon nœud.

Son fourreau se resserra autour de moi en réaction, son esprit parut se fracturer sous l'effet de mes seules paroles. Surtout parce qu'elle n'arrivait pas à croire que j'étais ici, que je la tripotais et que je parlais de la baiser.

Tu m'as rejetée pendant si longtemps, se disait-elle.

Je faillis soupirer lorsqu'elle employa de nouveau ce mot. Je ne l'aimais pas du tout concernant Ivana. Lui avais-je dit de chercher ailleurs ? Oui. Mais je n'avais jamais prononcé le mot *rejeter* avec elle. Toutefois, dans ce cas, mes actes et mes paroles…

Je baissai la tête.

— Tu as raison, admis-je, me détestant un peu plus. Je t'ai rejetée d'une certaine manière, mais pas parce que je ne voulais pas de toi, Ivana. J'espère que ça au moins c'est clair. Et si ça ne l'est pas, je vais te faire comprendre *très* clairement à quel point je te veux.

Je glissai un second doigt en elle, y piégeant le sien, tandis que ses cuisses se serraient autour de nos mains.

— Cillian, gémit-elle, son bas-ventre tentant à nouveau de sortir de la baignoire.

Mais cette fois j'étais prêt, ma main pressant déjà la sienne en plein sur son clitoris.

— Tu vas jouir pour moi, Ivana. Ensuite, je vais te sortir de cette baignoire, t'emmener dans ton nid et lécher chaque parcelle de toi pendant que tu jouiras encore et encore.

Car je lui devais six ans d'orgasmes. Six ans de plaisir. Six ans de *compagnie*.

— Oh, étoiles…

Ces mots sifflants lui échappèrent dans un souffle, et sa main libre vola vers le bas pour attraper mon poignet. Puis elle s'appuya sur notre contact commun et émit le son le plus exquis que j'aie jamais entendu d'elle, un son que je mémorisai en un instant et qui resterait gravé dans ma mémoire toute ma vie.

Un peu de cri, un peu de gémissement, et cent pour cent d'Ivana.

Son corps trembla sous la force de son orgasme, ses parois internes se contractèrent si fort autour de mes doigts que mon nœud palpita en réaction. Parce que putain, j'avais hâte d'être en elle pendant qu'elle faisait ça. Elle serait si serrée, si parfaite, si *mienne*.

Je la relâchai dès que ses spasmes se calmèrent et je la soulevai de la baignoire, aspergeant de l'eau partout. Mais je m'en fichais. J'avais besoin de la goûter. De la revendiquer avec ma langue. De forcer ce son à sortir d'elle le plus tôt possible.

Elle glapit quand je jetai son corps mouillé dans son nid, lâchant mon nom sur un ton de réprimande que je connaissais trop bien de sa part.

Mais je l'ignorai. Écartai ses jambes. Et pressai ma bouche sur son clito gonflé.

Ivana cria, posa ses mains sur ma tête et tenta de me repousser.

— C'est trop, dit-elle. Trop tôt.

Je soufflai un rire contre sa chatte trempée.

— Tu peux le supporter, Vana. Fais-moi confiance.

L'argument qu'elle s'apprêtait à me lancer mourut dans un méli-mélo de mots alors que j'aspirais son petit bourgeon palpitant dans ma bouche tout en glissant deux doigts dans son vagin.

Mon Oméga réagit comme je m'y attendais : en inondant ma main d'une nouvelle vague de miel. *Dieux, Ivana, on dirait que tu es en chaleur,* lui dis-je, appréciant sa réaction. *Ton corps me supplie que je te noue.*

Ouiiii, siffla-t-elle dans mon esprit, son corps se tortillant sous moi.

J'appuyai ma main libre sur son ventre pour la maintenir en place pendant que je la dévorais, léchant chaque centimètre comme je m'étais juré de le faire. La grignotant doucement. L'embrassant intimement. Mémorisant le goût de sa chatte sucrée. Doigtant son étroit canal.

Elle scandait mon nom, tirait sur mes cheveux et m'enfonçait encore plus dans sa chair brûlante. Ces mélopées devinrent des cris que l'on entendit sûrement dans tout ce foutu secteur tandis qu'elle s'effondrait à nouveau, son corps tremblant violemment sous l'assaut de son extase.

Comme je n'arrêtais pas de la lécher, elle se mit à pleurer, émettant d'une voix rauque un doux petit gémissement de protestation. Mais cette protestation s'éteignit au bout de quelques minutes quand je la poussai plus loin, son corps d'Oméga étant plus que capable de supporter mon assaut sensuel.

Tu es faite pour ça, Oméga, lui rappelai-je, léchant

délicatement sa fente suintante et me délectant de sa saveur d'agrumes. *Et en tant qu'Alpha, je suis fait pour te donner du plaisir. Je suis désolé d'avoir attendu si longtemps pour te faire découvrir l'extase, mon amour. Vraiment désolé, putain.*

Je passerais les prochaines heures – les prochains jours – à me faire pardonner.

Je la laissai voir cela dans mon esprit, mes promesses licencieuses bien nettes et détaillées, tandis que je balançais tous mes fantasmes dans sa tête.

Elle vibra en réponse, et sa vulve étrangla mes doigts tandis que je reprenais mon rythme contre son clito.

Étoiles, étoiles, étoiles, bredouillait-elle. Un mot qui se transforma lentement en tout autre chose, quelque chose d'incompréhensible. Car tout ce qu'elle pouvait faire, c'était sentir. Embrasser. *Prendre.*

Alors qu'elle s'effondrait une troisième fois, je souris, adorant qu'elle soit devenue totalement incohérente.

Pressant mes lèvres sur sa chair sensible, je chuchotai de douces louanges, lui disant à quel point elle était bonne, à quel point j'aimais la faire jouir, et la remerciant de me laisser la goûter.

— Tu es positivement décadente, murmurai-je. (Je l'embrassai de nouveau et gloussai lorsqu'elle se crispa.) Tu as peur que je te force à avoir un autre orgasme, mon amour ?

Je fis glisser mes lèvres de son monticule soigneusement taillé jusqu'à sa hanche.

— O-oui, balbutia-t-elle en frémissant.

— Hmm, c'est une réponse assez cohérente. Tu as carrément besoin de plus d'orgasmes. Au pluriel, Vana. Beaucoup plus.

Elle tenta de refermer ses jambes mais j'étais entre elles, l'en empêchant.

— Non, mon amour. Si je suis ton Alpha, alors tu es

mon Oméga. Et j'ai bien l'intention de te marquer au fer rouge jusqu'à l'âme, macushla.

Je plantai mes dents dans sa peau, laissant une marque sur sa hanche. Elle ne m'avait jamais mordu auparavant, ce qui ne faisait pas de cette morsure une revendication. Mais cela indiquait certainement mon intention.

Et c'était une intention qu'elle comprit, car elle se figea aussitôt sous moi, écarquillant les yeux.

— Cillian…

Je nettoyai la marque que j'avais laissée sur sa hanche, léchant le sang, puis je rampai le long de son corps pour qu'elle me voie l'avaler.

— Si nous faisons ça, alors faisons-le vraiment, Ivana. Parce qu'une fois que je t'aurai nouée, tu seras à moi. (Je lui avais promis cela dans la douche − que si je la nouais, il n'y aurait plus d'autre Alpha pour elle.) Je ne partage pas.

Ç'avait déjà été assez pénible de la voir sortir avec ces autres Alphas. Il n'y avait aucune chance que je laisse ça continuer après l'avoir revendiquée avec mon nœud.

— Alors tu ferais mieux d'être sûre que c'est ce que tu veux, poursuivis-je. Tu as dit dans ton esprit que j'étais à toi, que tu voulais mon nœud. Maintenant, je dis tout haut ce que cela impliquera. Si je te baise, je te ferai mienne. Même si tu ne me mords pas avant.

Car cela signifiait rompre tous les vœux que je m'étais faits.

J'avais juré de vivre seul. De ne jamais prendre de compagne. Pour faire en sorte que l'héritage de mon père meure avec moi. Pour protéger les descendants du Secteur de l'Éclipse jusqu'à mon dernier souffle.

Mais le fait d'avoir Ivana − *de la nouer* − donnerait à mon loup le contrôle total de mes instincts. Il ne se souciait pas de mes vœux personnels, il se souciait d'*elle*. Et je ne pouvais pas lutter contre mon animal. Pas pour ça. Pas alors que je voulais et désirais Ivana autant que lui.

J'avais été si près de la laisser partir, si près de la *perdre*. Je l'avais vu dans ses yeux quand elle m'avait traité de lâche. Je l'avais senti dans la façon dont elle m'avait échappé mentalement peu de temps auparavant. Et j'avais réalisé que je ne voulais pas vivre sans elle. Je ne voulais pas la voir tomber amoureuse d'un autre Alpha. Je voulais qu'elle soit à moi.

C'était un putain de désir égoïste.

Mais elle me voulait aussi.

Elle s'était battue pour moi sans relâche ces six dernières années. Elle ne m'avait jamais abandonné jusqu'à récemment. Et cela m'avait fait plus de mal que je voulais l'admettre.

— Je ne mérite pas de t'aimer, Ivana, avouai-je dans un souffle, ayant besoin d'exprimer ma vérité. T'aimer me rend égoïste. Ça me fait vouloir des choses que je ne devrais pas, des choses dont je n'ai jamais été digne de toute ma vie. Ça me terrifie, putain.

Je pris ses joues dans mes mains en coupes, appuyé sur mes coudes posés de part et d'autre de sa tête. Ses yeux s'étaient embués à mes paroles, le plaisir de l'ivresse ayant partiellement fondu sur ses traits.

— Je ne dis pas ça pour te blesser, repris-je. Je veux juste que tu comprennes à quel point c'est complexe pour moi. Je sais que je ne suis pas assez bien pour toi, Vana. Les six dernières années en sont la preuve. Quel genre d'Alpha rejette sa parfaite Oméga ?

J'employai volontairement la terminologie qu'elle avait choisie, car elle était techniquement exacte, du moins en apparence.

— Celui qui pense faire ce qu'il faut pour son peuple,

chuchota-t-elle, me surprenant en prouvant une fois de plus à quel point elle était parfaite pour moi.

Parce qu'elle me comprenait. Non seulement cela, mais elle me *pardonnait*. Je captais dans son esprit que malgré toute la douleur, elle ne me haïssait pas comme elle aurait dû. Au contraire, elle reconnaissait mes raisons et les considérait comme valables.

— Je ne te mérite vraiment pas, répétai-je, bien conscient d'avoir prononcé cette phrase et d'y avoir pensé un million de fois.

Mais au lieu de la repousser comme je le devrais, j'optai pour un nouvel itinéraire. Une nouvelle voie à suivre. Une étape provisoire.

Parce que je voulais être assez bien pour elle. *Avec* elle. Or pour cela, elle devait comprendre ce que je pouvais et ne pouvais pas lui offrir.

— J'ai passé toutes ces années à dire que tu avais besoin d'un meilleur Alpha, qui te mettrait au-dessus de tout et t'aimerait comme tu devrais être aimée. Et il se peut que je n'en sois jamais capable.

Selon toute vraisemblance, je ne pourrai jamais le faire. Je pourrais supporter de rompre mon vœu de ne pas prendre de compagne, mais je refusais de rompre mon vœu de protection des anciens habitants du Secteur de l'Éclipse et de leurs héritiers. Par conséquent, Ivana passerait toujours après mes responsabilités d'Élite.

Je révélai tout cela à voix haute, puis ajoutai :

— C'est très égoïste de ma part de vouloir te garder. C'est en reconnaissant et en acceptant ce fait que j'ai pu repousser l'envie de te revendiquer. Je peux encore lutter contre ce penchant, Vana.

Elle déglutit, mais un soupçon de défi entra dans son regard, me signalant qu'elle préparait une réplique. Cependant, je n'avais pas fini. J'avais besoin qu'elle comprenne ce qui se passerait entre nous si nous continuions sur cette voie. Comment les choses changeraient. Ce que je serais obligé de faire. Parce que je n'étais pas un Alpha d'un soir. Pas avec elle. *Jamais* avec elle.

— Si tu me demandes de te nouer, Vana, je ne pourrai pas ignorer le besoin de te mordre. Je te revendiquerai, même si ce n'est que de nom, et je défierai tout Alpha qui essaiera de te prendre à moi.

Cela, je savais avec certitude. Si je la baisais, elle serait à moi. Fin de la discussion.

— Alors tu ferais mieux d'en être sûre, mon amour, dis-je, mes lèvres effleurant les siennes. Mais tu n'as pas à te décider tout de suite. Prends ton temps, réfléchis, et je…

Elle planta ses dents dans ma lèvre inférieure, faisant couler le sang en un instant.

Je commençai à reculer, réagissant à sa morsure inattendue, mais elle aspira ma blessure dans sa bouche.

Et avala.

IVANA

À MOI. Je tremblais. *À moi. À moi. À moi.*

Le sang de Cillian coula sur ma langue et dans ma gorge. Il avait le goût d'une journée fraîche. Nouveau. *Inspirant.*

Je tirai sur sa lèvre, désirant plus de sa saveur addictive. Toute sa force et sa masculinité, mais soulignée par cette sensation rafraîchissante. Un sentiment de liberté, de vie renouvelée.

Vana, gémit-il dans mon esprit.

À moi, fut toute ma réponse.

Comme si j'avais eu besoin de réfléchir à son offre. Quelle drôle d'idée ! J'avais envie de cet Alpha depuis six longues années. Je n'allais pas perdre une seconde de plus à prendre ma décision.

— Putain, grogna-t-il à voix haute.

Sa bouche réclama la mienne une seconde plus tard. Ce ne fut pas un baiser timide ou doux. Il était dur. Affamé. *Punitif.*

Vilaine petite Oméga, dit-il par télépathie. *Tu ne m'as même pas laissé finir ma phrase.*

J'en avais marre d'attendre que tu en viennes au fait, lui rétorquai-je. *D'ailleurs il n'y avait plus rien à dire.*

Il grogna. Je grondai en retour.

Sa main encerclait ma gorge, sa langue dominait la mienne. Son sang se mêlait au goût de mon miel sur ses lèvres, donnant une note érotique à notre étreinte.

Ce mâle venait de m'imposer trois orgasmes, et pourtant j'étais à nouveau prête. *Plus que prête.* Étoiles, je n'avais jamais rien vécu de tel. C'était plus intense que mes chaleurs. Plus impactant. Plus *significatif.*

Cillian me serrait la gorge.

— Toujours en train de me dire ce que je dois faire.

— C'est l'un de mes défauts, répondis-je, ce qui le fit sourire contre mes lèvres.

— C'est l'une de tes forces, corrigea-t-il, avant de prendre ma bouche avec une nouvelle ardeur.

Un désir en fusion m'échauffait les veines, m'enflammait de l'intérieur. Tout en moi brûlait, ma peau se tendait tandis que mes nerfs picotaient d'envie. Cillian attisait mes flammes avec sa langue, chaque coup m'échauffant encore plus, au point que j'eus l'impression que sa seule bouche allait me faire exploser.

Mais juste avant, son pouce encercla mon pouls et sa bouche quitta la mienne pour tracer un chemin de baisers jusqu'à mon oreille.

— Je vais te nouer, Oméga. Et ensuite, je vais te mordre.

Je frissonnai, ces mots me rappelant un rêve.

— Oui, gémis-je. Oui, Alpha.

Je voulais qu'il soit au fond de moi, qu'il pulse, me revendique et me marque comme sienne.

Sauf qu'il était encore habillé.

Je sentais sa dure excitation à travers son pantalon, mais c'était loin d'être suffisant. J'avais besoin qu'il soit plus près de moi. Nu. Dur et insistant contre ma peau.

Il dut lire dans mes pensées, ou peut-être ressentir la même chose, car il se mit à genoux pour enlever sa chemise à manches longues. J'eus l'eau à la bouche à la vue de sa force musculaire, ses muscles ondulant tandis qu'il ôtait sa chemise.

Puis il porta la main à son pantalon, ouvrit le bouton du pouce et abaissa la fermeture éclair. Je déglutis, suivant des yeux chaque centimètre qu'il dévoilait.

Un petit gémissement m'échappa lorsqu'il s'écarta du lit, ma peau soudain privée de son contact. Il sourit, m'ayant manifestement entendue.

— Je crois que j'aurais plaisir à t'écouter me supplier pour mon nœud, macushla. Mais pas cette fois. Nous avons déjà attendu bien trop longtemps tous les deux.

Et à qui la faute ? failli-je lancer de vive voix. Mais cela resta une pensée dans mon esprit, une pensée qu'il capta sans doute, parce qu'il répondit tout fort :

— À moi. Et je vais passer toute la journée à m'excuser pour ça. Alors j'espère que tu n'avais pas prévu de dormir de sitôt parce qu'on ne va pas se reposer du tout.

Un frisson me parcourut le dos, une sensation qui accentua la chaleur en moi.

— Tu va devenir mienne, Oméga, poursuivit Cillian. Il n'y aura pas de retour en arrière après ça.

Étoiles, tout cela ressemblait à un rêve. Un fantasme. *Irréel.*

Les Alphas étaient possessifs, mais Cillian… Cillian m'avait toujours repoussée. M'avait dit de trouver un autre

Alpha. Avait refusé de danser avec moi. S'était disputé avec moi.

Mais maintenant… il menaçait de me *posséder*. Et j'accueillais cette possession en écartant plus largement mes jambes pour lui.

— Noue-moi, Alpha, lui intimai-je.

C'était une demande, pas un ordre. En réponse, sa bite devint incroyablement plus grosse. Elle allait me faire mal de la plus exquise des façons. Heureusement, sa bouche et ses doigts m'avaient plus que préparée à la recevoir.

Sauf qu'il ne grimpa pas sur moi pour se glisser en moi immédiatement. Non. Il attrapa l'une de mes jambes et déposa un baiser sur ma cheville. Puis il remonta ses lèvres vers l'arrière de mon genou. Ses dents effleurèrent l'intérieur de ma cuisse, faisant battre mon cœur un peu plus vite.

Est-ce qu'il va me revendiquer ici ? me demandai-je étourdiment.

Je vais te revendiquer avec mon nœud avant mes dents, Oméga, murmura-t-il dans mon esprit. *C'est moi qui te vénère. Qui t'adore. Qui fait en sorte que tu sois vraiment prête à ce que je te baise.*

Je serrai les jambes en réponse, ma chatte ayant soudainement besoin de friction. Cet homme… les choses qu'il disait… *Dieux, Cillian…*

Juste Cillian, ça ira, répondit-il alors que sa bouche embrassait une fois de plus ma chaleur suintante. Il me lécha longuement, un grondement d'approbation dans sa poitrine. *Tu as un sacré bon goût, macushla.* Sa langue parcourait ma chair sensible, ce qui me fit plier les orteils.

Puis il glissa deux doigts en moi, et mon monde entier bascula sur son axe. Tout ce que je pouvais ressentir, c'était lui, son toucher, son baiser intime, son tout.

Un autre grondement feula dans l'air, celui-ci un peu

plus sauvage. Un avertissement, que je vis se refléter dans son regard sombre, alors qu'il me fixait d'entre mes cuisses. Son loup était à bout de nerfs, menaçant de prendre complètement le dessus.

Je le compris parce que mon animal tournait aussi en moi, exigeant que notre compagnon choisi nous morde en retour. Mais au lieu de planter ses dents dans ma peau, il me léchait. Longuement. Durement. *À fond*. Tout en écartant mon canal avec ses doigts. Un troisième doigt se joignit à ses efforts, me faisant légèrement tressaillir.

Peut-être que je n'étais pas aussi prête que je le pensais, me dis-je en me cambrant à son contact.

Presque prête, murmura-t-il, ayant clairement entendu ma voix mentale. *Ça va encore brûler, mon amour, mais je vais te laisser le temps de t'adapter.*

Je n'en aurai pas besoin, lui promis-je. *Je t'ai attendu trop longtemps, Cillian. Trop longtemps ton nœud. Je te veux en entier. Chaque centimètre. Chaque poussée violente. Je suis faite pour toi, Alpha. Laisse-moi t'avoir. S'il te plaît, laisse-moi t'avoir.*

— J'avais raison, grogna-t-il. J'aime bien t'écouter me supplier pour mon nœud. (Il rampa vers le haut, ses lèvres luisant de mon excitation.) La prochaine fois, je te ferai agenouiller pendant que tu me supplieras. Puis je baiserai ta belle bouche et te ferai sucer ma bite.

Je haletai contre ses lèvres humides, la vision que ses paroles suscitaient me rendant encore plus mouillée. Mais il ne me donna pas l'occasion de répondre à sa demande – ou de lui demander de le faire maintenant – parce qu'il m'embrassait à nouveau.

Avec passion. Possession. Résolution.

Cillian…

Vana, répondit-il, posant ses hanches sur les miennes.

— Enroule tes jambes autour de moi, mon amour.

Mes jambes bougèrent avant même qu'il ait fini de

parler, ma vulve trempée pressée contre sa chair durcie. Je le voulais en moi. Qu'il me revendique. Me *noue*.

Il se mit en équilibre sur un bras, puis attrapa ma main et l'abaissa entre nous. Mes doigts picotèrent lorsqu'ils touchèrent la base de sa hampe – tout contre son nœud.

— Prends ma queue, Ivana, exigea-t-il. Et montre-moi où tu veux que je la mette.

Je devins encore plus brûlante à ses mots empreints de commandement, tout en s'assurant de mon consentement.

Cet Alpha ne voulait pas *prendre*, il voulait *donner*. Et j'avais très envie de *recevoir*.

Je le guidai jusqu'à ma fente, mes entrailles se contractant en prévision de sa taille. *Si gros. Si Alpha. Si…*

À moi, m'interrompit-il.

Puis il lança ses hanches en avant et me força à l'accepter en une poussée puissante. Je me figeai aussitôt, le choc de sa pénétration me coupant le souffle. Mais la douleur ne dura qu'une seconde avant que la béatitude s'empare de mon être, mon monde paraissant soudain délicieusement *juste*. Car il me remplissait complètement, son gland touchant un endroit si profond en moi que cela semblait presque interdit.

C'est tellement mieux que mon jouet, songeai-je en soupirant. *Dieux, tellement, tellement mieux.*

Cillian se mit à ronronner, un son qui se transforma rapidement en un grondement intimidant tandis qu'il se glissait hors de moi jusqu'à la pointe et me pénétrait de nouveau.

— Tu n'auras plus jamais besoin d'un sextoy, m'annonça-t-il, coinçant ma main sous la sienne sur le matelas près de ma tête. Seulement ma bite, Ivana. Seulement et toujours *ma bite*.

Je crispai mes cuisses contre ses hanches, mon corps étant totalement d'accord avec cette nouvelle règle.

— Seulement et toujours ton *nœud*.

Sa poitrine vibra de son approbation, puis sa bouche captura la mienne en un baiser meurtrissant, tandis que son rythme augmentait en moi. J'entremêlai mes doigts aux siens, m'agrippai de l'autre main à son épaule musclée. J'enfonçai mes ongles dans sa peau, mes entrailles se serrant et palpitant autour de son assaut sensuel. C'était à la fois intense et tendre. Je sentais qu'il retenait une partie de sa force, que son corps semblait me bercer plutôt que me posséder entièrement.

Je voulus le faire bouger, le forcer à me prendre plus fort. Mais je ne le pus.

Surtout parce que c'était juste. Ça faisait du *bien*. Il y avait tant d'émotion dans cette étreinte, tant d'histoires, tant de *désir*.

Son baiser fondit contre ma bouche, sa langue me détourna de ses mouvements en dessous. Je ne pouvais que le respirer, le laisser me dévorer, me soumettre à sa domination et juste… *exister*.

C'était libérateur. *Éclairant.* Je ne m'étais jamais sentie aussi choyée et protégée, sa force m'entourant d'une manière qui ne laissait aucun doute sur sa revendication.

Il va me mordre, m'émerveillai-je, excitée à l'idée de sentir ses dents dans ma chair. De faire l'expérience de sa possession. *Oh, mais d'abord… d'abord il va me nouer…*

Mon vagin se serra, mon corps se prépara à sa demande érotique.

Étoiles, c'était mieux que tout ce que j'avais connu, mieux que les plaisirs intenses provoqués par mon cycle de chaleurs. Et c'était parce que Cillian était en moi. Le compagnon que j'avais choisi. L'Alpha de mes rêves.

— Tu es incroyable, dit-il contre ma bouche. Putain, je veux rester ici pour toujours, plus jamais quitter la chaleur de ta douce chatte serrée.

Il aspira ma lèvre inférieure dans sa bouche et la mordilla légèrement, puis il lâcha ma main pour palper mon sein.

— Je veux marquer chaque parcelle de toi, poursuivit-il. Te couvrir de ma semence, puis te faire parader devant tous ces autres Alphas, juste pour qu'ils sachent que tu es à moi.

Il porta sa bouche à mon cou et planta ses dents sur mon pouls. Mais il n'entailla pas la peau, il mordit juste assez fort pour laisser une empreinte. Ou peut-être qu'il y aurait un bleu.

Je m'en fichais. J'aimais ce côté possessif de lui, ses mots sombres, ses vœux intimes.

— Je vais te mordre ici, chuchota-t-il. Puis sur chaque téton. (Il m'en titilla un en proférant cette menace.) Et enfin entre tes jambes. Je vais revendiquer chaque partie de toi, Vana. Et tu feras la même chose avec moi.

Il glissa sa main sur ma gorge, son pouce caressant ma mâchoire, puis il ramena ses lèvres sur les miennes.

— Je veux que tu mordes mon nœud, puis que tu suces ma bite. (Ses mots contre ma bouche m'évoquaient une requête diabolique, ses yeux sombres étaient intenses.) Tu vas me posséder, Vana. Chaque foutu centimètre. Et je te récompenserai en jouissant dans ta jolie petite gorge.

Je frissonnai, ses mots crus me désarçonnant.

— Dieux, Cillian…

— Juste Cillian, me rappela-t-il, propulsant ses hanches en avant pour ponctuer ses paroles. *Ton* Cillian.

Mon fourreau se contracta autour de lui, ses mots ayant touché une corde sensible en moi. J'aimais qu'il soit à moi. Maintenant, je voulais être *à lui*.

— S'il te plaît, Cillian. Donne-moi ton nœud. *S'il te plaît.*

Il mordilla ma lèvre inférieure.

— Toujours à me dire ce qu'il faut faire, plaisanta-t-il en caressant l'empreinte qu'il venait de laisser sur ma bouche. Putain, tu es parfaite, macushla. Tellement parfaite.

Sa langue fit taire toute réponse que j'aurais pu émettre, ses mains se promenèrent sur mes flancs. Je sursautai quand il attrapa mes hanches, puis serrai mes jambes autour de lui tandis qu'il prenait le contrôle de ma moitié inférieure.

Un cri étranglé m'échappa lorsqu'il se mit à me pilonner, enfonçant sa bite à une profondeur incroyable.

Étoiles, j'avais cru qu'il m'avait déjà baisée. Mais non. Ç'avait été tendre comparé à ça. Une lente présentation de sa puissance et de ses prouesses. Là... c'était Cillian qui prenait les choses en main et libérait sa bête. C'était un Alpha qui prenait l'Oméga qu'il avait choisie. C'était... *un bonheur extatique.*

Je m'arquai sur le lit, mon corps sous ses ordres, ma bouche ouverte pour recevoir sa langue dominatrice.

Oui, oui, oui, scandai-je dans mon esprit, la réalité s'éloignant lentement à mesure que la passion s'emparait de mon être.

Cillian gronda, un son qui résonna au fond de lui – un appel d'Alpha. Une revendication. Une façon de provoquer encore plus de chaleur chez une Oméga. C'était une réponse naturelle, un type de domination, et cela me fit tomber dans un tourbillon de sensations.

Ténèbres. Lumière. Chaleur. Tant de *chaleur.*

Son nom m'échappa tandis que je hurlais mentalement, mes membres tremblaient tandis que je me brisais sous une avalanche d'extase à l'état pur.

C'est trop, pensai-je follement. *Oh, étoiles, c'est trop...*

La pression à l'intérieur... La douleur...

Son nœud, réalisai-je dans un sursaut. *C'est son nœud.*

Il m'avait suivie dans le précipice jusqu'à un doux soulagement, seulement pour nous sécuriser tous les deux avec son bulbe impressionnant. Je le sentais palpiter en moi, sa semence me donnant envie de procréer.

Toutefois, je ne pouvais tomber enceinte que pendant un cycle œstral. Nous étions donc en sécurité.

Sauf que…

Je fronçai les sourcils.

Sauf que c'est trop intense…

Cillian chuchota mon nom, mais il me paraissait loin bien qu'il soit au-dessus de moi. Je le fixai, mais son visage était flou à cause des larmes dans mes yeux.

Je tentai de répondre, de poser une question, mais un spasme secoua ma matrice avec une telle vigueur que je ne pus que gémir.

Oh, Dieux, j'en voulais *plus*. Son nœud ne palpitait plus en moi, mais il était toujours là, nous bloquant l'un dans l'autre en une étreinte atrocement immobile.

Bouge, le suppliai-je. *Oh, s'il te plaît, bouge !*

Parce que j'avais besoin de lui pour jouir à nouveau. Pour me culbuter une fois de plus. Pour me remplir si complètement, si totalement, que je pourrais le *goûter*.

Il répéta mon nom, cette fois sur un ton plus dur. Mais je n'arrivais pas à me focaliser sur lui. Je voulais juste jouir à nouveau. Et encore. Et *encore*.

C'était bien pire que mes chaleurs. Ça… *ça fait mal*.

Des larmes brouillèrent ma vision, celles-ci nées de la douleur et non du plaisir.

Cillian tenait mon visage entre ses mains, l'air furieux.

Je suis désolé, essayai-je de lui dire. *Je… je ne… je ne sais pas ce qui se passe.*

S'il m'entendit, il ne répondit pas. Ou peut-être qu'il le fit et que je ne pus l'entendre à cause du bruit qui s'engouffrait dans mes oreilles.

Tout *brûlait*. Et je me sentis vide. Tellement, tellement vide…

Comme je l'avais toujours été pendant mes cycles de chaleurs.

Oh, Dieux, Cillian ne va pas m'aider. Il ne m'aide jamais. Il n'est jamais là…

Des années de torture me remplirent l'esprit, tous ces moments où j'avais essayé de me satisfaire avec le sextoy, pour finir en hurlant dans mon nid. Seule. À l'agonie. Sans un Alpha pour satisfaire correctement mes besoins.

J'avais mis Cillian sur ma liste parce qu'il était le seul Alpha en qui j'avais confiance, le seul Alpha que je désirais.

Mais il n'est jamais venu. Il ne vient jamais.

Il ne veut pas de moi. Il n'a jamais voulu de moi.

Je fermai les yeux, perdue dans les tourments de mon passé, nageant dans une mer de solitude.

J'ai besoin de mon jouet. J'ai besoin du faux nœud. Quelque chose pour soulager cette pression. Quelque chose pour m'aider à traverser cet enfer !

Je me tortillai, mon nid n'était plus réconfortant. J'avais besoin… besoin… *Étoiles !*

Est-ce que j'ai crié ça à haute voix ?

Parce que ma gorge… était… à vif.

Pourquoi cela se produit-il ? C'est trop tôt, reconnut une part logique en moi.

Mais un nouveau spasme m'entraîna sous une vague de lave qui me laissa haletante, cherchant un air qui n'existait plus.

Je me noie.

C'est juste les chaleurs, me dis-je. *C'est… ça va aller.*

Mais il ne viendra pas.

Il ne vient jamais.

Cillian… ne… vient jamais.

CILLIAN

Qu'est-ce qui se passe, bordel ?

Une minute, Ivana se délectait de plaisir, et la suivante, elle hurlait. Pleurait. Soudain dans les affres d'un œstrus intense.

Kieran, dis-je en pénétrant dans l'esprit de mon meilleur ami. Avant qu'il me réprimande pour l'avoir tiré de son sommeil, je lui annonçai : *Ivana vient d'entrer en chaleur.*

Comme trois autres Omégas, répondit-il du tac au tac. *J'allais justement t'appeler.*

Putain. Je tenais le visage d'Ivana entre mes mains en m'efforçant de la maintenir sous moi. Mais elle se tortillait violemment, l'esprit chaotique et désespéré. Elle n'arrêtait pas de penser à son sextoy, comme si elle avait besoin de son aide.

Parce que *je* n'avais pas voulu venir l'aider.

—Je suis juste là, mon amour, lui dis-je.

Mais elle ne semblait pas m'entendre. Elle était trop perdue dans ses pensées, à rejouer bruyamment ses expériences passées dans son esprit.

— Ivana, je suis là, tentai-je une nouvelle fois lorsque Kieran m'appela.

Désolé, tu peux répéter ? lui demandai-je, les yeux baissés sur le visage baigné de larmes d'Ivana. Elle avait l'air de regarder à travers moi, pas de me regarder moi.

J'ai Lorcan au téléphone – deux Omégas du Secteur de la Nuit viennent également d'entrer en chaleur.

Je fronçai les sourcils. *Deux candidates ?*

Oui. Un petit groupe a décidé de retourner dans leurs nids respectifs au lieu de rester dans le Secteur Sanglant.

Elles ne nous font pas confiance, traduisis-je.

Non, en effet. Et ça n'arrange rien, grommela-t-il. *Nous devons…*

Il s'interrompit brusquement, ce qui me fit me raidir. *Kieran ?*

Aucune réponse. Je plongeai plus profondément dans son esprit, où j'appris en même temps que lui qu'une autre candidate Oméga venait d'entrer en chaleur dans le Secteur de la Nuit.

— Putain, soufflai-je, juste au moment où Ivana s'immobilisa sous moi.

— C-Cillian ? murmura-t-elle, ses yeux semblant s'éclaircir un instant.

Mais cet instant fut de courte durée, car elle retourna aussitôt dans les ténèbres de son passé, ses pensées lui intimant de ne pas espérer. *Il ne vient jamais,* se dit-elle pour la millième fois. *Étoiles, il ne vient jamais.*

— Iv–

Elle s'éclipsa de sous moi pour atterrir maladroitement par terre à côté du lit, sa capacité étant court-circuitée par son état vulnérable. Les Omégas perdaient souvent le contrôle de leurs talents lorsqu'elles avaient leur œstrus ; tout ce que leur corps voulait, c'était *procréer*.

Ivana ouvrit à la volée le tiroir de sa table de nuit et empoigna un gode épais qu'elle amena rapidement vers sa chatte trempée. Je grognai quand elle l'enfonça en elle sans même s'échauffer, tout son corps se recroquevillant de côté sur le sol nu, déchiré par les sanglots.

— Putain, Ivana, murmurai-je, la voyant craquer d'une manière dont je ne voulais plus *jamais* être témoin.

Mais je ne pus m'empêcher de la regarder un long moment, tandis que la réalité de ce que je voyais – de ce que j'*apprenais* – me transperçait le cœur.

C'était ainsi qu'elle endurait ses cycles de chaleurs. C'était ainsi qu'elle les avait *toujours* endurés. Parce que je n'étais jamais venu. Je l'avais abandonnée à son sort. L'avait laissée dans cette souffrance. *Pendant six foutues années.*

Cillian ! cria Kieran dans mon esprit, essayant manifestement de capter mon attention depuis quelques minutes. Il parlait de l'Alpha Carlos – l'ancien chef de ce qui fut le Secteur Bariloche – et m'attira légèrement dans ses pensées, avant que le miaulement douloureux d'Ivana m'en fasse ressortir.

— Dieux, macushla…

Elle avait l'air si désemparée, si brisée. Si différente de l'Oméga que je connaissais et que j'aimais.

Je la rejoignis à terre et la pris dans mes bras, ma poitrine déclenchant aussitôt un ronronnement profond et retentissant.

— Je suis désolé, lui dis-je. Je suis vraiment désolé, putain.

Je la ramenai dans son nid, serrant mon corps contre le sien alors qu'elle continuait à manipuler ce fichu truc entre ses jambes, tout en caressant furieusement son clito avec son pouce.

Pas assez. Pas assez. Pas assez. Les mots étaient une litanie dans sa tête.

Je pressai mes lèvres sur son cou, mon ronronnement était fort et exigeant dans son dos. Elle n'avait même pas l'air de remarquer que j'étais là. Son corps se replia en une position fœtale plus serrée tandis que je l'enveloppais par-derrière.

— Vana, soufflai-je, effleurant des dents son pouls tambourinant. (Je ne l'avais pas encore mordue parce qu'au moment où je m'apprêtais à le faire, elle était entrée en pleines chaleurs.) Je suis juste…

Cillian, m'appela encore Kieran, attirant mon attention dans son esprit. *Tu as entendu ce que j'ai dit à propos des fêtes de l'œstrus ?*

Les fêtes de l'œstrus ? répétai-je, plus à moi-même qu'à lui. Puis je secouai la tête. Car ça n'avait pas d'importance. *Kieran, je ne peux pas faire ça maintenant,* lui dis-je pour la première fois dans notre très longue amitié. *Ivana… Ivana a besoin de moi. Je ne peux pas me concentrer sur ce que tu dis alors qu'elle…* Je déglutis. *Elle a besoin de moi,* répétai-je, resserrant mes bras autour d'elle.

Tu choisis de te concentrer sur Ivana plutôt que sur notre problème actuel ? constata lentement Kieran, sa voix mentale ayant un tranchant qui me fit grincer des dents.

Elle fait partie de ce « problème », comme tu dis, fis-je valoir. *Et quelqu'un doit s'occuper d'elle.* Ce que je n'avais pas fait depuis bien trop longtemps.

Et ce quelqu'un, c'est toi ? insista-t-il d'un ton toujours aussi tranchant. Ce n'était pas de l'incrédulité, mais c'était bien une émotion quelconque. Or je n'avais vraiment pas la patience de déterminer ce que ce tranchant signifiait ou pourquoi il jouait au con à ce sujet.

Oui, lui grognai-je. *Elle est à moi. Et elle a besoin de moi. Alors va te faire foutre.*

Un silence répondit à mes paroles, qui ne me détendit guère.

Parce qu'Ivana sanglotait encore et se servait de ce maudit jouet au lieu de mon nœud. Au lieu de *moi*. Elle n'avait pas encore réalisé que j'étais là malgré mon ronronnement dans son dos.

— Iva–

Cillian, m'interrompit Kieran une fois de plus, mille ans de connexion à son esprit lui permettant de m'appeler très facilement.

Quoi ?

Il est foutrement temps que tu revendiques cette femme, me dit-il. *Maintenant, concentre-toi entièrement sur elle et arrête de m'écouter.*

Je cillai. Puis je lui grognai dessus. *Tu es un enfoiré.*

Toi de même. Va t'occuper de ta femme.

Un mur mental s'abattit entre nous, un mur que je ne savais même pas qu'il pouvait créer. Ou peut-être que c'était moi. Je l'évaluerai plus tard. *Après* avoir aidé Ivana.

Posant un autre baiser sur sa gorge, je glissai une main le long de son corps jusqu'à l'endroit où elle fourrageait entre ses cuisses.

— Vire-moi ce putain de gode, Oméga, lui soufflai-je à l'oreille en lui attrapant le poignet. Et mets-toi à quatre pattes.

Son corps tout entier tressaillit contre le mien, son esprit parut s'éclaircir à nouveau.

— Alpha ?

— Oui, je suis là et je veux te baiser. Alors débarrasse-toi de ce pauvre ersatz de nœud et laisse-moi te grimper dessus.

Ivana émit un son à la fois gémissant et soulagé, et retira l'engin d'entre ses jambes.

Mais elle se figea l'instant d'après quand son esprit se rebella, lui disant que c'était un fantasme, que je n'étais pas vraiment là parce que je ne venais jamais pour elle.

Captant tout ce chaos – et la douleur résiduelle que ses pensées provoquaient –, je grondai dans son cou comme seul un Alpha pouvait le faire.

— *Maintenant,* Oméga, ordonnai-je. Lève ton cul sexy, écarte tes belles jambes et offre-toi à moi.

Elle frissonna en réaction à la vague d'énergie dominante que je relâchais sur elle, et le nuage dans son esprit se dissipa en un instant.

Tu es vraiment là, pensa-t-elle en me regardant.

Oui, je suis là. Et mon nœud est tellement gonflé que je suis sur le point de te prendre direct. Alors soit tu te mets en position, soit tu te cramponnes au matelas. Parce que je vais te baiser, Oméga. Dur.

Un autre tremblement se fraya un chemin à travers elle, qui la fit enfin bouger comme je le souhaitais. Chaque partie d'elle frissonnait tandis qu'elle se mettait à quatre pattes, son miel coulant le long de ses cuisses. Je posai ma main là, mes doigts trouvèrent de suite son canal douloureux qui les trempa.

— J'étais juste en toi, Oméga, lui rappelai-je. Je te remplissais de ma semence. Tu ne te souviens pas ?

Je retirai ma main et, à genoux derrière elle, je l'approchai de sa bouche.

— Lèche mes doigts, lui intimai-je. Goûte-nous.

Mon sperme mêlé à son essence offrait un mélange érotique que je savais qu'elle apprécierait. Surtout dans cet état. Car les Omégas en chaleur aimaient la saveur de tout ce qui se rapportait au sexe avec un Alpha. Et le fait qu'elle goûte à notre plaisir combiné lui prouverait que j'étais là. Que je ne l'avais pas abandonnée comme toutes ces autres fois. Que son Alpha l'avait enfin rejointe dans son nid.

Sa langue toucha timidement ma peau, ravivant le

ronronnement dans ma poitrine. Lequel se transforma en un grondement bas lorsqu'elle referma ses lèvres pulpeuses sur mon doigt et l'aspira tout entier dans sa bouche.

J'empoignai sa hanche de ma main libre et m'alignai sur sa jolie petite croupe tandis que ma bite trouvait facilement son entrée suintante.

Saisissant sa mâchoire, je la forçai à prendre un deuxième doigt dans sa bouche pendant que je m'enfonçais profondément en elle.

Elle hurla autour de ma main et planta ses ongles dans la literie en réponse à mes mouvements brusques. Puis elle suça mes doigts avec frénésie tandis que son cul se trémoussait contre moi, me suppliant de la prendre correctement. De la baiser. De la forcer à sombrer dans l'inconscience.

Je n'y allai pas doucement avec elle comme la fois précédente. Il s'était agi alors de céder enfin à nos instincts et de nous connaître l'un l'autre pour la première fois.

Là, il s'agissait d'un Alpha qui satisfaisait son Oméga.

Elle était vulnérable, elle souffrait et elle avait besoin de mon nœud. Sans parler de tous les autres soins et de l'affection qu'il lui faudrait pendant toute la durée de ces chaleurs forcées.

Elle gémit, sa langue tournoyait autour de mes doigts pour absorber chaque goutte de notre essence commune.

Il est là, se répéta-t-elle. *Mon Alpha est là. Il est là.*

Je me penchai sur elle, posai mes lèvres sur sa nuque et la mordis doucement, la dominant d'une manière dont je savais qu'elle avait besoin pour se sentir en sécurité.

Oui, je suis là, confirmai-je dans son esprit. *Plus de sextoys, Vana. Fini les chaleurs en solo. Je te baise ici.*

Je ponctuai ce dernier mot avec mes hanches, la forçant à sentir mon nœud palpitant à ma base. Elle geignit en réponse. Ma main quitta sa hanche pour se glisser entre ses cuisses, mon pouce trouva son clitoris gonflé et lui accorda l'attention qu'il méritait.

Elle jouit immédiatement, son œstrus l'obligeant à vivre dans son état actuel, à la limite perpétuelle du plaisir. Un doux cri lui échappa, étouffé par ma main.

Pas assez, pensait-elle. *Pas assez.*

Je grondai contre sa nuque, mes hanches bougeant plus vite et plus fort contre elle.

— Tu veux mon nœud, Oméga ?

— Ouiiii, souffla-t-elle, ce qui expulsa mes doigts de sa bouche.

Je plaquai ma main trempée sur sa gorge et je serrai, l'autre main toujours entre ses cuisses tandis que je la baisais jusqu'à l'inconscience.

Cela faisait longtemps que je n'avais pas connu le plaisir de la chatte d'une Oméga. Cela faisait longtemps que je n'avais pas noué quelqu'un. Jusqu'à ce soir. Jusqu'à ce que je prenne enfin Ivana.

— Plus de six ans, haletai-je contre sa nuque, conscient qu'elle n'avait probablement aucune idée de ce que je disais. Ça fait plus de six ans que je n'ai pas vu une Oméga en chaleur, Vana. Depuis le jour où je t'ai trouvée, je n'ai voulu personne d'autre. Seulement toi.

C'était un aveu que je devrais probablement réitérer plus tard. Ou peut-être qu'elle s'en souviendrait. Les chaleurs variaient pour chaque Oméga, leurs esprits et leurs corps gérant l'expérience de différentes manières.

Ivana répondit en se pressant contre moi, son petit corps frémissant violemment sous moi.

— Ne t'inquiète pas, macushla, dis-je en approchant mes lèvres de son oreille. Je manque peut-être de pratique, mais j'ai des années de fantasmes à nous faire explorer.

Tellement de foutus fantasmes.

— Tu vas être endolorie quand j'en aurai fini avec

toi, l'avertis-je. Mais je vais tout arranger, Vana. J'embrasserai chaque bleu. Chaque marque. Je lécherai ta douce chatte jusqu'à ce que tu t'évanouisses de jouissance. Je te baignerai. Te nourrirai. Puis te baiserai à nouveau.

Sa chatte eut des spasmes autour de moi, et un autre orgasme l'emporta sous l'effet de mes seules paroles.

Elle voulait tout cela et plus encore. Si seulement elle comprenait ce que *plus* voulait dire. Mais lorsqu'elle émergerait de ses chaleurs, elle en saisirait toute la signification.

Alors je la ferais officiellement *mienne*.

L'idée de m'accoupler avec elle fit jaillir mon nœud de moi dans une revendication primitive, mon animal rugissant tandis que je grondai ma libération.

Putain, gémis-je, l'orgasme m'emportant dans une vague intense d'agonie délicieuse.

Ivana me rejoignit dans cette spirale infernale, son orgasme s'exprimant en un hurlement de plaisir suivi de spasmes violents, alors qu'elle tombait dans un état de ravissement puissant.

Mon nœud palpitait en elle, mon sperme la remplissait complètement. Chaque pulsation provoquait des ondulations orgasmiques qui la maintenaient rassasiée et satisfaite, son corps appréciant pleinement notre connexion.

Hélas, cela ne durerait pas longtemps. Elle avait besoin d'un soulagement constant, son corps surchauffé étant obsédé par un seul objectif : la *procréation*.

J'ignorais si elle pouvait même procréer dans cet état, car ce n'était pas un cycle de chaleurs normal. Et il était bien trop tard pour que je puisse empêcher une grossesse. Les mâles de notre espèce avaient des pilules que nous pouvions prendre, mais il fallait les planifier.

Il n'y avait pas eu de planification ici, juste un désir exacerbé.

Un désir renouvelé qu'Ivana recommençait à ressentir maintenant.

Elle se mit à grogner, sa petite chatte serrant mon nœud tandis qu'elle tentait de se tortiller loin de moi et de nous forcer à remettre ça.

Je plantai mes dents dans sa nuque et lâchai sa chaleur moite pour enrouler mon bras autour de son abdomen.

— Ne bouge pas, lui intimai-je.

Car si elle essayait de s'écarter maintenant, mon nœud s'arracherait d'elle. Et même si elle ne remarquait peut-être pas la douleur dans son état actuel, elle s'en apercevrait bien assez vite.

Ivana grogna, ce qui poussa mon loup à faire de même. Puis elle gémit, son corps se soumettant au mien, ses instincts totalement dépassés par les désirs et les besoins de son animal.

Je ronronnai, lui disant sans paroles que j'appréciais qu'elle m'écoute et que je la récompenserais pour cela. *Bientôt.*

— S'il te plaît, Alpha, dit-elle au bout de quelques minutes.

Je la fis taire, mon ronronnement bourdonnant encore dans son dos tandis que j'embrassais sa nuque.

— Tu te débrouilles si bien, Vana. Vraiment bien.

Je ne jouissais plus, mais mon nœud nous maintenait ensemble. Aucun de nous deux ne pouvait le contrôler, car mon corps était fait pour l'accoupler.

Putain, je ne voulais pas engendrer un petit. Ma lignée était censée mourir avec moi.

Et pourtant, l'idée qu'Ivana soit enceinte… me faisait quelque chose. Cela me provoquait un besoin féroce de rester logé en elle jusqu'à ce que je sois certain que ma semence avait pris racine.

Je pressai mes lèvres contre sa nuque, ces idées me donnant le vertige.

C'est son odeur, me dis-je. *Ses chaleurs. Je n'ai pas les idées claires.*

Sauf que je n'avais jamais été aussi certain de quoi que ce soit dans ma vie. Je voulais cette femme. Je la voulais depuis des années. Et maintenant, je l'avais sous moi.

Ma jolie Oméga. Mon audacieuse petite coquine.

Elle avait beau être soumise à moi en ce moment, je savais qu'elle me défierait dès que ses chaleurs prendraient fin. Donc il fallait que j'en profite au maximum. Que j'arrête de penser et laisse nos bêtes baiser ensemble.

Mon nœud retourna finalement à la base de ma hampe, mon corps ayant clairement reçu ce mémo de mon esprit.

Je me retirai aussitôt d'Ivana et la retournai, voir ses yeux étant un désir ardent que je ne pouvais pas ignorer.

— Regarde-moi, exigeai-je avec un grondement sous-jacent.

Les longs cils blonds d'Ivana papillotèrent, son regard positivement ivre d'endorphines se posa sur moi.

— Oui, Alpha.

Bon sang, ces mots m'excitèrent aussitôt.

— Je vais prendre plaisir à te baiser, Oméga. De toutes les façons imaginables.

Ses jambes encerclèrent mes hanches, sa chaleur gluante se pressa contre mon aine.

— Oui, Alpha, répéta-t-elle, me faisant frissonner.

— Attrape mes épaules, macushla, lui dis-je. Et n'aie pas peur de me griffer.

Parce que j'allais la baiser jusqu'à l'inconscience. La

plonger dans un coma de plaisir. Puis je la forcerais à s'hydrater et à manger quand elle finirait par se réveiller.

Et je la nouerais encore et encore…

IVANA

Mon Alpha est là. Mais il joue au con.

Un grognement retentit en réponse à mes pensées. *Finis ton sandwich,* dit-il dans mon esprit.

Ma louve grogna, irritée par l'insistance de notre Alpha à me faire manger. Tout ce qu'on voulait, c'était *baiser*. Mais chaque fois que je mettais ma croupe en l'air, il me donnait une claque sur le cul à la place.

— Je ne te baiserai plus jusqu'à ce que je sois convaincu que tes besoins fondamentaux ont été satisfaits, m'informa-t-il pour ce qui me parut la centième fois. Arrête de t'obstiner, Vana.

Moi ? Obstinée ? Là, je ricanai. *C'est toi qui es obsédé par la nourriture.*

Il n'arrêtait pas de me faire ce coup-là : faire des pauses et exiger que je mange.

— Ça fait sept jours, macushla. Il faut que tu restes hydratée. Je ne ferais pas bien mon travail si je ne te nourrissais pas.

— Oumph, grommelai-je avant de me forcer à prendre une autre bouchée du sandwich.

Son goût était sec dans ma bouche. Ennuyeux. Il manquait la saveur dont j'avais désespérément besoin.

Mon regard tomba sur son aine et sur le nœud impressionnant à la base de sa bite. Je me pourléchai, désireuse d'y goûter.

— Prends encore trois bouchées et je te laisserai sucer ma bite, Oméga, me dit-il.

Je levai les yeux vers ses orbes sombres, et mes tétons se tendirent devant le regard qui m'y attendait. Il était tout aussi excité que moi, mais il se faisait désirer. Ou peut-être qu'il aimait simplement les satisfactions différées.

Quoi qu'il en soit, je forçai ma bouche à se refermer sur le sandwich, puis je mâchai et avalai avant de reposer l'aliment et de ramper vers lui sur le lit.

— Non, Vana. Encore deux bouchées.

Je lui grognai dessus, fatiguée de ce jeu.

— Noue-moi. Maintenant.

Il esquissa un sourire.

— J'aurais dû savoir que tu continuerais à me dire ce que je dois faire, même pendant tes chaleurs. (Il se pencha en avant pour coller son nez au mien.) Eh bien non. Encore deux bouchées, et on baise.

Il porta son propre sandwich à ma bouche. Je fronçai le nez, l'odeur n'était pas du tout attirante. Mais je me forçai à obéir pour satisfaire mon Alpha.

— Bonne fille, me félicita-t-il, ce qui réjouit ma louve interne. J'espère vraiment que tu t'en souviendras plus tard, macushla. C'était très divertissant.

Pourquoi je ne m'en souviendrais pas ? Stupide Alpha.

Il n'arrêtait pas non plus de m'appeler *macushla*. J'ignorais ce que ça signifiait, mais ma louve semblait l'apprécier. Quant à moi, je préférais *Oméga*.

— Encore une bouchée, *Oméga*, dit-il, comme s'il lisait dans mes pensées.

C'était possible après tout.

Il sourit de nouveau, comme si quelque chose l'amusait. J'aimais cette expression, alors je fis ce qu'il m'avait demandé et j'avalai.

— Quelle petite Oméga obéissante. (Ses phalanges effleurèrent ma joue.) Je crois que je t'aime bien dans cet état, Vana. Toute folle de sexe et obsédée par mon nœud. C'est très agréable.

Tout ce qui m'intéressait, c'était qu'il parle de son nœud. *À moi*, pensai-je, lorgnant l'impressionnant renflement. *Mon nœud*.

Il gloussa. Je l'ignorai et rampai entre ses jambes écartées pour lécher l'objet de mon affection. Quelque chose passa au-dessus de moi − il posait enfin cette irritante assiette de nourriture −, puis il m'attrapa l'arrière de la tête. Je gémis quand ses doigts se mêlèrent aux mèches de mes cheveux et que son épaisse bite se posa contre mes lèvres.

— Prépare-moi pour toi, mon amour, me dit-il. Fais-moi tellement bander que je ne puisse penser à rien d'autre qu'à te nouer.

Mmmh, c'était un défi que je compris et acceptai.

Ma langue parcourut le dessous de son impressionnante longueur jusqu'à la pointe. Un peu de liqueur séminale m'y attendait, ce qui m'ouvrit l'appétit. Je le pris dans ma bouche, le suçai aussi loin que ma gorge le permettait. Mais mes lèvres n'effleuraient même pas le sommet de son nœud. Sa queue était trop longue et trop large pour que je puisse l'avaler complètement, ce qui me fit geindre en signe de frustration.

— Chut, dit-il à voix basse. Sers-toi de ta main, Oméga. Masse mon nœud pendant que tu caresses le reste avec ta bouche et ta langue.

Je frissonnai, appréciant la façon dont il me coachait. Il avait fait ça les dernières fois aussi, comme s'il savait que je n'avais pas d'expérience dans ce domaine.

Une partie de mon esprit enregistrait cette prise de conscience, une partie plus enfouie de moi qui commençait à refaire surface. Une partie de moi qui comprenait l'histoire.

Cillian, songeai-je, savourant le nom. *Mmmh, mon Cillian.*

Ton Cillian, répéta mon Alpha, confirmant que j'avais raison. *Il semble que tes chaleurs commencent à s'atténuer.*

Hmm ? bourdonnai-je, déconcertée par ce qu'il disait.

Tu ferais mieux de continuer à sucer, mon amour. Je veux te nouer encore quelques fois avant que tu sois assez cohérente pour sentir à quel point c'est douloureux.

Douloureux ? répétai-je, fronçant le nez. Je n'avais pas mal du tout, j'étais juste *vide*. Un vide que j'avais l'intention de combler en obligeant mon Alpha à me donner son nœud.

Je promenai mes dents le long de sa peau sensible — une action qui le fit grogner — et refermai ma main autour de sa large base. Son grognement s'accentua quand j'exerçai une pression sur son nœud, ce qui fit danser ma louve en moi.

Mes entrailles se contractèrent à l'idée de réveiller la bête que j'avais choisie. Dieux, il était féroce, protecteur et *fort*.

Je posai ma main libre sur sa cuisse, enfonçant mes ongles dans ses muscles, et le suçai jusqu'à la pointe. Puis je recommençai à pousser vers le bas, essayant désespérément d'en prendre plus.

— Tu sais ce que je pense du fait que tu t'étouffes, grinça-t-il. Je veux que tu respires et que tu halètes, Oméga, pas que tu suffoques et que tu tousses.

Je remontai un peu, écoutant les ordres de mon Alpha, et je fis tourner ma langue autour de son gland – un truc que j'avais appris l'autre jour, et que mon compagnon préféré appréciait.

— Bonne fille, me félicita-t-il, ses doigts relâchant un peu de leur pression dans mes cheveux. C'est si bon, Vana.

Je serrai les jambes, l'intérieur de mes cuisses trempé de désir. J'aimais faire plaisir à ma bête. Et j'adorais quand il me complimentait pour mes actions.

Je serrai de nouveau son nœud et je gémis lorsqu'il me récompensa avec plus de liqueur séminale.

Puis soudain, je me retrouvai sur le dos, les yeux levés vers une paire d'iris sombres et intenses.

— Tu es devenue très douée pour me sucer, Oméga, me dit-il, sa bite déjà à mon entrée. Mais je veux jouir dans ta chatte, pas dans ta gorge.

Un cri m'échappa lorsqu'il me pénétra, son geste abrupt me coupant le souffle de la meilleure façon qui soit. J'attrapai ses épaules, incrustai mes griffes dans sa peau pour la marquer de petits croissants de lune, et soulevai mes hanches pour répondre à ses violentes poussées.

Oui, oui, oui, haletai-je, complètement perdue dans la revendication de mon Alpha. Sauf que ce n'était pas une vraie revendication, parce qu'il ne m'avait pas encore mordue en retour.

Pourquoi ne m'a-t-il pas mordue ? se demandait une partie de moi, semant la confusion au creux de mes tripes. Cette confusion se dissipa l'instant d'après lorsque la chaleur baigna mes entrailles. Une douleur cuisante fulgura de mon utérus et se transforma rapidement en plaisir le plus délicieux de ma vie.

Son nœud, pensai-je étourdiment, mon corps convulsant autour du sien en d'incroyables vagues d'euphorie.

Le monde disparut. La réalité s'évanouit. Tout ce qui comptait, c'était son nœud qui pulsait en moi.

Je retombai sur le lit − notre *nid* − en soupirant, me délectant de chaque pulsation extatique, jusqu'à ce qu'elles s'estompent trop tôt. Mais la douleur n'arriva pas de suite. Au contraire, je me sentais rassasiée.

Enfin, songeai-je, épuisée. *Enfin, je peux dormir... au moins pour un petit moment.*

Je dus fermer les yeux, car ce dont j'eus conscience ensuite, c'était d'être blottie contre le corps dur de mon Alpha qui m'avait enveloppée pendant que je somnolais.

Je souris, un contentement sans pareil réchauffant mon cœur et mon âme. *Il est là. Cillian est là.*

Je replongeai lentement dans l'inconscience, pour me réveiller un peu plus tard − ou peut-être cela faisait-il plusieurs heures − avec une douleur dans le ventre.

L'instant d'après, quelque chose de sucré toucha mes lèvres, ce qui m'amena à ouvrir la bouche, mâcher et avaler. Une partie de moi enregistra que je mangeais des fruits. Des *fraises*, pour être exact.

Après quelques minutes passées à les savourer, je jetai un coup d'œil à travers mes cils et vis Cillian agenouillé près du lit, une fraise posée dans sa main. Je la lui pris avec les dents, puis je me redressai pour observer la pièce.

Notre nid était en vrac.

Fronçant les sourcils, je me mis à tapoter la literie duveteuse pour y remédier. D'abord les oreillers. Puis les draps. Mais ce n'était pas suffisant. Il... il manquait quelque chose.

Je rampai hors du moelleux refuge, remarquant

quelques nouvelles douleurs dans mon corps, et je cherchai ce dont j'avais besoin. Mon nez me conduisit à une pile de tissus dans un panier posé par terre au pied du lit. Je les flairai, me penchai et commençai à farfouiller parmi les étoffes soyeuses, ce qui apaisa aussitôt ma louve.

Une offrande de notre Alpha, reconnus-je à son parfum de menthe poivrée fort bienvenu.

Je rassemblai tous les tissus pour refaire mon nid, en gardant mes oreillers mais en remplaçant les draps par d'autres sentant la menthe poivrée. Après avoir lissé les plis, je déposai le linge sale dans le panier et je m'assis pour évaluer l'amélioration de mon havre de paix.

Hmm, hmm, hmm… J'ai besoin d'autre chose. Quelque chose…

Je tournai lentement la tête vers mon Alpha qui m'attendait. Il n'avait pas bougé, agenouillé près du lit. La seule chose qu'il avait faite était de poser le bol de fruits sur la table de nuit.

Il arqua un sourcil devant mon examen.

— Oui, macushla ?

Je pointai le nid du doigt.

— Couche-toi.

Il esquissa un sourire amusé.

— Ce n'est qu'avec toi que j'obéirai à de tels ordres.

Il rampa prudemment au milieu de mon nouveau havre de paix, s'étala sur le dos et mit ses mains derrière la tête.

— Viens me chevaucher, Oméga.

Ce n'est qu'avec toi que j'obéirai à de tels ordres, lui répondis-je mentalement, ce qui lui fit plisser les yeux de défi.

— Tu feras bien plus qu'*obéir*, répliqua-t-il tandis que je le chevauchais. Tu supplieras et tu ramperas aussi.

Il poussa vers le haut, me remplissant d'un seul coup de hanches, puis roula pour me mettre sur le dos.

— Maintenant, embrasse-moi, macushla, intima-t-il.

Parce que tes chaleurs forcées se terminent et que je veux passer le reste de notre temps ensemble à baiser.

J'enroulai mes jambes autour de ses hanches, mon corps à ses ordres.

Mais mon esprit... mon esprit s'accrocha à ses mots, une petite partie de moi s'interrogeant sur ce qu'il voulait dire par *se terminent* et *le reste de notre temps*.

Cependant, sa queue me frappa si profondément l'instant d'après que je perdis ma concentration. Tout ce que je parvenais à penser, c'était *encore, encore, encore...*

IVANA

Au chaud.

En sécurité.

Mais oh mes étoiles, ouille !

J'avais commis l'erreur d'étirer mes jambes, et depuis je n'avais plus du tout l'intention de bouger. *Qu'est-ce que j'ai bien pu prendre hier soir ?*

Moi, répondit une voix grave. *Ou plutôt, c'est moi qui t'ai prise. À plusieurs reprises. Pendant près de neuf jours.*

Des lèvres sensuelles se posèrent dans mon cou, puis sur mon oreille, tandis que Cillian murmurait :

— Bienvenue.

Je me figeai. *Quoi ?* Mes yeux papillotèrent. Mon cœur manqua plusieurs battements. Et mon esprit… mon esprit se mit à rejouer quelques étreintes très chaudes, très intenses et très intimes. Toutes impliquant le nœud de Cillian. Ses mains. Sa langue.

Je portai la main entre mes jambes, puis vers mes fesses, mais je ne pus guère aller plus loin à cause de son aine pressée contre mon cul.

— Oui, je t'ai prise là aussi, confirma-t-il à mon oreille. Je t'ai prise partout, Vana.

Un frisson me traversa le dos tandis que je m'accrochais frénétiquement aux souvenirs qui tourbillonnaient dans mes pensées. Je m'efforçai de les mettre en ordre, de comprendre comment tout ça s'était produit.

J'ai eu des chaleurs. Ça c'est clair. Mais je n'avais aucune idée de *comment* j'avais eu ces chaleurs.

Ça fait neuf jours, m'étonnai-je, passant au crible diverses bribes de sexe tout en essayant d'identifier l'origine de mon œstrus. *Y a-t-il des indices qui m'ont échappé ? Une sorte de…* Ma pensée s'interrompit quand je me souvins d'avoir planté mes dents dans la lèvre de Cillian. *Oh, non…*

Je l'avais revendiqué. Je l'avais… je l'avais fait *mien.*

Sauf que ce n'était pas complet. *Il ne m'a pas mordue en retour*, réalisai-je l'instant suivant. *Ça peut encore être défait.*

Cillian bougea derrière moi, sa bouche quitta mon oreille tandis qu'il s'écartait légèrement. Je faillis rouler avec lui, mon corps naturellement attiré par le sien, mais je ne pouvais pas bouger.

Parce que notre accouplement n'était pas complet. Il ne m'avait pas revendiquée comme sienne.

Si un autre Alpha me noue… me pris-je à songer, mais j'écartai cette pensée avant d'aller jusqu'au bout. Rien que l'idée de prendre le nœud d'un autre Alpha me donnait mal au ventre. Cillian était le seul Alpha que je désirais, le seul avec qui je pourrais m'accoupler.

Mais il ne m'a pas revendiquée… notre accouplement n'est pas permanent.

Une vague de nausée me noua les entrailles, en partie inspirée par ma prise de conscience et en partie causée par…

J'écarquillai les yeux.

— Je suis enceinte, soufflai-je d'une voix râpeuse. *Oh, étoiles…*

J'avais mordu Cillian. Il m'avait baisée durant toutes mes chaleurs. Mais ne m'avait pas revendiquée. Pourtant, il avait laissé un… un *enfant* dans mon ventre.

— On n'a pas eu le temps pour la contraception, m'avoua-t-il, une pointe de remords dans la voix.

Ce remords faillit me détruire – car il suggérait un regret. Ce qui était logique.

Qu'est-ce qu'il m'avait dit ? À propos de son père ?

Je me suis juré il y a plus de mille ans de ne jamais prendre de compagne. De ne jamais être comme mon père. De m'assurer que sa lignée s'achèverait… avec moi.

Je déglutis, ses paroles claires comme le jour dans ma tête. Il s'était juré de ne jamais avoir d'enfants, de ne jamais prendre de *compagne*.

Pourtant je l'avais mordu. Je m'étais imposée à lui.

Pourquoi ? me demandais-je à présent, saisie de vertige. *Pourquoi… ?* La question se perdit dans mon esprit lorsque je me rappelai que Cillian avait dit qu'il ne pourrait pas contrôler son animal si nous baisions, et qu'il me mordrait. *Mais il… il ne l'a pas fait. Pourquoi n'a-t-il pas… ?*

Cillian soupira derrière moi, ce qui me fendit le cœur.

— Je suis désolé, Ivana.

Je grimaçai, ses mots me transperçant encore plus que son soupir.

— En fait, non, je ne suis pas désolé, reprit-il,

provoquant l'arrêt de mes poumons. Même si j'avais pu le faire, je ne pense pas que je l'aurais fait.

Le monde tournoya autour de moi, son aveu démantela mon âme.

— Pourquoi ? exhalai-je, relâchant le reste d'oxygène que j'avais en moi. Pourquoi, Cillian ?

— Parce que je n'aurais pas voulu, répondit-il sans hésiter.

Je n'aurais pas voulu, me répétai-je mentalement. Il ne m'avait pas mordue parce qu'il n'aurait pas voulu me mordre.

Ce... c'est...

Je déglutis, la poitrine en feu.

Cillian ne voulait pas me revendiquer.

Je le savais. Il l'avait dit tant de fois. Mais le choisir – le *mordre* – et qu'il ne me rende pas la pareille... *Étoiles*, ça faisait mal. Ça faisait vraiment *mal*, putain.

Et maintenant je suis enceinte, me dis-je, posant une main sur mon ventre, tandis que mes poumons exigeaient que j'inspire. *Oh, Dieux...*

Qu'est-ce que tout ça voulait dire ? Je... j'étais une Oméga non accouplée, portant le bébé d'un Alpha qui ne voulait pas d'elle.

Pourquoi tu es venu pendant mes chaleurs ? voulus-je lui demander. *Pourquoi tu es là ?*

— Vana. (La façon dont il prononça mon nom – avec un autre maudit soupir – me donna envie de le pousser hors de mon nid.) Je croyais que tu voulais que je vienne ici. Je suis sur ta liste. Bon sang, je suis le seul sur ta liste. Et tu pensais à toutes les fois où je n'étais pas là, à quel point ça t'avait fait *mal*. J'ai... j'ai voulu t'aider.

Mes narines se dilatèrent, mes murs intérieurs se redressèrent comme ils l'avaient fait après qu'il m'ait terrassée. Parce que c'était encore une fois de la pitié.

Un foutu nœud de pitié. Tout comme le baiser. Comme tout le reste.

— Ivana.

— Je ne veux plus parler de ça, grognai-je, mon esprit essayant d'éteindre les souvenirs de mon œstrus inattendu – et *non désiré.*

Il y avait des bribes qui n'avaient aucun sens. Des bribes sur le fait qu'il avait juré de me mordre. Quelque chose à propos de l'amour.

Inventé ou réel ? me demandai-je.

Mais je ne voulais pas faire le tri. Pas maintenant. J'étais trop épuisée, trop *endolorie* pour l'évaluer correctement.

J'avais besoin d'une douche. *Ou d'un bain.*

Cette idée me bloqua. *C'est là que tout a commencé... dans le bain.*

Non, je ne vais pas revivre ça maintenant. Ça faisait trop mal.

Douche. Manger. Comprendre... tout le reste.

Je commençai à m'écarter de lui, mais je grimaçai quand la souffrance surgit de ma matrice. *Dieux, il m'a vraiment bien nouée...* Et je le détestais en quelque sorte pour cela.

— Laisse-moi prendre soin de toi, dit doucement Cillian. Je...

— Je pense que tu en as assez fait, grommelai-je, lui coupant la parole. Je me débrouillerai très bien toute seule.

De toute façon, je devrais m'y habituer à présent. Parce qu'il était hors de question que je le laisse élever notre enfant par pitié pour notre situation.

— Ivana, gronda-t-il.

— Je ne veux plus parler de ça, répétai-je durement, manquant m'éclipser du nid, et me rappelant l'instant suivant que je *ne pouvais pas* m'éclipser.

Parce que je suis enceinte.

Je me palpai le ventre, puis me lovai en boule en lâchant un sanglot de frustration.

— Putain, Vana, souffla-t-il, m'entourant de son bras. Je…

Il s'interrompit, nous laissant dans le silence tandis que j'essayais de contrôler mes émotions déchaînées.

Une partie de moi savait que c'était une séquelle de mes chaleurs, le brouillard dans mon esprit obscurcissant mes facultés de jugement. La grossesse n'améliorait pas les choses non plus.

Dieux, j'étais en vrac. J'avais besoin de me calmer, de réfléchir à tout ça, d'exprimer mes frustrations à voix haute. Mais je ne savais même pas par où commencer. Mes souvenirs tourbillonnaient en un nuage chaotique de luxure, de plaisir et d'émotions fortes. Le tout aboutissant à un bébé.

Notre petit.

— Il faut que je parle à Kieran, annonça Cillian à voix basse. On… on réglera ça à mon retour, d'accord ?

Bien sûr, il me quittait pour Kieran. Pourquoi ne me quitterait-il pas pour Kieran ?

« Je ne pourrai jamais te mettre au-dessus de tout, m'avait prévenue Cillian. Tu mérites quelqu'un qui fera de toi son monde, Vana. Quelqu'un qui te choisira toujours avant tout le reste. Je ne peux pas être ce quelqu'un. »

« Qui a dit que je voulais ce quelqu'un ? », lui avais-je rétorqué.

À l'époque, j'y avais cru. Mais maintenant ? Ici ? Je… je voulais ce quelqu'un. Un Alpha qui me choisirait. Me mordrait. *S'accouplerait* avec moi. Mais Cillian ne serait pas ce compagnon. Il l'avait dit clairement quelques instants plus tôt : *Je n'aurais pas voulu.* Il ne m'aurait pas mordue parce qu'il n'aurait pas voulu le faire. Qu'y avait-il d'autre à ajouter à cela ?

— Ivana ? intervint Cillian.

— Oui ? répondis-je presque robotiquement.

— Tu m'as entendu ?

— Oui, répétai-je. Tu dois aller voir Kieran.

Parce qu'il était la première priorité de Cillian. Il ferait toujours passer le roi du Secteur Sanglant d'abord, ainsi que tous les loups sous la protection de Kieran.

Je serais la dernière. Une basse priorité.

Notre petit serait-il traité de la même manière ? songeai-je. *Est-ce que Cillian voudrait de lui ou d'elle dans sa vie ?*

Dieux, je ne pouvais pas laisser ça se produire.

Mais notre accouplement n'était pas encore définitif. Je pourrais… je pourrais trouver un autre Alpha. En supposant que l'un d'eux veuille bien de moi maintenant. Car porter le bébé d'un autre loup ne me rendrait guère populaire parmi les mâles possessifs de mon espèce.

Je me recroquevillai sur moi-même, entendant à peine la voix de Cillian qui disait quelque chose derrière moi. Quelque chose à propos de revenir.

Je haussai simplement les épaules. Peu importait quand il reviendrait, ou si même il reviendrait.

— Fais ce que tu as à faire, lui dis-je, ma voix me paraissant lointaine.

Il posa dans mon cou un baiser que je sentis à peine, et les draps bougèrent autour de lui lorsqu'il quitta le lit. *Mon nid.* Sauf qu'il ne me paraissait plus si bien maintenant. Il me semblait… étranger. Infiltré par son odeur de menthe.

Je pressai mon nez dans les draps et je grimaçai, réalisant qu'à un moment donné, j'avais changé la literie. J'avais sans doute voulu que mon havre de paix sente l'Alpha que j'avais choisi.

Mais lui ne m'avait pas choisie. Il m'avait rejetée. M'avait dit qu'il ne me mordrait jamais.

Seulement… seulement un souvenir me taraudait

l'esprit, où il avait dit que si nous faisions cela, s'il me nouait, il me revendiquerait.

Était-ce réel ou un rêve ? Un fantasme ou la réalité ?

Il m'embrassa de nouveau, sur la tempe cette fois.

— Je te ramène quelque chose à manger dans un instant, me dit-il.

Je ricanai. L'idée de manger ne m'attirait pas. Mais elle me rappela d'autres souvenirs étranges où Cillian me forçait à manger un sandwich, ainsi que des fruits frais.

— Repose-toi un peu, macushla, murmura-t-il, ses lèvres au-dessus de mon front.

Me reposer, songeai-je en grognant. *Ouais, bien sûr. Ça va arranger la situation.*

Il poussa un autre de ces horribles soupirs et disparut, me laissant dans mon nid étranger.

Enceinte. Non accouplée. Seule.

Il m'avait prévenue, pensai-je tristement, me roulant en boule encore plus étroitement. *Je n'ai pas écouté. Et maintenant, je ne peux m'en prendre qu'à moi-même...*

CILLIAN

Mon loup grogna en moi, furieux de ma décision de quitter la compagne que nous avions choisie. À l'origine, j'avais prévu de la mordre dès qu'elle serait assez cohérente pour comprendre mon intention, mais les choses avaient horriblement mal tourné.

Je n'avais pas pu entendre toutes ses pensées, son blocage naturel semblant s'être rétabli entre nous maintenant que ses chaleurs étaient retombées. Cependant, j'en avais capté suffisamment pour savoir ce qu'elle pensait de sa grossesse et qu'elle me reprochait son état actuel.

À juste titre.

Elle n'avait pas consenti à devenir mère. Bien sûr, la plupart des Omégas désiraient des petits autant, sinon plus, que leurs Alphas. Mais tout cela était si nouveau entre nous. Nous avions à peine discuté de ce que signifierait notre accouplement.

Et j'avais été assez clair sur le fait que je ne voulais pas perpétuer ma lignée familiale.

Cependant, maintenant qu'Ivana était enceinte… je ne pouvais pas imaginer la vie autrement.

Je pensais vraiment ce que je lui avais dit : je n'aurais pas voulu utiliser un contraceptif, même si je l'avais pu. J'avais voulu la mettre enceinte. La faire mienne à tous points de vue. Pour démarrer un avenir ensemble.

Ce qui, apparemment, faisait de moi un connard, car Ivana n'avait rien voulu de tout cela.

Oh, elle m'avait revendiqué. Mais après avoir entendu sa réaction à la grossesse et toutes ses réflexions sur le fait que notre accouplement n'était pas permanent, je commençais à me demander si elle avait été dans le bon état d'esprit lorsqu'elle m'avait mordu.

C'est pourquoi j'avais besoin de parler à Kieran, d'en savoir plus sur ses chaleurs forcées et sur l'état mental qui les avait accompagnées.

Si je la mordais, notre lien serait définitif. Il n'y aurait pas de retour en arrière possible. Je n'étais pas sûr de pouvoir lui faire ça, sachant qu'elle ne le voulait peut-être pas vraiment. Pas encore, en tout cas.

J'avais beaucoup de travail concernant Ivana, surtout pour me montrer digne d'elle. Je le savais. Mais je ne m'étais pas attendu à ce qu'elle réagisse de cette façon à sa grossesse. Il faut dire que je ne lui avais jamais demandé ce qu'elle pensait d'avoir des petits.

Elle m'avait dit que cela ne la dérangerait pas de passer après mes responsabilités, m'avait fait remarquer plusieurs fois que je n'avais jamais vraiment pris en compte ses sentiments à notre sujet, que j'avais juste pris des décisions pour nous deux.

Était-ce une autre de ces décisions ?

Je grognai, irrité non seulement contre moi-même, mais aussi contre elle. Parce que je ne comprenais pas ses réactions. Et puis elle avait dit qu'elle ne voulait plus en parler, m'avait rejeté en quelque sorte.

La plupart des Omégas ont besoin d'amour et d'affection après un cycle de chaleurs, elles recherchent le côté doux de leur Alpha pour prendre soin d'elles pendant leur guérison.

Mais pas Ivana. Non, jamais Ivana.

Pourquoi serait-elle normale ? Car elle n'a jamais été normale, putain. Elle est une déesse. Une énigme que je n'ai jamais vraiment résolue.

Passant une main sur mon visage, je réprimai un autre grognement et me mis en quête de vêtements. J'avais laissé ceux de la semaine dernière dans la chambre d'Ivana, et c'est tout nu que j'étais retourné dans ma tanière.

Il faisait froid ici. Isolé. Et ça sentait mauvais.

Je devrais peut-être retourner chercher Ivana et l'amener ici, me dis-je. *Qu'elle se roule dans mes draps pendant que je vais parler à Kieran.*

J'aurais souri à cette idée si mon Oméga n'avait pas été si fâchée contre moi en ce moment. Dieux, je n'aurais jamais pensé qu'elle réagirait ainsi à sa grossesse. *Est-ce que je ne la connais pas du tout ?* m'étonnai-je.

Comment en étions-nous arrivés à des points de vue aussi opposés ?

Je n'avais jamais voulu d'un petit, l'idée même de répandre ma semence donnant à mes couilles l'envie de se ratatiner. Or tout avait changé pendant les chaleurs d'Ivana. Une partie de moi avait été obsédée par l'idée de l'accoupler. J'avais voulu qu'elle soit si pleine de ma semence qu'elle puisse la goûter. Et je n'avais pas regretté un seul instant cette décision.

Mais maintenant… maintenant c'était le cas. Car je ne lui avais pas laissé le choix.

J'aurais dû avoir plus de jugeote. Ces chaleurs n'avaient pas été prévues ni attendues. Elle n'avait eu aucun moyen de s'y préparer.

Pas étonnant qu'elle m'ait revendiqué avec tant d'ardeur.

— Putain, grommelai-je en enfilant un jean.

Puis j'attrapai un pull noir – une couleur correspondant à mon humeur – et le passai par-dessus ma tête.

Pas question que je prenne une douche. Je voulais que l'odeur d'Ivana soit partout sur moi. Nous n'étions pas encore accouplés mais elle était à moi, et j'avais très envie que tout le monde le sache.

Elle était peut-être en colère contre moi en ce moment, mais elle me pardonnerait.

Espérons-le.

Je finis de me préparer en ajoutant des chaussettes et des bottes à mes pieds, puis je consultai ma montre. Il était un peu plus de minuit, ce qui expliquait le gargouillement de mon estomac. Ivana devait avoir faim, elle aussi. Pourtant, elle avait ricané à ma promesse de lui rapporter un repas.

Puis elle avait dit que le repos n'aiderait en rien. Cette pensée avait été forte et claire. C'était sûr que le repos ne l'aiderait pas à être moins enceinte.

J'avais tenté de m'excuser, mais je m'étais rendu compte que ce n'était pas sincère. Parce que j'aimais qu'elle soit enceinte. Et ça faisait de moi un connard.

Au moins, je suis un connard honnête, me dis-je.

Passant mes doigts dans mes cheveux, je gagnai la porte. Puis je me ravisai et me connectai mentalement à l'esprit de Kieran. Le mur qu'il avait créé pendant les chaleurs d'Ivana était toujours là, mais je sentais à quel point il était vague, sa structure étant au mieux légère. C'était plutôt une barrière temporaire pour m'empêcher d'être distrait.

Kieran, murmurai-je en tentant de franchir la barricade qu'il avait érigée. *Il faut que je te parle.*

Comment va Ivana ? répondit-il quelques secondes plus tard.

C'est de ça que je veux parler.

Hmm. Je te retrouve dans mon bureau dans deux minutes. Son esprit resta ouvert après qu'il eut fini de parler, ce qui me permit de l'entendre s'adresser à Quinnlynn.

Je sortis rapidement de ses pensées, ne voulant pas m'imposer, et je m'éclipsai dans son antre pour attendre près du bureau. N'ayant rien d'autre à faire, j'atteignis la psyché d'Ivana, désirant capter sa voix mentale. Mais elle était silencieuse.

Peut-être a-t-elle suivi mon conseil de se reposer ? Je l'espérais.

Mais une autre partie de moi craignait qu'elle m'ait bloqué à nouveau, comme elle l'avait fait quand je l'avais terrassée.

Posant les mains sur l'épais bureau d'acajou de Kieran, je jetai un coup d'œil par la fenêtre, où mon reflet me fixait grâce à la lumière dans la pièce.

Comment j'ai pu merder à ce point ? m'effarai-je.

J'avais demandé son consentement avant de la nouer, et je n'avais pas réalisé qu'elle était au bord de ses chaleurs. Des chaleurs dont j'ignorais encore tout, comme ce qui les avait provoquées, pourquoi elles n'avaient duré que neuf jours, comment elles l'avaient rendue fertile ou quel impact elles avaient pu avoir sur son état mental.

Inclinant la tête, je pris une grande inspiration, mon loup tournant en rond en moi. Il n'aimait pas que notre compagne nous ait bloqués mentalement. Il n'aimait pas non plus être loin d'elle. Mais je devais parler à Kieran, voir ce qu'il avait appris sur les autres Omégas au cours de la semaine dernière.

Quelle est la cause de ces chaleurs soudaines ? Est-ce qu'elles ont altéré le consentement d'Ivana ? Y a-t-il autre chose que je dois savoir avant de retourner auprès d'elle ? C'était toutes ces questions auxquelles j'avais besoin de réponses. Ainsi que quelques-unes concernant la façon dont cette dynamique fonctionnerait à l'avenir.

Parce que j'avais choisi Ivana au détriment de mon devoir envers le Secteur Sanglant, et ça ne m'avait pas paru mal. En fait, ça m'avait semblé naturel. Comme s'il n'y avait pas eu le choix.

Le bois grinça sous mes mains, mes muscles se contractant à mesure que ma frustration grimpait.

— Attention avec ça, dit Kieran en se matérialisant près de la fenêtre. Ce bureau est l'une des rares reliques que j'ai conservées du Secteur de l'Éclipse, et j'aimerais qu'il reste intact.

Grinçant des dents, je me forçai à lâcher l'acajou et à me redresser.

— Tu es d'une humeur bizarre pour un homme qui vient de passer dix jours à jouer dans le nid d'une Oméga, dégaina-t-il en s'installant dans son fauteuil. (Il haussa un sourcil sombre.) Je la sens partout sur toi, alors je sais que tu as fait ton job. Oserais-je te demander pourquoi tu éprouves le besoin d'anéantir mon bureau ? Est-ce qu'il t'a causé du tort d'une manière ou d'une autre ?

— Je n'apprécie pas ton sarcasme, grognai-je en le fusillant du regard.

— Je n'apprécie pas non plus ton humeur maussade, répliqua-t-il. Qu'est-ce qui se passe, Cillian ? Pourquoi tu n'as pas revendiqué Ivana ?

Bien sûr, il était capable de sentir ça aussi. Sa marque était incrustée dans ma peau, mais pas l'inverse. N'importe quel Alpha puissant pouvait le flairer sur-le-champ.

— Elle est enceinte, réussis-je à cracher entre mes dents.

— C'est le résultat naturel des chaleurs d'une Oméga, oui. Je croyais que tu le savais avant de choisir de la suivre dans ce processus ?

Il formula ça comme une question, ce qui me donna envie de lui balancer mon poing dans la figure.

Mais en réalité, cela reviendrait à me servir de lui comme d'un exutoire pour mon agressivité – ce que je soupçonnais qu'il essayait de m'offrir en cas de besoin. Sinon, il ne m'aurait pas délibérément provoqué de la sorte.

— Je veux que tu me dises ce que tu as appris sur l'accélérateur de chaleurs ou le sérum ou je ne sais quoi qui a provoqué ça. Je… (Je pris une profonde inspiration, afin d'empêcher mon cœur qui s'emballait de s'échapper de ma poitrine.) J'ai besoin de savoir qu'Ivana m'a revendiqué pour de bonnes raisons.

Kieran me dévisagea un long moment, son expression passant de la curiosité à l'incrédulité.

— Tu plaisantes, j'espère ? trancha-t-il dans notre langue ancienne plutôt qu'en anglais. Cette Oméga est obsédée par toi depuis six ans, et tu remets en question sa *revendication* ?

J'expirai et m'affalai dans le fauteuil en cuir en face de

son bureau, penchant la tête en arrière pour contempler les poutres sombres qui décoraient son plafond à caissons.

Le fait que Kieran soit passé à notre langue ancienne signifiait que je l'avais énervé. Il préférait généralement converser en anglais ou en irlandais moderne. Pour n'importe qui d'autre, sa décision de changer de langue serait un avertissement.

Mon loup le vit simplement comme un défi ludique.

C'était mon meilleur ami, l'un des deux hommes en qui j'avais le plus confiance au monde. C'est pourquoi je me sentis suffisamment à l'aise pour répondre :

— Ivana ne réagit pas bien à la grossesse. (Je déglutis et le regardai enfin.) En fait, elle a l'air carrément furieuse contre moi parce que je n'ai pas utilisé de contraceptif. Mais je n'ai pas eu le temps. Et honnêtement, je n'aurais pas voulu même si j'avais pu.

— Tu as attendu six putains d'années pour la nouer, alors je ne suis pas surpris, grogna Kieran. (Il s'adossa dans son fauteuil et pencha la tête.) Mais je ne comprends pas pourquoi Ivana est en colère à cause de ça.

— Parce que je ne lui ai pas donné le choix ? suggérai-je. Parce qu'elle n'était pas dans le bon état d'esprit quand elle m'a revendiqué ? Parce qu'elle était droguée ?

— Tu lui as demandé ? répliqua-t-il, arquant ce fichu sourcil une fois de plus.

— Non. Je suis venu ici pour t'en parler.

Il me dévisagea de nouveau.

— Tu sais, je t'ai toujours considéré comme un expert en matière de négociations politiques et d'affaires de métamorphes. Je ne savais pas que tu étais aussi nul avec les femmes, mais je suppose que ça ne devrait pas m'étonner puisqu'il t'a fallu six foutues années pour revendiquer Ivana. Et tu ne l'as toujours pas fait, putain.

— Est-ce que tu vas continuer à te répéter ? rétorquai-je. Je suis bien conscient qu'il m'a fallu six ans pour comprendre ça.

— Apparemment, tu n'as rien compris. Demande à Ivana pourquoi elle est fâchée. Ne fais pas de suppositions. C'est un cours de base sur les femmes, Cillian. Putain, on dirait que tu n'as jamais noué une femme auparavant.

— Je commence à croire que tu veux mon poing dans ta gueule, grondai-je. Tu es d'humeur à te battre, Kieran ?

Le sourire qu'il émit était l'incarnation même de son caractère de loup.

— En fait, oui. J'ai passé dix jours de merde, et j'aurais bien besoin d'un punching-ball.

C'était maintenant à mon tour de grogner contre lui.

— Tu ne me flanqueras pas plus de deux coups avant que je t'aplatisse au sol, *roi*.

— Alors, tu veux vraiment devenir un roi alpha, lança-t-il.

Je levai les yeux au ciel.

— Arrête de me provoquer et dis-moi ce que tu sais sur ce fichu sérum.

Il reprit un peu son sérieux, une partie de son amusement s'estompa.

— D'abord, ce n'est pas un sérum. C'est une boisson.

Je fronçai les sourcils.

— Une boisson ?

— Oui. Apparemment, feu l'Alpha du Secteur Bariloche – Carlos – a mis au point une drogue qu'on peut boire. Il aimait faire ça pour ses infâmes fêtes de l'œstrus.

Fêtes de l'œstrus, me répétai-je, me rappelant ce terme lors de ma discussion mentale avec Kieran la semaine dernière.

— Est-ce que j'ai envie de savoir ce que ça signifie ?

— Je suis sûr que tu peux le deviner, grinça-t-il, toute trace de sa bonne humeur éclipsée par un nuage de fureur.

C'était un nuage que je comprenais. Parce que oui, je pouvais foutrement deviner ce que ça signifiait.

Cependant...

— Je veux tous les détails que tu as appris, Kieran. (C'était la seule façon pour moi de pouvoir parler correctement à Ivana.) Je dois comprendre exactement ce qu'on a fait à mon Oméga. Ensuite, je pourrai réparer ce que j'ai cassé.

IVANA

Je fixai le plafond, une main sur mon ventre.

L'Alpha m'avait dit de me reposer, mais je ne voulais pas me reposer. Je ne voulais pas bouger non plus. Je voulais juste… *exister*. Sauf que mon nid sentait mauvais. *Très, très mauvais.*

Trop mentholé. Trop masculin. Trop comme *lui*. Mon Alpha. Celui que j'avais choisi comme compagnon. Celui qui m'avait constamment rejetée.

Et maintenant, il rejetait notre enfant.

Je passai mon pouce sur mon ventre plat, la vie en moi étant trop petite pour être perceptible. Pourtant, je sentais l'esprit grandir là, l'appréhension très réelle de l'âme qui s'épanouissait en moi.

Ne t'inquiète pas, murmurai-je à mon enfant à naître. *Maman ne laissera personne te faire du mal.*

Et à moi non plus. Ce qui voulait dire que j'avais besoin de manger.

L'Alpha avait dit qu'il rapporterait un repas, mais j'avais l'impression que c'était il y avait des heures. Peut-être que cela ne faisait que trente minutes. Je n'avais aucun moyen de le savoir.

Et je ne lui faisais pas confiance pour tenir sa promesse.

Certains souvenirs tourbillonnaient dans mon esprit, dont l'un répétitif et insistant :

« Si tu me dis de te nouer, Vana, je ne pourrai pas ignorer le besoin de te mordre. Je te revendiquerai, même si ce n'est que de nom, et je défierai tout Alpha qui essaiera de te prendre à moi. »

Sa voix roulait dans mon esprit, me faisant grogner tout fort maintenant.

Parce qu'il avait *menti. Encore un acte de pitié*, pensai-je avec colère.

— Eh bien, qu'il aille se faire foutre, crachai-je d'une voix rauque, la gorge irritée par des jours de baise et de cris.

L'Alpha avait laissé un peu d'eau à côté du lit, mais je n'avais pas voulu y toucher. Je ne voulais rien de lui. Plus rien du tout.

Marre. Je me redressai en position assise. *J'en ai marre.*

Mais je devais penser à autre chose qu'à moi-même.

Pour toi, je me lèverai et je mangerai, dis-je à mon petit. *Pour toi, je ferai tout.*

Mes membres protestèrent quand je bougeai, l'intérieur de mes cuisses étant particulièrement douloureux.

— Il va falloir s'y habituer, me dis-je, grimaçant quand mes pieds touchèrent le sol.

Le fait d'être une métamorphe du V-Clan me permettait généralement de guérir presque instantanément. Or j'étais enceinte. Et la grossesse s'accompagnait de toute une flopée de complications amusantes.

— Mais ça en vaudra la peine, dis-je à mon bébé à naître, posant de nouveau la main sur mon ventre tout en observant mon corps nu.

Je fus surprise de constater que j'étais en fait assez propre, ce qui laissait penser que l'Alpha m'avait donné un bain récemment. *Eh bien, c'est gentil de ta part, je suppose*, pensai-je sombrement.

Mais il ne pouvait pas m'entendre. Car j'avais érigé un autre mur, celui-ci renforcé par tous les blocages mentaux que je pouvais imaginer.

Il ne pouvait pas s'attendre à ce que je reste ouverte à lui après qu'il m'ait poussée à le revendiquer, m'ait fécondée et ait ensuite ponctué mon peu d'importance en me quittant alors que j'étais encore affaiblie par mon cycle de chaleurs.

Non.

Marre, répétai-je en me forçant à aller dans la salle de bains prendre une douche rapide.

Le jet chaud sur mes épaules était agréable, les muscles de mes bras se relâchèrent légèrement. Ma douche *rapide* se transforma en une *longue* douche tandis que je restais là à contempler le carrelage en marbre.

Finalement, la crampe dans mon ventre me rappela pourquoi j'avais quitté le nid.

— Bon, bon, grommelai-je en attrapant une serviette.

Je ne pris pas la peine de m'habiller, je gagnai simplement la cuisine. Puis je grognai en voyant mon frigo vide.

L'Alpha l'avait vidé, sûrement pour nous nourrir tous les deux pendant mes chaleurs. Je suppose que je n'aurais pas eu grand-chose dans ma cuisine de toute façon, puisque je venais juste d'arriver dans le Secteur des Glaciers avant cela.

J'esquissai une moue. *Comment Cil – l'Alpha – m'a-t-il nourrie pendant mon œstrus ?*

Je me souvenais des fruits frais. D'un sandwich. Même d'un plat de pâtes.

Quelqu'un avait dû lui apporter des repas. Quoique mon lave-vaisselle qui avait tourné récemment – et les ustensiles qu'il contenait – suggéraient le contraire.

Est-ce qu'il a cuisiné pour moi ? me demandai-je, fronçant les sourcils, ma main de nouveau sur mon ventre. *Ça suggère qu'il se soucie de moi.*

À moins que j'interprète trop son acte. Ou que je réagisse de façon excessive à ses propos.

Sauf que… sauf qu'il avait déclaré ouvertement qu'il n'avait aucune envie de me mordre. Enfin, pas comme ça. Mais il avait dit qu'il ne l'aurait pas fait même s'il avait pu.

« Parce que je n'aurais pas voulu », avait-il dit. Ces mots me fendirent le cœur à présent que je me les remémorais. L'Alpha n'avait jamais voulu – et ne voudrait jamais – d'une compagne. Il l'avait fait comprendre de la façon la plus cruelle qui soit.

Je m'appuyai contre mon frigo et je lâchai un soupir.

— Alors on ne veut pas de lui non plus, dis-je, parlant en mon nom et en celui du petit en moi.

Hélas, mon besoin de nourriture s'imposait encore.

Donc je me traînai jusqu'à ma chambre, trouvai des vêtements convenables et quittai mon appartement pour chercher de quoi apaiser mon estomac douloureux.

Contrairement au Secteur des Glaciers, le Secteur Sanglant comptait de nombreux endroits où faire des achats, manger et se rencontrer. Nous partagions la plupart de notre espace avec les humains sous la protection du roi Kieran, ce qui rendait la ville un peu plus peuplée.

Les mortels avaient tendance à rester entre eux, une préférence qui me paraissait logique. Pour vivre ici, ils devaient faire don de leur sang, que les miens absorbaient ensuite pour maintenir notre lien avec la magie du V-Clan. Cela donnait lieu à des moments embarrassants d'un point de vue social. Cependant, quelques humaines n'y voyaient aucun inconvénient et semblaient même apprécier l'idée de donner leur sang de manière sensuelle.

Un groupe de ces humaines se tenait juste devant ma pizzeria préférée, les yeux rivés sur un couple de Bêtas de l'autre côté de la rue.

— Dieux, qu'est-ce que je ne donnerais pas pour sentir toute cette puissance en moi, disait l'une d'elles.

— Je me demande si le Bêta Yuko proposera de me mordre à nouveau si j'invite Yasmina à se joindre à nous ? demanda une autre, ce qui me fit sourciller.

— Je parie que c'est trop, trop bon. Mais je ne le saurai jamais. Je ne suis pas jolie comme Isla.

Clignant des yeux, je détaillai le groupe, essayant de voir qui avait prononcé cette dernière phrase.

— Aux pepperonis, ça a l'air bon, dit une femme élancée, sa voix me rappelant celle qui venait de parler du Bêta Yuko.

Mais pas aussi bon que la bite du Bêta, l'entendis-je ajouter muettement. Elle posa ses yeux noirs sur le Bêta en question tandis qu'elle passait sa langue sur sa lèvre inférieure. *Dieux, qu'est-ce que je ne donnerais pas pour avoir à nouveau ses crocs dans mon cou.*

— On peut ajouter de la saucisse ? demanda une autre fille, attirant mon attention sur elle. *Je suis soudain d'humeur à en manger après avoir vu cet Alpha se transformer en loup tout à l'heure. C'était impressionnant.*

Je fixai la blonde avec stupéfaction. *Comment tu fais ça ?*

Elle sursauta, ses yeux bruns volèrent vers moi.

— Pardon ?

Je cillai de nouveau. *Tu as entendu ça ?*

Ses yeux s'écarquillèrent encore plus.

—Je… je…

Un rougissement envahit ses joues pâles, ses *pensées* n'étant soudain plus qu'une suite de mots interminable : *Elle peut parler dans mon esprit. Oh, Dieux, elle lit dans mon esprit. Elle m'a entendu penser à cet Alpha. Dieux, j'espère que ce n'est pas son Alpha. C'est une Oméga, n'est-ce pas ? Je… je dois m'en aller. Je dois dire quelque chose. Je dois…*

— Arrête, suppliai-je.

Je me pris la tête dans les mains pour repousser une migraine.

Sauf que les autres autour d'elle se mirent à penser à moi aussi. Ou à penser tout court. Elles étaient toutes soudainement inquiètes, leurs pensées sur les Bêtas s'évanouissant dans un nuage de jugements bizarres.

Qu'est-ce qui ne va pas chez elle ?

Pourquoi cette Oméga se prend la tête ?

Qu'est-ce qui se passe ?

Est-ce qu'on doit appeler quelqu'un ?

Elle n'a pas l'air très sexy.

Je passai à travers leur groupe, mes mains toujours sur ma tête tandis que j'essayais de les pousser toutes *dehors*, et je me mis à courir dans la rue pour m'éloigner d'elles.

Les voix finirent par s'estomper, mais ma tête tournait toujours. *Comment est-ce possible ?* m'étonnai-je. *Qu'est-ce qui m'arrive ?*

Je m'appuyai contre un mur, dont la fraîcheur du parement traversa mon pull léger. Cela fit du bien à ma peau surchauffée.

Respire, m'enjoignis-je, inspirant lentement et me délectant de l'air hivernal. *Respire seulement.*

Plusieurs minutes s'écoulèrent. Ou peut-être seulement

des secondes. Quoi qu'il en soit, j'avais les idées un peu plus claires.

Du moins jusqu'à ce que j'entende une voix qui me donna la chair de poule.

— Pathétique, cracha Miranda, son ton rappelant des ongles griffant un tableau noir.

Je fermai les yeux plus fort, n'étant pas du tout d'humeur à affronter ses conneries de garce en ce moment.

— On dirait qu'elle a finalement réussi à se faire nouer par Cillian, ironisa l'une de ses méchantes acolytes, Chastain. À moins que ce soit un autre Alpha ?

— Oh, Dieux, elle est *enceinte ?* remarqua Miranda.

Je pouvais pratiquement l'entendre me flairer. Ou peut-être que c'était dans ma tête.

Ma tête, me répétai-je en levant les yeux pour découvrir Miranda, Chastain et Mindy à un pâté de maisons de là, en train de me fixer toutes les trois.

Elle est enceinte ! Elle est enceinte ! cria pratiquement Miranda, bien que sa bouche n'ait pas remué. *Mais elle… elle n'est pas revendiquée.*

Quel Alpha ça pourrait bien être, si ce n'est pas Cillian ? réfléchissait Chastain en même temps, ses pensées claires comme le jour, comme si elle les prononçait à haute voix. Sauf que sa bouche restait close, tout comme celle de Miranda.

Oh Dieux. Enceinte et non revendiquée. Elle est encore plus pathétique à présent.

Les paroles de Miranda étaient comme une gifle sur ma figure, une gifle que j'aurais normalement retournée. Mais je n'avais pas l'énergie d'essayer. Je ne voulais pas non plus faire d'efforts.

Car c'était quoi la question ? Miranda n'avait pas tort. Cillian m'avait nouée pendant mes chaleurs et ne m'avait pas rendu ma morsure.

C'était pathétique.

Je suis pathétique, me dis-je. *Et stupide. Et naïve. Et si, si… fatiguée.*

Mes genoux tremblaient, mes jambes menaçaient de céder sous moi. Pendant ce temps, j'entendais Miranda et Chastain me juger. Mindy aussi.

Je serrai ma tête une fois de plus, ne sachant pas trop quand j'avais arrêté, et j'essayai de faire cesser le tremblement qui s'emparait de mes membres.

Mais je ne pouvais pas… je ne pouvais pas m'empêcher de trembler.

Je… je ne pouvais pas faire taire les voix.

Non accouplée. Enceinte. Pauvre petite chose.

Je suppose qu'elle a finalement obtenu ce qu'elle voulait – la seule partie de Cillian qu'il voudra jamais lui donner.

Arrêtez, suppliai-je, essayant de couper toutes les voix alors que le monde tanguait dangereusement autour de moi. *S'il vous plaît, arrêtez.*

Mes tibias heurtèrent le béton. Ou peut-être mes genoux ? Je peinais à sentir, à comprendre ce qui m'entourait. C'était si *fort.* Si *intense.*

Regarde-la. Elle est pratiquement en train de s'effondrer dans la rue.

Quelque chose ne va vraiment pas, pensait Mindy, sur un ton teinté de peur.

— Ivana, l'entendis-je prononcer à voix haute.

Ou peut-être que c'était dans sa tête.

— *Cillian !* cria-t-elle, me faisant grimacer, une grimace qui me venait du cœur.

Ne fais pas ça, voulus-je lui dire. Mais je… je ne pouvais pas… *je ne peux pas… Oh, Dieux…*

Cillian ! Cillian ! Cillian !

Chaque cri était comme une balle dans mon cœur. Je

ne voulais pas entendre son nom, mais il hurlait dans mon esprit, gravant sa présence dans mon âme même.

Les larmes brouillaient ma vision, dans ma tête tournaient des pensées indésirables. Des cris indésirables. *Et des grognements de loup.*

Un fort grondement résonna au plus profond de moi, la vibration était si intense que je serrai mes genoux contre ma poitrine pour tenter de réduire le son.

Sauf que ce n'était pas moi qui l'avais déclenché.

Cillian, entendis-je penser plusieurs personnes.

— Ivana. Sa voix roula à travers moi, comme s'il planait au-dessus de mon corps. M'entourait. Me remplissait de sa chaleur. *Ivana.*

Un ronronnement suivit, provoquant chez ma louve un geignement de désir. Nous voulions qu'un Alpha ronronne pour nous. Qu'il prenne soin de nous. Qu'il nous nourrisse.

Un Alpha qui nous aimait. Qui voulait de nous. Qui nous avait *choisies*.

Mais j'étais seule. *Nous* étions seuls. Moi. Ma louve. *Le bébé.*

J'entourai mon ventre de mes bras en un geste protecteur, mon esprit paraissant se fracturer sous l'intense incertitude qui m'entourait.

Les voix. Tant de voix. Trop de –

Écoute-moi, exigea l'une d'elles. *Seulement moi, Ivana. Écoute mes pensées. Mes mots. Seulement les miens.*

Je tentai de secouer la tête, mais j'étais immobilisée contre quelque chose de dur et de chaud. *Le trottoir ? Non. Trop chaud pour ça. Je… je…*

Ivana. Ce ton grave traversa ma tête, faisant gémir ma louve devant la domination de cette voix. *Concentre-toi sur moi, macushla. Fais comme s'il y avait des portes dans ton esprit et ferme-les toutes, sauf celle qui est reliée à moi.*

Non, non, pensai-je en essayant une fois de plus de

secouer la tête. Parce que non. Non, je ne voulais pas du tout l'entendre. *Il ne veut pas de nous. Ni moi, ni le bébé.*

Mon cœur bégayait, les derniers vestiges de ma force disparurent alors que d'épaisses bandes de muscles s'enroulaient autour de moi. Ou peut-être étaient-elles là depuis un moment ?

Je ne savais pas trop. Et ne m'en souciais plus.

Car tout était enfin devenu silencieux.

La paix, m'émerveillai-je, reconnaissante de ce répit mental. *Enfin… un peu de paix.*

CILLIAN

Je fixai Kieran, à la fois dégoûté et choqué par tout ce qu'il venait de dire concernant l'Alpha Carlos et ses infâmes fêtes de l'œstrus.

Kieran partageait mon dégoût, son esprit me disant exactement ce qu'il aimerait faire à l'Alpha Carlos. Hélas, ce salaud était déjà mort. Mais de nombreux Alphas avaient participé aux fêtes, dont certains étaient encore en vie. Comme l'Alpha du V-Clan que Quinnlynn avait flairé à plusieurs reprises.

Malheureusement, aucun des candidats alphas ne correspondait à la fameuse odeur. Apparemment, Kieran et Quinnlynn avaient vérifié pendant que j'étais occupé avec Ivana.

— Donc ce n'est aucun candidat, conclus-je. Et les Alphas du Secteur des Glaciers ?

— Elle en a rencontré une vingtaine jusqu'à présent — tous amenés ici par Lykos — et pas un ne correspond, répondit Kieran, dont l'irritation était palpable. Même Tadhg a amené quelques Alphas. Ils étaient tous aussi charmants que leur fichu prince.

Son sarcasme ne m'échappa pas. Tadhg n'était pas connu pour son charme, même s'il avait rassemblé un peu de magnétisme lors de ses récentes visites au Secteur Sanglant. Mais ce n'était qu'une façade. Un visage agréable pour l'arène politique. En dessous, il était un guerrier. Et un puissant, en plus. *Merde.*

Je ne pouvais qu'imaginer la retenue dont Kieran devait faire preuve pour rester assis et observer pendant que sa compagne enceinte flairait d'autres Alphas. Quand — ou *si* — l'un d'eux finirait par émettre une odeur qu'elle reconnaissait, Kieran tuerait le loup sur-le-champ.

— Lykos a l'intention d'amener cinq autres Alphas ce soir, mais je commence à penser…

Lorcan apparut dans le bureau, coupant court à la déclaration de Kieran. La surprise s'afficha sur ses traits, puis il fronça les sourcils.

— Tu n'es pas accouplé, dit-il, énonçant l'évidence.

— Non, en effet, rétorquai-je, faisant de mon mieux pour ignorer la sensation qui me griffait les tripes. Merci de l'avoir remarqué.

Son froncement de sourcils s'accentua.

— Pourquoi ?

— Parce que c'est un idiot qui ne sait pas communiquer correctement, intervint Kieran. Qu'est-ce que tu as découvert à propos d'Ashlyn ?

Je sursautai, non seulement à l'insulte désinvolte de Kieran, mais aussi à sa question sur Ashlyn.

— Qu'est-ce qui ne va pas avec Ashlyn ?

— Elle a disparu, répondit Kieran d'un ton distrait. Lorcan ?

— Disparue ? répétai-je avant que Lorcan réponde. Une Oméga a *disparu*, et tu n'as pas éprouvé le besoin de me le dire ?

— Je ne peux m'occuper que d'un seul problème d'Oméga à la fois, et c'est sur Ivana que je veux que tu te concentres, pas sur Ashlyn.

— Ce n'est pas à toi de décider.

Il darda sur moi ses yeux sombres.

— En vérité, Cillian, en tant que ton *roi*, c'est justement à moi de décider.

Je serrai la mâchoire et les bras de mon fauteuil grincèrent comme le bureau de Kieran quelques instants plus tôt. Sauf que cette fois, je serrais du bois entouré de cuir.

— Si tu veux me défier pour ce poste, je serai plus qu'heureux d'y répondre, poursuivit-il. Mais comme tu n'as montré aucun désir de diriger, alors je dirige à ta place. C'est Ivana ta priorité en ce moment, pas Ashlyn.

— Ashlyn est *ma* priorité, intervint Lorcan. C'est une Oméga de mon secteur. Et pour répondre à ta question initiale, Kieran, non. Personne ne sait où elle est ni comment elle a disparu.

Kieran se pencha en arrière dans son fauteuil en balançant un juron.

— Est-ce qu'elle était dans le Secteur de la Nuit quand elle a disparu ? demandai-je, essayant de rattraper ce que j'avais manqué.

La réponse de Kieran fut noyée par quelqu'un qui hurlait mon nom dans ma tête.

Putain ! Je cherchai aussitôt la source de la voix : *Mindy.*
Cillian ! Cillian ! Cillian ! criait-elle.

Qu'est-ce qui se passe ? Où es-tu ? demandai-je.

Je rejoignis l'endroit dans la seconde, assailli par plusieurs autres pensées.

— Ivana, soufflai-je en m'éclipsant dans une rue à quelques pâtés de maisons de son logis. Oh, Ivana.

Je la ramassai sur le trottoir, un grondement vibrant dans ma poitrine.

— Qu'est-ce qui s'est passé, macushla ?

Elle ne dit rien, et son esprit demeura silencieux... jusqu'à ce qu'il ne le soit plus du tout. *Bruyant* au contraire. De toutes les voix mentales de ceux qui nous entouraient.

— Oh, merde.

J'aurais dû m'y attendre. Parfois, les Omégas – en particulier les plus puissantes – héritent des talents de leurs compagnons alphas au cours du processus de lien. Bien que je ne l'aie pas encore mordue, le processus avait déjà commencé.

Il était arrivé la même chose à Quinnlynn et Kieran. Elle avait reçu une portion de sa capacité de guérison, ce qui lui avait permis d'aider toutes ces Omégas du Secteur Bariloche pendant près d'un siècle. Si Quinnlynn avait couché avec un autre Alpha, le lien aurait été rompu. Mais elle lui était restée fidèle, son pouvoir était donc resté intact.

Tout comme Ivana serait maintenant capable de lire dans les pensées, et peut-être même de communiquer par télépathie. Ces deux talents ne feraient que croître une fois que je l'aurais mordue.

En supposant qu'elle le veuille.

— Ivana, l'appelai-je, ignorant cette pensée indésirable. (Je la serrai contre moi pour la protéger, la soutenir, l'*aider*.) *Ivana.*

Un ronronnement se déclencha dans ma poitrine, épanoui par mon besoin de l'apaiser. Ivana se détendit un instant, puis grimaça et se couvrit aussitôt l'abdomen. Je sourcillai, conscient qu'elle essayait de protéger notre enfant à naître. Mais je ne comprenais pas de qui elle le protégeait. Des voix ? De moi ? Je n'en savais rien parce que je ne pouvais pas l'entendre par-dessus toutes les autres pensées qui résonnaient dans sa tête.

Écoute-moi, intimai-je. *Seulement moi, Ivana. Écoute mes pensées. Mes mots. Seulement les miens.*

Elle trembla en réponse. Ou peut-être essayait-elle de bouger.

— *Ivana,* tentai-je encore, cette fois en chargeant mon ton de la domination de mon loup.

Elle répondit par un gémissement subtil, son animal reconnaissant ma présence et mon pouvoir. Alors je continuai :

Concentre-toi sur moi, macushla. Fais comme s'il y avait des portes dans ton esprit et ferme-les toutes, sauf celle qui est reliée à moi.

Non, non, répondit-elle d'une voix faible. Trop faible. Comme si elle était perdue au fond d'un long tunnel obscur. *Il ne veut pas de nous. Ni moi, ni le bébé.*

Je fronçai les sourcils. *Qu'est-ce qui te fait croire ça ?* m'étonnai-je, déconcerté par ses pensées.

Rien.

Ivana, pourquoi penses-tu que je…

Elle s'amollit dans mes bras, et son esprit retomba dans le silence.

Soupirant, j'appuyai mon front sur le sien.

— Toi et moi allons avoir une très longue discussion quand tu te réveilleras, Vana.

— Ce serait sage, opina Kieran derrière moi.

Lorcan et lui m'avaient suivi jusqu'ici, s'attendant à une menace. Je ne les avais pas remarqués, trop pris par Ivana et le chaos qui régnait dans son esprit. Mais j'entendais clairement Kieran et Lorcan maintenant.

— Elle a aussi besoin de manger, reprit Kieran.

Sans déconner, pensai-je, sachant très bien que mon Oméga avait besoin de manger. J'avais l'intention de lui apporter un repas après avoir parlé à Kieran.

— Les Omégas enceintes ont toujours faim, continua-t-il, comme si j'étais totalement inapte à comprendre les besoins de ma femelle.

Je me retournai lentement pour faire face à mon plus vieil ami tout en serrant fermement Ivana contre ma poitrine.

— Tu as d'autres conseils relationnels à me donner ? lui lançai-je sombrement, pas du tout amusé par sa taquinerie flagrante.

— Juste histoire de communiquer, répondit-il avec un bref sourire. Va t'occuper de ton Oméga.

On te tiendra au courant dès qu'on en saura plus sur Ashlyn, ajouta Lorcan mentalement.

Merci, leur répondis-je par télépathie à tous les deux.

Je pris le chemin de l'appartement d'Ivana, en marchant plutôt qu'en m'éclipsant vu qu'elle était enceinte. Je longeai plus d'un pâté de maisons avant de réaliser que je venais de lui donner la priorité sur tout. Ç'avait été une réaction naturelle.

Ma promise a besoin de moi. Comment pourrais-je me concentrer sur autre chose qu'elle ? Je grimaçai, et une autre pensée suivit rapidement : *Voilà pourquoi je n'ai jamais pris de compagne. Ça change tout.*

Sauf que… est-ce que ce changement est si mauvais ? me questionnai-je.

J'avais passé plus de mille ans seul, à expier mon incapacité à tuer mon propre père. J'avais juré de ne jamais perpétuer sa lignée familiale. De ne jamais prendre de compagne. Mais si engendrer une nouvelle vie était en fait la solution ?

En vivant dans l'ombre constante de mon père, il m'avait été impossible d'échapper vraiment à son fantôme. Cependant, avec Ivana, je me sentais... renouvelé. Un homme complètement différent.

Peut-être que la véritable façon de démolir le passé de mon père était de le remplacer par un avenir plus radieux. *Un avenir avec Ivana*, songeai-je tandis que nous approchions de son immeuble.

Elle était toujours muette et immobile contre moi, et sa peau était d'une pâleur que je n'aimais pas. Vu l'endroit où je l'avais trouvée, il était évident qu'elle ne s'était pas reposée comme je l'avais suggéré, et qu'elle n'avait sans doute pas mangé non plus.

Benz, appelai-je via le lien télépathique que j'avais utilisé plusieurs fois au cours des deux dernières semaines, d'abord dans le Secteur des Glaciers, puis dans le Secteur Sanglant. Je n'avais fait confiance à personne d'autre pour nous apporter des provisions pendant qu'Ivana était en chaleur.

Oui ? me répondit-il avec une irritation palpable. J'aurais juré avoir entendu suivre le mot *Maître*, mais il parut vouloir retenir ce titre sarcastique.

Ivana s'est évanouie, l'informai-je, captant aussitôt toute son attention. Son esprit commença à me bombarder de questions, mais je les ignorai et j'ajoutai : *Elle doit manger quelque chose, et vite. Peux-tu aller chercher une pizza au fromage avec des pepperonis et des olives vertes à San Marino ?* Je savais, pour avoir observé Ivana par le passé, que c'était l'un de ses plats préférés.

Et maintenant qu'elle n'était plus en chaleur, je pouvais la nourrir correctement. Avant, elle n'avait eu que des sandwichs et quelques repas légers que j'avais préparés avec les courses apportées par Benz.

Dis à Diego de débiter mon compte. Et si tu peux prendre de la limonade à la fraise pour Ivana, je t'en serais reconnaissant. Parce qu'Ivana adorait aussi la limonade à la fraise.

Benz ne répondit pas immédiatement, assimilant tout ce que je venais de lui réclamer. Un soupçon de surprise colora ses pensées, ainsi qu'une note de respect. Tout ce qu'il dit fut : *OK, donne-moi trente à quarante minutes.*

Merci, lui répondis-je, puis je revins à mon Oméga.

Elle ne bougea pas pendant qu'on entrait dans son immeuble ni qu'on gravissait l'escalier, sa tête reposant contre mon épaule comme si elle dormait.

Je la remuai un peu pour trouver au hasard une clé dans la poche de son jean et pour déverrouiller sa porte, puis je nous installai tous les deux sur son canapé.

— Je n'ai jamais dit que je ne voulais pas de notre enfant, lui expliquai-je, me rappelant ses pensées de tout à l'heure. Qu'est-ce qui te fait croire ça, macushla ?

Mon esprit retraça tout ce qui s'était passé depuis qu'elle avait émergé de ses chaleurs, moulinant tous nos propos et les tordant dans tous les sens.

— Je croyais que c'était toi qui ne voulais pas de notre bébé, continuai-je à voix haute en glissant mes doigts dans ses cheveux humides. (Elle avait dû prendre une douche avant de sortir. Mon loup et moi n'aimions pas trop ça, notre odeur notablement absente de la peau de notre Oméga.) Je croyais que tu m'en voulais de ne pas avoir utilisé un contraceptif.

Toujours rien. Pas un bruit. Même pas une pensée.

À moins qu'elle m'ait encore bloqué son esprit.

Si je la mordais maintenant, je résoudrais ce problème. Mais je voulais qu'elle soit cohérente − et consentante − lorsque je la revendiquerais.

— Oh, mais ça va arriver, repris-je à voix haute. Je vais te mordre, Vana. Même si je dois te supplier pendant des semaines ou des années de me laisser faire. Tu es à moi, macushla. Je crois que tu es à moi depuis le jour où nous nous sommes rencontrés.

Ce qui expliquait pourquoi je l'avais ramenée dans mon antre ce jour-là plutôt que dans l'un des nombreux logements vacants que nous avions dans le Secteur Sanglant.

Cela expliquait aussi pourquoi aucun autre Alpha n'était assez bien pour elle ; pourquoi aucun de ceux du Secteur Sanglant n'avait même *essayé* de la courtiser.

— J'ai été idiot de refuser ça pendant si longtemps, lui avouai-je, fixant le mur au fond de la pièce pendant que je régurgitais tout cela à voix haute.

Je devrais tout lui répéter lorsqu'elle serait réveillée, mais cela ne me dérangerait pas. Je ferais tout et n'importe quoi pour elle. Putain, je le faisais déjà. C'est juste que je ne l'avais pas réalisé.

— Tu es ma priorité, Vana. Je pense que tu l'as toujours été, mais te garder à distance m'a permis de me concentrer plus facilement sur le Secteur Sanglant. Ou peut-être que ça m'a juste permis de m'abuser en croyant que je faisais ce qu'il fallait pour nous deux.

Je déglutis, mes doigts caressant toujours ses cheveux.

Elle paraissait si fragile dans mes bras. Si petite, si immobile.

Je voulais sentir son combat, entendre sa voix, explorer son *esprit*.

À la place, je continuai à parler, espérant que ma voix – soulignée par mon ronronnement – aiderait à la réconforter.

— Je réalise maintenant à quel point j'ai eu tort. Parce que la bonne chose à faire, c'est ce que je fais maintenant : te mettre au-dessus de tout. Même se ça me tue de ne pas aider Lorcan et Kieran à retrouver Ashlyn, je sais que c'est là que je dois être. Et je sais que je peux leur faire confiance pour la retrouver. Tout comme ils feraient...

— La retrouver ? répéta Ivana, ce qui me fit baisser les yeux sur elle.

Je n'avais pas remarqué qu'elle s'était réveillée, et encore moins qu'elle me regardait. Elle était tellement silencieuse et figée que j'avais supposé qu'elle était toujours inconsciente.

— Depuis combien de temps tu es réveillée ?

— Assez longtemps, répondit-elle, le regard mobile. Qu'est-il arrivé à Ashlyn ?

— Ne t'inquiète pas pour Ashlyn, murmurai-je. Lorcan et Kieran s'en occupent.

Elle essaya de s'écarter de moi, de s'asseoir, mais je la serrai plus fort.

— Ivana...

— Non, je veux savoir ce qui se passe avec Ashlyn, dit-elle, mettant un peu plus de force dans ses mains pour me repousser encore.

Cette fois, je la laissai bouger, comprenant qu'elle ne voulait pas me toucher.

Mais au lieu de sauter de mes genoux, elle se réinstalla simplement et attrapa mes épaules.

— Parle-moi d'Ashlyn.

Je secouai la tête.

— Je ne sais pas grand-chose, avouai-je. Juste qu'elle a disparu et que personne ne sait quand ni comment. (Je promenai ma main dans son dos, loin de ses cheveux.) Lorcan était en train de mettre Kieran au courant quand Mindy s'est mise à me réclamer à grands cris. J'ai accouru pour t'aider.

Ivana me regarda en cillant.

— C'est pour ça que Kieran avait besoin de toi tout à l'heure ? À cause d'Ashlyn ?

Je plissai le front.

— Kieran n'avait pas besoin de moi.

— Mais tu as dit que tu devais lui parler. J'ai supposé qu'il t'avait appelé.

— Non, j'avais besoin de lui parler de tes chaleurs et du sérum — ou plutôt de la *boisson* — qui a servi à les provoquer.

Elle me dévisagea.

— Tu m'as quittée pour lui parler de moi ?

— Pour parler du sérum que tu avais ingéré, oui. Je voulais savoir s'il avait altéré ta capacité à consentir. (Je posai ma main sur sa hanche et soutins son regard. Au lieu de jouer sur les mots, je décidai d'être direct.) Je voulais m'assurer que tu ne m'avais pas revendiqué à cause du sérum.

Ses yeux s'écarquillèrent.

— *Quoi ?*

— Eh bien, tu étais fâchée que je n'aie pas employé de contraceptif, ce qui est justifié. J'aurais dû te demander avant ce que tu pensais d'avoir des petits…

Je m'interrompis en grimaçant. Kieran avait raison : *Je me comporte comme si je n'avais jamais noué une Oméga auparavant.*

Je me raclai la gorge et tentai de recommencer. Mais ce fut Ivana qui parla la première :

— Je n'étais pas fâchée par l'absence de contraceptif. J'étais — je *suis* — fâchée que tu ne m'aies pas revendiquée, Cillian. Que tu *ne veuilles pas* me revendiquer. Que tu aies dit que tu ne l'aurais pas fait, même si tu avais pu. Et…

J'abaissai ma bouche sur la sienne et la réduisis au silence avec mes lèvres.

Ce qui s'avéra être la mauvaise chose à faire, car la petite coquine me *mordit* de nouveau. Très fort. Faisant couler le sang à l'endroit même où elle m'avait mordu la semaine dernière.

Ne t'avise pas de m'embrasser, grogna-t-elle dans ma tête. *Tu m'as rejetée, moi et notre enfant. Tu n'as plus le droit de m'embrasser, plus jamais.*

Je reculai pour la regarder avec stupéfaction.

— Je ne t'ai *pas* rejetée.

Elle leva les yeux au ciel et ouvrit ses lèvres pleines pour émettre je ne sais quel argument, mais je lui saisis la nuque et la forçai à me regarder dans les yeux en répétant :

— Je ne t'ai pas rejetée, Ivana Michaels, et je n'ai certainement pas rejeté notre enfant.

— Tu as dit que tu n'étais pas désolé et que tu ne m'aurais pas mordue même si tu avais pu.

— J'ai dit que je n'étais pas désolé de l'absence de contraceptif et que je n'en aurais pas utilisé même si j'avais pu, la corrigeai-je aussitôt. Ce qui fait de moi un connard, je sais. Mais l'idée que tu sois enceinte de notre enfant me fait tellement bander que j'ai du mal à avoir les idées claires. Et toi en chaleur ? Oui, il n'y a aucune chance que j'aie même envisagé d'empêcher le résultat parce que c'est tout ce que je peux désirer.

Ses yeux s'écarquillèrent, ses lèvres s'écartèrent pour tenter de former des mots. Mais rien ne sortit.

— Et tout ce que j'ai envie de faire depuis neuf putains de jours, c'est te mordre, ajoutai-je. Mais je voulais que tu sois cohérente et consentante. Pas en train de broyer du noir et de t'énerver parce que je t'ai fécondée sans ta permission.

Elle cligna des yeux.

— Broyer du noir et m'énerver… ?

Elle secoua la tête, et certaines de ses pensées lui échappèrent par la même occasion.

Il veut le bébé.

Il veut me mordre.

Il… il n'est pas désolé de m'avoir fécondée.

Je me retins de grogner à cette dernière phrase, mais la bouche d'Ivana se plaqua soudain sur la mienne, sa langue léchant la blessure qu'elle m'avait faite à la lèvre.

Je l'entourai de mes bras, mon loup ronronnant d'approbation en moi tandis qu'elle chevauchait mes hanches et pressait son pubis chaud contre mon aine.

C'était un tel contraste par rapport à l'instant précédent où elle avait eu l'air prête à me tuer. Maintenant, elle semblait vouloir me dévorer.

Je la laissai faire, cédant à son baiser tandis qu'elle entourait mon cou de ses bras, sa langue dansant avec la mienne dans une quête de quelque chose de plus. Quelque chose de profond.

Je remontai ma main le long de son dos jusqu'à sa nuque, et je la tins contre moi pendant que j'ouvrais mon esprit, lui permettant d'entendre mes pensées les plus intimes. Mes peurs. Mon passé. Mes désirs. Mon *amour*.

Elle frissonna, en partie submergée par la richesse des informations qui fleurissaient en elle, tandis qu'une autre partie d'elle s'accrochait à la vérité – *ma* vérité.

Je te veux. Je veux ça. Je nous veux. Je veux notre enfant. Notre avenir. Notre vie ensemble. Je n'avais aucune idée de la solitude dans laquelle je me trouvais avant toi. À quel point la vie était dénuée de sens jusqu'à toi. Tu es mon monde maintenant. Ma priorité. Mon but. Je t'aime, Vana. Il n'y a jamais eu que toi pour moi. Seulement toi.

Elle se mit à pleurer, ce qui me fit caresser ses joues. Mais elle n'était pas triste. Elle était… *soulagée*.

Parce qu'elle me comprenait. Elle comprenait tout.

— Tu es à moi, macushla, chuchotai-je. Tout comme je suis à toi.

Ce n'était pas une morsure qui l'avait prouvé, mais nos âmes. Nos cœurs. Nos corps.

Lorsqu'elle lécha ma lèvre inférieure une fois de plus, je

sentis mon loup gronder, désireux de lui rendre la pareille, de la *goûter* enfin.

Je la laissai capter ce besoin, ce *désir ardent*. La sensation déchirante en moi exigeant que j'en finisse, que je la revendique une fois pour toutes.

— Oui, murmura-t-elle. S'il te plaît.

J'avais les mots *« tu es sûre »* sur le bout de la langue quand un coup retentit à la porte d'entrée, faisant sortir un grognement de ma poitrine.

Benz apparut dans la foulée, préférant s'éclipser au lieu d'ouvrir la porte.

Et ma tête retomba sur l'épaule d'Ivana.

Foutu Bêta.

— Ton timing est toujours aussi impeccable.

IVANA

Je clignai des yeux pour sortir de ma brume érotique et tombai sur mon meilleur ami.

— B-Benz ? balbutiai-je, surprise par son apparition dans mon espace.

— Serviteur Benz à votre service, ironisa-t-il. (Il fit une courbette, tenant une boîte à pizza dans une main et un verre dans l'autre.) Content de voir que tu es un peu plus cohérente quand même, Rayon de soleil. J'aimerais pouvoir en dire autant de ton Alpha.

Cillian décocha un regard à Benz.

— Fais attention, Bêta.

Benz se tourna vers lui et rétorqua :

— De rien, *Alpha*. (Il posa les articles sur le comptoir de ma cuisine.) Y a-t-il autre chose dont tu as besoin, *Alpha ?*

Cillian se hérissa sous moi.

— Tu as de la chance que mon Oméga t'apprécie autant, Benz. C'est la seule chose qui m'empêche de te donner une leçon très importante.

— Peut-être bien que j'aimerais la leçon, Alpha, sourit Benz. Tu y as déjà pensé ?

Mon ami narquois disparut avant que Cillian puisse répondre. L'Alpha gronda sous moi :

— Est-ce qu'il vient de me faire une proposition ?

— Je le pense. (J'esquissai un sourire.) Ça veut dire qu'il commence à t'aimer, je suppose.

L'expression de Cillian m'indiqua qu'il n'était pas fan de cette évolution.

— Je n'ai pas besoin qu'il m'*aime*. Je suis un Élite. Il doit juste me respecter.

— C'est mon meilleur ami. Qu'il t'aime est important pour moi, soulignai-je.

L'irritation de Cillian fondit en partie dans un regard indulgent.

— Quinnlynn ne pourrait-elle pas devenir ta meilleure amie, plutôt ?

Je percevais la badinerie qui sous-tendait cette question, ce qui élargit mon sourire tandis que je répondais :

— Non. Tu vas devoir apprendre à adorer Benz.

Il pencha la tête en arrière en gémissant.

— *Adorer ?* C'est trop fort, Oméga. La seule personne que j'adore, c'est toi. Personne d'autre.

Mon sourire s'estompa.

— Personne d'autre ? répétai-je. Pas même Kieran ou Lorcan ?

Il considéra un moment la question.

— Je respecte Kieran et Lorcan et je me soucie d'eux. Ce sont mes frères. Mais la façon dont je t'aime est différente. C'est plus intense. Plus dévorant. Juste… *plus*.

Mon cœur se serra dans ma poitrine à ces mots que je n'aurais jamais cru entendre de sa bouche. J'avais espéré un accouplement, peut-être l'occasion d'élever son petit. Mais ça ? Cillian m'avouant son amour ? Pas seulement de la luxure ?

— Je t'aime aussi, soufflai-je en prenant son visage entre mes mains. Dieux, Cillian. Je t'aime vraiment aussi.

Sa main se contracta sur ma nuque, son regard retint le mien. Puis il m'embrassa.

Non, il ne m'embrassa pas seulement, il me *posséda*.

Cette étreinte n'avait rien d'hésitant ni de retenu. Elle était libératrice. Un nouveau niveau d'existence. Un événement cataclysmique.

— Dieux, j'ai envie de te mordre, Vana, mais tu dois manger d'abord.

Il m'embrassa de nouveau avant que je puisse répondre. Mais au diable la nourriture.

Je veux que tu me revendiques, lui émis-je. *S'il te plaît, Cillian.*

— Je le veux, macushla. Putain, j'en ai *besoin*. Mais tu viens de t'évanouir à cause de mon pouvoir dont tu as hérité, et tu n'as rien mangé depuis ton réveil. Tu dois manger, mon amour. Tu as besoin d'énergie. Parce qu'une fois que je t'aurai mordue, je vais te baiser. *Très fort.*

Je frissonnai à l'image mentale que ses mots évoquèrent dans mon esprit. *Oui, oui.*

Il grogna et appuya son front contre le mien.

— J'ai demandé à Benz d'apporter ta pizza préférée, aux pepperonis et aux olives vertes. Mange au moins une part, d'accord ? Si ce n'est pas pour moi ou pour toi, au moins pour notre bébé.

Sa main quitta ma nuque pour palper mon ventre par-dessus mon pull. Je me figeai, son mouvement éloquent faisant battre mon cœur.

Notre bébé.

Je posai ma main sur la sienne et nos doigts s'entremêlèrent. Je baissai les yeux.

Notre bébé, me dis-je encore.

— Notre bébé, répéta Cillian à voix haute, avec fierté. Tu seras une mère extraordinaire, Ivana.

Des larmes me piquèrent les yeux.

— Je ne me trouve pas très extraordinaire.

Il couvrit ma joue de l'autre main.

— Tu es une source d'inspiration, macushla. Tu es juste un peu fatiguée en ce moment, et c'est normal. Mangeons et voyons comment tu te sens après, d'accord ?

Je me mordis la lèvre inférieure. Mes entrailles semblaient spiraler dans vingt directions différentes à la fois. Sans doute parce que je m'étais réveillée avec un bébé et la moitié d'un lien, pensant que mon Alpha ne voulait pas de nous.

Ensuite, je…

Je peux lire dans les pensées, m'étonnai-je en grimaçant. *Plus ou moins, c'est ça ?*

Je venais d'apprendre que tout ce que je croyais avoir compris de Cillian n'était pas du tout exact. Oh, et que j'étais enceinte.

Alors oui. J'avais un peu le vertige. Mes yeux larmoyaient. Mon cœur battait à un rythme bizarre. Mon estomac gargouillait. Et mon ventre chauffait là où la main de Cillian et la mienne étaient posées.

C'était beaucoup de choses à assimiler d'un seul coup.

— Manger. (Ma voix était chargée d'un millier d'émotions contradictoires. Je me raclai la gorge.) Manger, c'est bien.

Cillian sourit, essuya du pouce une de mes larmes.

— Alors mangeons.

J'acquiesçai et je commençai à descendre de lui, dans l'intention de sortir des assiettes et de mettre la table pour nous deux dans le petit coin repas à côté de la cuisine. Mais Cillian attrapa mes hanches et m'assit doucement sur le canapé.

— Je m'en occupe.

Il gagna la cuisine et trouva les assiettes du premier coup, ainsi que les couverts, ce qui confirma qu'il connaissait bien mon logement. *Il a dû me nourrir pendant mes chaleurs.*

Je serrai les cuisses à cette pensée et me raclai de nouveau la gorge, ma peau s'échauffant soudain. Si Cillian le remarqua, il s'abstint poliment de commenter et m'apporta plutôt une assiette. L'odeur du fromage fondu mélangé aux pepperonis épicés me fit saliver. En ajoutant le baiser salé des olives vertes, je bavais quasiment.

— Benz t'a dit que c'est mon plat préféré ? demandai-je en prenant l'assiette de bonne cuisine italienne.

— Non, répondit Cillian avant de retourner prendre une part pour lui.

Ou du moins, c'était ce que je croyais, mais à la place, il m'apporta un verre. Dont je reconnaîtrais l'odeur n'importe où.

— Limonade à la fraise, soupirai-je avant d'avaler une longue gorgée.

Mes entrailles se réjouirent à la fois de la saveur et d'avoir enfin bu quelque chose.

— Benz a pris ça sur un coup de tête ?

— Non, murmura Cillian, qui se servit une assiette cette fois-ci.

Mais il ne revint pas tout de suite, ce qui m'intrigua.

— Tu aimes la limonade à la fraise, alors ? devinai-je. Et la pizza aux pepperonis et aux olives vertes ?

— La limonade à la fraise, c'est bon. (Il se retourna et me rejoignit, son assiette contenant une part de pizza mutilée.) Les pepperonis, c'est bien aussi. Mais en fait, je déteste un peu les olives vertes.

Cela expliquait la pizza charcutée dans son assiette.

— Alors pourquoi tu l'as commandée aux olives vertes ? m'étonnai-je, confuse.

— Parce que c'est ta préférée, du moins quand elle vient de San Marino. J'ai constaté que tu as renoncé aux olives de chez Eddie en bas de la rue, que tu préfères nettement San Marino. C'est donc là que j'ai demandé à Benz d'aller.

Il prit une bouchée pendant que je le regardais bouche bée.

— Tu connais mes pizzas préférées ? demandai-je, stupéfaite.

— Je connais pas mal de tes plats préférés, Vana, m'informa-t-il avec un clin d'œil. Maintenant, mange, s'il te plaît. Avant que ce soit froid.

Je ne savais pas trop ce qui me surprenait le plus – son aveu ou d'avoir prononcé *s'il te plaît*. Quoi qu'il en soit, j'obéis et je faillis gémir à l'explosion de saveurs sur ma langue.

Toutefois, je ne fus distraite que le temps de quelques bouchées avant que ma curiosité soit à nouveau piquée.

— Quels autres plats préférés connais-tu ?

Je ne pus empêcher une note de suspicion dans ma voix. Je n'arrivais pas à croire qu'il savait réellement ces choses intimes sur moi. Je n'avais jamais pensé qu'il s'intéressait assez à moi pour les remarquer.

— Hmm, voyons voir.

Il mit de côté son assiette presque vide – j'aurais juré qu'il avait englouti cette part en, disons, trois bouchées. Il ne restait plus qu'un petit tas d'olives.

— Une glace au chocolat à la menthe avec des éclats de chocolat, pas un arc-en-ciel, commença-t-il. Le poulet au bourbon est un plat incontournable. Tu aimes aussi le fromage grillé, la salade de brocolis et les pierogis de temps en temps. Et une vodka tonic est ta boisson alcoolisée de prédilection.

Je le regardai, ébahie. Chaque détail était exact.

— Tu aimes aussi tes steaks saignants, de préférence marinés avec du citron et du poivre, et tu n'es pas trop friande de poisson — ce qui est malheureux, étant donné l'endroit où nous vivons. Mais tu le tolères tant qu'il y a des condiments pour couvrir le goût du poisson. Et tu n'aimes pas les champignons, les carottes, les framboises, ni les olives noires.

Tout était vrai.

— Comment tu sais tout ça ? Tu l'as lu dans mes pensées ?

Il secoua la tête.

— Non. Je suis juste attentif.

— Oh. (C'était logique. Il était chargé de surveiller tout le monde dans le secteur.) Je suppose que tu dois l'être, avec ton travail et tout le reste.

— Non, Ivana. (Il se pencha en avant et prit mon menton dans le creux de sa main.) Je fais attention à toi. Je l'ai toujours fait. Et je le ferai toujours.

Oh, me répétai-je. *Oh.*

Je ne savais vraiment pas quoi répondre à cela. J'avais toujours pensé que Cillian ne faisait guère attention à moi, qu'il ne remarquait ma présence que lorsque je me trouvais juste devant lui. Mais ça…

— Je n'en avais aucune idée, murmurai-je.

Il esquissa un sourire.

— Tu le sais maintenant. (Il désigna mon assiette du menton.) Finis de manger, macushla.

Je frissonnai, la promesse soulignée par ces mots me serrant l'estomac d'impatience.

Il va me mordre.

Oui, acquiesça-t-il dans mon esprit. *Mais pas avant d'avoir fini ton assiette.*

Un autre tremblement me parcourut à son ton dominateur, son ton d'Alpha parlant à un niveau intime à mon Oméga intérieure.

Je pris une autre bouchée, suivie d'une gorgée de limonade divine, le tout sous son regard. La lueur de plus en plus sombre que j'y remarquais indiquait clairement ses intentions, mais je ne pouvais m'empêcher d'être un peu curieuse de ce qu'il pensait réellement. Ce qu'il planifiait. *Ce qu'il imaginait...*

Son esprit s'ouvrit au mien en un clin d'œil, me montrant tout à fait ce qu'il voulait me faire. Comment et où il voulait me mordre. Il y avait trois, non, *quatre* endroits qu'il avait en tête. Et pour l'instant, il avait l'intention de s'offrir ces quatre endroits.

Ma gorge fut soudain sèche, m'obligeant à avaler plusieurs gorgées de limonade. Bon sang, j'avais besoin d'une distraction, sinon je n'allais jamais finir ce repas. Quelque chose qui me remettrait les pieds sur terre. Quelque chose... quelque chose qui n'était pas sexuel.

Le bébé, pensai-je en me palpant le ventre. *Oui. Pense au bébé... pas au processus par lequel le bébé a été créé... ni à mes chaleurs... ni... ni au désir de Cillian de me revendiquer...*

Je fermai les yeux.

Et je jurerais avoir entendu Cillian glousser en réponse. Mais quand je lui jetai un coup d'œil, il était l'incarnation du sérieux. Donc ce rire était dans sa tête.

Lire dans les esprits, c'est... accablant. Les mots étaient destinés à Cillian, mais au lieu de les penser comme je le ferais habituellement, j'essayai de m'adresser directement à lui. Comme il pouvait le faire avec moi.

— Pas vraiment, murmura-t-il à voix haute. Ce n'était

encore qu'une pensée. Mais il est possible que tu n'hérites pas de ma télépathie tout entière, seulement de la lecture des esprits.

— Seulement la lecture des esprits, répétai-je en reprenant ma pizza. Comme si c'était un petit détail.

Je mordis dans ce délice au fromage et me forçai à mâcher en réfléchissant à tout ce que j'avais entendu au-dehors. Chaque insulte. Chaque *pensée*.

Bien que je ne sache pas trop s'ils étaient tous des commentaires venant de leur esprit ou si certains avaient été prononcés à voix haute. Avec Miranda, c'était difficile à dire.

Oh Dieux. Enceinte et non revendiquée. Elle est encore plus pathétique à présent.

Je grimaçai en me rappelant ses paroles dures, puis je me recroquevillai, car le fait d'y songer semblait m'entraîner dans ses pensées une fois de plus.

Elle était en train de regarder un menu, de décider ce qu'elle allait manger.

— Ivana. (Le ton grave de Cillian me ramena à lui, son regard capta et retient le mien.) Je vais devoir t'apprendre à faire abstraction des voix.

Je déglutis, je n'avais plus faim.

— Je ne suis pas sûre d'aimer cette nouvelle capacité.

D'autant plus que j'entendais encore Miranda chuchoter au fond de mon esprit, ses mots cruels, ses pensées encore plus cruelles.

Et il n'y avait pas qu'elle. Je pouvais entendre… *bien plus.*

Je refermai les yeux quand un assaut de voix déferla soudain dans mon esprit, toutes parlant en même temps.

Limus a finalement racheté du fromage. Merci les dieux.

Pourquoi ce Bêta me regarde-t-il ?

Elle a un joli sourire. Oh, mais ces lèvres seraient bien plus intéressantes autour de mon...

Ivana.

Quel est le code déjà ? Trois, cinq, six ? Non. Argh. Trois, quatre, six ?

Ashlyn ne s'enfuirait pas.

Je fronçai les sourcils. *C'est la voix de Quinn ?*

Mais avant que j'essaie de suivre ce fil, une douzaine d'autres m'assaillirent en même temps. Toutes concernaient les activités quotidiennes, les repas ou le *sexe*.

J'abattis mes mains sur ma tête, n'arrivant plus à me concentrer sur quoi que ce soit autour de moi. Rien de tangible. Juste des *pensées*.

Le B positif est toujours aussi piquant.

Pourquoi le lait est-il encore sur ce satané comptoir ?

Compte à rebours à partir de dix. Et respire.

Ce petit rebelle a encore laissé des marques de dents dans la table !

Putain, ça devient incontrôlable. S'ils découvrent où...

Ivana !

Je frissonnai, cette voix dominante noyant tout le reste. Sauf que cela ne dura qu'une seconde.

Presque immédiatement, *d'autres* voix m'envahirent. Puis toutes tournoyèrent en un chaos de mots, de grognements et de bruits incompréhensibles. C'était trop. Trop écrasant. Trop...

Un grondement roula dans ma tête, un son qui calma aussitôt mon esprit et me plongea dans une mer de vibrations régulières.

Rythmiques. Apaisantes. *Tranquilles*.

Je me recroquevillai contre la source de ce vrombissement répétitif, réalisant tardivement que c'était le ronronnement de Cillian. Ses bras autour de moi, il me serrait contre sa poitrine, ronronnant doucement, ses lèvres à mon oreille.

Je vais t'apprendre à les bloquer, murmura-t-il dans mon esprit. *Ce ne sera pas difficile une fois que tu sauras comment former des murs mentaux, Ivana. Tu as déjà un penchant naturel pour ça.*

C'est vrai ? demandai-je en frissonnant.

Oui. Tu t'en es servie contre moi un nombre incalculable de fois. C'est pourquoi ton esprit est toujours si paisible – tu gardes toutes tes pensées à l'intérieur. Seules les plus bruyantes t'échappent.

Ses lèvres effleurèrent mon front.

— On va trouver une solution, mon amour, conclut-il à haute voix. Je t'aiderai.

Je me penchai sur lui tandis qu'un autre tremblement me parcourait le dos. Tout ce que je voulais, c'était m'effondrer dans son ronronnement et y rester pour l'éternité.

J'avais encore les yeux clos et les entrailles écœurées par l'assaut de bruits dans mon esprit. Mais tout doucement, je commençai à me détendre. Au moins un peu.

Je n'arrêtais pas d'entendre toutes ces paroles en boucle, leurs propriétaires formant un grand flou. Sauf Quinn. Sa voix était sortie du lot : *Ashlyn ne s'enfuirait pas.*

Je rouvris les yeux.

— Ashlyn a disparu.

J'avais oublié que Cillian l'avait mentionné, lorsqu'il avait parlé de me donner la priorité sur le fait de la retrouver. J'avais posé quelques questions, mais j'avais été distraite par son aveu de la raison pour laquelle il était allé voir Kieran.

À propos de moi. Du sérum. De comment il aurait pu altérer ma capacité à consentir.

Mais maintenant… maintenant je me rappelai clairement ce dont nous avions discuté avant ce point.

— Tu m'as mise au-dessus de tout, même si Ashlyn pouvait avoir des problèmes, continuai-je à haute voix.

C'était ce qu'il était en train de dire quand je l'avais interrompu en lui demandant où elle se trouvait.

Non, ce n'était pas *pouvait*. *Ashlyn a des problèmes.*

Et Cillian était trop occupé à s'inquiéter pour moi pour aider Lorcan à la retrouver.

J'avais réalisé un peu plus tôt que je désirais être sa priorité, mais pas au prix d'une autre vie.

Ashlyn ne s'enfuirait pas, avait pensé Quinn.

Bien que je ne connaisse pas bien l'Oméga du Z-Clan, j'étais d'accord avec l'évaluation de Quinn.

— Oui, je t'ai mise au-dessus de tout, répondit Cillian, ce qui me fit sourciller.

Quoi ?

— C'était la décision la plus naturelle du monde, Vana, reprit-il, me troublant encore plus. Et c'était la bonne. (Il prit ma joue dans sa main en coupe, son pouce suivant le creux sous mon œil.) Mais je comprends maintenant que je t'ai repoussée parce que c'était la seule façon pour moi de me concentrer sur Kieran et le Secteur Sanglant. Accepter cela – *nous* accepter – change tout pour moi.

Je cillai. Il m'avait déjà dit ça quand il me tenait dans ses bras.

Juste avant qu'il parle d'Ashlyn.

Je secouai la tête.

— Arrête de me distraire, lui dis-je, ce qui lui fit esquisser une moue, tout comme moi un peu plus tôt.

— J'étais en train d'expliquer pourquoi je te mets au-dessus de tout, ou plutôt, que je t'ai toujours mise au-dessus de tout.

— Non, ça j'ai compris. Je... (Je fermai les yeux un instant, puis les rouvris.) Ashlyn a disparu.

— Oui, je sais.

— Elle ne s'enfuirait pas.

Sa moue s'accentua.

— OK.

— Non, je veux dire, j'ai entendu Quinn penser ça, et je suis d'accord avec elle.

J'allais décidément dans tous les sens en ce moment parce que je n'arrêtais pas de changer de sujet.

Secouant une nouvelle fois la tête, je tentai d'éclaircir tout ça. Il y avait là quelque chose d'important. Quelque chose à propos d'Ashlyn.

— Elle… elle tient un journal, marmonnai-je en réfléchissant à voix haute. Je veux dire, elle écrit. Et elle a écrit dans mon journal dans l'avion. Mais elle m'a aussi… elle m'a parlé de son…

Je m'interrompis, me rappelant notre conversation lors de notre voyage dans le Secteur des Glaciers. Ses mots toujours si énigmatiques, comme un avertissement.

— En tant qu'Oméga du Z-Clan, elle est prophétique, dis-je lentement. Et elle écrit ses visions dans son journal.

Donc elle aurait dû voir ça venir.

Peut-être que oui, songeai-je. *C'est peut-être pour ça qu'elle m'a parlé de ses carnets…*

« J'ai plein de carnets remplis de rêveries dans mon nid. Mais seul quelqu'un qui sait où chercher peut trouver mes journaux intimes. »

Je ne comprenais pas pourquoi elle avait éprouvé le besoin de me dire cela, mais je commençais à penser qu'il y avait peut-être une très bonne raison.

« Je cache mes carnets sous mon nid, sous le plancher. C'est mon secret. »

« Et tu me dis ça parce que… ? »

« Au cas où tu aurais besoin de savoir quelque chose. »

« Y a-t-il quelque chose que je devrais savoir ? »

« Beaucoup de choses, j'en suis sûre. »

J'écarquillai les yeux.

— On doit trouver ces carnets.

CILLIAN

Lorcan ? appelai-je mon vieil ami via mon lien télépathique. Je n'attendis pas qu'il réponde pour l'informer : *Ivana dit qu'on doit fouiller le nid d'Ashlyn pour trouver ses journaux. Ils sont sous le plancher.* Ivana n'avait pas prononcé cette dernière phrase à voix haute, mais j'avais saisi l'endroit qui flottait dans ses pensées.

Des journaux ? répéta Lorcan, sans s'étendre davantage.

Oui. Comme un journal intime. D'après ce qu'elle a dit à Ivana, Ashlyn notait souvent ses visions dans ses carnets. Nous pourrions peut-être trouver un indice sur l'endroit où elle était à présent en parcourant ses écrits.

Je devais croire qu'elle en avait parlé à Ivana pour une bonne raison. Et Ivana semblait le penser aussi.

— Elle m'a aussi mise en garde contre le prince Cael, ajouta Ivana en plissant les yeux. Elle a dit qu'il était entouré de ténèbres. Je lui ai suggéré d'en parler à Quinn, mais elle m'a répondu que le prince Cael n'était pas dangereux, qu'il fallait juste faire attention. J'ai pensé qu'elle essayait de jouer à un jeu de garce avec moi, alors je l'ai ignorée.

La culpabilité picota l'esprit d'Ivana, ses pensées tourbillonnant en un territoire dangereux.

— Ce n'est pas de ta faute, lui dis-je fermement.

— Je sais, mais je l'ai complètement mal jugée. (Ses yeux tristes croisèrent les miens.) J'ai juste supposé qu'elle était comme Miranda et les autres. Et j'ai… j'ai ignoré ce qu'elle essayait de me dire.

— Ou bien tu te souviens de ce qu'elle a dit juste au bon moment. (J'effleurai ses lèvres et resserrai mes bras autour d'elle, que je tenais sur mes genoux.) D'après ce que tu m'as dit, Ashlyn t'a donné des informations en espérant sans doute que tu les utiliserais au moment opportun.

Et maintenant que j'y pensais, Ashlyn m'avait peut-être aussi laissé quelques autres indices. Je me rappelai notre conversation le jour où elle était tombée dans l'étang gelé, et comment elle avait été surprise par l'arrivée de Grey.

« C'est juste que je ne l'ai pas vu venir, alors son apparition… m'a surprise. Ce qui est plutôt rare, c'est le moins qu'on puisse dire », avait-elle déclaré.

Mais ce n'était pas tout ce qu'elle avait exprimé sur le sujet.

« Quinn m'a demandé si j'étais d'accord pour qu'il le rejoigne, avait-elle murmuré en parlant de Grey qui était un candidat alpha du programme d'accouplement. Je ne suis pas du genre à lutter contre le destin, alors j'ai accepté. Je pensais bien que nos chemins se croiseraient tôt ou tard. Mais pas aujourd'hui. »

Est-ce qu'il a quelque chose à voir avec ça ? me demandai-je avec une moue. Peut-être.

Cependant, elle avait dit aussi : « Grey et Henrik ne me veulent pas de mal. »

Le reste de notre conversation avait été presque aussi énigmatique, elle m'avait essentiellement reproché de l'avoir ramenée dans son igloo.

Je me demandais maintenant si tout ce qu'elle avait dit ensuite concernait Ivana.

« Tu n'as pas à t'inquiéter, Cillian. Même si j'apprécie ton instinct protecteur, il n'est pas nécessaire. »

« Tu te rends compte que tu n'es pas le seul à être puni par tes actes, n'est-ce pas ? »

« Choisir de souffrir à cause d'un besoin malavisé de se repentir n'a pas seulement un impact sur toi, Cillian. Ce choix – celui où tu fais passer tous les autres en premier – l'affecte aussi. Si tu te souviens de mes paroles, n'oublie pas cela. »

Sur le moment, j'avais pensé qu'elle me réprimandait pour avoir laissé les autres Omégas à l'étang pendant que je m'occupais d'elle.

— J'ai vraiment été têtu, murmurai-je. Voire même un peu bouché.

Ivana ricana, une série de réponses sarcastiques traversant ses pensées.

J'attrapai sa taille, enfonçant un peu mes doigts dans ses flancs. Elle glapit en réaction et me fit des gros yeux d'indignation.

— Tu viens de me *chatouiller ?*

— Oui, macushla, m'esclaffai-je.

Et je recommençai, ce qui me valut un cri plus fort de sa part tandis qu'elle gigotait pour se dégager de mes genoux. Mais il n'était pas question de la laisser partir. Elle était à moi, ce que j'entrepris de lui montrer en la jetant sur le canapé et en plaquant son corps sous le mien.

— *Cillian*, me souffla-t-elle en se tortillant vainement.

— Ivana, répondis-je en me calant encore plus fermement sur elle.

Son grognement me donna envie de lui rendre la pareille, mais sur un ton beaucoup plus érotique. Hélas, la voix de Lorcan dans ma tête m'interrompit.

Kyra est en train de chercher. Ashlyn lui a-t-elle dit sous quelles lattes du plancher de son nid elle devait regarder ?

Je vais lui demander, répondis-je, et je répétai la question à voix haute à Ivana.

— Non, elle a juste dit qu'elle cachait ses carnets sous les lattes du plancher dans son nid. Alors peut-être directement sous son lit ? suggéra Ivana.

Je transmis ce message à Lorcan, qui fut accueilli par le silence.

— Kyra est en train de chercher, informai-je Ivana.

— Oui, j'ai capté ça dans ton esprit.

J'arquai un sourcil.

— Tu as entendu les pensées de Lorcan ?

Elle se tordit les lèvres, le regard songeur.

— Non, pas exactement. Je… je t'ai entendu y penser ? (Elle soupira.) C'est vraiment compliqué…

Je souris.

— Oui, macushla, c'est vrai. Mais je vais t'aider.

Elle déglutit puis acquiesça.

— Je peux déjà voir comment tu cloisonnes, en quelque sorte.

— Vraiment ? m'étonnai-je.

— Je crois que oui. (Elle se mordilla la lèvre inférieure, les sourcils froncés.) Peut-être que *voir n'*est pas le bon mot. Mais je… j'ai senti que tu favorisais Lorcan tout en te coupant des autres. Et je crois savoir comment tu as fait.

— Intéressant, murmurai-je.

Je sondai un peu son esprit pour l'entendre s'interroger sur le processus. Des bribes et morceaux étaient incohérents, mais je percevais qu'elle démêlait le chaos. Je n'en comprenais pas la plupart. En fait, je ne pouvais pas la capter pleinement, parce qu'elle m'empêchait naturellement d'aller trop loin dans ses pensées.

— Je me demande si ton immunité naturelle à ce que je lise dans tes pensées n'a pas quelque chose à voir avec la construction de l'esprit, songeai-je à voix haute. Et maintenant, ces dons se mélangent pour créer quelque chose d'entièrement différent.

— Qu'est-ce que tu veux dire ? demanda-t-elle avec une moue.

— Je veux dire que je ne peux pas comprendre les processus de l'esprit d'autrui ; j'entends juste ses pensées. Mais toi, tu parais non seulement savoir comment j'entretiens ma capacité, mais aussi être capable d'imiter le concept. Ça suggère une forme unique de lecture de l'esprit qui va plus loin que la conversation mentale.

— Mais j'ai senti ton pouvoir, Cillian. Tu m'as déjà enchaînée avec ton esprit, et pas seulement l'autre jour dans le Secteur des Glaciers.

Je grimaçai, ce souvenir n'étant pas de ceux que je souhaitais revivre. Mais il était très présent dans son esprit.

— Je n'aurais pas dû faire ça.

— Non, tu n'aurais pas dû, convint-elle. Mais la question n'est pas là. Ton pouvoir contrôle essentiellement les récepteurs du cerveau qui traitent le libre arbitre. Et tu es capable d'appliquer des contraintes à ce libre arbitre. Ce qui rend ce que tu peux faire bien plus puissant qu'une simple lecture de l'esprit.

— Je n'ai jamais dit que lire dans les pensées était simple, prononçai-je lentement, tout en assimilant ses paroles. Je ne sais pas non plus comment j'enchaîne les volontés des autres ; je le fais tout simplement. Or toi, on dirait que non seulement tu le sens, mais que tu peux aussi le voir vraiment se produire ?

Elle me dévisagea.

— Oui. J'ai supposé que tout le monde pouvait le faire.

— Le sentir, peut-être, admis-je. Mais je ne pense pas que la plupart des loups, s'il y en a, puissent le voir. Es-tu en train de dire que tu sais que j'ai déjà mis des Alphas à terre ? Comme quand Quinnlynn a été attaquée il y a quelques mois ?

Elle acquiesça lentement.

— Tu as maîtrisé tous les Alphas du Secteur ce jour-là, en veillant à ce que personne ne puisse s'éclipser.

— Et tu l'as senti ou tu l'as vu ?

Ivana réfléchit un moment à ma question.

— Les deux, je pense ? Pour moi, c'est la même chose. J'étais juste consciente de ce qui se passait.

— C'est… fascinant, m'émerveillai-je en la regardant avec admiration. Mais tu ne pouvais pas lire dans mes pensées ni vraiment voir comment ça fonctionnait à l'époque, c'est ça ?

Elle secoua la tête.

— Non, j'ai juste senti que ça arrivait. Et je savais ce que tu faisais.

— Tu peux sentir quand Lorcan et Kieran évoquent des emprises similaires sur les autres ?

— Oui. Leur domination est aussi puissante que la tienne.

— Plus puissante, précisai-je. Mais peut-être similaire.

— La même, Cillian, insista-t-elle. Vous dégagez tous les trois une force mentale sur la même longueur d'onde terrifiante.

— Je ne suis pas sûr que ce soit terrifiant, grognai-je.

Elle me fit une grimace.

— Tu sais que tu es terrifiant. J'en capte la confirmation dans ta tête en ce moment même.

La facilité avec laquelle elle épluchait les couches de mon esprit était à la fois stupéfiante et impressionnante.

— Tu possèdes manifestement un talent qui implique de comprendre les subtilités des capacités mentales, ce qui explique ton don pour les déjouer.

Et maintenant qu'elle avait accès à mes pouvoirs télépathiques, elle approfondissait ses compétences.

— Fascinant, répétai-je.

— Est-ce qu'il t'arrivera la même chose quand tu me mordras ? s'enquit-elle. Je veux dire, est-ce que tu, hum, *hériteras* de mon supposé don ?

— Il n'y a rien de *supposé* là-dedans, Vana. Tu as un don.

Un don extraordinaire, en plus. Je m'étais toujours demandé pourquoi son esprit paraissait si calme. Maintenant, je comprenais un peu. Quant à savoir si j'adopterais ou non son talent unique lorsque je la revendiquerais…

— Je ne sais pas, mais nous allons le découvrir très bientôt, promis-je, baissant les yeux sur sa bouche. Ou bien maintenant.

Parce que je voulais vraiment la revendiquer. La nouer. La rendre mi–

Kyra a trouvé les journaux, intervint Lorcan, son timing laissant beaucoup à désirer. *Il y en a des dizaines, Cillian. Ivana peut-elle nous indiquer par où commencer ?*

Réprimant un grognement, je réitérai la question à haute voix à Ivana.

—Je… (Elle cilla.) Non. Tout ce qu'elle m'a dit, c'est où les trouver. (Elle fronça les sourcils.) Mais… est-ce qu'elle est retournée dans le Secteur de la Nuit avant de disparaître ?

Ne connaissant pas la réponse, je demandai à Lorcan.

— Oui, lui dis-je, répétant sa réponse à haute voix.

— Alors je me demande si le journal dans lequel elle écrivait ce jour-là est celui qu'elle veut qu'on trouve, dit lentement Ivana. Ce serait logique. Elle m'a laissé le voir. Mais je… il faudrait que je voie les autres pour le reconnaître, car je n'étais pas assez attentive ce jour-là.

Un peu plus de cette culpabilité s'empara de ses pensées. *Dieux, pourquoi j'ai supposé le pire d'elle ?* pensait-elle.

Arrête, lui chuchotai-je en retour. *Tu m'aides maintenant et c'est tout ce qui compte.*

Elle déglutit et inclina son menton en un léger hochement de tête.

Je transmis l'information à Lorcan.

Kyra les éclipse au bureau de Kieran. À moins que tu préfères qu'on te rejoigne où tu es ?

Une pointe de sarcasme soulignait cette question, car mon meilleur ami connaissait ma réponse avant même de la poser.

Ne t'approche pas du nid de ma compagne.

Tu ne l'as toujours pas revendiquée, alors ? railla-t-il.

Va te faire foutre, Lor.

Le gloussement qu'il émit en réponse me fit gronder au fond de ma gorge.

Ivana frissonna sous moi.

— Désolé, marmonnai-je, faisant de mon mieux pour dompter l'animal en moi. Lorcan me pousse à bout.

— Tu le mérites quand même un peu, répondit-elle, me faisant hausser les sourcils.

— Ah oui ?

Elle acquiesça.

— Tu aurais dû me revendiquer pendant mes chaleurs. Mais tu as choisi d'attendre. Alors oui, tu mérites d'être poussé à bout par tes amis. En fait, je suis plutôt contente qu'ils te provoquent de ma part. Je pense qu'ils auraient dû le faire depuis des années.

Je la regardai d'un air ahuri.

— Tu es une petite traîtresse insolente.

Elle haussa les épaules, l'image même de la fausse innocence.

— Je suis juste honnête.

— Hmm, fredonnai-je en me penchant pour lui mordiller la bouche. Je m'en souviendrai plus tard quand tu me supplieras de te faire jouir.

Ses yeux s'écarquillèrent.

— Hein ?

— Tu m'as bien entendu, mon insolente Oméga chérie. (Je la mordillai encore, puis je rampai lentement hors d'elle.) Je vais te donner une leçon de satisfaction différée.

— Parce que depuis six ans, je n'ai pas déjà compris cette leçon ? rétorqua-t-elle du tac au tac.

Dieux, que j'aimais cette femme.

— Tu me donnes envie d'oublier les journaux et de te baiser à la place, Ivana.

Elle ricana.

— Alors peut-être que tu devrais te la donner à toi, cette leçon de *satisfaction différée*, Cillian. Parce que je ne veux plus de ton nœud.

Je m'esclaffai.

— Ta chatte mouillée dit le contraire, Oméga.

Les narines dilatées, elle s'extirpa du canapé et posa ses mains sur ses hanches.

— Je ne suis pas mouillée en ce moment, *Alpha*.

Un autre rire m'échappa.

— Et maintenant, tu me mens.

— Non.

— Si, lui assurai-je, l'attrapant par la taille avant qu'elle songe à m'échapper.

Elle émit un hoquet étouffé lorsque je palpai sa chatte, pressant mes doigts dans sa chaleur séduisante.

— Je te sens même à travers ton jean, Vana. (Je me penchai pour approcher mes lèvres de son oreille.) Et je peux te flairer aussi. (Je mordis doucement le lobe de son oreille, ma main la massant à travers son pantalon.) Tu es tellement mouillée que tu vas devoir changer de vêtements.

Je m'écrasai contre elle, m'assurant qu'elle ressentait ma réaction.

— Ne t'inquiète pas, Vana. J'ai tout autant envie de toi, peut-être même plus. (Je parcourus son cou de ma langue, mes dents effleurant son pouls emballé.) Dieux, j'ai hâte d'être à nouveau en toi. De te *mordre*. Je veux le faire maintenant, au diable tout le reste.

La marquer comme l'être le plus important de ma vie. Lui prouver qu'elle est ma priorité. *La faire mienne.*

— Non, souffla Ivana, posant ses mains sur mes épaules pour me repousser. On doit retrouver Ashlyn.

Je soupirai.

— Ivana…

— Non, Cillian. (Elle se recula et serra mon visage entre ses mains.) Je veux que tu me mettes au-dessus de tout. Je m'en suis rendu compte au moment où tu m'as quittée pour rejoindre Kieran. Je peux donc admettre que je me suis trompée sur ce que j'attendais d'un compagnon. Tu avais raison quand tu as dit que je méritais un Alpha qui me donne la priorité.

— C'est ce que j'essaie de faire en ce moment, lui dis-je. Je…

Elle posa doucement ses doigts sur mes lèvres pour me faire taire.

—Je n'ai pas fini, me réprimanda-t-elle gentiment. Je sais que tu veux me mettre au-dessus de tout, et je t'aime pour ça. Mais il s'agit de savoir qui nous sommes en tant que couple, Cillian. Je veux juste être incluse dans tes procédures, savoir que tu me respectes assez pour me dire ce qui se passe. Je veux pouvoir te soutenir. Alors laisse-moi te montrer à quoi ça ressemble. Laisse-moi te montrer qui nous pouvons être.

Son pouce effleura ma pommette, son regard fouilla le mien.

— Emmène-moi au bureau de Kieran, reprit-elle. Ensemble, nous trouverons Ashlyn. En tant qu'équipe. Comme une paire unie. En tant que *nous*.

Je la regardai fixement, hypnotisé par la forte Oméga qui se trouvait devant moi.

— Tu es incroyable, Ivana, m'émerveillai-je, pesant mes mots. Vraiment incroyable.

Et j'avais été idiot de ne pas m'en être rendu compte plus tôt. D'essayer de me cacher d'elle. De la repousser. Cette belle, fière et incroyable Oméga avait voulu être à moi dès notre rencontre. Il avait fallu que je manque la perdre pour réaliser à quel point j'étais chanceux qu'elle m'ait choisi d'abord.

—Je vais passer le reste de notre vie à être digne de toi, jurai-je.

Je scellai cette promesse par un baiser qui l'a fit se cambrer contre moi tandis que je passai un bras dans son dos et l'autre autour de ses épaules, ma main sur sa nuque.

Elle gémit, son esprit complètement ouvert au mien. J'entendais ses volontés. Ses besoins. *Ses désirs*. Mais en dessous de tout, il y avait une détermination d'acier de localiser Ashlyn.

Tout ce qu'Ivana voulait, c'était être ma partenaire. Ma confidente. Ma compagne.

Et je voyais enfin ce que cela signifiait. Il ne s'agissait

pas de donner la priorité à Kieran ou au secteur plutôt qu'à ma compagne. Il s'agissait de travailler avec ma compagne pour accomplir encore plus de choses. Il s'agissait d'un travail d'équipe. De communication. D'un soutien mutuel, quoi qu'il arrive.

Cette Oméga venait de me donner une leçon que je n'aurais jamais cru devoir apprendre.

Je la remerciai avec ma langue, la vénérai avec mon esprit et l'aimai inconditionnellement avec mon cœur.

Allons retrouver Ashlyn, murmurai-je dans ses pensées. *Ensuite, je te ferai officiellement mienne.*

IVANA

LES CARNETS d'Ashlyn étaient étalés sur le sol, tous identiques.

Autant pour en reconnaître un, pensai-je en soupirant.

Le seul identifiant sur chacun d'eux était un symbole dans le coin inférieur droit de chaque couverture. Mais personne ne savait ce que ces symboles signifiaient.

Personne, c'est-à-dire moi, Cillian, Kieran, Lorcan, Quinn et Kyra.

Plusieurs d'entre nous s'étaient mis à feuilleter les carnets pendant que Lorcan et Cillian cherchaient les symboles dans leurs archives de données. Mais trois heures plus tard, aucun n'avait avancé.

— On rate quelque chose, dis-je en regardant Cillian. Elle m'a parlé de ces carnets. Elle m'a dit de faire attention au prince Cael, qu'il est entouré de ténèbres. Et elle m'a dit de te dire qu'une nouvelle vie est plus importante qu'une ancienne.

Cette dernière partie n'avait toujours aucun sens pour moi.

Parlait-elle de notre bébé ? Ou de tout autre chose ?

Et qui est l'ancienne vie ? Elle ?

— Qu'est-ce qu'elle t'a dit exactement ? demanda Kieran à Cillian.

— Elle m'a traité d'obstiné, a dit que mes décisions n'avaient pas seulement un impact sur ma vie, mais aussi sur celle de quelqu'un d'autre – ce qui, je l'ai compris depuis, désigne probablement Ivana. Et elle avait l'air plutôt effrayée d'avoir vu Grey. (Cillian fronça les sourcils en prononçant cette dernière révélation.) Elle a dit qu'il ne lui voulait pas de mal. Elle était juste surprise que leurs destins se croisent si tôt.

Kyra et Quinn échangèrent un regard.

— Elle ne s'est pas inscrite à ce programme pour trouver un compagnon, déclara Quinn. On le sait toutes les deux.

Kyra acquiesça.

— Elle a toujours été intéressée par les Alphas, mais pas dans le sens d'un accouplement. (Elle jeta un coup d'œil à Lorcan avant d'ajouter :) Elle voulait savoir comment les combattre.

— Comment se défendre, précisa-t-il.

Kyra haussa les épaules.

— C'est pareil.

— Seulement pour toi, petite tueuse, grogna son compagnon.

Il parle beaucoup plus maintenant, remarquai-je, jetant un œil à Lorcan.

Oui, c'est déconcertant, répondit Cillian dans mon esprit, une pointe d'amusement soulignant ses paroles.

— Mais ce que je veux dire, c'est que nous savions depuis le début qu'Ashlyn avait rejoint ce programme dans un but qui n'avait rien à voir avec le fait de prendre un compagnon, déclara Quinn. À présent je me dis que c'était pour protéger les autres Omégas.

— Sauf qu'elles ont encore été droguées avec le sérum de la fête de l'œstrus, releva Kieran, posant sur sa reine un regard intense.

— Oui, mais Sylvia a été droguée en premier. (Quinn devint pensive à ces mots.) Et si c'était involontaire ? Un genre de signe ? Un moyen de faire sortir les autres du Secteur des Glaciers avant qu'elles soient toutes en chaleur ?

— Tu penses que c'est Ashlyn qui l'aurait droguée ? s'étonna Kyra, incrédule.

— Non… je ne sais pas. C'est juste que… (Quinn soupira.) Écoutez, tout ce que fait Ashlyn recèle un but caché. Il en a toujours été ainsi. Et elle a demandé à partager sa chambre avec Sylvia.

— Alors peut-être qu'elle a vu ce qui lui est arrivé, et que celui qui est derrière tout ça a enlevé Ashlyn pour la faire taire, proposa Kyra.

— Ou peut-être qu'elle savait déjà ce qui allait se passer et qu'elle voulait s'assurer que Sylvia soit retrouvée, rétorqua Quinn.

Elles s'étudièrent un long moment, leur conversation semblant se poursuivre uniquement par leurs yeux. Elles étaient les meilleures amies du monde, et des moments comme celui-ci ne faisaient que renfoncer ce lien.

Je les laissai poursuivre leur discussion silencieuse et me repenchai sur les journaux. Plus précisément sur les symboles.

— Tu penses qu'ils constituent une sorte de langage ? demandai-je à Cillian plutôt qu'au groupe. Peut-être quelque chose que les loups du Z-Clan utilisent pour communiquer ?

Car ces lettres ressemblaient un peu à des runes. Mais ce n'était pas une écriture que j'avais déjà vue, et étant donné le peu que Lorcan et Cillian avaient trouvé dans leurs archives, ce n'était pas non plus quelque chose qu'ils reconnaissaient. Ce qui en disait long, compte tenu de leur âge.

Peut-être avions-nous besoin d'un avis extérieur.

— On devrait demander à l'Alpha Grey, suggérai-je à voix haute. Elle t'a bien dit que leurs chemins étaient destinés à se croiser, n'est-ce pas ? Ça peut être un indice. Peut-être qu'elle voulait dire qu'ils étaient censés se croiser maintenant. Genre, *aujourd'hui*.

— Ou bien elle faisait allusion au fait que Grey était la menace, intervint Lorcan.

— Non, elle a bien spécifié qu'il ne lui voulait aucun mal, répondit Cillian. Et je ne crois pas qu'elle parlait uniquement de l'incident de l'étang gelé.

— Ça ressemble à l'Ashlyn qu'on connaît, remarqua Kyra. Chaque commentaire est toujours une énigme à plusieurs niveaux.

— Tu aimes ces énigmes, d'habitude, souligna sèchement Quinn.

— Pas quand Ashlyn se met en danger, grogna Kyra, dont les traits s'assombrirent. Je vais lui tordre le cou dès qu'on la retrouvera.

— Ça me paraît approprié, railla Lorcan.

Kyra fusilla du regard son compagnon aux cheveux et aux yeux noirs.

— Tu as envie que je te tue ?

— J'aime quand tu flirtes avec moi, petite tueuse, sourit-il.

— Arrête de me distraire.

— Arrête de me faire des propositions, répliqua-t-il.

— Tu es exaspérant. (Elle prononça ces paroles avec conviction, puis jeta ses bras autour de lui et enfouit son visage dans son cou tandis qu'il lui rendait son étreinte.) Merci.

Je ne comprends pas ce qui vient de se passer, me dis-je, et à Cillian du même coup.

Puis je surpris certaines réponses dans les pensées de Kyra et de Lorcan.

Lorcan avait fait exprès de provoquer sa compagne afin qu'elle ne pense plus à Ashlyn. Du moins pour un moment. Parce qu'elle s'en voulait de ne pas avoir insisté davantage lorsqu'elle avait demandé à Ashlyn quelles étaient ses intentions.

En fait, en observant le groupe, je me rendis compte qu'il y régnait beaucoup d'autoculpabilité. Cillian, Lorcan et Kieran se sentaient tous responsables en tant que protecteurs d'Ashlyn. De leur côté, Quinn et Kyra se reprochaient intérieurement de ne pas avoir fait parler Ashlyn.

— Elle n'aurait rien pu dire, même si tu avais essayé de la forcer à avouer, lâchai-je. Elle m'a dit qu'elle ne pouvait pas *partager* ses visions. C'est pourquoi elle les a écrites. (Je brandis deux des journaux intimes.) Et tout ça, c'est plein de charabia sans chronologie. Les étudier tous va prendre des semaines. Mais si nous arrivions à comprendre ce que ces symboles signifient…

— Ça pourrait aider, acheva Cillian à ma place. Je suis d'accord. Et aussi que nous avons besoin de Grey. Je ne pense pas qu'Ashlyn parlait de l'incident de l'étang ce jour-là ; je crois qu'elle essayait de me dire autre chose.

— Et ces ténèbres autour de Cael ? rappela Kieran. Est-ce qu'elle nous avertissait qu'il est impliqué d'une manière ou d'une autre dans tout ça ?

Je secouai lentement la tête.

— Non, je ne pense pas. Elle a dit qu'il était *entouré* de ténèbres à dessein. Et elle m'a aussi dit qu'il n'était pas dangereux.

Kieran acquiesça.

— Donc on va appeler Cael et Grey, voir s'ils reconnaissent ces symboles, et nous partirons de là.

— Tu penses qu'on peut leur faire confiance ? demanda Kyra, la tête contre la poitrine de Lorcan.

Il n'avait pas cessé de la serrer dans ses bras, mais son regard se posait sur Kieran.

— Non, répondit-il. Mais je suis prêt à envisager le concept.

— Moi aussi, acquiesça Cillian, dont les pensées m'expliquaient pourquoi.

J'écarquillai les yeux lorsqu'il se souvint de tout ce que Cael lui avait dit à mon sujet, comment il avait qualifié Cillian d'indigne, lui disant qu'il devait *faire mieux*.

Apparemment, Lorcan avait fait de même. Je le regardai bouche bée, puis me tournai vers Cillian.

Ils ont dit tout ça ?

Il me retourna mon regard avec un sourire en coin.

Surprise ?

Oui.

Pourquoi ?

Je... Je ne sais pas. J'ai juste... Je fronçai les sourcils. *Lorcan ne parle jamais.* C'était une excuse bidon, mais c'était la première qui me venait à l'esprit. Pour Cael, je n'avais rien à dire. J'étais... abasourdie.

Comme tu l'as remarqué, Lorcan est un peu plus bavard ces jours-ci, argua Cillian, entourant mes épaules de son bras. *Et il se soucie de toi. Moi aussi. C'est pourquoi je suis curieux de connaître les motivations de Cael.*

À voix haute, il changea de sujet et parla à Kieran du

pouvoir grandissant de Cael. Je l'écoutai attentivement, encore surprise par tout ce que j'avais capté dans son esprit, et encore plus sidérée par ce qu'il avait dit à propos de Cael qui le bloquait.

Cela ressemblait à ce que j'avais réussi à faire. En quelque sorte. Sauf que mon *don*, comme l'avait appelé Cillian, semblait tourner autour des processus cérébraux. Ou de leur détection, en tout cas. Ou peut-être simplement la détection d'autres talents mentaux.

Tout cela était très confus. Mais j'étais intriguée d'en apprendre plus sur Cael et ses capacités potentielles.

Non, dit Cillian dans mon esprit en attrapant mon menton.

— Arrête de penser à Cael. Tu es à moi.

— Tu ne m'as pas encore mordue, grognai-je.

— Ivana, gronda-t-il à voix basse, sur un ton d'avertissement. Je vais te mordre et te baiser ici même, juste pour m'assurer que Cael reçoive bien le message que tu es à moi.

Un frisson me traversa l'échine à la possession qui sous-tendait son ton.

— Je vous assure que ce ne sera pas nécessaire, intervient le prince Cael en apparaissant sans crier gare dans le bureau de Kieran. Bien que j'apprécie une bonne dose de voyeurisme à l'occasion, ce n'est pas le moment. (Il se tourna pour s'adresser au roi du Secteur Sanglant.) Nous devons parler, O'Callaghan.

— Oui, on dirait bien, murmura Kieran, la tête légèrement penchée sur le côté. J'allais justement t'appeler.

Le prince Cael sourit.

— Je sais. C'est pourquoi je suis ici.

— Tu vas devoir expliquer ça, gronda Cillian, dont l'instinct protecteur s'activa.

— Oui, ça et bien d'autres choses, répondit le prince

Cael. Mais d'abord, l'Alpha Grey doit examiner ces journaux intimes. L'un d'eux contient une réponse dont nous avons tous désespérément besoin.

— Tu veux dire une confirmation, gronda une voix grave alors que Grey se matérialisait dans la pièce. Ses longs cheveux blonds qui se gonflaient autour de lui lui donnaient un aspect inquiétant.

Je n'ai senti aucun d'eux arriver, grogna Cillian.

Il s'adressait à Kieran et Lorcan, mais je l'entendis grâce à mon talent hérité.

— Vas-y, parle, lança Kieran, son pouvoir ponctuant son ordre.

— Nous pensons savoir où se trouve Ashlyn, répondit le prince Cael. Et qui l'a enlevée.

— Qui ? demande Kieran.

Le prince Cael croisa directement son regard et grogna :

— Le prince Tadhg.

CINQUIÈME PARTIE

Chère Oracle des Étoiles,

Si tu lis ceci, alors il est temps de comprendre certains de mes choix. Certaines de mes visions. Certains de mes...

Non. Ne réagis pas. Ne leur fais pas savoir ce que tu as trouvé. Tu comprends ?

Bon, comme je le disais... c'est le moment. Il faut que tu écoutes attentivement, Étoiles.

Si j'ai raison, ton pouvoir est en train de changer. Tu peux sentir les choses, pas vrai ?

Chut. Ne réagis pas. Je suis sérieuse, Étoiles. Concentre-toi et bloque tout le reste.

Et penche-toi sur ton talent. Y a-t-il quelque chose d'étrange ? Des vibrations bizarres ? Des énigmes potentielles à résoudre... ou à démanteler ?

C'est l'un de ces moments où tu dois choisir judicieusement tes alliés.

Envisage tous les chemins possibles. Et fais attention où tu mets les pieds... Il y a des mines terrestres à l'affût, Étoiles. Des mines terrestres qui alerteront notre ennemi de notre arrivée.

Sois prudente. Avance doucement. Et n'oublie pas... Pas un bruit.

J'espère que ça suffira. Je ne peux pas t'en dire plus. Nous sommes à la croisée des chemins, Étoiles. Je vois deux façons dont cela pourrait se terminer.

Peut-être que tu trouveras une troisième voie.

À bientôt,

Ashlyn

PS : Félicitations pour le petit dernier. Je t'envoie ma bénédiction depuis la tombe.

PPS : Nos passés nous rendent plus forts, pas plus faibles. Ne l'oublie pas. Rappelle-toi d'où tu viens. Et comprends une fois pour toutes que tu n'es pas lui. Mais parfois, il faut penser comme lui pour trouver la vérité. Pour trouver... moi.

CILLIAN

Il me fallut une certaine retenue physique pour garder le silence et laisser parler Cael. Son arrivée brutale avait déclenché toutes les alarmes dans ma tête.

Pouvoir. Pouvoir indécent. *Au même niveau que Kieran, Lorcan et moi. Un rival évident. Une menace potentielle.*

Mais alors qu'il continuait de parler, ma sensation d'alarme s'éloigna de la présence inattendue de Cael et s'orienta vers la situation qu'il exposait à présent.

— Cette opération que toi et les loups du X-Clan avez menée dans le Secteur Bariloche n'était qu'une parmi tant d'autres, disait-il, me choquant au plus haut point.

Il venait de mentionner avec désinvolture notre participation à la destruction du Secteur Bariloche comme si c'était de notoriété publique, alors qu'en réalité, nous n'en avions pas soufflé mot en dehors de notre très petit cercle. Nous n'étions venus que pour Quinnlynn, ce dont Kieran, Lorcan et moi n'avions absolument parlé à personne d'autre.

— Il a aussi été détruit prématurément, poursuivit Cael. Nous avions une taupe, quelqu'un qui se frayait un chemin dans le système, mais vous tous avez pris d'assaut le secteur et l'avez réduit en cendres.

Grey grogna, les bras croisés sur sa large poitrine. Il était resté silencieux depuis son irruption. Cependant, son esprit avait bruissé de fils d'informations. Des commentaires internes concernant la *traite d'esclaves omégas* sur lequel Cael et lui avaient apparemment fait des recherches pendant des années.

— Se frayer un chemin dans le système, ça veut dire quoi au juste ? demanda Kieran, dont l'esprit était d'un silence mortel tandis qu'il se focalisait sur Grey et Cael.

— Le réseau de vente aux enchères d'Omégas, précisa Cael, sa terminologie étant légèrement différente du monologue interne de Grey qui y voyait une traite d'esclaves.

— Quelles ventes aux enchères d'Omégas ? s'étonna Kieran. Je n'en ai jamais entendu parler.

— Parce que c'est dirigé par un collectif secret d'Alphas. Nous essayons d'infiltrer leur réseau depuis des années. (Cael poussa un soupir et passa ses doigts dans ses cheveux noirs.) Nous voulions inciter Tadhg à joindre notre contact dans le Secteur Bariloche pour pouvoir le démasquer.

— Afin de prouver qu'il est un membre du collectif, ajouta Grey d'une voix grondante.

Mais son esprit me disait que cela allait bien plus loin que d'établir la preuve de l'implication de Tadhg dans les ventes aux enchères d'Omégas. Il y avait une autre pièce du puzzle. Quelque chose que Tadhg avait fait et qu'il cherchait à prouver. Mais avant que je puisse discerner cette pièce, il me bloqua, me scrutant de son regard glacial.

Je t'ai assez laissé fouiner, pensa-t-il. *Je ne suis pas là pour te faire du mal, ni à personne d'autre dans le Secteur Sanglant, ce que tu as déjà observé lors de tes divers balayages dans ma tête. Alors arrête de creuser.*

L'histoire ne se résume pas à ce que tu dis, lui rétorquai-je.

Bien sûr, mais mes raisons personnelles ne te concernent pas.

C'est personnel pour nous aussi, fis-je remarquer.

Pas de la même façon, me dit-il, plantant son regard dans le mien. Puis à haute voix :

— Je dois voir les journaux d'Ashlyn. Je peux les déchiffrer comme aucun de vous n'en est capable.

Kieran se hérissa à cette idée.

— Pas avant d'avoir compris ce qui se passe réellement ici.

— Ce qui se passe ici, c'est que quelques Alphas de haut rang ont instauré une traite d'esclaves omégas au début de l'ère des Infectés, résuma Grey sans ambages. Ils ont kidnappé des Omégas en fuite de toutes sortes, les ont mises aux enchères et les ont vendues aux plus offrants dans le monde entier. Ils ont continué ce bizness pendant des décennies, mais avec moins d'enchères en raison des réserves limitées d'Omégas. Et leurs principaux clients étaient des ordures comme Carlos.

D'autres noms traversèrent l'esprit de Grey, tous ceux qu'il me laissa entendre. Aucune des identités qu'il énumérait n'était surprenante. Il y avait des endroits comme le Secteur Bariloche partout dans le monde, tous dirigés par des Alphas qui considéraient les Omégas comme des marchandises à exploiter, non comme des trésors à vénérer.

— Oh, et ta récente révélation du Sanctuaire a dû piquer leur intérêt, conclut Grey.

— Parce que nous n'avons aucun doute sur le fait que Tadhg a diffusé cette nouvelle, ajouta Cael.

— C'est vrai, grogna Grey. D'où la nécessité d'examiner les journaux d'Ashlyn afin de prouver qu'il est impliqué et voir ce qu'elle sait à ce sujet.

— Comment tu sais pour les journaux ? intervint Ivana, fixant Grey de ses yeux brillants. On ne t'a pas appelé, et personne ne connaissait leur existence avant que je dise à Cillian où les trouver. Pourtant, le prince Cael et toi vous êtes éclipsés ici avec la mission claire de les lire. Comment ? *Comment* l'avez-vous su ?

Grey la dévisagea, sa domination pesant lourd dans l'air et faisant s'agiter mon loup interne. S'il faisait un seul pas vers mon Oméga, je serais obligé d'intervenir.

Personne ne défiait Ivana. Personne d'autre que moi.

— Montre-lui, dit-il, sans détourner son attention de ma compagne. Montre-lui la lettre.

Cael glissa la main dans sa veste de costume et en sortit une petite enveloppe blanche, qu'il tendit vers mon Oméga. Je la lui pris avant qu'elle réagisse, ne désirant pas que ma femme s'approche de son contact princier. Il tordit ses lèvres mais ne dit rien. Il me regarda simplement remettre l'enveloppe à Ivana pour qu'elle l'examine.

Elle considéra le nom griffonné dessus – *Grey* – et le symbole dans le coin inférieur gauche. Il ressemblait à ceux figurant sur les couvertures des carnets.

Sans prononcer un mot, elle ouvrit le rabat et en sortit une carte blanche toute simple.

Ils auront besoin de tes conseils, était-il écrit. *Et elle a aussi besoin de toi. N'abandonne pas, Grey. Compte les jours. Traduis les journaux. Examine les visions. Et n'oublie pas que le temps est un facteur essentiel. Tic. Tac. Tic. Tac. Tic…*

En dessous figurait une série de symboles qui n'avaient

aucun sens à mes yeux d'ancien. Tout comme les autres sur les couvertures.

— C'est une langue primitive, expliqua Grey quand Ivana leva sur lui un regard interrogateur. Semblable aux hiéroglyphes, mais plus ancienne et provenant d'une autre région. *Ma* région. Cette ligne ici représente le Secteur Sanglant, et en dessous, il y a la date d'aujourd'hui, ainsi que l'heure – qui était il y a dix minutes environ.

— Nous avons supposé que vous seriez tous là, ajouta Cael. Mais nous n'étions pas sûrs. C'est pourquoi nous sommes arrivés quelques minutes plus tôt que l'heure indiquée sur sa carte.

— Depuis quand tu as ça ? m'enquis-je, désignant la note énigmatique d'Ashlyn.

— Depuis ce matin, marmonna Grey, tirant sur les revers de son manteau de cuir. Je l'ai trouvée glissée dans la poche de mon manteau, que je n'ai pas porté depuis que je suis venu ici la semaine dernière.

Parce que l'astucieuse Oméga a dû voir que je ne le porterais pas jusqu'à aujourd'hui, pensa-t-il, pour lui-même semblait-il. Cependant, il n'essaya pas de m'empêcher d'entendre ses pensées. Pas même lorsqu'il ajouta : *Et elle a dû faire ça après m'avoir distrait avec ce fichu baiser.*

J'arquai un sourcil. *Un baiser ?* m'étonnai-je. Mais je ne posai pas la question parce que Kieran était déjà en train de parler :

— Tout ça est très intéressant, mais où se trouve Ashlyn, d'après toi ? (Son regard passa de Grey à Cael.) Et pourquoi vous deux êtes si sûrs que Tadhg est impliqué ?

Grey serra sa mâchoire et referma son esprit une fois de plus. Il y avait vraiment quelque chose là-dedans. Une sorte d'histoire qu'il ne voulait pas que j'entende. Ce qui me fit plisser les yeux sur lui. *Plus tu en dissimules, plus tu parais suspect.*

Je n'ai pas peur de toi, Élite, rétorqua-t-il, verrouillant son regard au mien. *Je n'ai peur de personne. Alors accuse-moi autant que tu veux. Mais tu ne feras que perdre ton temps.*

La porte claqua de nouveau entre nous, me faisant presque reculer d'un pas.

Il est très puissant, me chuchota Ivana. *Je sens son énergie qui nous enveloppe tous, comme quand tu tiens les Alphas en laisse. Mais ça... c'est encore plus intense. Comme s'il nous faisait quelque chose qu'aucun de nous ne peut ressentir.*

Je n'aimais pas ça du tout, et je relayai rapidement les conclusions d'Ivana à Kieran.

Mais il était trop occupé à écouter l'explication de Cael – que j'avais manquée en parlant à Grey.

Heureusement, je pus rattraper le coup en écoutant l'esprit de mon meilleur ami.

Malheureusement, je détestai ce que j'y entendis.

Ils utilisent les secteurs déchus comme terrains de jeu – des secteurs déchus comme le Secteur de l'Éclipse.

Il n'y a pas de preuve tangible de l'implication de Tadhg, mais nous savons qu'un puissant Alpha du V-Clan est membre de cette organisation, et que l'odeur de Tadhg a persisté dans plusieurs endroits associés aux ventes aux enchères du marché noir.

Kieran jeta un coup d'œil à sa compagne.

— Tadhg est-il l'Alpha que tu as senti dans le Secteur Bariloche ?

Elle fronça les sourcils.

— Non. Je l'ai assez vu ces derniers temps pour pouvoir dire avec certitude que ce n'était pas lui.

— Exact. Tadhg n'a jamais visité le Secteur Bariloche. Seul mon frère l'a fait. (Ce commentaire inattendu ramena aussitôt l'attention de Kieran sur Cael.) Dixon est celui dont j'ai parlé qui avait infiltré le Secteur Bariloche, notre informateur dont le travail a été réduit à néant lorsque toi et les loups du X-Clan avez annihilé l'opération de Carlos.

— Ton frère a visité le Secteur Bariloche ? Pour violer des Omégas ? demanda Kieran d'un ton calme, mais bordé d'une violence contenue.

— Il n'a violé personne, grogna Cael. Mais il a été forcé de jouer à certains jeux de Carlos. Ce n'était pas un rôle qu'il appréciait.

Quinnlynn ricana. Ainsi que Kyra. Ce qui leur valut un soupir de Cael.

— Vous ne connaissez pas mon frère comme moi, mais il accorde de l'importance au consentement. N'importe laquelle des Omégas avec qui il s'est amusé vous dira la même chose. Je crois qu'ils sont tous les trois dans le Secteur Andorra en ce moment, si vous voulez les appeler pour un contrôle.

Le fait qu'il sache où ils étaient confirmait à quel point il avait été attentif à l'incident du Secteur Bariloche. Un incident qui n'aurait pas dû le concerner du tout. Or il avait éprouvé le besoin de suivre l'endroit où les Omégas avaient été emmenées par la suite. *Intéressant.*

— J'ai soigné certaines de ces Omégas, dit Quinnlynn entre ses dents. Je sais ce qu'on leur a fait.

— Mais pas lui. Tu t'es enfuie chaque fois qu'il s'est approché du Secteur Bariloche. Il t'a sentie partir. (Cael fixa Kieran.) C'est ainsi que je sais que tu as aidé les Alphas du X-Clan à détruire le Secteur Bariloche : tu y es allé pour Quinnlynn. Tu as mis du temps à la trouver, d'ailleurs.

Kieran fit un pas en avant.

— Attention, prince Cael. Je n'aime pas ton accusation sous-jacente.

Cael plissa les yeux.

— On peut monter sur nos grands chevaux si tu le souhaites, *roi Kieran*, mais nous perdons un temps précieux. Si Ashlyn est bien là où on le pense, alors elle sera bientôt mise aux enchères. À ce moment-là, ce sera beaucoup plus difficile de la récupérer.

— Écoutez, intervint Grey, qui s'avança mains pendantes. Je comprends que beaucoup de choses paraissent incroyables. C'est pourquoi nous travaillons depuis des décennies à tenter de prendre Tadhg en flagrant délit. Nous avons besoin de preuves tangibles de ce qu'il a fait pour pouvoir le tenir pour responsable.

— C'est ce que Dixon essayait de faire dans le Secteur Bariloche. Il essayait de se faire repérer par Tadhg en tant que partie intéressée afin d'être potentiellement invité à s'asseoir à sa table, ajouta Cael.

— Oui, Dixon et Cael ont supposé que si Tadhg découvrait qu'un autre Alpha du V-Clan était intéressé par le mode de vie de Carlos, il lui tendrait la main et fixerait un rendez-vous pour s'amuser. (Grey paraissait ennuyé.) Ça ne s'est pas produit.

— Tu n'as pas l'air trop surpris de ce résultat, nota Kieran, son observation corroborant la mienne.

— Parce que je ne le suis pas. Tadhg a passé un siècle, voire plus, à cacher qui il est à tous dans notre monde. Il a dû voir clair dans les intentions de Dixon.

Cael soupira et secoua la tête, sa posture et son expression suggérant que ce n'était pas la première fois que lui et Grey avaient cet échange.

— Nous devions essayer.

— Bien sûr, dit Grey. Et maintenant, Ashlyn a pris le destin en main en s'offrant comme appât. Elle a vu ce qui allait arriver à ces Omégas du Sanctuaire, et elle essaie de l'empêcher. C'est pourquoi je dois voir ces carnets. *Maintenant.*

— Merde, jura Kyra. Merde, merde, *merde.*

— Je sais, marmonna Quinnlynn.

Ivana sourcilla.

— Quoi ?

— C'est bien d'Ashlyn, siffla Kyra, dont les yeux félins scintillaient d'agacement. Elle se met toujours en danger pour protéger les autres. Nous savions qu'elle n'avait pas rejoint le programme d'accouplement pour trouver un Alpha. Nous le savions, et nous n'avons pas insisté sur cette question.

— Ça n'aurait rien changé, argumenta Quinnlynn. Tu sais à quel point elle peut être obstinée.

Kyra secoua la tête.

— Je vais vraiment la tuer quand on la retrouvera.

Cette fois, Lorcan ne répondit pas à la menace réitérée de Kyra. Il se contenta d'étudier attentivement sa compagne, captant sans doute un flot de paroles à travers leur lien. Ou peut-être percevait-il simplement son humeur.

J'ignorai tout cela et revins à Cael et Grey.

— Donc vous pensez qu'elle s'est laissée capturer pour essayer d'empêcher qu'on fasse du mal aux autres Omégas ? résumai-je.

— Oui, confirma Grey. Et c'est tout à fait logique. Tadhg aurait appris ses capacités prophétiques par Hawk ou l'un des autres candidats alphas de son secteur. Ou bien il l'a su parce qu'elle est une Oméga du Z-Clan. Quoi qu'il en soit, il l'aurait considérée comme une menace dont il devait se débarrasser. Et elle s'est mise en situation d'être capturée.

— En se portant volontaire pour revenir dans le Secteur Sanglant afin d'aider celles qui sont restées ici pendant leurs chaleurs, marmonna Kyra qui secoua de nouveau la tête, se fustigeant mentalement de ne pas l'avoir vu.

— Elle était l'une des rares à ne pas avoir ses chaleurs elle aussi, et elle avait dit que ce devait être parce que son espèce ne réagissait pas au sérum, grommela Quinnlynn. Mais je parie qu'elle n'a pas du tout absorbé la boisson.

— En supposant qu'il ait été introduit dans une boisson, rétorqua Kyra. On ne sait toujours pas comment ça s'est produit.

— C'était sans nul doute le sérum de la fête de l'œstrus. Je l'ai reconnu en essayant de guérir certaines Omégas. (Quinnlynn darda un regard noir sur Cael.) Un sérum auquel ton frère aurait eu accès.

— C'est vrai, si le Secteur Bariloche existait encore, répondit-il en haussant un sourcil. Je peux l'amener ici pour que Cillian l'interroge si ça peut aider.

— Il a un blocage naturel dans son esprit, ce qui rend l'interrogatoire plutôt difficile, remarquai-je. Je pense que tu le sais.

— C'est une barrière qu'il peut enlever. (Cael le fit, m'ouvrant son esprit afin que je puisse voir la vérité.) Ce n'est pas difficile.

Je ne répondis pas, préférant fouailler dans ses pensées et capter leur sincérité. Ainsi que son inquiétude envers Ashlyn. Car il savait très bien ce qui allait lui arriver. D'autant plus qu'il me dit qu'en fait, c'était déjà arrivé à quelqu'un qui lui était proche.

Non. Pas proche de lui.

De Grey, réalisai-je.

C'était Grey qui avait été exposé aux ventes aux enchères de cette organisation.

Il avait connu la douleur de la trahison. La douleur de la *perte*.

Tout cela, les accusations concernant Tadhg, le besoin de le faire tomber, c'était à cause de Grey. D'une certaine façon, il savait que le prince Alpha était responsable de ce qui était arrivé dans son passé.

Tadhg a kidnappé et vendu la sœur de Grey à la traite des

esclaves, me dit Cael, ses iris turquoise tourbillonnant d'une fureur à peine contenue. *Et ça fait plus de cent ans qu'il essaie de le prouver. Je n'ai rejoint le combat que récemment, au cours des dernières décennies.*

Pourquoi tu ne nous l'as pas dit ? demandai-je, stupéfié par sa révélation.

Pour la même raison que vous ne nous avez pas parlé du Secteur Bariloche, répliqua-t-il. *Pour la même raison que vous ne nous avez pas informés de l'existence du Sanctuaire jusqu'à récemment. La confiance prend du temps, Cillian. Je pense que tu connais cette leçon mieux que personne.*

Hmm, grommelai-je, sans confirmer ni infirmer ce point. Car nous savions tous les deux que je le comprenais à une multitude de niveaux.

On peut vous en dire plus, reprit-il. *D'autres choses que nous avons découvertes en poursuivant Tadhg, en particulier sur cette organisation de l'ombre et ses enchères d'Omégas. Mais il est inutile de poursuivre cette conversation si tu penses que nous mentons.*

— Cillian ? demanda Kieran, ce qui me fit me tourner vers lui. Est-ce qu'on a besoin de Dixon ?

Je reportai mon attention sur Cael. C'était le moment du non-retour. Soit nous travaillions avec Grey et Cael, soit nous choisissions d'aller contre eux.

Pour l'instant, je ne voyais pas de raison évidente pour cette dernière option. Car dans l'esprit de Cael, je ne trouvai que le désir d'une nouvelle alliance. Du respect pour Kieran. La reconnaissance de nos pouvoirs mutuels.

Et l'acceptation du fait qu'Ivana m'avait choisi.

Cette dernière prise de conscience resta suspendue entre Cael et moi, cette pensée sincère s'attardant à l'orée de son esprit afin que je puisse la saisir.

Tu ferais mieux de te montrer digne d'elle, ajouta-t-il. *Parce qu'elle mérite le meilleur. Pas inférieur. Pas médiocre. Pas même bon. Le meilleur.*

Je sais, répondis-je par télépathie. Puis je regardai Kieran et répondis à sa question :

— Non, on n'a pas besoin de Dixon. Mais nous devons donner les carnets à Grey. Parce que je pense qu'ils disent la vérité. Et comme ils l'ont déjà mentionné, le temps nous est compté.

IVANA

Le sol était jonché de piles de carnets que Grey triait par dates. C'était du moins ce qu'il avait dit quand Kyra lui avait demandé ce qu'elles représentaient.

— Ceux-ci datent des trois dernières années, nous avait-il expliqué en montrant une pile d'une douzaine de carnets.

J'en avais un sur mes genoux, rempli de réflexions incohérentes et d'illustrations bizarres. J'en parcourais les pages en quête de quelque chose de connu.

Ashlyn avait décrit des scènes variées, rédigé des phrases énigmatiques et dessiné des bulles au hasard sur chaque page. Parfois, ces bulles comportaient des flèches. D'autres fois, ce n'étaient que des cercles sur des cercles, m'évoquant une sorte de trou noir délirant.

— Est-ce que tout ça a un sens pour toi ? demandai-je à Grey en lui montrant les gribouillis.

Il jeta un œil à la page que je lui tendais et secoua la tête.

— Non, pas encore.

Il reporta son attention sur celui qu'il avait en main, et tiqua devant ce qu'il y lut.

Je le bloquai avant de l'entendre dans son esprit, ma tête étant déjà submergée par toutes les pensées qui tourbillonnaient dans la pièce.

Bon sang, elles n'émanaient pas que du bureau, mais de tout le secteur. Je n'avais aucune idée de la façon dont Cillian vivait avec ça tous les jours.

Bon, ce n'était pas vrai. J'en avais une petite idée parce que j'avais adopté cette astuce de blocage mental tirée de son esprit. Mais je devais me concentrer sérieusement pour résister aux diverses réflexions qui circulaient dans le Secteur Sanglant.

Fermant les yeux, je pris une grande inspiration et calmai mes propres pensées, repoussant toutes celles qui m'entouraient. Puis je me remis lentement à la tâche de chercher des indices dans l'écriture chaotique d'Ashlyn.

Il devait y avoir au moins trois cents notes dans ce journal, certaines partageant la même page, d'autres griffonnées sur deux feuillets.

Je continuai à lire. Et à lire. J'aurais juré qu'il s'était écoulé des heures. Tout le monde dans la pièce se taisait, absorbé par les mots sibyllins d'Ashlyn.

Je me frottai les tempes mais je continuai d'avancer.

Chère Oracle,
 Nous sommes proches.
 Mes rêves me manquent.

Ashlyn

J'ÉTUDIAI le gribouillis en dessous, en comptai les cercles. *Dix-sept. D'accord.*

La page suivante comportait vingt-sept cercles. Et celle d'après en avait deux.

Est-ce que c'est un motif ? songeai-je, inscrivant les chiffres sur une feuille blanche.

La page d'après en comptait sept.

Dix-sept. Vingt-sept. Deux. Sept.

Fronçant les sourcils, je passai à la note suivante et commençai à compter, mais je cillai sur la première ligne : *Chère Oracle des Étoiles.*

Étoiles était entouré d'un cercle. Mais ce n'est pas cela qui avait attiré mon attention.

Feuilletant quelques pages, je me mis à lire les titres de tout ce qui menait à cela.

Chère Oracle. Chère Oracle. Chère Oracle.

Je pris un autre carnet pour en consulter les notes. Elles commençaient toutes par *Chère Oracle*. Jamais *Chère Oracle des Étoiles*.

Mon froncement de sourcils s'accentua.

J'écrivais *Chères étoiles* dans mon journal, ce qu'Ashlyn savait parce qu'elle avait un problème de compréhension de l'espace vital et m'avait regardée rédiger l'une de mes notes dans l'avion.

Une coïncidence ou tout à fait autre chose ? m'interrogeai-je en revenant à son carnet.

Chère Oracle des Étoiles, lus-je de nouveau. *Si tu lis ceci, alors il est temps de comprendre certains de mes choix. Certaines de mes visions. Certains de mes... Non. Ne réagis pas. Ne leur fais pas savoir ce que tu as découvert. Tu comprends ?*

Je clignai des yeux et lançai un regard alentour. Elle ne

pouvait pas s'adresser à moi. Ça... Ce... Je me raclai la gorge. *C'est Ashlyn. Tout est possible.*

Je relus sa dernière phrase sur le fait de la comprendre, mais je fus distraite par un gros soupir à l'autre bout de la pièce.

— Non, dit le prince Cael, son doigt appuyant sur un bouton à son oreille. Tout va bien. Je t'appellerai s'il y a du changement.

Cillian et Lorcan fixaient tous deux le prince Cael. Grey aussi.

Je n'entendais pas à qui il parlait, juste un faible bourdonnement, et son grognement en réponse.

— Bon, d'accord. Si tu veux bouder, viens ici et rends-toi inutile, pour ce que j'en ai à faire.

Il rabaissa sa main, signalant qu'il venait de mettre fin à son appel.

— Dixon ? s'enquit Grey.

— Non, Granger, grogna Cael. Il insiste sur le fait qu'il me faut la présence d'un Élite.

Kieran renifla.

— Ça me dit quelque chose.

Cillian et Lorcan arquèrent tous deux les sourcils.

— Tu te sens seul sans nous, remarqua Cillian.

— Bien sûr, répondit Kieran.

L'air miroita lorsque Granger apparut dans le bureau, observant stoïquement la scène qui se déroulait devant lui.

— Qu'est-ce que vous faites, bon sang ? demanda-t-il.

— On lit, lui dit Grey, avant de revenir au carnet dans sa main.

— Vous lisez quoi ?

Le prince Cael soupira et se mit à parler des journaux d'Ashlyn, ce qui me ramena à la note que j'étais en train de lire avant que son intervention me distraie.

Bon, comme je le disais… c'est le moment. Il faut que tu écoutes attentivement, Étoiles.

OK, maintenant j'étais sûre à quatre-vingts pour cent qu'elle avait écrit ça pour moi. Peut-être.

Si j'ai raison, ton pouvoir est en train de changer. Tu peux sentir *les choses, pas vrai ?*

Je clignai des yeux. *Ce n'est pas réel,* me chuchotai-je.

Vana ? m'appela Cillian tandis que je lisais la ligne suivante, qui disait *Chut.*

Saintes étoiles, me dis-je.

Ne réagis pas venait ensuite. *Je suis sérieuse, Étoiles. Concentre-toi et **bloque** tout le reste.*

Le mot *bloque* avait été repassé plusieurs fois, ce qui lui donnait un aspect gras. En le voyant et en y pensant, j'avais dressé des murs partout dans mon esprit par réflexe, mais pas avec Cillian. Je lui laissai l'accès libre à mes pensées et je murmurai : *Je crois avoir trouvé quelque chose, mais on ne peut le dire à personne. Pas encore. Pas avant d'avoir compris ce que ça signifie.*

Du coin de l'œil, je le vis faire un pas vers moi. *Non, tu ne dois pas réagir. Laisse-moi juste… laisse-moi voir ce qu'Ashlyn essaie de me dire.*

Il continua quand même à s'approcher de moi, ce qui me fit serrer les dents. Mais il ne fit que m'attraper le menton et le soulever pour m'embrasser.

Ils m'ont vu te regarder, chuchota-t-il dans mon esprit pendant qu'il glissait sa langue dans ma bouche. *Là, je les distrais pour qu'ils ne se demandent pas ce qui a attiré mon attention.*

Il approfondit l'étreinte en glissant sa main dans mon cou et en serrant ma gorge. Pendant une fraction de seconde, j'oubliai ce que je faisais. Bon sang, j'étais presque sûre d'avoir oublié mon propre nom.

Parce que Cillian m'embrassait. Devant ses amis. Devant leurs compagnes.

Je t'embrasserais devant le monde entier, Vana, me dit-il doucement. *Tout ce qui peut prouver que tu es à moi.*

Il te suffit de me mordre pour que ce soit le cas, lui rappelai-je.

Il grogna tout bas dans sa poitrine, le son vibrant à travers moi dans une vague de possession.

Je le ferais bien tout de suite, macushla, mais je ne crois pas que tu souhaites que je te baise en public. Et je ne suis pas sûr de vouloir te partager comme ça non plus. Il mordilla ma lèvre inférieure avant de s'éloigner. *Reprends ta lecture. Je t'écouterai. Et garde tes murs en place.*

Son changement soudain de sujet me coupa le souffle et me troubla quelque peu, tandis que je promenais mon regard dans le bureau.

Tout le monde était bouche bée devant Cillian.

Enfin, pas tout le monde. Le prince Cael souriait.

— Tu essaies de transmettre un message ?

Cillian se retourna brusquement et m'embrassa de nouveau, me surprenant une fois de plus. *Remets-toi au travail,* m'intima-t-il dans mon esprit. *Je veux savoir ce que ce passage dit d'autre.*

Je faillis lui demander : *Quel passage ?* Mais je me rappelai ce que je faisais avant son comportement imprévisible, et je sursautai contre lui en réaction.

Doucement, mon amour, murmura-t-il. *Pas de réactions, tu te souviens ?*

Ses dents effleurèrent de nouveau ma lèvre inférieure, ses yeux sombres brûlèrent dans les miens.

— C'est un bon message, Prince ? demanda-t-il sans me quitter des yeux.

— J'aurais ajouté plus de langue, fut la succulente réponse du prince Cael.

Un feu s'alluma dans le regard de Cillian, un feu qui me brûla jusqu'à l'âme.

— Si vous voulez vous battre, allez dehors, intervint le roi Kieran. Mon bureau est trop bondé pour ces conneries.

— Mais c'est ce que tu voulais, n'est-ce pas ? dit le prince Cael d'un ton soyeux qui nous amena à le regarder, Cillian et moi. Tu m'as demandé de rejoindre le pool d'accouplement pour pousser ton Élite à l'action, non ?

Le roi Kieran le dévisagea, arquant un sourcil sombre.

— Est-ce que j'ai dit ça ?

Le prince Cael sourit de nouveau.

— Non, mais on sait tous les deux que c'était ton intention. Et on dirait que ça a marché.

Retourne au texte d'Ashlyn, murmura Cillian dans mon esprit. *Et ignore la discussion que nous allons avoir.*

Hein ?

Profite de la diversion, Vana, me dit-il. Puis il me lâcha pour rejoindre les deux hommes tandis que le roi Kieran demandait :

— Est-ce que je ferais ça ?

— Bien sûr que tu ferais ça, grommela Cillian. Tout comme tu aurais pu modifier les dispositions d'hébergement pour qu'Ivana et moi partagions un igloo. Oh, attends, tu as *vraiment* fait ça.

Le roi Kieran ricana, mais je perçus l'amusement qui dansait dans ses pensées. Il jouait à un jeu. Un jeu que Cillian avait dû lui demander de jouer. *Pour faire diversion*, réalisai-je en me rappelant ce que Cillian venait de dire. *Ils distraient tout le monde pour que je puisse me concentrer sur ce que j'ai trouvé.*

Je rabaissai les yeux et relus quelques lignes d'Ashlyn.

Je suis sérieuse, Étoiles. Concentre-toi et **bloque** *tout le reste.*

Déglutissant, je fis ce qu'elle demandait et poursuivis ma lecture.

Et penche-toi sur ton talent.

D'accord, pensai-je.

Y a-t-il quelque chose d'étrange ? fut la ligne suivante. *Des vibrations bizarres ? Des énigmes potentielles à résoudre… ou à démanteler ?*

Le front plissé, je relus ses phrases. Les seules *vibrations bizarres* dans la pièce provenaient de Cillian et du prince Cael, qui semblaient se préparer au combat. À la périphérie, Granger et Lorcan étaient tous deux tendus.

Mais pas Grey. Grey était entièrement plongé dans autre chose. Ce pouvoir étrange émanait toujours de lui, celui que je n'étais pas parvenue à déchiffrer. Seulement, ce ne fut pas son pouvoir qui attira mon attention tandis que je balayais la pièce du regard, mais celui de Granger. Son esprit… son esprit était comme…

Une énigme, réalisai-je, clignant des yeux sur le carnet où je saisis ce mot une fois de plus.

C'est l'un de ces moments où tu dois choisir judicieusement tes alliés, poursuivait Ashlyn. *Envisage tous les chemins possibles. Et fais attention où tu mets les pieds…*

OK… Parlait-elle de résoudre l'énigme ? De faire attention à la façon dont je la démêlais ? *Des énigmes potentielles à résoudre ou à démanteler*, avait-elle écrit. Ce serait donc logique qu'elle m'avertisse de la façon dont je les *démantelais*.

Il y a des mines terrestres à l'affût, Étoiles, avait ensuite noté Ashlyn. *Des mines terrestres qui alerteront notre ennemi de notre arrivée. Sois prudente. Avance doucement. Et n'oublie pas… Pas un bruit.*

Je déglutis, trouvant ses avertissements inquiétants. Mais en sondant les pensées de Granger, et en remarquant les couches de son esprit, cela… cela avait un sens.

Il se masquait derrière un épais vernis de pouvoir, qui ne laissait échapper que ses réflexions superficielles. Mais je captais les ténèbres qui se cachaient dessous.

Je faillis écarquiller les yeux. *Méfie-toi du prince Cael,* m'avait écrit Ashlyn dans l'avion. *Il est entouré de ténèbres.*

Les ténèbres sont Granger ? me demandai-je maintenant.

Ce n'était pas lui que Cael et Grey avaient accusé d'avoir enlevé Ashlyn, mais peut-être… peut-être s'étaient-ils trompés ?

Déglutissant de nouveau, je repris ma lecture.

J'espère que ça suffira. Je ne peux pas t'en dire plus. Nous sommes à la croisée des chemins, Étoiles. Je vois deux façons dont cela pourrait se terminer. Peut-être que tu trouveras une troisième voie. À bientôt — Ashlyn.

Sous son nom, il y avait deux post-scriptums, le premier me donnant des frissons. J'avais vraiment l'impression qu'il m'était destiné.

PS : Félicitations pour le petit dernier. Je t'envoie ma bénédiction depuis la tombe.

Pour le deuxième, je n'étais pas sûre.

PPS : Nos passés nous rendent plus forts, pas plus faibles. Ne l'oublie pas. Rappelle-toi d'où tu viens. Et comprends une fois pour toutes que tu n'es pas lui. *Mais parfois, il faut penser comme lui pour trouver la vérité. Pour trouver… moi.*

Peut-être que cette partie aurait plus de sens une fois que j'aurais résolu l'énigme dans l'esprit de Granger.

À moins que ce soit Grey que je doive déchiffrer, pensai-je en considérant l'autre homme.

C'est l'un de ces moments où tu dois choisir judicieusement tes alliés, avait écrit Ashlyn. *Envisage tous les chemins possibles. Et regarde où tu mets les pieds…*

Je n'étais pas sûre du *chemin* qu'elle voulait que je prenne.

Je relus la ligne qui disait : *Je vois deux façons dont cela pourrait se terminer.* Mais elle mentionnait ensuite une troisième voie. *Quelle est cette troisième voie ?*

Je ne pense pas que ce soit Grey, me dit Cillian. Bien qu'à voix haute, il soit en train de sermonner le roi Kieran pour son *ingérence*.

— Qu'est-ce qui vous prend à tous les deux ? lança Quinnlynn.

— Ton *compagnon* n'arrête pas de se mêler de mes affaires, lui dit Cillian. Et ne ricane pas, Cael. Tu es tout aussi mauvais.

Arrête de m'écouter, ajouta-t-il mentalement. *Vois si tu peux fouiller dans l'esprit de Granger. Je vais le distraire carrément.*

En faisant...

J'ouvris des yeux ronds quand son poing frappa la mâchoire du prince Cael.

— *Cillian*, sifflai-je à voix haute.

Vois ce qu'il cache, m'intima-t-il dans ma tête. *Maintenant.*

Cael plongea en avant en grondant, et les deux hommes s'écrasèrent au sol dans un méli-mélo de testostérone et de grognements.

Je sautai de ma chaise, le journal serré dans ma main, et reculai vivement contre un mur pendant que le roi Kieran faisait sortir Quinnlynn de la pièce.

Kyra secoua simplement la tête. Tout comme Lorcan. Et Grey... Grey était trop absorbé par sa lecture pour se soucier du chaos qui régnait derrière lui.

Je fronçai les sourcils, ma curiosité piquée tandis que j'étudiais son esprit pendant un moment. La puissance qu'il dégageait s'estompait, son attention se concentrant sur les mots d'Ashlyn. *As-tu trouvé quelque chose ?* eus-je envie de savoir.

Mais un mouvement perçu du coin de l'œil ramena mon regard sur la bagarre qui se déroulait à côté du bureau de Kieran. Granger avait sorti un couteau et fixait Cillian d'un regard déterminé.

J'ouvris la bouche, sur le point de lancer un avertissement, quand les pensées meurtrières de Granger m'attirèrent en lui. Non, ce n'était pas seulement ses pensées, mais son... son *pouvoir*.

Il pulsait. Tourbillonnait. Se régénérait chaque seconde pour créer une nouvelle couche dans laquelle nager.

Quelle capacité unique, m'émerveillai-je, me perdant dans son processus mental. Il masquait constamment non seulement ses réflexions, mais aussi tout le reste. Tout ce qui faisait de lui un loup. Comme sa voix. Son grognement. *Son odeur,* réalisai-je en découvrant cette mèche qui tourbillonnait autour de lui.

Il était littéralement une énigme, un puzzle dont il réarrangeait les pièces autour de lui pour en créer une nouvelle version propre à chaque situation. Tout cela en se cachant sous une série de protections à toute épreuve. Elles m'évoquaient des rubans d'acier, flexibles dans une certaine mesure, mais surtout incassables.

Je me faufilai sous eux avec précaution, désirant aller plus loin, entendre ses confessions intérieures. Parce qu'il cachait vraiment quelque chose.

Tout le monde autour de moi se tut tandis que je me concentrais intensément sur ma cible, serrant le carnet contre ma poitrine.

Qu'est-ce que tu retiens ? me demandai-je. *Qui es-tu vraiment ?*

Car tout en lui n'était que mensonge. Un masque. Un alter ego.

Il avait passé des décennies à perfectionner cette identité, à vivre dans cette voix, ce grognement, cette *odeur*. Mais une autre version était tapie sous toutes ces barrières.

Je continuai à pousser, à écarter doucement les mèches du chemin et à chercher la véritable identité sous toutes ses barricades mentales. *Montre-moi,* exigeai-je, nageant à travers ce champ de mines mental. *C'est ce qu'Ashlyn voulait dire en parlant de faire attention où je mettais les pieds, de marcher prudemment, de ne pas alerter...*

L'air s'échappa de mes poumons lorsqu'un bloc de béton me percuta de plein fouet, me coupant la respiration.

Tout tournoya. Pulsa.

Le monde... le monde... devint trop sombre. Trop noir. Trop...

Ivana ! cria Cillian. Était-ce dans mon esprit ? À voix haute ? Je... je n'aurais su dire.

Je... je ne sais pas où je...

J'attendis sa réponse.

Rien ne vint.

Que le silence. L'obscurité. Le néant.

La mort.

CILLIAN

PUTAIN, Cael savait donner un coup de poing.

Je raidis ma mâchoire et me baissai, évitant de justesse de me faire frapper de nouveau.

Il gronda. Je grondai en retour.

Et nous nous battîmes tous deux avec notre esprit, essayant de forcer l'autre à se soumettre.

Cette diversion n'allait pas marcher bien longtemps. Cael savait que j'étais sur quelque chose. Il l'avait pensé juste après mon premier coup. *Je ne sais pas pourquoi on fait ça, mais je vais jouer, Élite. Donne-moi le meilleur de toi-même.*

J'avais répondu en lui assénant un nouveau coup de poing en pleine face. Ce qui avait exaspéré Granger, mais Cael avait exigé qu'il se retire.

— Ça va. Je peux m'en charger.

— Il t'a manqué de respect, avait dit Granger entre ses dents serrées.

— J'ai dit que *je peux m'en charger.*

Et il s'en était chargé. En s'éclipsant partout dans cette foutue pièce durant quelques minutes. En balançant des coups de poing et de pied, des insultes verbales. *Et de temps en temps un rire mental.*

Cet enfoiré y prenait bien trop de plaisir.

À contrecœur, j'admettais qu'une partie de moi ressentait la même chose. Et je détestais vraiment que nous soyons tous deux si bien coordonnés. Si je l'avais apprécié, je lui aurais demandé qu'on s'entraîne plus souvent. *Hélas…*

Mon pied frappa le bas de son dos quand je le contournais d'un mouvement vif pour essayer de le faire tomber. Le coup de pied l'envoya droit contre le bureau de Kieran, faisant choir plusieurs objets à terre.

Si tu fous mon bureau en l'air, ça va beaucoup m'énerver, m'informa platement Kieran, tandis que Cael s'écartait du meuble en grognant.

Je l'emmènerais bien dehors, mais je dois accéder à l'esprit de Granger. Ivana est sur le point de percer ses dernières couches mentales. Je pourrais presque entendre ses vraies pensées maintenant, voir ce qu'il…

Je m'éclipsai de l'autre côté de la pièce, évitant de justesse les griffes de Cael. Car ce salaud venait de transformer sa main en patte de loup.

— C'est un talent impressionnant, admis-je en soufflant.

Le bâtard sourit, puis se volatilisa. Je tournai sur moi-même, essayant d'anticiper sa réapparition.

— Je pourrais t'éventrer, dit-il près de mon oreille.

L'instant suivant, il planta ses griffes dans ma gorge.

Parce que tu ne fais guère d'efforts, ajouta-t-il mentalement, son torse grondant contre mon dos. *Qu'est-ce qui se passe, Cillian ?*

Je grommelai un juron.

Il savait que mon attaque n'était pas sérieuse. Je n'aurais jamais fait ça avec Ivana dans la pièce. C'était ce que disait son esprit.

Et il avait raison, je ne faisais guère d'efforts. Voire pas du tout.

Quelques minutes seulement s'étaient écoulées depuis mon premier coup. Ma diversion était brève, mais elle semblait avoir assez duré pour qu'Ivana trouve son chemin dans l'esprit de Granger.

Montre-moi, l'entendis-je exiger tandis que les griffes de Cael s'enfonçaient dans ma gorge.

Vas-y, parle, me dit ce dernier.

Mais j'étais trop occupé à écouter Ivana penser aux champs de mines dans l'esprit de Granger. *C'est ce qu'Ashlyn voulait dire en parlant de faire attention où je mettais les pieds, de marcher prudemment, de ne pas alerter…*

Une explosion éclata, et je me pris la tête alors que la souffrance tailladait mes nerfs. La douleur fulgura dans mon cou et mes genoux cédèrent, le sol accueillant soudain ma chute. Ou l'arrêtant, en tout cas. Durement. Froidement.

Oh, Dieux, c'est quoi ce bordel ? Je ne pouvais plus respirer. J'étouffais. Je me noyais. Perdu dans une mer de ténèbres perpétuelles.

Sauf que… sauf qu'il y avait des grondements tout autour de moi. Des échos. Du *pouvoir*.

Je rouvris les yeux quand Kieran m'administra une dose de son don de guérison, et mon monde se remit à tourner rond. Sauf que rien de ce que je voyais n'allait bien.

Granger serrait sa main autour du cou d'Ivana, dont le

corps était inerte contre le mur à cause de ce qu'il venait de lui faire subir.

Ivana ! criai-je dans son esprit.

Rien. Pas un seul son. Aucun signe de vie.

Je fus debout en un instant, mes dons bloqués sur Granger, rugissant dans ses pensées. Chaque once de ma domination de loup fut transmise par ce son, *exigeant* qu'il se soumette.

Ses jambes tremblèrent, mais sa main resta ferme autour du cou de mon Oméga.

J'agis sans réfléchir, envoyant un autre roulement de tonnerre dans sa tête. Ma poitrine fit écho à ce son, faisant trembler toute la pièce autour de moi. Ou c'était du moins ce que l'on ressentait.

En fait, je ne regardais pas la pièce ni personne alentour. Toute mon attention se portait sur l'Alpha qui retenait ma femelle captive. Et sur son corps amolli. Ses joues pâles. *Son état sans vie.*

Un troisième rugissement fusa de mon esprit dans le sien, lui ordonnant d'obéir. De relâcher mon Oméga. *De s'agenouiller.* Des perles de sueur parsemaient son front, ses murs mentaux vacillaient sous mes ordres oppressants.

Cillian ? chuchota Ivana, sa voix mentale soulevant une vague de besoin primaire. *Je… Je…* Elle s'interrompit, son esprit semblant chercher le mien en quête de réconfort et de soutien.

Non. Pas seulement du réconfort et du soutien. Du *savoir.*

Je sentis qu'elle l'absorbait, l'utilisait, l'appliquait avec une détermination profonde.

Puis elle émit son propre grondement, sa nouvelle capacité prenant vie tandis qu'elle explosait la conscience de Granger et démolissait les barrières qui protégeaient ses véritables pensées.

Je saisis la balle au bond, m'emparai de son esprit avec le mien et l'enchaînai avec mon pouvoir. Ma force. Ma *domination*.

Il grogna en réaction et relâcha Ivana. Je m'éclipsai pour la rattraper, la bloquai aussitôt dans mes bras avant que Granger s'effondre en tas par terre. Une autre décharge puissante l'assomma, me permettant de me pencher sur Ivana.

Elle frissonna dans mes bras, la peau moite, les yeux toujours clos. *Kieran !* appelai-je mentalement.

Il fut à mes côtés en un instant, passa une main spectrale à travers le corps d'Ivana. *Elle va bien,* me dit-il. *Le bébé va bien aussi.*

Alors pourquoi n'est-elle pas réveillée ? m'affolai-je d'une voix mentale rocailleuse. *Pourquoi respire-t-elle à peine ?*

— Elle respire très bien, assura-t-il à voix haute. Laisse-lui un moment, Cillian.

Je n'avais pas un moment. Je voulais qu'elle se réveille tout de suite, bordel. Je voulais qu'elle soit à moi. Vivante. *Ma compagne.*

Dieux, le pouvoir qu'elle venait d'exsuder, ce talent magnifique, la façon dont nous venions d'abattre Granger ensemble… Je la serrai contre moi, mes lèvres à son oreille.

— Réveille-toi, ordonnai-je. Réveille-toi pour que je puisse te mordre.

Car je ne pouvais pas attendre une seconde de plus. Cette femme était à moi. Et j'avais besoin d'elle pour en finir. Pour nous compléter. Pour embrasser notre avenir ensemble.

S'il te plaît, Vana, murmurai-je dans son esprit. *S'il te plaît, réveille-toi.*

Kieran et les autres parlaient autour de nous, mais je n'écoutais pas. Je m'en foutais. Tout ce qui comptait, c'était

Ivana. Notre lien incomplet. Nos âmes coincées. Nous avions besoin d'être unis, de ne faire qu'un.

Ses cils papillotèrent, ses pensées effleurèrent les miennes. *Granger ?* s'enquit-elle.

C'est un homme mort, jurai-je, envoyant une autre décharge dans son esprit brisé pour faire bonne mesure. Quelqu'un l'attachait physiquement. *Grey*, réalisai-je.

Mais je l'ignorai et me concentrai sur ma belle Oméga. Elle leva lentement ses jolis yeux bleus vers moi. Ses joues étant encore d'une pâleur qui fit s'emballer mon cœur.

— Vana, chuchotai-je, ma voix contenant une note de vénération.

Cette femme était tout. Puissante. Magnifique. Déterminée. Sûre d'elle.

Elle s'était battue pour moi pendant si longtemps, et je l'avais récompensée en la rejetant – ce que j'avais nié auparavant, mais je voyais maintenant à quel point elle avait eu raison d'employer ce terme.

Je l'avais rejetée à chaque fois. Je lui avais dit de trouver un autre Alpha. Quelqu'un de plus digne. Quelqu'un de mieux. Tout en ignorant que je pourrais être cet Alpha.

Parce que je craignais de devenir comme mon père. Je craignais de perpétuer sa lignée familiale. Je craignais de laisser tomber tous les autres en donnant la priorité à une compagne plutôt qu'à leur sécurité. Mais en faisant cela, j'avais procuré une raison d'être à toutes ces peurs. J'avais vécu dans le passé. J'avais laissé le fantôme de mon père me hanter pendant plus de mille ans.

C'était fini.

J'en avais marre de laisser un mort dicter mes désirs et mes besoins. Marre d'écouter cette voix dans ma tête qui prétendait que je n'étais pas assez bien ou que je ne méritais pas d'avoir une compagne.

Ivana et moi étions plus puissants ensemble que

séparément. Aujourd'hui le prouvait. Bon sang, les six dernières années le prouvaient.

J'avais été seul sans elle. Perdu. Inconsciemment malheureux.

Et il avait fallu qu'elle me traite de lâche pour me corriger. Il m'avait fallu la voir avec d'autres Alphas, réaliser que je risquais de la perdre une fois pour toutes, pour me réveiller et revendiquer ce qui m'appartenait depuis des années.

Puis j'avais encore tout gâché pendant ses chaleurs. Après ses chaleurs. Et même maintenant, putain.

Je glissai mes doigts dans ses cheveux, mon regard soutenant le sien.

— Tu es à moi, Vana.

Elle déglutit, ses yeux cherchant les miens alors que je libérais toutes mes pensées dans son esprit. Toute mon angoisse. Toute mon attente. Tous mes désirs inassouvis. Toute ma frustration. Toutes mes peurs. Tout ce que j'étais. Mais encore plus important, je partageai mon amour. Ma dévotion. Mon intention. *Ma revendication*.

Des larmes perlèrent autour de ses iris, faisant scintiller leur profondeur bleue.

Puis elle pencha subtilement la tête pour exposer son cou : l'invitation était claire.

— Mords-moi, Alpha, chuchota-t-elle, ses lèvres pleines bougeant à ces mots.

Je n'avais pas réalisé à quel point j'avais besoin qu'elle dise cela. Qu'elle l'*exige*. Parce que cela prouvait une fois de plus que nous étions faits l'un pour l'autre.

— Toujours en train de me dire ce que je dois faire, lui répondis-je à voix basse.

Elle prit une inspiration, suggérant qu'elle allait dire autre chose, peut-être émettre un autre ordre.

Mais l'air s'échappa d'elle en un hoquet lorsque je plantai mes canines dans son cou.

Son sang toucha ma langue l'instant d'après, provoquant un grondement possessif dans ma poitrine, qui se transforma aussitôt en ronronnement. Parce que son essence était *paradisiaque*. Citronnée et piquante à la fois. Séduisante. Et cent pour cent *à moi*.

J'aspirai trois gorgées avant de m'écarter pour contempler ma superbe compagne. Son expression béate me disait qu'elle avait aimé cette morsure et qu'elle avait très envie de la ressentir à nouveau.

Je l'obligeai à se pencher et je mordillai sa lèvre juste assez fort pour l'écorcher. Puis je lapai la blessure et la revendiquai avec ma bouche. L'embrassai à cœur joie. La *possédai* à chaque coup de langue. Tout cela pendant qu'elle se tordait et gémissait dans mes bras.

Il me fallut un effort considérable pour me reculer et presser mon front contre le sien, mais j'avais besoin de confirmer qu'elle allait vraiment bien. Qu'elle était vraiment guérie. Vraiment *vivante*. Parce que ces quelques brèves secondes sans elle m'avaient semblé une éternité de perte. Une partie de moi reconnut l'absurdité d'un tel besoin – *bien sûr qu'elle est vivante* – mais je devais m'assurer que ce n'était pas un rêve. C'était trop fantastique pour être la vraie vie. Pour être *ma* vie.

Cependant, alors que je fixais son regard plein de désir, tout ce que j'y trouvai, ce fut mon avenir. Mon existence renouvelée. Mon *monde*.

— Je t'aime, lui dis-je. Je t'aime tellement.

Elle caressa ma joue, son pouce traçant une ligne sous mon œil.

— Bien, Alpha. Maintenant, dis-moi que tu m'aimeras pour toujours.

Sa réponse effrontée me fit rire aux éclats, son

penchant à me dire ce que je devais faire étant en pleine forme.

— Qui suis-je pour refuser une si belle Oméga ? Je l'aimerai absolument *pour toujours*.

Le regard d'Ivana pétilla.

— Enfin, soupira-t-elle tandis que je la remettais doucement sur ses pieds, la tenant par les hanches. Tu m'écoutes *enfin*.

Je gloussai et l'étreignis.

— Je t'ai toujours écoutée, Vana. (Cela n'avait jamais été le problème.) J'ai juste dû apprendre à *t'entendre*.

Elle pencha la tête en arrière pour dévoiler un sourire aguicheur.

— Ça a aidé que tu te sortes la tête du cul.

Je ris de nouveau et secouai la tête.

— Tu as de la chance que je t'aime, Oméga, sinon je serais tenté de te donner une fessée pour m'avoir parlé comme ça.

Elle frissonna.

— Ça ressemble plus à une récompense qu'à une...

Quelqu'un se racla la gorge, ce qui fit grogner mon loup à cette interruption inattendue – et foutrement *malvenue*.

— Bien que tout ça ait été divertissant, j'aimerais qu'on m'explique ce qui vient d'arriver à mon Élite, dit Cael d'un ton empreint d'une pointe d'impatience.

— Il a attaqué ma compagne, répondis-je sans le regarder. Alors Ivana et moi avons riposté.

— Oui, avec une puissance impressionnante, reconnut Cael. Mais j'aimerais comprendre ce qui a conduit à cet accès de folie. Je suppose que ça a quelque chose à voir avec tes piètres talents de combattant ?

Je grognai et le regardai enfin.

— Il n'y avait rien d'anormal dans mes talents de combattant.

— S'il te plaît, ne me prends pas pour un idiot, Cillian. Je finirai par me vexer et nous engagerons une vraie bagarre. Dehors. En tant que loups. Avec nos griffes et nos dents. (Ses yeux se plissaient davantage à chaque mot qu'il prononçait.) Dis-moi ce qui se passe, bordel !

— Granger s'est joué de nous, grogna Grey en posant une pile de carnets à côté de Granger étendu face contre terre. Et j'ai découvert où se trouve Ashlyn.

— Où est-elle ? demanda Cael.

Les yeux glacés de Grey croisèrent les miens quand il répondit :

— Secteur de l'Éclipse.

CILLIAN

— Secteur de l'Éclipse ? répétai-je. C'est dans un des carnets d'Ashlyn ?

Car d'après ce que j'avais vu de ses notes, cela ne lui ressemblait pas d'être aussi communicative.

— Non, répondit Grey.

Pas de développement. Pas de contexte. Pas d'explication.

— Comment tu as trouvé où elle était ? réessayai-je, désirant plus que sa déclaration pleine d'assurance.

— Mes dons n'ont rien à voir avec ça, répondit-il d'un ton ennuyé. Utilise tes propres talents pour vérifier mes dires. Cherche dans l'esprit de Granger. Les informations s'y trouvent.

Je serrai la mâchoire. Je n'aimais pas l'inconnu, et Grey

et Cael prouvaient qu'ils possédaient des pouvoirs *inconnus*. Des pouvoirs qui pourraient constituer une menace.

Nous avons gravement sous-estimé le Secteur Lunaire, émis-je à Kieran.

Oui fut sa seule réponse, son esprit étant occupé à évaluer la scène. Grey avait fait quelque chose pour lier Granger. Pas quelque chose de tangible ni même de visible, mais une contrainte mentale qui s'apparentait à maîtriser le don d'éclipsage d'un loup.

Sauf que l'énergie de Grey semblait plus dense. Plus lourde. Plus intense.

J'allais demander à Ivana ce qu'elle avait ressenti, mais je remarquai qu'elle était totalement focalisée sur Granger, s'efforçant de fouiller dans ses pensées à la recherche de quoi que ce soit en rapport avec Ashlyn.

Sa trajectoire me servit de coup de pied au cul, me forçant à la suivre également dans l'esprit de Granger. En apprendre plus sur Grey et ses capacités inconnues pouvait attendre. Ashlyn ne pouvait pas. Elle était quelque part là dehors, sans doute en train de souffrir, attendant d'être sauvée.

J'espère seulement qu'il n'est pas trop tard, pensait Ivana, sa détermination virant à l'impatience. *Je ne sais même pas où chercher.*

Dans ses souvenirs, murmurai-je par télépathie.

Puis je lui montrai ce que je voulais dire en m'insinuant dans les zones du cerveau de Granger qui contenaient son passé. Ses secrets. Son *identité*.

Un profond grognement mental résonna dans mon esprit, dont je cherchai la source. *Qu'est-ce que c'est ?* demandai-je en croisant le regard de Kieran.

L'odeur, grogna-t-il en réponse. *Quinnlynn la reconnaît.*

J'arquai un sourcil.

C'est l'odeur de Granger qu'elle a captée dans le Secteur Bariloche ? Pas celle de Dixon ?

Oui, confirma-t-il. Son envie de mettre ce salaud en pièces attisait une violente chaleur dans le bureau. Cependant, son expression demeura neutre. Il était l'incarnation même du calme et de la sérénité. Mais en lui-même, il préparait une mort lente et douloureuse pour le loup à terre.

— Tu crois qu'il a introduit l'odeur de Tadhg dans ces scènes ? demanda Cael à voix basse, la question semblant s'adresser à Grey.

— Je ne sais pas, répondit celui-ci. Mais j'ai bien l'intention de le découvrir. Après avoir localisé Ashlyn.

Cael acquiesça et posa sur moi son regard turquoise.

— Tu as vérifié l'affirmation de Grey à propos du Secteur de l'Éclipse ?

— Pas encore.

Je retournai passer au crible les souvenirs de Granger. Ivana écoutait tranquillement, observant pendant que je cherchais les informations dont nous avions besoin.

Il ne me fallut pas longtemps pour découvrir un souvenir récent de ses sombres intentions à l'égard d'Ashlyn. *Cette salope va tout gâcher,* avait-il pensé. *Je dois me débarrasser d'elle.*

Je ne pouvais pas voir son passé, juste capter des bribes d'événements. Mais lorsque je tombai sur ses pensées du Secteur de l'Éclipse et de la vaste terre remplie de zombies qui s'y trouvait, il devint assez clair qu'il avait éclipsé Ashlyn là-bas et l'avait laissée se débrouiller toute seule.

— Putain, marmonnai-je. Grey a raison.

Le mâle en question se contenta de grogner.

J'essayai de déterminer dans l'esprit de Granger l'endroit exact où il avait lâché l'Oméga du Z-Clan, mais les détails étaient obscurs. Comme s'il n'avait pas vraiment fait attention à l'endroit où il l'avait emmenée, qu'il avait juste fait un saut dans l'un des lieux qu'il avait visités dans le Secteur de l'Éclipse par le passé, l'avait jetée par terre et avait disparu sans autre forme de procès. Il avait manifestement été pressé de se débarrasser d'elle.

— As-tu une idée d'où il l'a emmenée dans le Secteur de l'Éclipse ? demandai-je à Grey, au cas où son mystérieux talent lui procurerait plus de détails.

— Non, j'espérais que tu pourrais m'aider là-dessus.

Je secouai la tête.

— Granger ne s'est pas concentré sur autre chose que le secteur dans son ensemble.

Ce qui signifiait en gros qu'il aurait pu la laisser n'importe où en Irlande.

— Et son journal ? (Ivana jeta un coup d'œil autour d'elle pour trouver le carnet.) Celui que je lisais. Il y avait…

Elle s'interrompit en l'apercevant non loin d'elle. Je lâchai ses hanches pour qu'elle aille le chercher, puis la regardai se pencher pour le récupérer. Elle se mit à feuilleter rapidement les pages, cherchant *Chère Oracle des Étoiles* en tête de chaque note.

— Il y avait quelque chose à la fin, dit-elle tout en continuant à fouiller. Quelque chose que je n'ai pas tout à fait… Ici. Ceci. (Elle relut le passage, parcourant les mots en diagonale jusqu'à ce qu'elle trouve le post-scriptum.) Cette partie prouve qu'elle s'adressait à moi.

Ivana revint à mes côtés, pointant le doigt sur le premier PS la félicitant pour le *petit dernier*. Je fronçai les sourcils sur cette dernière ligne.

— « J'envoie ma bénédiction depuis la tombe », lus-je à haute voix. (C'était carrément morbide.) Ça veut dire quoi, d'après toi ?

— Je ne sais pas, mais regarde la suite.

Grey nous rejoignit pendant que je relisais le PPS à voix haute afin que tout le monde entende :

— « Nos passés nous rendent plus forts, pas plus faibles. Ne l'oublie pas. Rappelle-toi d'où tu viens. Et comprends une fois pour toutes que tu *n'es pas lui*. Mais parfois, il faut penser comme lui pour trouver la vérité. Pour me trouver… moi. »

C'était sans aucun doute un indice. Mais qu'est-ce qu'il signifiait ?

— « Rappelle-toi d'où tu viens », répétai-je. Bon, étant donné que nous savons qu'elle est dans le Secteur de l'Éclipse, je dirais que cette réplique est pour moi, Lorcan ou Kieran.

Toutefois, la partie suivante…

— « Tu n'es pas lui », fis-je écho. « Mais parfois, il faut penser comme lui pour trouver la vérité. Pour me trouver… moi. »

Ton père, pensa Ivana en me regardant. *Tu n'es pas ton père.*

Je sourcillai. Est-ce que ça pouvait être aussi simple ? C'était la conclusion à laquelle j'étais arrivé moi-même en revendiquant Ivana. Je n'étais pas mon père. Putain, je n'avais rien à voir avec lui.

Mais parfois, tu dois penser comme lui pour trouver la vérité.

Je sourcillai encore plus. *Qu'aurait fait mon père dans cette situation ?* Il s'en serait désintéressé et aurait laissé Ashlyn mourir.

Sauf que ce n'était pas ce qu'elle voulait dire.

Est-ce qu'elle compare Granger à ton père ? se demanda Ivana.

C'est possible. Seulement, ils ne se ressemblaient pas du tout. Mon père aurait simplement jeté Ivana dans une fosse et l'aurait laissée mourir, sans prendre la peine de l'éclipser ailleurs. Ç'aurait demandé trop d'énergie. Et il aurait voulu afficher ses goûts en forçant tous les autres à la regarder souffrir. Mourir de faim. S'étioler jusqu'au néant.

J'avais vu plusieurs loups périr dans ces trous. Il finissait par brûler leurs restes et leur couper la tête, toujours en guise de démonstration publique.

Parce que c'était un putain de monstre.

Dieux, rien que de penser à lui me donnait envie de retrouver son cadavre et de brûler ses restes. Sauf qu'il ne restait rien de lui. Kieran, Lorcan et moi y avions veillé il y avait bien longtemps.

Alors qu'est-ce que tu essaies de me dire, Ashlyn ? me demandai-je en étudiant son texte. *Es-tu dans l'un de ces vieux trous ?* Cela paraissait impossible, étant donné tous les siècles qui s'étaient écoulés depuis qu'ils avaient servi. Mais peut-être qu'elle avait été abandonnée près du lieu de torture préféré de mon père. Ou près de l'endroit où il était mort.

J'envoie ma bénédiction depuis la tombe.

Très bien, petit médium, pensai-je. *Je vais résoudre ton énigme.*

— Elle pourrait être cachée sous terre, peut-être au pied des vieilles collines, dis-je à Kieran. Là où Abbán avait l'habitude de délivrer ses messages.

— De quelles collines s'agit-il ? s'enquit Grey.

Je soupirai en posant une main sur ma nuque.

— C'est près de la Chaussée des Géants.

Putain, je ne pouvais pas lui dessiner une carte comme ça. S'il n'avait pas visité cette zone spécifique du Secteur de l'Éclipse, il ne saurait pas où s'éclipser.

Montre-lui, me suggéra Ivana.

Hein ?

Emmène-le là-bas, précisa-t-elle, ce qui me fit baisser les yeux vers elle.

Je ne te quitterai pas, Vana. Je venais de la revendiquer.

Bon sang, ce que je devrais faire en ce moment, c'est la baiser dans son nid. *Notre* nid.

Merde. Toute cette histoire était un satané cauchemar.

Je lâchai ma nuque pour attraper son visage. *Tu es ma priorité*, lui rappelai-je. *Je ne te quitterai pas.*

Elle posa sa main sur la mienne. *Tu ne me quitteras pas*, convint-elle. *Mais c'est ce que nous sommes ensemble, Cillian. Tu vas partir avec Grey, Cael et Kieran ou Lorcan, et retrouver Ashlyn.*

— Tu me dis encore ce que je dois faire, constatai-je à haute voix.

— Tu es à moi maintenant, Alpha. Tu ferais mieux de t'y habituer, rétorqua-t-elle.

Maintenant, vas-y, ajouta-t-elle mentalement. *Nous sommes une équipe, Cillian. Et Ashlyn est ta* – notre – *priorité pour le moment. Alors va la chercher.*

Je me penchai pour effleurer ses lèvres. *Pour que les choses soient claires, Oméga, je te nouerai pendant des jours à mon retour.* Parce que son insistance pour que nous fassions cela ensemble, ses leçons continues sur ce que signifiait être accouplé, me faisaient brûler encore plus pour elle.

Je retiens cette promesse, Alpha, murmura-t-elle en me rendant mon baiser. *Dépêche-toi de revenir.*

Appuyant mon front sur le sien, je la tins un long moment, puis je regardai Kieran et Lorcan. Ils se tenaient côte à côte, leurs regards fixés sur moi.

— Qui veut faire une sortie sur le terrain ?

— Moi, répondit aussitôt Lorcan.

Kieran lui jeta un coup d'œil.

— Tu réalises que je peux me débrouiller tout seul, n'est-ce pas ?

— En effet, admit son cousin. Mais je suis d'humeur à tuer des zombies.

— Et pas moi ?

— Non, pas toi. Tu es d'humeur à torturer, l'informa

Lorcan. Alors défoule-toi sur Granger pendant que nous sommes partis. (Il s'avança.) Au cimetière d'abord ?

— Ouaip, acquiesçai-je.

— Garde-le en vie, demanda Cael à Kieran. On a besoin de réponses de sa part.

Kieran haussa les épaules.

— Je vais essayer.

— Fais mieux que d'essayer, grogna Cael. Tu n'as aucune idée de ce qu'il a fait.

— Peut-être que tu devrais m'éclairer à ton retour, suggéra Kieran.

— Peut-être bien, rétorqua Cael.

Sa colère ne ressemblant en rien au personnage de prince alpha charismatique et décontracté qu'il arborait si souvent. Sous tout ce glamour et ces apparences se cachait un loup rusé et puissant.

Allié ou ennemi ? me questionnai-je. *Le temps nous le dira.*

— Nous aurons besoin d'armes à feu, dit Lorcan.

— Ouais, acquiesçai-je. Et d'une diversion.

— Ouaip. (Ses yeux brillaient.) Tu veux chasser des zombies avec nous, petite tueuse ?

Kyra ricana en se glissant dans la pièce. Ses pensées me disaient qu'elle était tapie dans le couloir depuis quelques minutes, attendant une occasion d'entrer. Lorcan avait dû la sentir lui aussi. Ou peut-être lui proposait-il simplement de sortir avec lui. Qui sait ?

Elle fit tourner une paire de couteaux dans ses mains en souriant.

— Dis-moi juste où aller.

— De même, renchérit Grey. Et je n'ai pas besoin d'une arme. Vous pourrez tous vous occuper des zombies pendant que je chasserai la petite énigme.

Je supposai que *la petite énigme* désignait Ashlyn.

— Je n'ai pas besoin d'armes non plus, murmura Cael. Je vais employer d'autres talents.

Lorcan haussa les épaules et s'éclipsa sans un mot. Son esprit me dit qu'il faisait une descente dans l'armurerie. Moins d'une minute plus tard, il réapparut avec deux sacs. Il m'en lança un que je fouillai pour y trouver mes étuis et mes jouets préférés.

J'étais en train d'enfiler un gilet pare-balles par-dessus mon pull quand je surpris Ivana qui me lorgnait par-derrière.

Tu aimes ce que tu vois, Oméga ? demandai-je en activant le lien propre à notre nouveau lien. Nous ne l'avions pas encore utilisé, nous fiant plutôt à mes capacités télépathiques. Mais c'était bien de l'entreprendre comme ça maintenant. Plus intime. Plus… *nous.*

Oui, Alpha, murmura-t-elle, se connectant facilement à moi par le même lien. *Tout à fait.*

Hmm, fredonnai-je. *Je m'en souviendrai plus tard.*

Puis j'adressai un signe de tête à Lorcan.

— Allons-y.

IVANA

Kieran embrassa du regard le spectacle de son bureau en désordre et secoua la tête.

— Quel foutu bordel !

— Ça pourrait être pire, commentai-je, esquissant un sourire.

— Hmm, grommela-t-il. (Il baissa les yeux sur les objets éparpillés par terre, puis sur le corps étendu de Granger.) Tu devrais aller te reposer dans notre nid.

Je cillai, un instant troublée par ses paroles avant que Quinn se glisse dans la pièce, la main sur son ventre arrondi.

— Et tu devrais arrêter de me dire ce que je devrais faire ou pas faire.

— Je suis un Alpha, chérie. C'est ce que je suis.

Quinn s'approcha de moi en flairant, souriant un peu

plus à chaque pas. Ce ne fut que lorsqu'elle fut juste devant moi que je compris son sourire, car elle se pencha en avant et huma mon cou.

— Il t'a mordue !

Je haussai un sourcil moqueur.

— C'est une façon très étrange de saluer quelqu'un, Quinn.

— Je suis une louve. Je suis enceinte. Je souffre de partout. Accorde-moi ça, Ivana. Parce qu'un jour, tu comprendras. Fais-moi confiance. (Puis elle écarta les bras et les jeta autour de moi en une étreinte inattendue, tout en poussant un cri perçant.) Ça a marché ! Je suis trop excitée que ça ait marché !

Je l'étreignis en retour, quelque peu alarmée par ses émotions débridées et son comportement bizarre. Surtout parce que je craignais qu'elle ait raison et que je me comporte bientôt comme elle – à renifler des gens au hasard et à pousser des cris bizarres.

— Qu'est-ce qui a marché ? lui demandai-je.

— Le programme d'accouplement ! (Elle me lâcha et se tourna vers Kieran amusé.) Je t'avais dit que ça marcherait.

— C'est moi qui ai incité Cael à se joindre à nous, rappela-t-il.

— Oui, parce que j'ai suggéré qu'ils formeraient un beau couple.

— En effet, opina-t-il.

Je fronçai les sourcils.

— Attends, tu as fait venir le prince Cael pour essayer de rendre Cillian jaloux ?

Ils en avaient parlé pendant que je feuilletais les carnets d'Ashlyn, mais Kieran avait feint l'innocence. Maintenant, il affichait un air suffisant. De son côté, Quinn paraissait simplement satisfaite.

— Il était temps qu'il te revendique.

Je secouai la tête.

— Vous deux, vous êtes vraiment des fouineurs. Et si j'étais tombée amoureuse du prince Cael ?

— Alors vous auriez formé un beau couple, répéta Kieran. Et Cillian aurait regretté de t'avoir perdue pour le reste de sa longue vie solitaire.

Je grimaçai à cette idée qui ne me plaisait pas du tout.

— Il porte un lourd fardeau sur ses épaules.

Kieran reprit un peu son sérieux.

— Je sais. Dont une grande partie est excessive.

Je déglutis et hochai la tête, ne voulant plus parler de ça. Je me sentais mal de discuter de mon compagnon avec son meilleur ami.

Mon compagnon, me répétai-je. *Mon compagnon.*

Parce que Cillian m'avait mordue. *Deux fois.*

Je frissonnai à la chaude promesse qu'il m'avait faite, aux intentions très coquines qui soulignaient ses paroles.

Dieux, comme j'avais envie de lui ! J'en avais tellement envie que j'avais du mal à avoir les idées claires. Je serrai les cuisses, ce qui me chauffa les joues. Il me fallait une distraction. Tout de suite. Quelque chose pour refroidir le brasier qui grandissait en moi.

La revendication de Cillian bourdonnait encore dans mon sang, faisait réagir mon corps. Nous devions achever nos vœux. Nous attacher l'un à l'autre par des nœuds, littéralement. *Jouir l'un de l'autre pendant des jours.*

C'était comme si mon œstrus recommençait. Mais je n'étais pas du tout en chaleur, juste très, *très* excitée.

Me raclant la gorge, je promenai de nouveau mon regard dans le bureau, cherchant quelque chose sur quoi me concentrer. Granger attira aussitôt mon attention, son corps sans vie gisant à terre.

— Vous croyez que c'est lui qui nous a donné le sérum

d'œstrus ? lâchai-je à brûle-pourpoint, saisissant la première idée me venant à l'esprit qui pourrait calmer mes hormones.

Mon changement de sujet parut également fonctionner sur Kieran et Quinn, car tous deux se renfrognèrent. Seule cette dernière regarda le mâle en question, fronçant le nez de dégoût.

— C'est assurément lui qui a visité le Secteur Bariloche, donc il doit tout savoir sur le sérum.

— Et pas Dixon, alors ? lui demanda Kieran, se mettant en mode travail.

— Je n'ai jamais flairé qu'un seul loup du V-Clan, et c'était cet Alpha. (Elle lui lança un regard noir.) Mais ce que je ne comprends pas, c'est pourquoi je ne l'ai pas reconnu les autres fois où je l'ai rencontré ? Pourquoi son odeur me paraît-elle familière à présent ?

— Parce qu'Ivana a fait quelque chose pour le démasquer, expliqua Kieran.

Quinn me fixa bouche bée.

— Qu'est-ce que tu as fait ?

— Je… (Je m'interrompis et me tordis les lèvres tandis que je réfléchissais à la façon de formuler ce que j'avais fait.) Cillian a dit que j'ai une compréhension naturelle des processus psychiques, alors j'ai… j'ai simplement manœuvré à travers les barricades mentales de Granger pour chercher la vérité sous toutes ses couches.

Ce qui me donna une idée. Cillian m'avait montré comment accéder aux souvenirs de Granger. Je pourrais peut-être en trouver un associé au sérum d'œstrus.

Sans exprimer mes intentions à voix haute, je sondai de nouveau l'esprit de Granger, curieuse de savoir dans quel état il se trouvait après ce que Cillian lui avait fait subir. Ç'avait ressemblé à une décharge psychique, du genre que je n'aurais jamais voulu subir. Ce devait être comme si on lui avait tiré une balle dans la tête. Ou peut-être comme avoir la tête complètement explosée.

Frissonnante, j'ignorai la sensation sous-jacente que cette pensée remuait en moi et je me concentrai sur Granger.

Tout paraissait trouble, ce qui était étrange. Avant, c'était catégorique et stratifié, mais maintenant... maintenant, c'était... presque inconnu. Comme si ce n'était pas du tout son esprit.

C'est bizarre, me dis-je. Je creusai un peu plus et m'arrêtai dès que j'eus trouvé quelque chose d'un peu familier.

Sauf que ce n'était plus du tout familier.

Cette énergie bizarre que Grey avait émise plus tôt était omniprésente chez Granger. Je ne pouvais pas la définir ni vraiment la comprendre, mais je pouvais en *sentir* la puissance. Le danger. *Les mauvaises intentions.*

J'ouvris des yeux ronds.

Kieran et Quinn parlaient de ce qu'elle avait vécu dans le Secteur Bariloche, comment elle se cachait chaque fois que l'Alpha du V-Clan venait en visite. Mais elle connaissait son odeur. Elle persistait sur certaines des Omégas avec lesquelles il s'était amusé là-bas.

— Tu es sûre que c'est bien Granger ? demandai-je d'un ton hésitant, ce qui les fit sourciller, car j'avais interrompu Quinn au milieu de sa phrase.

— C'est clairement cette odeur, répondit-elle lentement. Pourquoi ?

Parce que je ne suis plus convaincue qu'il s'agit bien de la sienne, faillis-je répondre. Mais une lueur dans son esprit − un soupçon de quelque chose de *plus* − me poussa à garder le silence.

Il se passait autre chose ici.

Je suivis ce scintillement, cherchant la source, mais je

me heurtai à un mur d'énergie massive. Je reculai d'un bond, me heurtant au mur de la pièce derrière moi.

— Ivana ? appela Kieran.

Je levai les yeux vers lui.

— Quelque chose arrive, Kieran. Quelque chose…

Il se raidit, son regard vola vers les fenêtres encadrant son bureau.

— *Putain. Cours !*

Quinn attrapa ma main avant même qu'il ait fini de parler, mais une autre main saisit mon autre poignet avant que je puisse la suivre.

Cette main me jeta à terre, où j'atterris avec un *oumph*.

Granger fut soudain au-dessus de moi, les yeux fous, et me serra la gorge à deux mains comme s'il avait l'intention de m'arracher la tête. Mon cri fut étouffé par mon incapacité à respirer. Ses ongles s'enfoncèrent dans ma peau, faisant couler le sang.

Dieux, il va vraiment déchirer…

— Sale connasse, grogna-t-il, l'air dément, comme s'il avait perdu l'esprit.

Devenant quelque chose d'autre ? Quelqu'un d'autre ? Est-ce encore lui ?

Je griffai ses poignets, essayant de les débloquer, mais il était trop grand. Trop massif. *Trop fort.*

Il émit un son qui m'évoqua un chien enragé, ses yeux parurent s'éclaircir une demi-seconde alors qu'un soupçon d'horreur frappait ses traits. C'était discordant, comparé à sa rage meurtrière une seconde plus tôt.

Puis il disparut soudain. *S'évapora.*

Kieran prit sa place, agitant la main devant moi. Je me tournai sur ma gauche en quête du corps de Granger, mais il n'était plus là. Il s'était *éclipsé* du bureau avant même que Kieran ait pu l'atteindre.

Tout s'était terminé en un clin d'œil.

J'aspirai une goulée d'air, tâtai les entailles dans ma gorge. Et je glapis quand Kieran me prit la main et me hissa sur mes pieds. Il examina mon cou meurtri, et une décharge d'énergie curative émanant de lui passa sur ma peau.

Puis il me poussa brusquement vers Quinn en lançant :

— *Pars !*

La confusion tourbillonnait en moi, le monde tournoyait. Tout s'était passé si vite, peut-être en l'espace de quelques secondes.

J'éprouvai soudain une impression de déjà-vu quand Quinn m'empoigna de nouveau. Mais cette fois, elle me tira en avant et m'arracha du bureau de Kieran juste avant que les vitres explosent partout dans notre dos.

Toute tremblante, j'essayai de suivre le rythme de Quinn, qui s'était mise à sprinter. Elle était rapide pour quelqu'un dont la grossesse était si avancée. Elle se dirigea vers l'une des chambres, puis s'arrêta et revint sur ses pas en direction de l'escalier.

Le chaos éclata derrière nous, les grondements de Kieran tonnèrent à travers le bâtiment tandis qu'une forte odeur métallique frappait mes narines. *Du sang.*

Son rugissement suivit bientôt, qui fit trébucher Quinn.

Je l'attrapai par le bras pour l'empêcher de tomber. Mais elle s'arrêta net, les traits tordus par la terreur, et jeta un coup d'œil par-dessus son épaule.

Puis Kieran hurla, un cri unique, obsédant, alarmant.

Et Quinn se remit à courir. Pas un mot. Pas un bruit. Ni sifflements ni grognements. Juste des pieds gravissant les marches en silence et filant dans le couloir vers leurs quartiers.

J'étais déjà venue dans ce couloir, mais pas dans leur nid. Malgré tout, Quinn me poussa à l'intérieur et claqua la porte derrière nous dans un bruit de tonnerre.

Puis elle se rua vers le mur et arracha un panneau, révélant un clavier sur lequel elle tapa une série de chiffres. Je restai bouche bée quand apparut une pièce secrète garnie de consoles de sécurité qui s'allumèrent toutes à son entrée.

— Qu'est-ce que… ?

M'ignorant, elle s'assit et afficha une image du bureau de Kieran et de la violence qui s'y déroulait. Kieran était en train de repousser trois ou quatre Alphas. Je ne pouvais guère les compter, car c'était un méli-mélo d'hommes qui bougeaient trop vite pour que la caméra puisse faire la mise au point. Mais on entendait ses grondements jusqu'ici, presque comme s'il était près de nous.

Quinn jura, puis afficha quelques autres images de leur domaine, où l'on voyait plusieurs Alphas cavaler dans l'escalier – celui que nous venions d'emprunter.

— À l'intérieur ! me cria-t-elle.

Ce seul mot me propulsa en avant. Je me tournai vers la porte et je tremblai en voyant l'entrée de son nid céder sous le puissant coup de pied d'un Alpha.

Ses iris multicolores croisèrent les miens un poil avant que je claque notre porte en fer. Quinn bondit pour actionner une sorte de serrure automatisée, juste au moment où cet homme massif s'écrasait contre la porte.

Le fer tint bon, et une autre série de verrous s'enclencha. Suivit un mince bouclier métallique qui recouvrit tout le mur.

— Nous sommes en sécurité, chuchota-t-elle. Il y a un enchantement protecteur qui les empêche de s'éclipser ici, et le blindage devrait tenir. Un certain temps, en tout cas.

Je déglutis.

— Qu'est-ce qui se passe ?

De toute évidence, nous étions attaqués. Mais par qui ? Et pourquoi ?

Elle secoua simplement la tête.

— Je ne sais pas, mais je dois prévenir les autres.

J'allais demander de quels autres elle parlait lorsqu'elle fit apparaître un écran et tapa trois lettres : *SSA*. Puis elle sélectionna le nom de Jas et appuya sur *Envoyer*.

— SSA ? répétai-je à voix haute.

— Secteur Sanglant attaqué, répondit-elle.

Un bourdonnement retentit à son poignet. Elle le tapota et me montra la réponse de Jas : *P*.

— Ça veut dire qu'ils se préparent.

— À nous venir en aide ?

— Non. À défendre le Sanctuaire. Au cas où il m'arriverait quelque chose. Ou à Kieran. (Elle consulta les écrans en prononçant cette dernière phrase, et serra les dents.) Ils sont trop nombreux.

Alors qu'elle prononçait ces mots, Kieran rugit et jeta plusieurs loups dans la rue par la fenêtre, puis il *bondit* à leur poursuite.

— Merde, marmonna Quinn.

Elle afficha un autre écran juste au moment où Kieran apparut à terre. Il avait dû s'éclipser dans la rue en plein bond – un tour de passe-passe impressionnant – et était déjà guéri de ce qu'il avait subi auparavant. Son pouvoir chauffait l'air, commandant chaque aspect du secteur et prouvant sa place en tant que roi.

Quinn frissonna, puis s'affala sur sa chaise et appuya sa main sur son ventre.

— Ouais, ton papa est un genre de dur à cuire, murmura-t-elle. Mais il faut que tu te calmes et que tu laisses maman réfléchir, d'accord ?

— Tu peux envoyer un message à Cillian ou Lorcan ? m'enquis-je.

— Oui, je…

Une autre vague d'énergie pulsa dans le secteur, qui lui

coupa la parole et gela les écrans tout autour de nous avant qu'ils s'éteignent.

Elle tenta de cliquer sur un bouton pour les rallumer mais l'instant d'après, le courant fut totalement coupé, nous plongeant dans les ténèbres.

— Les générateurs vont se mettre en marche dans quelques minutes, chuchota-t-elle nerveusement.

Une nervosité que je ne comprenais que trop bien, car beaucoup de choses pouvaient se passer en quelques minutes.

— Mais je devrais pouvoir appeler Cillian.

Quinn appuya sur sa montre, ce qui ouvrit un écran de messages. Or le signe « hors connexion » s'affichait dans le coin supérieur droit, confirmant ce que dont nous nous doutions tous les deux : cette surtension n'avait pas seulement coupé le courant, elle nous avait déconnectés des satellites.

Donc ceux qui attaquaient le Secteur sanglant étaient munis d'armes destructrices.

Et d'un sacré paquet de pouvoirs surnaturels…

CILLIAN

UN FRISSON me parcourut l'échine en arrivant à mon lieu de naissance. Un pays que j'avais à la fois aimé et détesté. Aimé parce que c'était chez moi. Détesté à cause de l'homme qui m'y avait élevé.

Mon père. L'Alpha Abbán.

Putain, j'aurais juré que son fantôme persistait ici. Je pouvais sentir son souffle glacé dans mon cou, entendre ses railleries cruelles dans mon oreille. C'était écœurant. Déchirant. Presque accablant.

Et c'était précisément pourquoi je ne venais jamais ici. Pourquoi je *détestais* cet endroit. Ça me faisait mal d'y respirer. D'y être. *D'y penser.*

Seulement… cette familiarité glacée se dissipa

rapidement, bien plus vite qu'elle ne l'avait jamais fait. Car derrière tout cela, je sentais une chaleur étrangère qui irradiait mon cœur, brûlait jusqu'à mon âme.

Ivana, réalisai-je, posant la main sur ma poitrine.

Elle n'était pas là, mais elle était avec moi. Attachée à moi. Mon nouveau but. Ma planche de salut. *Mon présent et mon avenir.*

Je secouai la tête, chassant ce passé obsédant de mes pensées, et revins au présent.

C'était ce qu'avait dit le mot d'Ashlyn, pas vrai ? Nos passés nous rendent plus forts. Réaliser que je n'étais pas mon père. Mais penser comme lui pour la retrouver.

Lorcan et Kyra apparurent à quelques mètres de là, mon vieil ami sachant clairement où j'avais eu l'intention d'atterrir. Puis j'entendis Cael et Grey qui me cherchaient quelque part du côté des falaises.

— Ils sont près de l'eau, dis-je à Lorcan à voix basse.

Il acquiesça et partit sans un mot pour les amener ici – à l'endroit où tout avait commencé.

Oh, le paysage avait changé au cours du dernier millénaire, et les senteurs étaient différentes. Mais je reconnus l'âme de ce lieu. Son passé. Les histoires incrustées dans la terre même.

Je me mis en chasse, une arme à ma ceinture. Il faisait encore nuit, ce qui était pour moi un moment privilégié pour chasser. Mais l'aube approchait et bientôt le soleil se lèverait à l'horizon.

Non pas que cela ait de l'importance. Je n'étais pas affecté par la lumière du soleil. Hélas, les Infectés non plus. Ou les *zombies,* comme Lorcan les appelait.

Mais je n'entendais rien dans les environs. Juste le doux bruit des vagues qui roulaient sur le rivage, me rappelant une autre vie. Une ancienne vie.

Bon, Ashlyn, où es-tu ? me demandai-je, cherchant son esprit.

Comme je ne la trouvais pas, je m'éclipsai dans les collines et m'arrêtai de nouveau pour écouter.

Toujours aucun signe des Infectés ni des pensées d'Ashlyn.

Je projetai mon pouvoir en un filet plus large mais ne captai rien. Ashlyn était soit inconsciente, soit absente.

Grinçant des dents, je me remémorai de nouveau sa note, essayant de comprendre comment penser comme mon père. *En supposant que c'est bien de lui qu'elle parle. Mais qui d'autre ça pourrait être ?*

J'essayai une nouvelle tactique et m'éclipsai là d'où je venais littéralement – où ma mère Oméga aurait accouché. Ce n'était pas loin d'où j'avais retrouvé Lorcan et Kyra, un peu plus haut sur la colline. Même si je ne me souvenais pas de l'endroit exact où j'étais né, je savais que c'était ici que les Omégas du Secteur de l'Éclipse avaient l'habitude de venir accoucher. Ma mère aurait fait de même.

Je déglutis en pensant à la femme qui m'avait donné la vie. Je ne me rappelais rien d'elle. Elle était morte quand j'étais bébé, âgé de quelques mois à peine.

J'avais appris dans ma petite enfance que mon père l'avait tuée. Savoir cela m'avait donné encore plus envie de l'abattre. *Mais sur le moment, je m'étais figé,* me rappelai-je, plissant les yeux. C'était un moment que j'avais longtemps détesté. Un moment que je regrettais. Un moment dont j'avais craint qu'il fasse de moi un Alpha inférieur.

Cependant, en y réfléchissant maintenant, je me demandais si c'était ce passé-là auquel Ashlyn avait fait référence. La nuit où j'avais échoué à tuer mon père.

La voix de Kyra parvint à mes oreilles de quelque part sur ma gauche. Je ne pouvais pas la voir, et le son était faible, mais mon ouïe améliorée permit à ses douces tonalités de m'atteindre :

— Tu as dit que le Secteur de l'Éclipse était impliqué dans cette traite d'esclaves omégas. De quelle façon ?

— Comme lieu d'échanges ou comme site potentiel de vente aux enchères, répondit Cael. C'est du moins ce qu'on pense. Il est possible qu'ils aient aussi organisé des parties de chasse ici.

— Des parties de chasse ? répéta-t-elle.

Cette expression me fit froid dans le dos. Parce que je savais bien ce qu'était une partie de chasse. Mon père les adorait. Il en *raffolait*. Putain, il avait kiffé de faire hurler ses femelles.

— Là où les Omégas courent et les Alphas chassent, gronda Grey, son résumé grossier me faisant grogner. On ne les a jamais vues, on en a seulement entendu parler. Mais nous savons qu'elles existent.

— Et tu penses qu'ils les organisaient ici ? insista Kyra.

Une question dont je mourais d'envie de connaître la réponse moi aussi.

— Pas régulièrement. (La voix de Cael était plus forte et son odeur enveloppait mes sens, confirmant qu'ils approchaient.) Mais au moins une fois. À moins que ça ait été une vente aux enchères ou un échange.

— Trop d'odeurs pour un échange, murmura Grey. Une vente aux enchères, peut-être. Mais plus probablement une chasse. Cette région est parfaite pour ça.

— Et les collines ont aussi une histoire associée à ça, ajoutai-je alors qu'ils se profilaient sur ma gauche.

— C'est vrai, opina Grey.

Je ne savais pas trop ce qu'il connaissait à ce propos, à part des rumeurs peut-être. Mais la lueur hantée dans son regard me fit me demander s'il y avait autre chose.

Quelque chose en rapport avec ce qu'il cachait. Son talent, peut-être ?

Je n'avais pas envie de lui mettre la pression, alors qu'il était clair que nous devions nous concentrer sur Ashlyn.

— Je ne la capte nulle part, leur avouai-je, changeant de sujet et allant droit au but. (Je ne voulais plus parler de la *traite d'esclaves omégas*. Nous nous occuperions de ce problème après avoir réglé celui-ci.) Tu la sens ?

Ma question s'adressait surtout à Grey. Je me doutais que de nous tous, ce serait lui qui connaîtrait le mieux son parfum naturel.

Malheureusement, il secoua la tête.

Soupirant, j'allais suggérer de nous répartir sur différents coins de l'île quand il gronda :

— Mais elle est bien là.

— Tu peux la sentir ? demanda Cael.

— Non.

— Alors comment tu sais qu'elle est ici ? lança Kyra, son exaspération égalant la mienne.

— J'ai juste… (Il s'interrompit et se racla la gorge.) Faites-moi confiance. Elle est ici.

Te faire confiance, pensai-je en grognant intérieurement. *D'accord.*

Où sont tous les Infectés ? se demanda Lorcan en me lançant un coup d'œil. *Je ne flaire pas leur odeur.*

Ils sont sans doute dans les anciennes villes, répondis-je par télépathie. Cela faisait longtemps que nous n'étions pas revenus ici. Peut-être quarante ou cinquante ans. Il n'y avait eu aucune raison de visiter cet endroit après avoir emmené tout le monde dans le Secteur Sanglant.

Mais ne pas en flairer un seul ? Il promena son regard autour de lui, les yeux plissés. *Je ne sais pas, C. Je n'aime pas ça.*

Je n'aimais pas ça non plus. Je n'aimais rien de tout

cela. La note énigmatique dans le journal. La trahison inattendue de Granger. Les pouvoirs mystérieux de Cael et Grey. La traite d'esclaves omégas. Laisser Ivana loin de moi. Être *ici*.

Il y avait quelque chose qui ne tenait pas debout.

Qu'est-ce que je rate ? J'embrasse mon passé, comme tu l'as dit. Je suis ici. Je ne suis pas mon père. Mais tu veux que je pense comme lui... Il mettait des Omégas dans des trous. Ashlyn a envoyé sa bénédiction depuis la tombe. Mais elle n'est pas là.

Je plissai le front, mon esprit moulinant ces non-sens. J'avais comme l'impression que...

Mes yeux s'écarquillèrent.

On dirait une diversion. Visant à nous éloigner tous de la vérité.

Ce n'était pas très différent de la nuit où Kieran avait tué mon père. Nous l'avions attiré dans ces collines avec une Oméga en chaleur. C'était du moins ce qu'il croyait. Nous l'avions leurré avec l'odeur, puis nous l'avions coincé. Et Kieran en avait fini avec lui.

Cette fois nous avions été attirés ici pour traquer une autre Oméga, une Oméga du Z-Clan. Juste parce que Grey savait qu'elle était ici.

— Comment ? lançai-je à Grey, lui faisant face. *Comment* tu sais qu'elle est ici ? Tu ne peux pas la sentir. Aucun de nous ne peut la flairer. Alors dis-moi comment tu le sais. C'est ton don ? Elle est ta compagne ? Ou c'est tout autre chose ?

Son regard glacial parut se givrer encore plus.

—Je n'ai pas à m'expliquer avec toi.

— Oh que si, rétorquai-je. Parce que je ne crois pas qu'elle soit ici. Je pense qu'on a été piégés.

— Tu crois qu'on s'est enfuis avec les fées ? intervint Cael. Que nous jouons à une sorte de jeu ?

— Non, je pense que la tête de Grey a été bousillée. Ça

expliquerait l'étrange air de puissance qu'Ivana et moi avions perçu. Nous avions supposé que c'était son don. Mais si ce n'était pas du tout le sien ? Et si quelqu'un avait obscurci son jugement ?

Et si Granger n'était qu'une autre diversion ? réfléchis-je dans la foulée. *Est-ce qu'il a menti sur la présence d'Ashlyn ici ? C'est pour ça qu'il avait un souvenir si vague de l'endroit où il l'avait laissée ? Était-il même réel ? Et s'il était comme l'Oméga en chaleur, le leurre qui a attiré la proie droit dans un piège ?*

Kieran.

Non. Pas Kieran.

Quinnlynn et l'héritier du Secteur Sanglant qui poussait dans son ventre.

Les éliminer mettrait fin à la lignée des MacNamara, et la barrière enchantée entourant le Secteur de la Nuit – et le Sanctuaire d'Omégas à l'intérieur – tomberait.

Si Cael et Grey avaient raison à propos de ce réseau secret de ventes aux enchères d'Omégas, alors les Omégas étaient la cible depuis le début. Et tous ces épisodes avec le sérum de la fête de l'œstrus n'étaient que des diversions.

La disparition d'Ashlyn était une autre diversion.

Granger était une diversion.

Ceci était une diversion.

— Il faut retourner au Secteur Sanglant tout de suite, intimai-je à Cael et Grey. (Je me tournai vers Lorcan et Kyra.) Et vous deux, vous devez aller dans le Secteur de la Nuit.

Car si quelqu'un essayait de mettre fin à la lignée des MacNamara, alors d'autres attendaient l'occasion d'attaquer les Omégas sous la protection de Quinnlynn.

— Et Ashlyn ? demanda Grey.

— Elle n'est pas ici, lui dis-je. Il n'y a rien ici, putain.

Ce qui aurait dû être notre premier indice. Les Infectés

ne s'étaient pas aventurés ici depuis longtemps, ce qui confirmait qu'il n'y avait pas eu de signes de vie récents.

— Elle n'a jamais été là, ajoutai-je. Regarde au fond de toi, tu verras que j'ai raison.

Le regard glacial de Grey scintillait de fureur, une puissance immense se déversait de lui. Mais au lieu de s'en prendre à moi, il inspira un grand coup.

Puis il pencha la tête en arrière et *hurla*.

Je reculai d'un pas. Son explosion d'énergie ne ressemblait à rien de ce que j'avais jamais ressenti. Lorcan attrapa Kyra, son esprit me disant qu'il était sur le point de l'éclipser à l'abri.

Or rien ne suivit l'onde de pouvoir intense de Grey. Elle mourut presque aussi vite qu'elle était apparue. Ce qui se passa ensuite, ce fut seulement Grey disant :

— Je vais tuer Tadhg, putain.

Sur ces mots, il disparut.

— Merde, souffla Cael. *Merde !*

Je saisis ses intentions dans son esprit juste au moment où il suivit Grey.

— Ils retournent dans le Secteur Sanglant, informai-je Lorcan. Je t'envoie un message dès que je sais quelque chose.

— Moi de même, dit-il, faisant référence au Secteur de la Nuit.

Je m'éclipsai en un clin d'œil, directement dans le bureau de Kieran.

Que je découvris couvert de verre brisé et de sang.

L'odeur de la terreur d'Ivana s'attardait dans l'air, provoquant la rage de mon loup intérieur.

Je rugis son nom, et mon esprit localisa aussitôt le sien. *Où es-tu ?* grondai-je.

Quinn et moi sommes enfermées dans une pièce sécurisée de son nid.

Je me détendis en partie. Pas complètement, juste un peu. *Tu es blessée ?*

Je vais bien. Mais Kieran…

Tu es blessée ? répétai-je. Parce que je flairais son sang dans l'air.

Je vais bien, Cillian. Va aider Kieran !

Mon sourire se fit féroce. Si Ivana émettait des exigences, c'était qu'elle allait vraiment bien.

Mais quelqu'un l'avait fait saigner. Quelqu'un devait payer.

Qui t'a fait du mal ? voulus-je savoir.

Oh Dieux, Cillian, va…

Qui ? répétai-je, m'assurant qu'elle percevait l'impatience soulignant ce seul mot.

Granger, chuchota-t-elle. Sa soumission fut un cadeau fort appréciable à cet instant. Parce que j'avais besoin de ce nom.

Il va mourir, promis-je en m'éclipsant dans la rue.

Kieran se tenait au milieu de la chaussée, son costume en lambeaux, ses yeux sombres et brasillants posés sur Tadhg.

Putain de traître, pensai-je en dardant un regard noir sur le prince chauve du Secteur Alpha. Bientôt l'*ancien* prince du Secteur Alpha. Parce que Kieran avait l'air prêt à le mettre en pièces.

Si Tadhg remarqua mon arrivée, il ne le montra pas, totalement focalisé sur Kieran.

— Tu oses m'attaquer, moi, le roi du V-Clan, dans ma propre maison ? fulminait ce dernier. Et tu envisages de porter atteinte à ma reine ? Mon Oméga ? *Ma compagne ?*

Tout le secteur vibrait sous le grondement de Kieran, son pouvoir émanant avec une telle férocité qu'il rendait la respiration difficile.

Plusieurs loups à proximité tombèrent à genoux, la tête basse.

Mais Tadhg se contenta de sourire.

— Ton aboiement ne me fait pas peur, *roi*.

Une vague de pouvoir jaillit du prince alpha, dont la force me frappa en pleine poitrine et me fit reculer d'un pas. Cependant, Kieran maintint sa position, plissant les yeux encore plus.

— Tu devras faire mieux que ça, *prince*.

Cillian.

La voix ne venait pas de Kieran, mais de Cael. Je croisai son regard depuis l'autre côté de la rue, quelque peu surpris de le voir appuyé nonchalamment contre un mur.

Cael, répondis-je.

Où est la reine Quinnlynn ? s'enquit-il.

En sûreté.

Tu en es certain ? Il jeta un coup d'œil autour de lui, sa mâchoire agitée d'un tic. *Parce que ça ressemble à une diversion. Ces bâtards étaient tous trop faciles à abattre pour moi. Et maintenant, je ne trouve plus Grey.*

Il me fallut une seconde pour comprendre ce qu'il voulait dire – pour *sentir* qu'il contrôlait les autres Alphas qui rôdaient dans la rue. Nombre d'entre eux étaient ensanglantés et respiraient bruyamment, leurs habits dans le même état que ceux de Kieran.

L'esprit de ce dernier m'aida à rassembler les pièces du puzzle, me narrant comment il en avait combattu plusieurs dans son bureau avant d'emmener la fête au-dehors.

Où il était tombé sur Tadhg.

Toutefois, Cael avait raison. C'était trop facile.

Tadhg nous avait tous attirés loin du Secteur Sanglant pour une bonne raison. Peut-être avais-je découvert ses intentions plus vite qu'il l'avait prévu, mais il paraissait encore bien trop calme.

Alors, où est Grey ? me demandai-je, mon esprit cherchant l'Alpha en question. Des intentions meurtrières roulaient dans ses pensées, ce qui me fit me tourner vivement vers le bâtiment obscur derrière moi.

Sans réfléchir, je m'éclipsai directement dans les quartiers personnels de Kieran.

Et je trouvai Grey au milieu de trois Alphas, en train de leur montrer le vrai sens de la force d'un Alpha du Z-Clan.

Vana ! criai-je via notre lien, son parfum m'enveloppant comme une étreinte chaleureuse. Mais ce soupçon de fer sous-jacent à son odeur naturelle me fit gronder de fureur. Je savais déjà qu'elle avait été blessée, mais à présent je me demandais...

Je vais bien, répondit-elle avant que mon inquiétude prenne de l'ampleur. *Mais il arrive quelque chose à Quinn. Ce brouillard bizarre que j'ai senti autour de Grey et Granger est... il lui fait quelque chose.*

Granger ? relevai-je.

Oui, juste avant l'attaque, je l'ai senti chez Granger. Maintenant c'est chez Quinn, et je... je ne sais pas ce que ça veut dire. Mais elle agit bizarrement.

Est-ce que tu peux trouver comment éliminer le brouillard ?

J'essaie, mais à chaque fois que j'en défais une partie, d'autres apparaissent.

Tu peux en repérer la source ? demandai-je en inspectant la pièce en quête d'autres menaces. Mais je ne vis que quelques Alphas morts dont Grey s'était occupé – du moins supposais-je que c'était lui leur exécuteur. Il confirma cette hypothèse à l'instant même, car un autre Alpha perdit sa tête et s'effondra, rejoignant la scène macabre sur le sol.

Parfait, me dis-je avant de revenir à Ivana.

Elle n'avait pas répondu, mais je la captai qui essayait de localiser la source du brouillard qui obscurcissait l'esprit de Quinn.

Pendant qu'elle travaillait, je fouillai tout le Secteur Sanglant, scannant l'esprit de tous ses occupants pour y déceler le moindre signe de mauvaises intentions.

Il y avait plusieurs connards dehors avec Tadhg, guettant une occasion de frapper. Mais il semblait que Cael avait déjà enroulé ses propres pouvoirs autour d'eux, les retenant pendant que Tadhg et Kieran s'affrontaient dans un feu d'artifice d'énergie alpha.

Or quelques traînards avaient échappé à l'attention de Cael. Je les entendais se déplacer dans le bâtiment, monter l'escalier, se faufiler lentement jusqu'ici pour atteindre leur proie.

Tu avais raison de dire que c'est une diversion dehors, envoyai-je à Cael. *Grey est là-haut et s'occupe de trois voyous. Il y en a six… non, plutôt sept, qui se frayent un chemin jusqu'ici.*

Tu as besoin de moi ?

Je souris. *Non, je peux m'occuper de ces abrutis.*

Car l'un d'entre eux était Granger. Et nous avions un rendez-vous.

Un putain de rendez-vous très violent et très sanglant.

IVANA

— On devrait ouvrir la porte, dit soudain Quinn.

— Quoi ? fis-je, surprise par sa suggestion.

— Il fait trop sombre ici.

— Nous sommes des louves, lui rappelai-je. Nous voyons très bien toutes les deux. Et le courant va revenir d'une minute à l'autre, pas vrai ?

C'était ce qu'elle m'avait dit lors de la surtension électrique. Mais depuis, elle avait l'air un peu ailleurs. C'était ainsi que j'avais remarqué le mystérieux brouillard qui embrumait son esprit. Tout comme chez Grey. Et Granger.

Cillian, Quinn veut ouvrir la porte.

Absolument pas, putain, me siffla-t-il via notre lien. *Plusieurs ennemis sont en train de monter, dont Granger.*

Je ne suis pas sûre qu'il soit hostile, lui dis-je en fronçant les sourcils. *Je… je ne sais pas ce qu'il est.*

Un loup mort, voilà ce qu'il est, m'annonça Cillian.

Retiens ton jugement jusqu'à ce que je trouve la source…

— Quinn ! lançai-je à voix haute, coupant brusquement ma discussion mentale avec Cillian.

Elle s'était levée et se trouvait près d'un panneau du bouclier métallique.

— Nous devons partir, me dit-elle d'un ton catégorique.

— Nous devons rester ici, lui rétorquai-je.

Je me levai de ma chaise pour la rejoindre. J'écartai doucement ses mains du panneau et je sondai son esprit, essayant encore de trouver la source de l'étrange brouillard. Le pouvoir s'était épaissi, créant une couche trouble qui bourdonnait de courants électriques sous-jacents.

Qui te fait ça ? me demandai-je en démêlant de nouveau les fils.

Elle cligna des yeux.

— Qu'est-ce qui m'arrive ?

— Quelqu'un est en train de… je ne sais pas comment décrire ça. Te contraindre, peut-être ? Ou te forcer à croire à de fausses informations ?

— Comme l'idée que je devrais ouvrir la porte ?

— Ouais, genre, marmonnai-je.

Je capturai le nuage qui se formait dans sa tête et le fis exploser avec mon esprit avant qu'il parvienne à s'y accrocher.

Puis je sursautai quand ce brouillard s'abattit sur moi, cherchant à fausser mon propre sens du bien et du mal.

Je ne crois pas, non, pensai-je à son intention, dressant un mur mental pour l'empêcher d'obscurcir mon jugement.

L'électricité descendit le long de ma colonne vertébrale,

la magie s'intensifiant alors que l'énergie psychique exigeait que ma barrière s'effondre.

— Oh, soufflai-je, plaquant ma main sur le mur tandis que mes genoux menaçaient de se dérober.

Cillian dit quelque chose mais je ne l'entendis pas, mon esprit luttant pour se protéger de toute intrusion. Un seul Alpha pouvait m'obliger à me soumettre, et ce n'était pas le détenteur de ce pouvoir intrusif. Ce nuage manipulateur. Ce non-sens compulsif.

Recule, lui ordonnai-je, ma barrière mentale vibrant de résistance. De détermination. Du refus de s'incliner.

Je hoquetai quand le pouvoir me frappa de nouveau, cette fois comme une lame dans ma tête, provoquant une douleur que je ressentis jusque dans mon âme.

Mais mon bouclier tint bon. Il ne se fêla même pas. Ou bien si ? Je… ne savais pas trop.

Le monde me parut obscur. Inhabituel. *Froid.*

Pourquoi suis-je si seule ici ?

Je frissonnai, clignai des yeux dans la nuit d'encre. *Que s'est-il passé ? Où suis-je ?*

Ivana ! cria Cillian, ce qui me fit ciller.

Cillian ?

Putain, Vana. Reviens vers moi, macushla. Bats-toi !

Je sourcillai. *Contre quoi ?*

Mais l'instant d'après, je la sentis, cette présence oppressante. Le pouvoir qui avait fait sauter mes blocages mentaux, menaçant de prendre le contrôle de mon esprit. *Non !*

Le rideau noir se fractura, puis explosa en éclats d'obsidienne. Et je recouvrai la vue.

J'étais toujours dans la pièce avec Quinn.

Elle tentait à nouveau d'ouvrir la porte, ses doigts survolant le clavier du panneau. J'attrapai son poignet et la tirai en arrière juste au moment où un déclic se fit entendre.

— Quinn ! criai-je, à la fois à haute voix et dans son esprit.

Puis je chassai ce satané brouillard de ses pensées une fois de plus et le renvoyai direct à son propriétaire. Au fautif à l'extérieur. Seulement, ce n'était pas celui auquel je m'attendais.

Ce n'était même pas un Alpha, mais une *Oméga*.

Je la sentis trébucher. L'entendis crier. Puis la sentis se recharger pour frapper encore. Mais cette fois, j'étais prête. J'attrapai son assaut avec un poing mental et ripostai avec son propre pouvoir, bombardant son esprit et la forçant à s'agenouiller.

Puis Cillian enchaîna avec l'une de ses explosions psychiques, qui assomma complètement la femme.

Un hurlement retentit, qui se réverbéra sur le sol sous moi ainsi que sur les murs autour de nous. Ce hurlement exigeait l'attention. Exigeait la soumission. Exigeait le *respect. Le roi Kieran,* reconnus-je en tremblant, tandis qu'il hurlait de nouveau, avec encore plus de férocité. Je me cramponnai au bureau voisin pour me soutenir lorsque la porte de la salle sécurisée commença à s'ouvrir.

Je ne pus arrêter Quinn à temps. Elle s'élança, bien décidée à réparer ça.

Mais c'était trop tard.

La paroi s'écarta pour révéler son nid ensanglanté. Des morts jonchaient le sol. Grey se tenait au fond de la pièce, maculé des restes des Alphas gisant à ses pieds.

Il émit un grondement menaçant qui fit reculer Quinn de plusieurs pas. Ses yeux étaient d'un noir absolu, la soif de sang peignant ses traits en lignes dures. *Un Alpha du Z-Clan en colère,* constatai-je en déglutissant. J'avais entendu des rumeurs sur leur espèce, je savais qu'ils étaient brutaux et cruels. Mais en un clin d'œil, les iris de Grey reprirent leur couleur glaciale et son expression s'adoucit légèrement.

Cillian apparut dans la pièce, les mains couvertes de sang, ses vêtements sombres tachés des traces de son combat. Cela ne l'empêcha pas de m'attraper par la nuque et de me serrer contre lui. Sa bouche s'écrasa sur la mienne en un baiser affamé, exigeant, *déroutant*.

Une bataille était en cours, une guerre faisait rage alentour, et il m'embrassait comme s'il avait la ferme intention de me baiser ici même, dans le nid ravagé de Quinn.

Lorsqu'il eut terminé, je pouvais à peine respirer, mon corps et mon esprit étant tellement consumés par lui que je commençais à douter de ma propre réalité.

— Dieux, je t'aime, souffla-t-il alors.

Il mordilla ma lèvre inférieure avant que je puisse lui répondre, puis il me tira dans le couloir où Quinn attendait.

Grey n'était en vue nulle part.

Un autre hurlement rebondit sur le mur, un Alpha appelant sa meute. C'était fort. Intense. Mes genoux menacèrent de nouveau de se dérober. Mais un ronronnement de Cillian me stabilisa, ses doigts s'entrelacèrent aux miens.

— On doit rejoindre Kieran.

Quinn prenait déjà cette direction. Ses pas étaient loin d'être aussi chancelants que les miens. Peut-être parce que c'était son compagnon qui émettait ce cri. Ou peut-être parce que son pouvoir égalait le sien. Ce n'était pas pour rien qu'elle était notre reine.

Lorsqu'elle atteignit la cage d'escalier, elle marqua une pause.

— Où sont tous les corps ?

Je ne savais pas trop ce qu'elle voulait dire jusqu'à ce que nous arrivions à son niveau et que je voie tout le sang qui maculait les murs. J'écarquillai les yeux.

Est-ce que c'est toi ?

Oui, confirma Cillian.

— J'ai éclipsé les Alphas inconscients dans la rue pour que Cael les garde. Les morts ont été jetés en tas à côté de Tadhg.

Je déglutis.

— Et où est Tadhg ?

— À genoux dehors, répondit Cillian. Kieran est en train de lui faire une déclaration. Du genre qui se passe de mots.

Quinn trembla visiblement, ses pupilles se dilatèrent en réaction aux paroles de Cillian. Quoi que fasse Kieran, elle le ressentait sans aucun doute. Et son léger sourire en coin me dit qu'elle approuvait.

Où est l'Oméga ? questionnai-je.

Sylvia est inconsciente, répondit-il.

Je me figeai au milieu d'un pas.

— *Sylvia ?* répétai-je à voix haute, ce qui fit hésiter Quinn également. Celle qui a ce pouvoir de coercition, c'est *Sylvia ?*

— Ouais, acquiesça-t-il entre ses dents serrées.

— Comment est-ce possible ? s'étonna Quinn. Elle vient du Sanctuaire !

— Depuis combien de temps est-elle ici ? interrogea Cillian. Est-ce qu'elle a été amenée récemment ? Sais-tu d'où elle vient ?

— Je… (Elle s'interrompit, fronçant les sourcils.) Jas a contrôlé toutes les Omégas. Et elle les a recontrôlées récemment, après tout ce qui s'est passé avec Fritz.

Cillian acquiesça.

— Donc elle suppose probablement qu'elle a contrôlé Sylvia. C'est ce que Sylvia l'aurait forcée à croire.

Quinn serra la mâchoire et son regard se durcit tandis qu'elle reprenait sa descente de l'escalier à un rythme nettement plus rapide.

— Mais Sylvia a été droguée aussi, remarquai-je. Pourquoi se serait-elle droguée elle-même ?

— Pour avoir accès au Secteur Sanglant, répondit Cillian. Accès à Kieran et Quinn. À leurs pouvoirs. À leurs *esprits*.

J'ouvris des yeux ronds.

— Oh, merde.

— Et ensuite, Granger a administré à toutes les autres le même sérum pour faire diversion. Il l'a glissé dans les rafraîchissements que Cael et Dixon ont distribués après l'attaque de Sylvia.

Mes yeux s'écarquillèrent encore plus.

— J'ai aidé à distribuer cette boisson…

— Tu n'avais aucun moyen de le savoir, Vana.

— Oui, ce n'est pas de ta faute, renchérit Quinn. C'est… c'est leur faute à *eux*.

Elle marchait à grands pas, sa colère palpable me faisait grimacer. Les émotions de la grossesse étaient… intenses. Mais je les partageais en ce moment.

Parce que j'avais aidé Granger. Sans le savoir, d'accord, mais ça ne changeait rien à ce qui s'était passé.

— Quel était le but de tout ça ? demandai-je. Pourquoi nous ont-ils droguées ?

Car ils n'avaient manifestement pas profité de la « fête de l'œstrus » qu'ils avaient provoquée ; elle avait commencé après notre arrivée dans le Secteur Sanglant.

— À l'origine, ils avaient prévu de nous attaquer pendant que nous étions occupés avec les Omégas en chaleur – mais Ashlyn a fait quelque chose pour les en empêcher. Je ne sais pas encore quoi, juste qu'elle a posé un problème qui nécessitait de modifier leurs plans.

— Tu as recueilli tout ça dans l'esprit de Sylvia ? Ou de Granger ?

— Les deux. Et les pensées de Tadhg en ont aussi confirmé une partie.

— Je vais prendre plaisir à regarder Kieran tuer Tadhg, fulmina Quinn. Mais c'est *à moi* de m'occuper de Sylvia.

— Il est possible qu'elle soit une victime elle aussi, nuança Cillian. D'après ce que j'ai vu dans l'esprit de Granger, Tadhg l'a préparée à devenir son arme personnelle, qu'il peut déployer à volonté.

— Mais… mais comment a-t-il su qu'il fallait l'envoyer au Sanctuaire ? questionnai-je. Vous n'avez échangé des informations à ce sujet que récemment, non ?

Cillian serra la mâchoire.

— L'organisation de l'ombre mentionnée par Cael et Grey est manifestement au courant de l'existence du Sanctuaire depuis un certain temps, mais ils n'ont pas su comment franchir la barrière. Ils ont utilisé Sylvia comme appât, et peut-être d'autres aussi.

Quinn grogna, et posa brutalement le pied sur la dernière marche avant le rez-de-chaussée. Si elle avait porté des talons, elle en aurait sûrement cassé un sur ce dernier pas.

— Alors la traite des esclaves est réelle, murmurai-je.

— Oui, murmura Cillian. Tout à fait réelle.

Son agacement filtra par notre lien. Il n'était pas agacé par l'existence d'un tel trafic — les esclaves omégas n'étaient pas une nouveauté dans notre monde — mais par le fait de ne pas avoir eu connaissance de cette organisation particulière. Qui qu'ils soient, ils avaient excellé à garder leur existence secrète pendant très longtemps. Ce qui inquiétait Cillian. Et me préoccupait aussi.

Déglutissant, je les suivis hors du bâtiment, Quinn et lui, jusqu'au massacre qui s'était déroulé dans la rue.

Il y avait des Alphas et des Bêtas partout, la plupart à genoux, tête basse, d'autres inconscients, et une poignée debout, leur attention concentrée sur Kieran. Enfin, pas tout à fait : personne ne croisait directement son regard.

Seul Cillian en était capable, et même lui grimaçait un peu devant le pouvoir qui se déversait du corps vibrant de Kieran.

C'était impressionnant.

Presque aussi impressionnant que de voir Benz parmi les Alphas debout. Il était le seul Bêta à ne pas être agenouillé en signe de soumission. Ses yeux turquoise rencontrèrent les miens, le soulagement brillant au fond des pupilles. Je lui rendis son regard avec un petit signe de tête. J'avais l'impression que cela faisait un million d'années que je ne l'avais pas vu. Il y avait tant de choses à raconter, à rattraper.

Plus tard, pensai-je, sachant que Benz comprendrait même s'il ne pouvait pas m'entendre. La télépathie était clairement un don dont je n'avais pas hérité grâce à mon nouveau lien avec Cillian. Cela ne me dérangeait pas. Lire dans les pensées, c'était… bien suffisant.

Kieran regarda Quinn et lui tendit un bras, son ordre tacite était clair.

Elle le rejoignit d'un pas confiant et se glissa contre son flanc. Kieran caressa son ventre proéminent, son grognement s'adoucit en un ronronnement subtil.

Du moins jusqu'à ce qu'il baisse les yeux sur le crâne chauve de Tadhg.

L'Alpha était à genoux comme plusieurs autres, mais la façon dont son corps palpitait et se contractait me disait qu'il n'avait pas pris cette position de son plein gré. Tous les autres semblaient être agenouillés par respect, mais pas Tadhg. Il était maintenu ainsi par la volonté de Kieran.

Grey apparut à cet instant, portant dans ses bras Sylvia inconsciente. Il la déposa lentement et délicatement sur le sol, ses instincts d'Alpha reprenant le dessus lorsqu'il s'agissait de manipuler quelqu'un de beaucoup plus petit que lui.

Cette *gentillesse* n'existait pas en moi. En regardant Sylvia, je voyais une traîtresse. Une scélérate. Quelqu'un qui avait perturbé l'esprit d'autrui pour un bénéfice inconnu.

Sauf que les mots de Cillian, prononcés quelques minutes plus tôt, résonnaient encore dans mes pensées : *« Il est possible qu'elle soit une victime elle aussi. »*

Possible, peut-être. Mais son pouvoir n'était pas si innocent que ça. Il avait été déterminé. Intrusif. *Mortel.*

— Prince Tadhg du Secteur Alpha, vous et vos cohortes avez commis le plus haut niveau de trahison aujourd'hui, déclara le roi Kieran d'une voix qui portait à des kilomètres, ses talents d'Alpha en pleine action. Il n'y aura pas de procès. Pas de plaidoirie. Vous et vos co-conspirateurs le paierez de votre vie.

Il marqua une pause, comme s'il attendait que quelqu'un ose argumenter.

Mais tout ce que fit Tadhg fut... *rire.* Un grondement qui parut rivaliser avec celui du roi Kieran, ce ton moqueur parcourant des kilomètres.

— Tu es un imbécile, grinça-t-il.

— Je suis un imbécile ? répéta Kieran, penchant la tête sur le côté d'une manière bien trop menaçante pour être innocente.

— Vous êtes tous des imbéciles, reprit Tadhg. Demandez à Grey. Il sait.

L'Alpha en question le fusilla du regard, et ses yeux s'assombrirent jusqu'à prendre la même teinte que celle que j'avais vue en sortant de la pièce sécurisée. Mais il n'émit aucun son. Ne donna pas d'explication. Il se contenta de fixer Tadhg avec une haine si intense qu'elle répondait d'emblée à la question de savoir si ces deux-là avaient un passé commun.

La tête de Tadhg tressaillit tandis qu'il luttait contre le contrôle que Kieran exerçait sur lui, et il parvint à jeter un coup d'œil à Grey.

— Tu gardes tes reliques, hein ? D'abord Nikiski. Maintenant Ashlyn. (Il lâcha un autre rire.) Tu continues à échouer avec tes Omégas, n'est-ce pas, Grey ?

Grey serra les poings.

— *Où* est ma sœur ?

— Alors tu la choisis plutôt qu'Ashlyn ? railla Tadhg. Ton propre sang plutôt qu'une compagne potentielle ? Je ne manquerai pas de lui faire connaître ton choix.

— Tu ne feras rien connaître à personne, gronda Kieran.

Une vague de pouvoir s'abattit sur le prince dans la rue, provoquant une tension dans son cou et une crispation de sa mâchoire, tandis qu'il grognait en réaction.

— Où est-elle ? insista Grey, faisant un pas en avant. Où tu l'as laissée, bordel ?

Du sang coula de la bouche de Tadhg, le poids de l'énergie de Kieran semblant agir comme un coup physique.

— Je l'ai laissée dans le Secteur Kodiak, grinça-t-il. Cette petite salope fouineuse est sans doute morte à l'heure qu'il est. Bon débarras, putain.

Grey le fixa un long moment. Son expression parut s'adoucir, et toute sa fureur fondit quand il détourna son attention de Tadhg pour la porter sur le prince Cael.

Celui-ci se tenait à l'écart, les bras croisés, une épaule appuyée contre un mur d'immeuble. Il était l'incarnation même de l'ennui. Malgré tout, je sentais la présence de son don tout autour de nous.

Cillian avait dit qu'il avait éclipsé ici tous les Alphas pour que le prince Cael les garde. Je comprenais maintenant ce que cela signifiait. Il semblait les avoir tous sous son poing mental, les tenant d'une manière similaire à celle avec laquelle le roi Kieran immobilisait Tadhg maintenant.

— Cette dernière note n'a jamais été pour Cillian ou Ivana, elle était pour moi, déclara Grey, ce qui me fit sourciller.

— Quelle dernière note ? demanda Cillian.

J'allais poser la même question.

— Celle qui dit que nos passés nous rendent plus forts et que je me souvienne que je ne suis pas lui. (Grey regarda Cillian.) Ce post-scriptum était pour moi. Et maintenant, je sais où se trouve Ashlyn. (Il baissa les yeux sur Tadhg.) Je te remercie. Tu m'as été d'une grande aide.

Sur ce commentaire énigmatique, il disparut.

CILLIAN

L'ESPRIT de Kieran tournait autour de l'envie de *tuer*.

Il était furieux. Furieux comme je ne l'avais jamais entendu. Mais il était pratique, même dans sa colère.

Détruis son esprit, me dit-il. *Trouve tous les foutus détails sur cette organisation de l'ombre qui…*

Un cri coupa son ordre mental, dont la source se tordait soudain à terre.

Féminine. Endolorie. *Enragée.*

Quinn s'élança, prête à intervenir en voyant le corps de l'Oméga convulser de souffrance, le cri étant sorti de sa bouche ouverte.

Tadhg grimaça, puis se mit à convulser tout comme elle.

Près de moi, Ivana hoqueta, et son esprit travailla aussitôt à tenter d'annuler ce qui venait de se passer.

Non ! hurla-t-elle, projetant ses propres dons mentaux.

Mais c'était trop tard.

Le mal fut fait en un instant, un système de sécurité que je n'aurais jamais pu voir venir : une séquence de suicide, visant à détruire l'esprit.

Sylvia cessa de crier et son corps devint bizarrement rigide, tandis que Tadhg s'effondrait à côté d'elle, tous deux... en état de mort cérébrale.

Kieran jura et s'agenouilla pour les soigner. Mais même lui ne pouvait pas les ramener de la mort.

Quel que soit le déclencheur que cette Oméga venait d'activer, il avait été programmé depuis longtemps pour les éliminer, elle et Tadhg.

Cael gronda, tout comme Kieran. Quinn et Ivana avaient l'air choquées.

Et Granger... Granger était devenu blême, et ses pensées étaient chaotiques. Parce qu'il venait de réaliser qu'ils l'avaient laissé seul en vie avec des informations dont nous avions désespérément besoin.

Or il n'en savait pas assez pour être utile. Je percevais au fond de lui qu'il m'avait déjà donné tout ce qu'il savait. Les contacts clandestins étaient ceux de Tadhg. C'était lui qui était à la table, prenait les appels, participait aux *chasses*, sans jamais permettre à Granger d'entrer dans son jardin secret.

Il était inutile en effet pour nous maintenant. Autant que s'il était mort.

— Putain de lâche, grommela Cael, qui s'avança pour cracher sur le cadavre de Tadhg. Au moins Grey a eu une victoire avant que ce bâtard se suicide.

— Mais sa sœur... ? chuchota Quinn, jetant un coup d'œil à Cael.

Elle était encore auprès de Sylvia. Elle avait essayé de la soigner pendant que Kieran s'occupait de Tadhg, mais ni l'un ni l'autre n'avait rien pu arranger. Quel que soit le tour mental que Sylvia avait généré, il était permanent.

— Il a retourné les attentes de Tadhg contre lui, expliqua Cael à Quinn d'une voix quelque peu adoucie. Tadhg savait que Grey cherchait Nikiski depuis des décennies. Il a supposé que Grey poserait des questions sur sa sœur et non sur Ashlyn. Alors Grey a joué le jeu, sachant très bien que s'il le faisait, Tadhg lui donnerait l'information contraire.

— La position d'Ashlyn, pas de Nikiski, traduisis-je, saisissant ce qui s'était passé.

— Exactement. Il a prétendu qu'il tenait toujours Ashlyn, alors qu'on sait tous que ce n'est pas vrai. Granger nous a fait croire qu'il l'avait lâchée dans le Secteur de l'Éclipse, mais nos nez ont confirmé le mensonge. Je parie que Granger ne l'a même jamais eue. (Cael se tourna vers son ancien Élite.) Je n'ai pas raison ?

Granger se contenta de serrer les dents sans rien dire. Cependant, son esprit me le confirma. Son *souvenir* était l'œuvre de Sylvia, la puissante Oméga qui avait eu bien trop de pouvoir de manipulation mentale. Mais je voyais tout clairement à présent qu'elle n'était plus là.

Sylvia avait été l'une des acquisitions de Tadhg par le biais de la traite des esclaves. Une Oméga à la génétique extraordinaire. Principalement V-Clan, mais avec une touche de vampire. Semblable à Kyra en cela, et pourtant si incroyablement différente.

Tadhg l'avait achetée quand elle était enfant et l'avait préparée pour en faire une arme, comme je l'avais dit à Quinn et Ivana. Elle était innocente jusqu'à un certain point, son propriétaire lui ayant essentiellement fait subir un lavage de cerveau. Mais cela ne rendait pas moins maléfique ce qu'elle avait fait.

— Comment Ashlyn a-t-elle déjoué tes plans ? demandai-je à Granger.

Il me darda un regard rebelle.

Ça me convenait. Je n'avais pas besoin qu'il parle. Je pouvais juste lui briser l'esprit avec un peu d'aide de ma compagne.

Vana, murmurai-je, *tu peux m'aider à contourner ses barrières ?* Parce que ces barrières, c'était tout lui. Je ne doutais pas que ce don pour masquer son identité était précisément la raison pour laquelle Tadhg l'avait recruté.

Ivana serra ma main et s'appuya contre moi, puis elle ferma les yeux et se mit au travail.

Granger se débattit tout d'abord, essayant de la chasser de son esprit. Mais elle le contourna avec aisance, son assurance grandissant à chaque étape.

Elle avait passé toute sa vie à se cacher derrière des boucliers sans jamais réaliser qu'il s'agissait d'un talent spécial, non d'une compétence normale. Je n'avais pas du tout été surpris par la facilité avec laquelle elle avait accepté cette extension de son pouvoir. Elle était naturelle. Intelligente. *Belle.*

Le courant passait entre nous pendant qu'elle travaillait, son esprit étant tellement concentré sur Granger qu'elle ne remarquait rien d'autre. Ni les grognements ou les gémissements des Alphas quand Kieran commença à les tuer un par un – à mains nues. Ni les frémissements de la foule qui observait. Ni le grondement de Kieran qui exsudait sa puissance et rappelait à tous les loups du V-Clan présents ce dont il était capable. Ni le feu qui fut allumé afin de brûler leurs cadavres.

Rien. Juste Granger.

En revanche, Granger était *très* conscient de la mort qui l'entourait, et de son avenir qui planait dans le vent.

Il allait mourir. Mais ce ne serait pas Kieran qui le

tuerait. Ce plaisir serait le mien, dès que j'aurais extrait de son esprit le plus d'informations possible.

Voilà, me transmit Ivana, sa tête contre mon épaule. *Il est prêt.*

Merci, macushla. Je fis rouler ma nuque, puis je croisai le regard de Granger. *Il est temps de se mettre au travail.*

Granger serra les dents, essayant aussitôt de lutter contre mon intrusion. Mais Ivana maintint son pouvoir à distance pendant que je plongeais dans les recoins de son esprit, à la recherche de quoi que ce soit d'utile.

Je retrouvai le jour où il avait rencontré Tadhg pour la première fois. Leur amitié s'était formée à partir de leur accord mutuel sur le fait que les Omégas devaient être des propriétés, non des compagnes. Au début, Tadhg n'avait pas utilisé Granger. Ce fut bien plus tard que Granger alla le voir un soir pour lui raconter ce que Cael et Grey étaient en train de faire, comment ils soupçonnaient Tadhg d'avoir enlevé la sœur de Grey.

Tadhg l'avait d'abord nié, mais Granger ne l'avait pas cru.

Au lieu de faire un rapport à Cael – à qui sa loyauté aurait dû aller –, il avait continué à informer Tadhg. Il avait voulu que ce dernier le prenne comme Élite parce qu'il avait stupidement cru que Tadhg lui donnerait plus de pouvoir.

Non, pas seulement du pouvoir. Des *Omégas.*

Il n'y en avait pas beaucoup dans le Secteur Lunaire, et celles qui y résidaient étaient très protégées par Cael. Granger savait qu'on ne lui en donnerait jamais une pour jouer avec. Car Cael croyait aux liens d'accouplement et au libre choix des Omégas.

Granger, lui, était dégoûté par ce concept. Et jaloux que Dixon ait bénéficié d'un traitement de faveur. Du favoritisme en tant que frère de Cael, même s'il était clairement l'Élite le plus faible.

Je ricanai à cette dernière découverte. Granger ne comprenait pas le sens du mot *faible* ; sinon, il aurait su à quel point son hypothèse était fausse. Granger se considérait comme supérieur à cause de ses capacités mentales. Certes, son talent était impressionnant, mais la façon dont il l'utilisait le désignait comme le plus faible des hommes.

Les Alphas ne devraient pas s'en prendre à ceux qu'ils considèrent comme plus faibles qu'eux ; ils devraient *protéger* ceux qui en ont besoin.

Et les Omégas n'étaient pas faibles ou destinées à être possédées. Elles étaient puissantes, ce qu'Ivana avait prouvé à maintes reprises.

Mais je ne transmis pas ces commentaires dans l'esprit de Granger, je continuai juste à explorer ses pensées et ses expériences.

Comme je l'avais déjà discerné, il ne savait rien d'utile sur l'organisation de l'ombre, juste qu'elle existait. Il avait attendu que Tadhg l'invite à la table, espérant une récompense pour toutes ses informations d'initié.

Pathétique, marmonnai-je, puis je continuai à creuser.

Des heures parurent s'écouler tandis que je fouillais tous les recoins de son esprit en quête de ce qu'il savait à propos d'Ashlyn. Sur la façon dont elle avait interféré.

Quand je trouvai enfin, je ne pus m'empêcher de rire aux éclats.

La petite médium attendait dans la chambre de Sylvia lorsque Tadhg et lui s'y étaient éclipsés pour commencer leur attaque.

Elle leur avait adressé un petit signe de la main en murmurant : « J'espère que vous ne comptiez pas sur un réveil rapide de Sylvia. J'ai dû lui servir une de ces boissons du Secteur des Glaciers – vous savez, celles qui sont destinées à moi et aux autres – pour l'hydrater pendant ses chaleurs. Comme vous pouvez le voir, Sylvia est encore, eh bien, dans les affres des chaleurs, pour ainsi dire. »

Tadhg avait pété les plombs et crié sur Ashlyn, la traitant de putain de menace. Ce à quoi elle avait simplement répondu en haussant les épaules : « On m'a déjà traitée de pire que ça. »

Furieux, il l'avait empoignée par le bras et avait disparu.

Granger avait attendu plus d'une heure qu'il revienne, en vain. Vexé, il s'était donc éclipsé pour retourner au Secteur Lunaire.

Quelques jours plus tard, Tadhg avait réapparu avec un plan révisé.

« Cette conne de médium jouera un rôle dans tout ça finalement, avait-il déclaré, satisfait de sa nouvelle idée. Nous les enverrons en chasse dans le Secteur de l'Éclipse – ce qui tombe bien, vu les récents événements qui s'y sont déroulés – pendant que nous abattrons Quinnlynn MacNamara et ce fichu bouclier autour de l'île. Ensuite, je préviendrai mon contact que la fête peut commencer.

Granger l'avait interrogé sur le contact et sur la *fête* en question, mais Tadhg n'avait pas développé plus que : « Disons simplement que ce sera la fête de l'œstrus la plus impressionnante qui soit. »

Granger, cet idiot, n'avait pas creusé le sujet. Un disciple jusqu'au bout des ongles.

— Pourquoi ce connard était ton Élite, je ne le comprendrai jamais, dis-je à Cael.

Celui-ci était venu à mes côtés un moment auparavant. Il n'avait pas interféré avec mon travail, il avait juste attendu tranquillement pendant qu'Ivana et moi déchirions l'esprit de son Élite.

Au lieu de répondre, il demanda :

— Tu as appris quelque chose d'utile ?

Kieran nous rejoignit, son regard et ses pensées me disant de répondre à la question de Cael. Ce que je fis, détaillant ce que je venais de découvrir, notamment comment Ashlyn avait déjoué leurs plans.

— M'a-t-il jamais été fidèle ? questionna Cael d'un ton las.

— Oui, admis-je. C'est juste qu'il ne partage pas ta morale. Celle de Tadhg lui plaît davantage.

Cael acquiesça.

— Dixon ne s'est jamais intéressé à Granger. Je vais devoir informer mon frère qu'il avait raison et que j'avais tort.

Son ton se durcit sur ces derniers mots, suggérant qu'il n'avait pas l'habitude d'admettre ses erreurs. Mais le fait qu'il les constate fort et clair en disait long sur son caractère.

— Tue-le, ordonna Kieran à Cael.

Le prince Alpha me jeta un coup d'œil.

— Je sens le sang d'Ivana sur lui.

— Il l'a attaquée.

Il hocha la tête, comme s'il l'avait déjà compris.

— Cet enculé m'a trahi de la pire des façons. Mais je n'en aurais rien su si ta compagne et toi n'aviez pas découvert la vérité. Alors que dirais-tu de… d'œuvrer ensemble ?

J'arquai un sourcil.

— Qu'est-ce que tu suggères ?

— Tu lui arraches la tête et je brûle son corps.

Il prononça ces mots avec désinvolture, comme s'il n'annonçait pas la mort imminente de Granger devant lui.

— Je veux le faire à mains nues.

— C'est parfait. (Cael sourit, et un soupçon du

prédateur en moi scintilla.) Je suis d'accord pour que ça fasse mal.

Ivana émit un bruit qui me fit me tourner vers elle. Elle n'était pas dégoûtée par cette idée, car ce n'était pas un haut-le-cœur ni même une désapprobation. C'était un *bâillement.*

Un coup d'œil sur ses traits me permit de comprendre pourquoi.

Ç'avait été une foutue longue journée, rendue encore plus longue par le temps qui s'était écoulé pendant que j'étais dans la tête de Granger. Vu que tous les autres Alphas étaient déjà réduits en cendres dans la rue et que le soleil était haut dans le ciel, cela faisait certainement des heures, comme je l'avais soupçonné plus tôt.

Mon Oméga – ma belle Oméga *enceinte* – était épuisée.

Je vais bien, murmura-t-elle dans mon esprit.

Tu es fatiguée.

Elle haussa les épaules.

Nous retournerons dans notre nid après ça.

Notre nid ? répétai-je. J'aimais comme ça sonnait.

Oui. Tu me dois une bonne séance de nouage.

Je haussai un sourcil.

Je suis couvert de sang, macushla.

J'en suis bien consciente. Elle promena son regard sur moi avec intérêt. *Mon Alpha mortel, sexy et violent.*

Hmm, fredonnai-je, appréciant son regard.

J'avais envie de l'assombrir. Ce qui me donna une idée.

Que je mis en pratique en lâchant sa main, en marchant sur Granger et en lui arrachant proprement la tête sans même sourciller.

Je tuerai tous ceux qui penseront seulement à te faire du mal, dis-je à Ivana. *Souviens-t'en et crois-moi.*

Ses pupilles se dilatèrent.

J'ai toujours eu confiance en toi, Cillian.

Je suis désolé d'avoir mis autant de temps à me faire confiance, moi aussi, répondis-je.

Je la rejoignis et l'attrapai par la nuque pour l'embrasser fougueusement sur la bouche.

— J'ai compris, Élite, grogna Cael. Elle est à toi.

— Prince, corrigea Kieran. (Je me figeai contre Ivana.) En supposant qu'il veuille le Secteur Alpha, du moins.

Je m'écartai lentement pour le regarder.

— Va te faire foutre.

Kieran rejeta sa tête en arrière et s'esclaffa. Je ne me joignis pas à lui.

— Je ne vais pas prendre le contrôle du Secteur Alpha, putain. Donne-le à Hawk. Ou, bon sang, donne-le à Grey.

Je supposais qu'il serait bientôt de retour avec Ashlyn. Il avait paru savoir exactement où aller, ce qui était une bonne chose car le Secteur Kodiak était un no man's land pour les loups du V-Clan. Il était rempli d'Alphas du Z-Clan auxquels aucun d'entre nous n'avait envie de se frotter.

Mais ce n'était pas le sujet de notre discussion actuelle.

— Ça ne m'intéresse pas de diriger, Kieran. Je sais que je pourrais le faire. Je suis puissant. Mais je ne veux pas être un putain de prince alpha. Ça n'a rien à voir avec ma lignée ou mon manque de qualifications. C'est parce que j'aime être ton second. Alors arrête d'insister, merde !

Ses yeux brillaient d'amusement.

— Mon second, hein ?

Je levai les yeux au ciel.

— Élite. Tu vois ce que je veux dire.

— Oh, je crois que oui, répondit-il. Et *second*, ça me va très bien. Ou roi par intérim quand j'ai besoin d'une pause. Comme, disons, dans quelques mois, quand ma compagne accouchera ?

Je le regardai de travers.

— Est-ce que tu viens de me piéger pour que j'accepte de prendre en charge le Secteur Sanglant à ta place afin que tu puisses partir en vacances ?.

— Le congé paternité n'est pas des vacances, d'après ce que j'ai compris.

Enfoiré, pensai-je à son intention. Ce qui, bien sûr, le fit rire de nouveau.

Juste après avoir annihilé une horde d'Alphas, il était manifestement de fort bonne humeur.

— Oh, le Secteur de la Nuit est sécurisé, au fait, ajouta Kieran d'un ton désinvolte, son changement de sujet me donnant le tournis. Si tu veux être mon second, tu devras consulter ta montre plus souvent. Lorcan t'envoie des messages depuis des heures, et tu sais à quel point il n'aime pas parler.

Sur ces mots, il s'éloigna, tout en pensant : *« Roi Cillian », ça sonne bien.*

« Feu Kieran » aussi, lui renvoyai-je la balle.

Il gloussa de nouveau.

Je ne meurs pas facilement, roi Cillian. Je crois que je viens de le prouver.

Nous verrons la prochaine fois que nous nous affronterons, lui rétorquai-je.

Je l'ajouterai à mon calendrier pour la semaine prochaine. Tu dois d'abord t'occuper d'une Oméga. Et je soupçonne qu'il te faudra un peu de temps libre pour satisfaire ses besoins.

J'eus envie de lui dire de ne pas émettre de commentaires sur les *besoins* de mon Oméga, mais je décidai que ça n'en valait pas la peine. Il me répondrait simplement par un mot d'esprit.

De plus, il avait raison : Ivana avait besoin de moi. Et j'avais besoin d'elle.

— Tu penses que Grey va retrouver Ashlyn ?

demanda-t-elle, sa question devant s'adresser à Cael puisqu'elle le regardait.

Il avait commencé à brûler les restes de Granger, s'assurant ainsi que ce connard embrassait pleinement la mort. D'ordinaire, les loups du V-Clan devaient être décapités et brûlés pour mourir. Mais apparemment, griller le cerveau fonctionnait aussi, comme Tadhg et Sylvia l'avaient prouvé.

Elle avait vraiment été une arme. Qui avait été utilisée à tort et à travers, ce qui m'attristait. Pourtant, je ne pus m'empêcher de me sentir soulagé qu'elle ne puisse plus causer de destruction.

— Oui, répondit Cael, me ramenant à lui. Ça lui prendra peut-être du temps, mais je crois qu'elle lui a laissé suffisamment d'indices pour qu'il puisse la traquer.

— D'après le mot qu'elle a écrit à Ivana ? demandai-je.

— Parmi d'autres notes, oui, murmura-t-il. Il se passe bien plus de choses entre Ashlyn et lui qu'il ne l'a dit à quiconque. Ces deux loups énigmatiques se méritent l'un l'autre.

— Tu n'es pas du tout inquiet ? insista Ivana.

— Je suis toujours inquiet, ma chérie, sourit Cael. Mais il y a une bonne raison pour laquelle je confie ma vie et mon secteur à Grey. C'est le bâtard le plus résistant que j'ai jamais rencontré. Si quelqu'un peut ramener Ashlyn, c'est bien lui. Tu verras.

Ivana déglutit mais acquiesça.

— J'espère que tu as raison.

— J'ai généralement raison, répondit-il en me jetant un coup d'œil. Demande à ton compagnon.

Je le fixai du regard.

— Tu joues à un jeu dangereux, *Prince*.

— Toi de même, *Second*.

— Ce sera bientôt *Roi* pour toi, le raillai-je.

Il sourit.

— Je vais travailler ma révérence protocolaire.

— Fais-le, lui dis-je. Et tiens-nous au courant quand tu auras des nouvelles de Grey.

La disparition d'Ashlyn allait me peser jusqu'à ce que j'aie des nouvelles de lui. Mais je devais bien admettre que je ne pouvais rien faire à ce sujet.

Elle avait dit à Ivana de me dire qu'une nouvelle vie était plus importante qu'une ancienne, et qu'elle irait bien. Je comprenais enfin ce que cela signifiait.

Elle avait parlé de *ma* nouvelle vie, celle qu'Ivana m'avait donnée. Tout en promettant qu'elle survivrait.

« *Choisir de souffrir à cause d'un besoin malavisé de se repentir n'a pas seulement un impact sur toi, Cillian. Ce choix — celui où tu fais passer tous les autres en premier — l'affecte aussi. Si tu te souviens de mes paroles, n'oublie pas cela.* »

Ashlyn avait raison.

En choisissant de la chercher maintenant, je me mettrais en danger. Ce qui mettrait aussi Ivana en danger.

Mes choix étaient ceux d'Ivana, tout comme les siens étaient les miens. Nous formions une équipe à présent. Une paire. Je devais la faire passer en premier. Toujours.

Mais comme Ivana me l'avait montré, cela ne signifiait pas que je devais renoncer à mes autres priorités pour elle. C'était en tant qu'unité que nous fonctionnions le mieux. En tant que *nous*.

Et j'avais hâte de découvrir où tout cela nous mènerait.

Pour la première fois de ma vie, l'avenir était radieux.

Grâce à l'Oméga qui était à mes côtés.

Mon Ivana.

Mon amour.

Ma compagne.

IVANA

D<small>ES</small> <small>GOUTTES</small> d'eau rougie ruisselaient sur la poitrine de Cillian, excitant ma bête intérieure.

C'était mal. Dépravé. Pourtant, ça me faisait brûler de partout.

Mon Alpha avait montré sa force aujourd'hui. Il s'était battu. Il avait tué. Il avait *gagné*.

Et quelque chose là-dedans éveillait un besoin primitif en moi, qui m'avait donné envie de le mordre à nouveau. Pour qu'il sache qu'il était à moi. Que tout le monde sache qu'il m'appartenait.

Cette même envie possessive se reflétait dans son regard, son esprit se mirant dans le mien. J'entendais ses aspirations, ses intentions, ses sombres désirs. Il voulait me nouer ici même, me revendiquer pendant que l'eau lavait les restes de la mort. Entrer en moi dans une union joyeuse de vie nouvelle. Me montrer qu'il m'avait choisie – *nous* – par-dessus tout le reste.

— Mon Oméga, murmura-t-il contre ma bouche.

— Mon Alpha, murmurai-je en retour, puis je gémis lorsqu'il m'embrassa.

J'avais l'impression que nous avions été séparés pendant des années, et non des heures. Comme si nous nous étions revendiqués l'un l'autre dix ans plus tôt, et non depuis un jour ou deux.

L'embrasser, c'était comme rentrer à la maison. Être en vie une nouvelle fois. Accepter pleinement mon avenir dans ce monde.

Étoiles, j'en avais envie depuis si longtemps. Trop, *trop* longtemps.

L'avoir enfin dans mes bras… c'était presque comme un rêve. Mais c'était réel. Oh, tellement *réel*.

Il me pressa contre le mur en marbre, son nœud marquant mon bas-ventre.

— Ça va être dur et rapide, Vana, me prévint-il. On ira plus doucement dans le nid. Mais je suis resté trop longtemps sans toi, putain, et je n'ai pas eu assez de toi.

— Et c'est la faute à qui ? soufflai-je en me cambrant contre lui.

Il mordilla ma lèvre inférieure.

— Toujours en train de me houspiller.

— Je ne m'en lasse pas, rétorquai-je alors qu'il me soulevait dans les airs.

Il ne me laissa pas le temps de me préparer ni même de songer à ce qui allait se passer, il me pénétra d'un seul coup. Je criai, l'intrusion était douloureuse mais c'était exactement ce dont nous avions besoin tous les deux.

Je voulais ressentir cela. Savoir que c'était lui qui m'étirait. Me revendiquait. *Me baisait.*

— Dieux, que je t'aime, murmura-t-il, son souffle mentholé contre ma bouche. Je t'aime tellement, Ivana.

Sa langue fit taire ma réponse, me forçant à la penser à la place : *Je t'aime aussi.*

Il grogna, semblant apprécier cette déclaration. Peut-être ne l'avais-je pas assez dit.

Je la répétai donc. Encore. Et encore. Pendant qu'il me baisait comme il l'avait dit. *Dur. Vite. À fond.*

Ses mains agrippaient mes hanches si fort que j'étais sûre qu'il y aurait des bleus. Mais j'étais trop occupée à griffer son dos de mes ongles pour m'en soucier.

C'était une revendication sauvage. Un *besoin* primaire. Une union longtemps attendue entre deux loups fraîchement accouplés.

— Mords-moi, m'intima-t-il. Fais-moi saigner, compagne.

Je plantai mes dents dans sa lèvre, ce qui le fit sourire contre ma bouche.

Puis j'allai à son cou et je le mordis encore. Plus fort. Juste au-dessus de son pouls. Son sang recouvrit ma langue, me forçant à avaler son essence. Il avait un goût divin. Comme ma friandise personnelle.

Parce que c'était exactement ce qu'il était : *à moi.*

Il gronda son approbation et frotta ses hanches aux miennes, me forçant à atteindre de nouveaux sommets de plaisir. Je le griffai et le mordis de nouveau, cette fois-ci de l'autre côté de son cou.

Sa main quitta ma hanche pour empoigner mes cheveux tandis qu'il me tenait contre lui, m'ordonnant muettement de boire.

Étoiles, c'était sauvage. Indompté. Tout ce dont j'avais toujours rêvé.

Sauf qu'il fit brûler ce rêve encore plus fort en ramenant ma tête en arrière pour qu'il puisse me rendre la pareille. Je sursautai quand ses dents se plantèrent dans mon pouls, ses lèvres chaudes contre ma gorge.

C'était féroce. Magnifique. Si violent que je ne pus m'empêcher de crier à nouveau.

Oui, me félicita-t-il dans mon esprit. *Fais en sorte qu'ils t'entendent, Vana. Clame à tout ce putain de secteur que tu es à moi. Qu'ils ont eu tort de dire ou penser le contraire. Tu-es-à-moi.*

Je frissonnai, son affirmation étant si forte et si vraie que je pouvais à peine respirer.

Puis il renversa la tête en arrière et *hurla.*

La soudaineté de la chose me fit me tortiller contre le mur, sa domination si totalement dévastatrice que je me serrai contre lui de tout mon corps.

Il signalait au secteur où il se trouvait exactement. Dans mon nid. *Notre* nid. À me baiser. Me prendre. *Me revendiquer.* Il ne laissait aucun doute sur ses intentions, sa possession, son *amour.* Il voulait que le monde entier sache que j'étais à lui et il s'en assura en hurlant une deuxième fois.

Oh, Dieux... La vibration de ce son... c'était si fort. Si primitif. Si *alpha.*

Il le fit suivre d'un grondement qui fit couler mon miel, un grondement impérieux qui m'appela instantanément à me soumettre.

Je suis à toi, lui dis-je.

Puis je le répétai à haute voix. Puis je le *criai à* tue-tête.

Il glissa une main entre nous, et son pouce caressa mon clito tandis qu'il grognait :

— *Prouve-le.*

Chaque partie de moi s'enflamma, son corps attisa le mien en un brasier de sensations et de félicité. Je le serrai entre mes cuisses, mes bras autour de son cou.

Puis je me laissai aller. Tous mes soucis. Ma douleur. Le

passé. Chaque blessure. Je... lâchai tout. Et je me laissai emporter dans une extase de *nous-mêmes*.

Plaisir. Chaleur. *Amour*. Tout existait ici. Prospérait. Pulsait. Vibrait de vie.

Un avenir brillant. Un passé oublié.

Et un secteur rempli de loups qui savaient exactement ce qui venait de se passer entre nous. Je pouvais capter leurs pensées, mais je les écartai toutes et me concentrai sur les seuls esprits qui comptaient : le mien et celui de Cillian.

Sa poitrine ronflait d'approbation, ses pensées me félicitant d'être à lui, me remerciant de l'avoir choisi, de ma patience inépuisable, de l'avoir *harcelé*.

Je souris à ce dernier mot, puis écartai mes lèvres et haletai :

— *Noue-moi, Alpha*.

— Mmm, toujours à me dire ce que je dois faire.

Cette phrase semblait être l'une de ses préférées maintenant. Cela ne me dérangeait pas ; je l'appréciais aussi. Car presque toujours, il faisait exactement ce que je voulais.

Et maintenant, ce n'était pas différent puisqu'il me prit encore plus fort contre le mur, son pouce caressant mon bouton sensible avec acharnement, me forçant à continuer à jouir autour de lui.

— Dieux, j'adore ce que tu ressens quand tu jouis sur ma queue, me dit-il, ses dents effleurant ma lèvre inférieure. Continue à me serrer, macushla. Oui, juste comme ça.

Sa poigne se raffermit dans mes cheveux et il tira de nouveau ma tête en arrière, mais cette fois-ci, il enfonça ses dents dans ma poitrine.

Je glapis, la sensation envoyant un chaud baiser de désir dans mes veines malgré mon état orgasmique actuel.

Dieux, cet homme. Ce loup. *Cet Alpha*.

Il me relâcha et me laissa voir le sang qui peignait sa bouche, puis captura mes lèvres avec une férocité qui m'empêcha de respirer. De penser. De... d'*exister*. Je perdis la notion de l'espace et du temps, mais je revins à moi quand son nœud s'enfonça en moi, me revendiquant de l'intérieur tandis qu'il déchargeait des vagues pulsantes de sa chaude semence.

Il souffla dans ma bouche, me rappelant d'inspirer, puis m'embrassa de nouveau. Sa langue dominait tout mon être d'une manière qui me faisait me sentir protégée, en sécurité dans ses bras. Mais également choyée et satisfaite.

L'extase m'envahit, mon orgasme me parut sans fin tandis que son nœud continuait de pulser. Des heures s'écoulèrent peut-être. Je ne savais pas trop. Je m'en moquais. J'étais avec Cillian. Il était tout ce qui comptait.

Et la vie qui est en moi, pensai-je en soupirant alors qu'un nuage de chaleur enveloppait ma peau.

Cillian avait coupé la douche d'une façon ou d'une autre, tout en demeurant en moi, et maintenant nous nous dirigions vers notre nid pour recommencer.

Car son nœud commençait à se résorber, bien qu'il soit encore dur comme pierre.

— Je vais te baiser jusqu'à ce que tu t'évanouisses, Vana, m'avertit-il. Puis je vais te réveiller avec mon nœud.

Je frissonnai.

— D'accord, opinai-je. (Car j'aimais bien comme ça sonnait.) Maintenant, dis-moi que tu vas faire ça tous les jours pour le restant de notre vie.

Il gloussa en me posant sur le matelas moelleux, ses bras me tenant par le haut.

— Je vais te nouer chaque jour pour l'éternité, Vana.

— Bon Alpha, souris-je.

— Tu n'as pas idée d'à quel point, mais je vais te montrer, Oméga. (Il se retira jusqu'à la pointe, puis me pénétra d'un coup.) Je vais t'adorer. (Il répéta l'action.) Je vais te nouer. (Une autre poussée.) Et t'aimer avec tout ce que je suis.

Un autre frémissement se fraya un chemin dans mon dos.

— Tu es digne, Cillian, soufflai-je, désirant qu'il entende ces mots. (J'avais perçu son esprit murmurant qu'un jour, il serait digne de moi. Qu'il ferait tout pour me *suffire*.) Tu es si incroyablement digne.

Je l'embrassai avant qu'il puisse répondre, prenant exemple sur lui et lui rendant la pareille.

Puis je continuai à parler dans sa tête, répétant sans cesse qu'il en était digne, jusqu'à ce qu'il me fasse jouir à nouveau et que j'oublie toute pensée cohérente.

Beaucoup, beaucoup plus tard, alors que je perdais lentement conscience sous lui, je l'entendis murmurer :

— La prochaine fois que tu m'inviteras à danser, Ivana, je te promets que je dirai oui. Je dirai toujours… *oui*.

SIXIÈME PARTIE

Chères étoiles,

*J'ai un compagnon, et pas n'importe lequel :
Cillian. Cillian l'Élite. L'Alpha Cillian. Mon Cillian.
Mon Alpha. À moi. À moi. À moi.*

Il me regarde écrire ceci.

*Il me trouve mignonne (bien que ses yeux disent
autre chose en ce moment).*

*Je pense que je vais le chevaucher. Nue. Pour
voir comment il me regarde—*

*(Cillian m'a nouée avant que je puisse
terminer cette note.)*

*Quoi qu'il en soit, je suis amoureuse d'un
Alpha nommé Cillian. Il est maintenant à moi et
je suis maintenant à lui.*

Fin.

*Avec amour,
Ivana
PS : Grey a retrouvé Ashlyn. C'est toute une
histoire. Je la raconterai dans ma prochaine
note...*

ÉPILOGUE

ASHLYN

J'ai toujours su comment je rencontrerais mon compagnon.

Ou du moins, c'est ce que je croyais. Jusqu'à ce que cela se produise réellement dans le Secteur des Glaciers.

Mais j'avais toujours pensé que ce serait ici, sur les rives glaciales du Secteur Kodiak. J'ai rêvé de ce moment tant de fois, me réveillant toujours avec un mélange d'excitation et de regret.

Parce que je sais à quel point ça va faire mal. Comment notre histoire va commencer et potentiellement se terminer.

Ce n'est pas pour les âmes sensibles. Parfois, je me demande si je peux vraiment le supporter.

Cependant, je ne changerai pas les décisions que j'ai prises et qui m'ont amenée ici. Les chemins alternatifs étaient bien pires pour tous les autres. Trop de morts et de souffrances.

Si je dois endurer cela pour que tout le monde soit en sécurité, qu'il en soit ainsi.

J'espère juste que Grey va se dépêcher.

Levant les yeux vers le soleil, je constate que c'est l'après-midi.

Il ne devrait plus tarder, pensé-je. *En supposant qu'il ait compris les messages que je lui ai laissés.*

Je ne cherche pas à être énigmatique, mais j'ai appris que c'est la meilleure façon de transmettre des significations cachées sans altérer les avenirs. Jouer avec le destin entraîne de graves conséquences que je n'ai aucune envie d'affronter.

Je frissonne alors qu'une vague de froid assaille ma peau nue. C'est le seul moyen d'empêcher mon odeur de se répandre, d'alerter les Alphas Kodiak de ma présence.

Mais Oracle, je suis épuisée.

Cela fait des jours que je ne dors pas. Assise dans cette eau froide, pendant que mon corps se bat pour rester assez chaud pour survivre. Je ressemble à un extraterrestre gorgé d'eau bleue en ce moment. Grey ne me reconnaîtra même pas.

S'il vient me chercher, pensé-je.

Je ferme les yeux, refusant d'envisager cette alternative. Ce chemin-là n'est bon pour aucun d'entre nous.

Ceci est la seule bonne façon de procéder. La meilleure…

— Très bien, petite énigme.

La voix grave me balaye, ce qui me fait ouvrir des yeux ronds.

Grey se tient à quelques mètres, couvert de sang, comme dans mes visions. Je tremble, à la fois terrifiée et exaltée.

— T-tu es l-là, balbutié-je, ma voix résonnant à peine au-dessus des vagues.

Il fronce les sourcils, puis tend la main.

—Je t'emmène dans un endroit chaud.

J'y réfléchis plus longtemps que je ne le devrais, puis je tends la main pour saisir la sienne juste au moment où des hurlements retentissent au loin.

Grey s'élance pour m'attraper, puis nous éclipse hors du Secteur Kodiak avant que quiconque puisse nous arrêter.

Mais il ne me ramène pas dans son repaire. Il m'emmène dans un tout autre endroit.

Un endroit que je redoute depuis la première fois que j'ai rêvé de ce moment.

Je sais ce qui vient ensuite. Les mots. L'irritation. *La douleur.*

Il m'attire aussitôt dans ses bras, m'enveloppe dans une couverture de laine. Mais ses yeux sont durs tandis qu'il relève ma tête pour m'obliger à croiser son regard.

— Je vais te réchauffer, me dit-il. Puis nous parlerons de ces petites notes dans ton journal à propos de Nikiski. Et après, tu vas m'aider à la retrouver.

Et voilà.

Notre destin.

Celui qui va soit nous créer... soit nous briser.

Parce que cela nous oblige à remonter dans le temps. À visiter un passé que ni l'un ni l'autre ne veut considérer. À embrasser un avenir potentiel qui pourrait nous détruire tous les deux.

À retourner... au *Secteur Kodiak.*

L'histoire d'Ashlyn est à venir dans *Le Secteur Kodiak...*

Tu as soif d'autres loups du V-Clan ? Lis *Le Secteur Sanglant* (Kieran & Quinn) et *Le Secteur de la Nuit* (Lorcan & Kyra).

Tu veux en savoir plus sur les loups du X-Clan ?

Commence la série complète d'histoires autonomes dès aujourd'hui !

X-Clan : Origines (Jonas & Riley)
La Promise de l'Alpha (Ander & Kat)
La Compagne de l'Alpha (Elias & Daciana)
Le Trône de l'Alpha (Kazek & Winter)
La Revanche de l'Alpha (Sven & Kari)
L'île aux venins (l'histoire d'Enrique)

Le Secteur Kodiak

Bienvenue dans le Secteur Kodiak, où vivent les Alphas les plus vicieux du monde du Z-Clan.
C'est un endroit mortel pour une Oméga comme moi.
Mais mon futur compagnon est déterminé à me ramener dans l'enfer d'où je viens, tout ça pour sauver sa sœur.

Il pense que je sais comment la trouver.
Je ne le sais pas.
Je *vois* juste des choses. Comme l'avenir.
Et en ce moment, il est plein de souffrance et de sauvagerie.

Jusqu'à ce que soudain, mes visions disparaissent.
Suggérant un destin pire que la mort.
Et que je commence à comprendre lorsque j'entre en chaleur
dans les grottes du Secteur Kodiak.

Mon futur compagnon est tout à coup obligé de choisir :
moi ou sa sœur ?

Pour une fois, je ne vois pas ce qui va se passer.

Mais dans mon cœur, je sais qui il sauvera.

Parce que personne ne me choisit jamais.

Note de l'autrice : *Le Secteur Kodiak* est une romance métamorphe autonome qui met en scène un monde sombre avec des nœuds, des nids, des grognements et une sacrée quantité de ronronnements. Parce que même si Ashlyn ne le « voit » pas, Grey est obsédé par elle de la meilleure façon qui soit. Elle est à lui, et il protège ce qui est à lui…

L'auteure à succès d'*USA Today* Lexi C. Foss est une écrivaine perdue dans le monde de l'informatique. Elle vit à Holly Springs, en Caroline du Nord, avec son mari et leurs enfants à fourrure. Quand elle n'écrit pas, elle est occupée à cocher des cases sur sa liste de voyages à faire. On peut retrouver beaucoup des endroits qu'elle a visités dans ses écrits, notamment le monde mythique d'Hydria, inspiré d'Hydra, dans les îles grecques. Elle est excentrique, boit beaucoup trop de café et adore nager. Tchao !

https://www.lexicfoss.com/Français

Pour être au courant des dernières nouvelles et connaître les dates de publication, abonnez-vous à ma newsletter:
https://www.lexicfoss.com/la-newsletter-de-lexi